COLLECTION « BEST-SELLERS »

CORBAN ADDISON

DE L'AUTRE CÔTÉ DU SOLEIL

roman

traduit de l'anglais (États-Unis)
par Dominique Haas

ROBERT LAFFONT

Titre original : A WALK ACROSS THE SUN

Les traductions des citations et des poèmes sont toutes de la traductrice Dominique Haas.
ISBN 978-2-221-12830-5
(édition originale : ISBN 978-1-4027-9280-9, Silveroak Books, New York)

À mes lecteurs

Un très grand merci pour l'intérêt que vous porterez à cette histoire. J'espère que vous la trouverez aussi instructive que divertissante. Je pense sincèrement que l'esclavage n'est pas plus une fatalité aujourd'hui qu'hier. Il faut joindre nos efforts et le combattre avec sincérité, une dose d'héroïsme et plein d'espoir.

Amicalement,

Juillet 2012

Pour les innombrables victimes
Du trafic d'êtres humains
Condamnées à l'esclavage sexuel.

Et pour les hommes et les femmes héroïques
Qui, d'un bout à l'autre du globe,
S'efforcent inlassablement de les libérer.

Les noires régions de la terre sont pleines de repaires de violence.

Psaume d'Asaph

Si nous n'avons pas la paix, c'est parce que nous avons oublié que nous nous appartenons les uns aux autres.

Mère Teresa

Première partie

1.

Les enfants tiennent leurs jeux sur le rivage des mondes.

Rabindranath Tagore

Tamil Nadu, Inde

La mer était calme, au lever du soleil, le jour où leur monde s'écroula. Elles étaient sœurs – Ahalya, l'aînée, dix-sept ans, et Sita, de deux ans sa cadette. Des filles de la mer, comme leur maman. Quand leur père, qui était directeur d'une entreprise d'informatique, avait fait venir la famille des plaines de Delhi à Madras, sur la côte de Coromandel, Ahalya et Sita avaient eu l'impression de rentrer chez elles. L'océan était leur ami, et ses vagues déferlantes, ses castagnoles et ses pélicans étaient leurs compagnons. Elles n'auraient jamais imaginé que la mer pourrait se dresser contre elles. Mais elles étaient jeunes et ignoraient à peu près tout de la souffrance.

Lorsque la terre se mit à trembler, dans la pénombre qui précède l'aube, Ahalya le sentit. Elle s'étonna que Sita, endormie à côté d'elle, ne se réveille pas. Puis les secousses, pourtant violentes, cessèrent rapidement, et elle se demanda si elle n'avait pas rêvé. Personne n'avait bougé dans la maison. C'était le lendemain de Noël, un dimanche, et l'Inde tout entière dormait.

Ahalya se pelotonna sous sa couverture, huma le léger parfum de santal des cheveux de sa sœur et se remit à somnoler, la tête pleine d'images du *salvar kameez* bleu paon que son père lui avait offert pour la soirée au conservatoire de Mylapore. Depuis la mi-décembre, la saison de musique de Madras battait son plein, et leur père avait réservé des places pour un récital de violon, à vingt heures. Les deux sœurs apprenaient à jouer de cet instrument.

Les membres de la maisonnée s'éveillèrent les uns après les autres. À sept heures moins le quart, Jaya, leur domestique depuis de longues années, enfila son *sari*, prit un petit pot de craie en poudre dans la commode, au pied de son lit, et descendit les marches du porche. Elle balaya la terre battue devant le seuil et y déposa des points de poudre blanche. Les reliant par des lignes élégantes, elle traça la forme étoilée d'une fleur de jasmin. S'estimant satisfaite, elle joignit les mains, les paumes bien à plat, et murmura une prière à Lakshmi, la déesse hindoue de la bonne fortune, afin qu'elle leur accorde une journée faste. Ayant ainsi achevé le rituel du *kolam*, elle regagna la cuisine pour préparer le repas du matin.

Ahalya fut à nouveau réveillée par les rayons du soleil qui filtraient à travers les rideaux. Sita, toujours matinale, finissait de s'habiller, ses cheveux d'un noir de jais, lustrés, encore humides au sortir de la douche. Ensuite, elle se maquilla devant un petit miroir, et Ahalya ne put retenir un sourire. Sa sœur, une fille à l'ossature fine, avait hérité les traits délicats et les grands yeux expressifs d'Ambini, leur mère. Elle était frêle pour son âge, et la magie de la puberté n'avait pas encore féminisé son corps. Ahalya et Ambini avaient beau lui répéter que le temps apporterait à sa silhouette les transformations tant désirées, elle était très soucieuse de son aspect physique.

Afin de rattraper Sita, et pour ne pas arriver en retard au petit déjeuner, Ahalya passa rapidement un *churidaar* jaune – un costume pantalon, avec l'écharpe assortie. Elle enfila des bracelets de bras et de chevilles, compléta sa tenue par un collier et se plaça sur le front un ravissant *bindi* orné de pierreries. Puis elle interpella Sita :

— *Ready, dear ?* Tu es prête ?

La règle dans la famille Ghaï était que les filles ne devaient parler hindi ou tamoul que si un adulte s'adressait à elles dans une de ces langues. Comme tous les Indiens qui avaient eu le privilège de s'élever dans les couches sociales supérieures, leurs parents rêvaient de les envoyer à l'université en Angleterre, et avaient la conviction que la maîtrise de l'anglais était la condition *sine qua non* pour intégrer Cambridge ou Oxford. À l'institution religieuse où elles étaient pensionnaires, elles apprenaient l'hindi – la langue nationale –, le tamoul – la langue du Tamil Nadu – et l'anglais, toutefois les religieuses préféraient parler anglais, et les deux sœurs ne dérogeaient jamais à cette règle.

— Oui, soupira Sita en coulant un dernier regard vers le miroir. Je suppose.

— Tu sais, Sita, fit Ahalya d'un ton gentiment grondeur, ce n'est pas en fronçant les sourcils que tu t'attireras les bonnes grâces de Vikram Pillai.

Cette allusion aux projets de la famille pour la soirée eut l'effet voulu : Sita s'illumina aussitôt. Pillai était son violoniste préféré.

— Tu crois qu'on réussira à le rencontrer ? Il y a toujours tellement de monde qui attend pour le voir, après le spectacle.

— Demande à Baba, répondit Ahalya. On ne sait jamais, avec ses relations.

— Je vais lui en parler tout de suite.

Elle disparut par la porte et descendit l'escalier. Ahalya la suivit en riant sous cape. Leur père réservait une surprise à Sita, et le secret avait été bien gardé.

Au salon, elles récitèrent ensemble leur *puja*, la prière rituelle du matin, devant les idoles de la famille – Ganesh, le dieu éléphant de la chance, et Rama, l'avatar de Vishnou – placées sur un autel dans un coin. Comme la plupart des membres de la caste des marchands, les Ghaï n'allaient au temple ou au sanctuaire qu'en de rares occasions, lorsqu'ils avaient une faveur à demander aux dieux. Cependant, quand la grand-mère venait leur rendre visite, on allumait des bâtonnets d'encens, on préparait la *puja*, et toute la famille – jeunes et moins jeunes – sacrifiait au rituel.

En entrant dans la salle à manger, les sœurs trouvèrent leur père, Naresh, leur mère et leur grand-mère réunis autour de la table du petit déjeuner. Avant de s'asseoir, Ahalya et Sita effleurèrent les pieds de leur père en signe traditionnel de respect.

— Bonjour, Baba !

Naresh eut un sourire et leur planta un baiser sur la joue.

— Bonjour, mes beautés.

— Baba, tu n'aurais pas dans tes relations quelqu'un qui connaîtrait Vikram Pillai ? s'enquit immédiatement Sita.

Naresh jeta un bref regard à Ahalya, et fit un clin d'œil à Sita.

— Je devrais, à partir de ce soir.

Sita haussa les sourcils.

— Que veux-tu dire ?

Naresh sortit un carton de sa poche et le posa sur la table.

— J'avais l'intention d'attendre un peu plus tard, mais puisque tu me le demandes... Nous allons le rencontrer avant le concert.

Sita déchiffra le passe VIP. Un sourire éclaira son visage. Elle s'agenouilla lentement et effleura une deuxième fois le pied de son père.

— Merci, Baba. Ahalya pourra venir avec moi ?

— Bien sûr, répondit Naresh en posant trois autres passes VIP à côté du premier. Ainsi que votre mère et votre grand-mère.

— Et on pourra lui poser toutes les questions qu'on voudra, flûta Ahalya.

Le sourire de Sita s'élargit encore.

Pendant que les sœurs prenaient place à la table, Jaya s'affaira vivement dans la pièce, apportant des bols de riz et de chutney de noix de coco, des *masala dosa* – des crêpes fourrées aux pommes de terre – et des *chapatis* – des galettes de pain. On mangeait sans couverts, et à la fin du repas tout le monde avait les doigts poisseux, maculés de riz et de chutney.

En guise de dessert, Jaya leur servit des *chikoos* – des fruits, aussi appelés sapotilles, qui rappelaient le kiwi – fraîchement cueillis, et du *mysore pak*, un savoureux gâteau qui tenait du halva et du caramel. En mordant dans un *chikoo*, Ahalya repensa au tremblement de terre du matin.

— Baba, tu as senti le tremblement de terre ?

— Quel tremblement de terre ? s'étonna sa grand-mère.

Naresh eut un petit rire.

— Tu devais vraiment dormir à poings fermés, Naani. C'est une vraie chance que tu as ! s'exclama-t-il avant de se tourner vers sa fille avec un sourire rassurant. La secousse a été forte, mais sans conséquences.

— Les tremblements de terre sont un mauvais présage, fit la vieille femme, les doigts crispés sur sa serviette.

— C'est un phénomène scientifique, rectifia gentiment Naresh. Et celui-ci n'a pas fait de dégâts. Il n'y a pas de quoi s'inquiéter. Ahalya, parle-nous plutôt de sœur Naomi. Elle n'était pas bien, la dernière fois que je l'ai vue.

La famille finit son dessert pendant qu'Ahalya donnait à son père des nouvelles de la mère supérieure de Sainte-Marie. Une brise souffla par les fenêtres ouvertes, rafraîchissant l'air. Finalement, Sita, qui ne tenait plus en place, obtint la permission de quitter la table. Elle empocha un carré de *mysore pak* et sortit se promener sur la plage. Son empressement arracha un sourire à Ahalya.

— Puis-je y aller aussi ? demanda-t-elle.

Son père hocha la tête.

— Je pense que notre petite surprise de Noël était une bonne idée.

— Je suis bien d'accord, acquiesça-t-elle.

Elle mit ses sandales et suivit sa sœur dans le soleil.

À huit heures moins vingt, toute la maisonnée, sauf Jaya et la grand-mère, était partie pour la plage. Le modeste bungalow de la famille se dressait sur un terrain en bord de mer à vingt-quatre kilomètres au sud de Madras et à un peu moins de deux kilomètres par la côte de l'une des nombreuses communautés de pêcheurs du Tamil Nadu. C'était une zone rurale selon les critères indiens, et Ambini, qui avait grandi dans les faubourgs surpeuplés de Mylapore, trouvait que c'était un trou perdu. Cependant, elle avait estimé que l'éloignement de la ville était un faible sacrifice à consentir pour avoir le privilège d'élever ses enfants si près de son foyer ancestral.

Ahalya marcha le long de la grève pendant que Sita courait près de l'océan en ramassant des coquillages. Naresh et Ambini les suivaient tranquillement, dans un silence heureux. Les Ghaï remontaient vers le nord, en direction du village de pêcheurs. Ils passèrent devant un couple plus âgé paisiblement assis sur le sable, et deux garçons qui jetaient des pierres aux oiseaux. En dehors d'eux, la plage était déserte.

Peu avant neuf heures, Ahalya remarqua que la mer avait quelque chose de bizarre. Depuis quelques minutes, le vent poussait les vagues moins haut sur la grève. Elle observait la limite du déferlement des vagues lorsque la mer parut reculer à vue d'œil. En un rien de temps, quinze mètres de sable détrempé se trouvèrent exposés. Les deux garçons se poursuivirent en poussant des cris de délices sur la surface spongieuse, vers l'océan qui se retirait encore. Ahalya considéra le spectacle en proie à un mauvais pressentiment, tandis que Sita était plus curieuse que préoccupée.

Elle revint à son hindi natal pour la questionner :

— *Idhar kya ho raha hai ?* Que se passe-t-il ?

— Je ne sais pas trop, répondit Ahalya en anglais.

C'est elle qui repéra la vague en premier. Elle leur indiqua du doigt une ligne blanche, fine, tendue sur toute la largeur de l'horizon. En moins de dix secondes, la ligne enfla et devint un déferlement d'eau bouillonnante. La vague approcha si vite que les Ghaï n'eurent pratiquement pas le temps de réagir. Naresh se mit à crier en agitant les bras, mais ses paroles furent étouffées par le rugissement de tonnerre des flots avides.

Ahalya attrapa Sita et la tira vers un bouquet de palmiers, en luttant de toutes ses forces contre la résistance du sable mou. Une eau saumâtre tournoya autour de ses jambes, puis la vague arriva sur elle, la souleva tel un fétu de paille et la renversa. L'eau salée lui entra dans les narines, lui boucha les oreilles, lui brûla les yeux. Secouée par des haut-le-cœur elle commença à étouffer, se démena pour remonter vers la lumière. Elle creva la surface en hoquetant, avala désespérément une grande goulée d'air.

Elle distingua un vague mouvement, un papillonnement de couleur – le *churidaar* turquoise de Sita. Elle saisit la main de sa sœur, mais la violente succion de la vague la lui arracha. Ses doigts effleurèrent l'écorce d'un palmier. Elle eut beau se tendre dans sa direction, lutter avec l'énergie du désespoir contre le courant, elle ne réussit pas davantage à assurer sa prise sur le tronc, trop lisse. Alors que la mer l'emportait vers l'intérieur des terres, elle hurla, insufflant tout ce qui lui restait de force dans ces quelques mots :

— Nage, Sita ! Accroche-toi à un palmier !

Tournoyant sur elle-même, elle entrevit le tronc de l'arbre une fraction de seconde avant l'impact. Alors que la douleur explosait dans son front, elle enroula ses bras et ses jambes autour de l'arbre et se cramponna, au prix d'un effort de volonté surhumain. Puis elle perdit conscience.

Quand elle rouvrit les yeux, des triangles de ciel bleu tanguaient entre les frondes des palmiers agitées par le vent. Le silence, autour d'elle, était surnaturel. Son cœur cognait contre ses côtes, et elle avait l'impression d'avoir le crâne fendu en deux. D'interminables secondes passèrent, puis la mer commença à se retirer, recédant le terrain conquis. Ahalya aperçut le visage de Sita au loin, et l'entendit crier :

— Ahalya, aide-moi !

La bouche pleine d'eau salée, elle réussit à émettre un mot, un seul, entre coassement et gargouillis :

— Attends !

Elle cracha avant de répéter :

— Attends ! Sita ! Attends que l'eau se retire !

Et c'est ce qu'elle fit. Enfin.

Ahalya descendit, centimètre par centimètre, le long du tronc du palmier, jusqu'à ce que ses pieds atteignent le sol détrempé. Son *churidaar* était en lambeaux, elle avait le visage couvert de sang. Elle traversa en pataugeant la distance qui la séparait de Sita et obligea sa sœur à lâcher l'arbre qui lui avait sauvé la vie. Serrant sa cadette contre elle dans une étreinte protectrice, Ahalya regarda, par-delà la palmeraie, en direction de la plage. La vision d'épouvante qui s'étendait devant elle ne gagna pas immédiatement sa conscience. Le sable était bordé par des buissons arrachés, dépouillés de leurs feuilles. Partout, des formes noires flottaient à la surface des eaux boueuses. La poitrine haletante, Ahalya observa fixement ces formes inertes.

— *Idhar aawo !* ordonna-t-elle à Sita. Viens !

Le premier corps qu'elles découvrirent fut celui d'Ambini. Elle était couverte de boue, et chaque centimètre carré de sa peau à nu était lacéré par des épines. Elle avait les yeux grands ouverts, et son visage était un masque de terreur.

La transfiguration grotesque de leur mère bien-aimée changea Sita en pierre. Elle serra la main d'Ahalya si fort que celle-ci, poussant un cri, s'arracha à son étreinte et tomba à genoux, en larmes. Sita, elle, resta figée, les yeux écarquillés. Au bout d'un long moment, son menton frémit. Elle se mit à sangloter, le visage enfoui entre ses mains. Elle tremblait si violemment qu'on aurait pu la croire en transe.

Ahalya la serra dans ses bras, longtemps, très fort. Enfin, elle l'entraîna plus loin.

Peu après, elles tombèrent sur un autre cadavre. C'était celui d'un des garçons qui jouaient dans le sable. Sita se raidit. Ahalya dut la soutenir pour la faire avancer le long des restes dévastés et marécageux de la plage, en direction du bungalow familial. Elle savait que leur seul espoir était de trouver leur père.

Sita trébucha ; sans cela, elles auraient très bien pu passer à côté de son corps. Comme Ahalya se penchait pour l'aider à se relever, elle distingua, vers l'intérieur des terres, une autre masse sombre qui flottait à la surface apaisée d'une vaste mare d'eau salée. La vague avait projeté Naresh à travers la palmeraie et l'avait abandonné parmi des rochers, dans la lagune parallèle à la plage.

Ahalya et Sita parcoururent la courte distance qui les séparait du corps de Naresh. Pendant un long moment,

Ahalya considéra le corps de son père sans assimiler ce qu'elle voyait. Puis la compréhension se fit jour en elle, et elle se mit à pleurer, alors que le poids écrasant du chagrin s'appesantissait sur ses épaules. Elle était la préférée de Naresh, tout comme Sita était celle d'Ambini. Il ne pouvait pas être mort. Il avait promis de lui trouver un bon mari, de lui offrir un mariage qui ferait envie à tout le monde. Il lui avait promis tant de choses...

— Regarde, chuchota Sita en tendant le doigt vers le sud.

Au-delà d'un monde extraterrestre, complètement mis à nu, dépouillé par la vague, au loin, leur bungalow était encore debout. Cette image familière prit Ahalya par surprise, tout comme la soudaine immobilité de sa sœur. Sita avait cessé de pleurer et refermé ses bras sur elle dans une attitude d'autoprotection. La souffrance imprimée sur ses traits insuffla à Ahalya un peu de courage. Peut-être Jaya ou leur grand-mère avaient-elles survécu. Elle ne pouvait supporter l'idée que Sita et elle se retrouveraient irrémédiablement seules.

Ahalya prit une profonde inspiration et attrapa la main de sa sœur. En pataugeant dans le paysage ravagé, les filles se dirigèrent vers les vestiges de la maison qu'elles connaissaient depuis près d'une dizaine d'années. Avant l'irruption de la vague, le bungalow était entouré d'un paradis naturel de fleurs et d'arbres fruitiers. Peu après leur emménagement, Naresh avait planté un ashoka près de la maison, en l'honneur de Sita. Quand elle était petite, elle jouait sous ses branches toujours vertes, en pensant à l'héroïne du Ramayana que Hanuman, le noble dieu singe, avait sauvée de la captivité dans l'île de Lanka – la Sita dont on lui avait donné le nom. Maintenant, l'ashoka et ses compagnons verdoyants, privés de leurs feuilles, de leurs branches, de leurs fleurs, étaient réduits à l'état de cure-dents. Comme Sita s'arrêtait à côté du squelette de son arbre bien-aimé, Ahalya lui serra la main plus fort, l'obligeant à avancer. Les fenêtres du rez-de-chaussée avaient été fracassées par la violence du courant, les meubles qui ornaient naguère la salle de séjour flottaient dans le jardin, et pourtant la maison paraissait à peu près intacte. Alors que les filles approchaient des portes de devant, grandes ouvertes, Ahalya tendit l'oreille, guettant une voix humaine. La maison était aussi silencieuse qu'une crypte.

Dans la salle de séjour, elles découvrirent leur grand-mère qui flottait sur le ventre dans la boue, à côté d'un canapé incrusté de vase. Des larmes lui brûlèrent à nouveau les yeux, mais Ahalya était trop épuisée pour pleurer. Elle n'était même pas choquée par la découverte du corps de la vieille femme. Depuis qu'elle avait trouvé le cadavre de son père, elle n'osait plus espérer que sa grand-mère ait échappé à la mort.

Faisant appel au peu de volonté qui lui restait, priant de toutes ses forces pour que Jaya ait survécu, elle traversa le séjour inondé en direction de la cuisine. La domestique était entrée chez les Ghaï avant même la naissance d'Ahalya. C'était un membre de la famille à part entière, unique, irremplaçable.

Lorsqu'Ahalya entra dans la cuisine, en traînant une Sita amorphe et à bout de résistance, un spectacle de dévastation s'offrit à elle. Des débris de toutes sortes, des paniers retournés, des flacons de produits d'entretien, des bocaux de confiseries, des mangues, des papayes et des noix de coco éparses flottaient sur les eaux stagnantes. Au fond de l'eau bourbeuse, des pots, des poêles, des bols et de l'argenterie jonchaient le sol, comme autant d'épaves submergées. Mais de Jaya, il n'y avait pas trace.

Ahalya était sur le point de quitter la pièce afin de poursuivre ses investigations dans la salle à manger quand elle remarqua que la porte du cellier était entrouverte. Elle vit la main avant Sita. Non sans mal, elle poussa la porte dont le bois avait gonflé. Jaya était restée coincée au fond de la réserve, à peine plus grande qu'un placard. De tous les défunts membres de la famille, Jaya était la plus paisible dans la mort. Elle avait les paupières closes et on aurait pu croire qu'elle dormait, mais sa peau, au toucher, était froide et collante.

Ahalya fut prise d'un vertige et manqua s'évanouir. La terrible vérité de leur situation la heurta de plein fouet.

Debout dans l'eau jusqu'aux mollets, elle comprit que Sita et elle étaient désormais orphelines. Leurs seuls parents survivants étaient des tantes et des cousins, à Delhi, très loin de là, et il y avait des années qu'elles ne les avaient pas vus.

Au moment où elle en venait à penser que tout espoir était perdu, Sita lui prit la main. Ce contact soudain poussa Ahalya à agir. Assumant les responsabilités qui, en tant qu'aînée, lui incombaient, elle conduisit Sita vers l'escalier de leur chambre.

La vague était montée jusqu'en haut des marches, qui étaient couvertes de fange, toutefois à l'étage les fenêtres et les meubles étaient intacts. Une unique pensée occupait la conscience d'Ahalya – trouver son sac à main et son téléphone portable. Si elle parvenait à joindre sœur Naomi et à trouver un moyen d'emmener Sita à Sainte-Marie, à Tiruvallur, elles seraient en sécurité.

Elle récupéra son sac sur sa table de nuit et composa le numéro de sœur Naomi sur son portable. Le téléphone commençait à sonner lorsqu'elle entendit un grondement lointain venant de l'est. Elle alla vers la fenêtre et jeta un coup d'œil à la surface boueuse de la baie du Bengale. Elle n'arrivait pas à le croire : une autre muraille d'eau se précipitait vers la plage. En quelques secondes, le vacarme devint un rugissement rauque, noyant la voix à l'autre bout de la ligne.

— Allô ? Allô ? Ahalya ? Sita ?

Ahalya oublia la religieuse. Son monde s'était tout à coup réduit à sa sœur et à la seconde vague meurtrière.

La masse bouillonnante, mortelle, atteignit le bungalow et inonda le rez-de-chaussée. La maison frémit et gémit alors que la vague ébranlait les fondations. Ahalya claqua la porte de la chambre et ordonna à Sita de s'asseoir sur le lit. Elle passa ses bras autour de sa sœur tremblante en se demandant si le seigneur Shiva avait choisi l'eau plutôt que le feu pour provoquer la fin du monde.

La terreur de la deuxième vague sembla durer une éternité. Une eau saumâtre s'infiltra par les interstices du bas de la porte et se répandit sur le sol. Les sœurs se blottirent dans une pile de couvertures alors que le niveau de l'eau montait. La maison bougea sous elles et le plancher s'inclina. La porte de la chambre explosa et un flot d'eau brune se rua à l'intérieur. Ahalya poussa un cri strident et Sita enfouit sa tête dans le tissu détrempé de son *churidaar* boueux. Ahalya éleva une prière à Lakshmi, l'implorant de les absoudre de leurs péchés et de leur faciliter le passage dans la vie future.

En ce lieu de dissociation, c'est à peine si elle remarqua que le bruit diminuait, puis cessait. La maison tint bon alors que le courant s'inversait et que la seconde vague reculait. Les sœurs restèrent assises sans bouger sur le lit. Le monde ravagé que les vagues abandonnaient derrière elles paraissait étrangement privé de son.

— Ahalya, murmura enfin Sita. Où est-ce qu'on va aller ?

Ahalya cilla. Son esprit se remit en marche. Elle lâcha sa sœur et sentit le poids du téléphone qu'elle tenait toujours à la main. Comme engourdie, elle composa le numéro familier.

— Il faut qu'on aille à Sainte-Marie. Sœur Naomi saura quoi faire.

— Mais comment ? objecta Sita, en serrant ses bras autour d'elle. Il n'y a personne pour nous conduire.

Ahalya écouta la sonnerie du téléphone. Sœur Naomi décrocha. Elle l'interrogea sur un ton angoissé. Que s'était-il passé ? Étaient-elles en danger ? Ahalya lui expliqua la situation d'une voix lointaine. Une vague était venue. Sa famille était morte. Elles avaient survécu, Sita et elle, mais leur maison était détruite. Elles n'avaient pas d'argent, que le téléphone.

Pendant de longues secondes, seuls les parasites crépitèrent sur la ligne, puis Naomi retrouva la parole. Elle conseilla à Ahalya de marcher jusqu'à la route et de se faire emmener à Madras par un voisin.

— Ne partez qu'avec une personne de confiance, insista-t-elle. Nous vous attendons.

Ahalya coupa la communication et se tourna vers Sita en se contraignant à afficher un air confiant.

— Il faut qu'on trouve quelqu'un qui a une voiture. Mais d'abord, nous allons mettre des vêtements secs.

Elle conduisit sa sœur vers la commode à l'autre bout de la pièce. Elle aida Sita à enlever ses vêtements trempés, boueux, et lui tendit un *churidaar* propre. Ensuite, elle se changea à son tour. Elle s'approcha du lavabo dans l'espoir de se laver le visage, et découvrit que l'eau était coupée. Il faudrait qu'elles vivent avec la crasse dont elles étaient couvertes jusqu'à leur arrivée à Sainte-Marie.

Sita s'approcha de la porte, prête à partir ; Ahalya s'attarda un instant pour prendre sur la commode une photo de la famille Ghaï à Noël, l'année précédente. Elle enleva la photo de son cadre et le glissa dans la ceinture de son *churidaar.* Elle récupéra aussi une boîte en bois qu'elle mit, avec son téléphone, dans un sac de toile. La boîte contenait les bijoux en or que les sœurs avaient reçus en cadeau au fil des ans – toute leur fortune en ce monde. Ahalya jeta un ultime coup d'œil à la chambre et esquissa un hochement de tête en signe d'adieu. Tout le reste, elles le laisseraient derrière elles.

Dehors, le soleil était chaud, et l'eau stagnante abandonnée par la seconde vague commençait à puer le poisson crevé. Ahalya entraîna Sita vers l'arrière du bungalow dévasté. Les deux véhicules de la famille, qui avaient été garés dans l'allée, avaient disparu. Ahalya songea un instant à faire un dernier tour du bungalow, mais elle résista à cette tentation. Le monde en ruines laissé par les vagues n'était pas la maison qu'elles avaient connue. Le monde d'avant et la famille qui l'occupait ne vivaient plus désormais que dans leurs souvenirs.

La route principale était jonchée de débris de la palmeraie. Ahalya éprouva une pointe de désespoir. Qui allait s'aventurer sur la route dans des conditions pareilles ? Puis une pensée lui vint : elles pourraient peut-être se faire conduire par l'un des habitants du village de pêcheurs. Elle savait que leurs chances étaient minces. La plupart des villageois vivaient le long de la côte, dans des cabanes qui avaient probablement été détruites par les vagues. D'un autre côté, les survivants auraient besoin de ravitaillement et de secours qu'ils ne pourraient trouver qu'à Madras. Avant longtemps, quelqu'un du village serait obligé d'effectuer le trajet jusqu'à la ville.

Les deux sœurs marchèrent côte à côte sans parler. Pendant plus d'un kilomètre et demi, elles ne virent pas signe de vie. Toute la végétation au niveau du sol avait été balayée, emportée, ne laissant des deux côtés du macadam que la terre désespérément nue. Le temps qu'elles arrivent à proximité du village de pêcheurs, elles transpiraient à grosses gouttes et elles étaient assoiffées. Même en hiver, le soleil de l'Inde du Sud était implacable.

En approchant du rivage, elles aperçurent un homme vêtu d'un *lungi* – un pagne – trempé de boue, qui venait vers elles, un enfant dans les bras. Il était suivi par une file de pêcheurs en haillons, qui portaient des paniers de palmes tressées sur la tête et des sacs colorés sur les épaules. L'homme s'arrêta devant Ahalya.

— *Vanakkam*, dit-elle, prononçant le salut traditionnel. Où allez-vous ?

L'homme était tellement agité qu'il ne comprit pas sa question. Il lui parla des vagues avec force gesticulations, en tendant le doigt avec véhémence.

— J'étais dans mon bateau. Je ne m'étais rendu compte de rien. Quand je suis rentré au village, tout avait disparu. Ma femme, mes enfants – je ne sais pas ce qui leur est arrivé. Nous sommes les seuls survivants, ajouta-t-il en englobant d'un geste de la main ses compagnons dépenaillés.

Consciente du chagrin de l'homme, Ahalya prit sur elle pour dominer le sien et se concentrer sur les questions pratiques.

— Votre chef avait un van. Où est-il ?

L'homme secoua la tête.

— Il est détruit.

— Et l'eau potable ? Vous aviez sûrement conservé des tonneaux de la mousson ?

— Ils ont été emportés.

— Où allez-vous ?

— À Mahabalipuram. Nous avons de la famille, là-bas.

Ahalya s'efforça de dissimuler sa déception. Mahabalipuram était à huit kilomètres du village, dans la mauvaise direction.

— Nous devons aller à Madras.

L'homme la dévisagea comme si elle avait perdu l'esprit.

— Vous n'y arriverez jamais.

Ahalya prit la main de Sita et rétorqua sur un ton de défi :

— Nous y arriverons.

Les sœurs retournèrent avec les villageois sur la route principale, où leurs chemins se séparèrent.

— Il faut aller à Kovalam, dit doucement Sita, s'exprimant pour la première fois depuis de longues minutes. On pourrait peut-être prendre un car.

Ahalya acquiesça d'un hochement de tête. Kovalam était une grande communauté de pêcheurs à trois kilomètres au nord. Même si elles ne trouvaient pas de car, elles pouvaient raisonnablement espérer s'approvisionner en eau filtrée au marché de Kovalam. L'eau était devenue la priorité absolue. Les transports viendraient ensuite.

Les kilomètres passaient lentement sous le soleil tropical. La brise qui soufflait de l'océan leur apportait parfois une légère fraîcheur, mais c'était un faible soulagement. La marche était monotone et pénible. Leurs sandales, trempées et incrustées de sable, leur donnaient des ampoules, et elles avaient les pieds à vif.

Le temps qu'elles arrivent à Kovalam, le visage de Sita était crispé en une grimace figée et Ahalya avait du mal à conserver une apparence de sérénité. D'après la position du soleil, elle estima qu'il était à peu près onze heures du matin. À moins d'un coup de chance, il était peu probable qu'elles arrivent au couvent avant la tombée de la nuit.

Le village de Kovalam était une ruche fourmillante d'activité. Les charrettes à bœufs, les voitures et les piétons se disputaient les routes étroites, saturées d'eau. Ahalya arrêta une vieille femme au *sari* plein de boue et lui demanda s'il y avait un car pour Madras. Mais la femme était éperdue de chagrin.

— Mon fils ! répétait-elle entre deux sanglots. Il était sur la plage. L'avez-vous vu ?

Ahalya secoua tristement la tête et se détourna. Elle s'adressa à un homme qui transportait un panier de bananes mûres, mais il braqua sur elle un œil vide. Un autre homme qui tirait une carriole chargée de raisins lui répondit d'un hochement de tête sec, en crachant un jet de jus de *paan* sur la chaussée.

— Vous ne savez pas ce qui s'est passé ici ? On ne sait pas si les autobus circulent encore.

Ahalya s'efforça de repousser le désespoir qui menaçait de s'emparer d'elle. Si elle perdait son sang-froid, elle risquait de prendre une décision précipitée qui les mettrait en danger toutes les deux.

Elle entraîna Sita jusqu'au marché de Kovalam. Comme elle s'y attendait, rares étaient les éventaires ouverts. Elle pria un marchand de jus de canne à sucre de leur faire cadeau d'une bouteille d'eau. Se fendant de son plus beau sourire, elle expliqua que la vague avait emporté son sac, et qu'elle n'avait pas d'argent. L'homme lui jeta un regard sans aménité.

— Tout le monde paye, rétorqua-t-il avec brusquerie. Rien n'est gratuit, ici.

Sans lâcher Sita, Ahalya s'approcha d'un vendeur de légumes. Elle lui raconta ce qui leur était arrivé, et il se montra plus compatissant. Il leur offrit des bouteilles d'eau et un coin d'ombre sous un parasol.

— *Nandri*, dit Ahalya. Merci.

Elle tendit une bouteille à Sita et elles burent avidement, à l'abri du soleil. Après avoir vidé sa bouteille, Sita posa sa tête sur l'épaule d'Ahalya et somnola. Ahalya, résistant à la tentation de se reposer, parcourut le marché des yeux, en quête d'un visage familier. Son père connaissait bien des gens à Kovalam, mais elle ne se souvenait pas de leur nom.

Voyant que le temps passait, et comme elle ne reconnaissait personne, elle essaya de calculer la valeur marchande des bijoux dissimulés dans son sac de toile. Combien faudrait-il donner à un chauffeur pour les emmener à Madras ? Son instinct la mettait en garde contre l'idée de prendre un taxi, cependant elle n'avait pas vu un seul autobus passer dans le marché, et elle doutait d'en trouver un qui roule cet après-midi-là. Elles ne pouvaient pas aller jusqu'à Madras à pied, ou, du moins, elles n'y arriveraient pas avant la fin de l'après-midi, et elle ne connaissait aucun endroit hors de la ville où elles pourraient passer la nuit en sécurité.

Elles restèrent plus d'une heure à l'abri du parasol. Sita ne bougeait pas, et Ahalya finit par s'endormir à son tour. Quand elle se réveilla, le soleil commençait à redescendre. Midi passé ; elle devait prendre rapidement une décision.

Elle se tournait vers le marchand dans l'espoir qu'il pourrait lui recommander un chauffeur, quand elle reconnut un visage dans la foule. À un dîner, à Mylapore, au début de l'année, l'homme avait salué son père avec chaleur, et son père avait répondu de même. Ahalya ne se rappelait pas son nom, cependant elle n'oubliait jamais un visage.

Elle pinça Sita pour la réveiller et lui dit de ne pas bouger. Elle se fraya un chemin entre les vaches, les automobiles et les rickshaws, et s'approcha de l'homme.

— Monsieur, je suis Ahalya Ghaï. Mon père est Naresh Ghaï. Vous vous souvenez de moi ?

L'homme lui adressa un sourire.

— Évidemment. Je suis Ramesh Narayanan. Nous nous sommes rencontrés au printemps dernier, à la Société historique tamoule. Que faites-vous ici ? s'étonna-t-il. Vous êtes avec votre père ?

La question fit à Ahalya l'effet d'un coup de poignard. Elle détourna la tête et s'efforça de dominer son émotion. D'une voix entrecoupée, elle lui révéla ce qui était arrivé à sa famille.

Ramesh l'écouta en blêmissant. Il chercha péniblement quelques paroles compatissantes et finit par l'interroger :

— Où est votre sœur ?

Ahalya lui indiqua l'éventaire du marchand de légumes.

— Nous sommes pensionnaires au couvent de Tiruvallur. C'est là que nous voudrions aller. Les religieuses s'occuperont de nous.

Le regard de Ramesh allait de l'une à l'autre des deux sœurs.

— Tiruvallur... Il n'y a qu'un moyen d'y aller, et c'est en voiture.

Ahalya hocha la tête.

— Nous sommes venues ici à pied, et Sita est très fatiguée.

Ramesh fit la moue.

— Alors nous sommes dans la même situation. L'autobus qui devait me ramener à Madras ne circule plus. J'essayais justement de trouver un chauffeur.

Il s'interrompit et reprit avec un petit sourire :

— Ne vous en faites pas. Je veillerai à ce que vous arriviez a Tiruvallur avant la tombée de la nuit. C'est le moins que je puisse faire pour les filles de Naresh Ghaï.

Ahalya crut qu'elle allait défaillir de soulagement.

— Allez m'attendre avec votre sœur, proposa Ramesh. Je reviens vous chercher dès que possible.

Un moment plus tard, il réapparut en compagnie d'un homme émacié, qui portait la *kurta* – une chemise ample – sur un pantalon kaki. Il avait les joues creuses, des yeux froids et une cicatrice au menton. Il toisa les deux sœurs et acquiesça d'un mouvement de menton à l'adresse de Ramesh. Ahalya éprouva une méfiance instinctive envers cet homme au visage balafré, pourtant elle n'avait pas d'autre solution que d'accepter l'aide de Ramesh.

— Où allons-nous ? s'enquit Sita d'une voix un peu tremblante.

— Cet homme – il s'appelle Kanan – a un 4 × 4, lui expliqua Ramesh. Je n'ai trouvé personne d'autre dans tout Kovalam qui soit disposé à courir le risque de prendre la route après les vagues, et cela pour une somme remarquablement convenable. Nous avons eu de la chance de le trouver.

Ahalya prit la main de sa sœur.

— C'est d'accord, dit-elle.

Emboîtant le pas à Ramesh, les sœurs suivirent Kanan à travers le marché vers une ruelle drapée de tissus multicolores. Le véhicule, un pick-up Toyota bleu couvert de poussière, avait connu des jours meilleurs. Il était garé, tout cabossé et rouillé, à côté d'une boutique d'apothicaire. Ahalya prétexta qu'elle était claustrophobe pour décliner l'invitation de Ramesh à monter avec Sita dans la cabine et fit signe à sa sœur de grimper dans le plateau, à l'arrière. L'idée de faire la route en compagnie de l'homme balafré lui répugnait.

Kanan démarra. Le 4×4 fut pris de trépidations et s'ébranla. Après avoir négocié les rues de Kovalam, Kanan emprunta l'autoroute pour Madras.

Le passage de la vague avait métamorphosé la magnifique plaine côtière en un marécage et la route en un ruban fangeux qui commençait à sécher. Le véhicule avançait lentement à travers la croûte boueuse. Il n'y avait pas de circulation, néanmoins il leur fallut une heure pour arriver à Neelankarai, à la limite sud des faubourgs de Madras, et encore une heure pour atteindre Thiruvanmiyur, à trois kilomètres du fleuve, l'Adyar. Les vagues avaient détruit beaucoup d'habitations, inondé les routes, renversé les voitures et projeté des flottilles entières de bateaux de pêche vers l'intérieur des terres. La route côtière de l'est était envahie par des foules de marcheurs et ils roulaient à une allure de tortue. Huit cents mètres au sud du delta de l'Adyar, ils furent arrêtés par un embouteillage. Les klaxons retentissaient, les conducteurs hurlaient des obscénités, en vain. Après dix minutes frustrantes, Kanan fit demi-tour et prit une route qui retournait vers l'intérieur des terres, dans la direction du mont Saint-Thomas. Le soleil était bas sur l'horizon lorsqu'ils traversèrent l'Adyar, à Saidapet. Les voies de communication, au nord du fleuve, ne semblaient pas avoir souffert.

Le chauffeur se dirigea vers Mylapore et la côte. Ahalya trouva un petit dérivatif dans l'observation du ballet chaotique des camions, des voitures, des autobus, des bicyclettes et des rickshaws motorisés. Elle serra la main de Sita pour la rassurer.

— On sera bientôt arrivées, affirma-t-elle avec un sourire qui n'éveilla pas d'écho sur le visage de sa sœur.

— Qu'est-ce qu'on va faire ?

— Je ne sais pas, admit Ahalya.

Elle s'efforça à nouveau de dominer le chagrin qui lui déchirait le cœur, mais cette fois la pression était trop forte. Des larmes roulèrent sur ses joues, lui brûlèrent les paupières, lui picotèrent le menton. Elle enlaça Sita et promit à Lakshmi, sur la tombe de son père, qu'elle ne permettrait pas qu'il lui arrive du mal. Elle serait une mère pour elle. Elle ferait les sacrifices nécessaires pour que Sita surmonte les horreurs de cette journée, pour qu'elle ait une belle vie. Elle était responsable de sa sœur.

Elle ne pouvait pas faillir.

Quelques minutes avant six heures, le camion s'arrêta à côté d'un complexe d'appartements de standing. Les ombres s'allongeaient sur la rue bordée d'arbres ; le soleil était sur le point de se coucher. Ramesh descendit de la cabine, lissa sa chemise et lança aux jeunes filles un sourire bienveillant.

— Je regrette de ne pas pouvoir vous emmener jusqu'à Tiruvallur, mais j'ai des obligations à Madras ce soir. J'ai payé Kanan pour vous conduire à bon port.

Il donna à Ahalya une carte de visite avec son numéro de portable.

— Je ne peux vous dire combien je suis désolé pour la perte cruelle de vos parents. Appelez-moi si vous avez besoin de quoi que ce soit.

Sur une petite courbette, il prit congé des deux jeunes filles.

Après le départ de Ramesh, Kanan ne prononça pas une parole. Il passa un bref appel sur son portable et repartit vers le centre-ville, au nord-est. Ils franchirent un pont au-dessus de la Kuvam et empruntèrent un grand axe routier qui allait vers la banlieue ouest, Kanan louvoyant dans la circulation.

Tout alla bien jusqu'à ce qu'ils arrivent à l'intersection avec la Jawaharlal Nehru Road. Kanan les surprit en tournant sur une piste de terre battue, dans une zone industrielle.

— *Neengal enna seigirirgal ?* appela Ahalya en tapant sur la vitre de la cabine. Qu'est-ce que vous faites ?

Kanan l'ignora et accéléra. Ils se retrouvèrent entre des barres d'immeubles délabrés, grouillants d'enfants crasseux et de chiens galeux. Des hommes fumaient à l'ombre des portes cochères et des couples âgés prenaient le frais sur des balcons exigus. Ahalya ne connaissait pas le quartier, mais la ville en comptait une quantité innombrable du même genre. C'étaient des endroits où des générations successives gagnaient à peine de quoi survivre en marge de la société, des endroits où l'on détournait la tête et où l'on ne posait pas de questions. Ahalya savait que si elle appelait au secours, personne ne viendrait à son aide. Son instinct ne l'avait pas trompée : Kanan n'était pas digne de confiance.

Elle s'apprêtait à prendre son téléphone dans son sac quand Kanan freina brusquement. Le pick-up s'arrêta en dérapage. Ahalya glissa son téléphone dans son *churidaar*. Elle parcourut les environs du regard. Le véhicule s'était arrêté au bout d'une barre d'immeubles miteux, en contrebas d'un grand mur de pierre. Le coin était mal éclairé et désert, en dehors d'un groupe de trois hommes debout dans l'obscurité. Ils entourèrent le 4 × 4, et le plus jeune monta dans le plateau à l'arrière. S'accroupissant devant les deux sœurs il déclara :

— Vous n'avez rien à craindre de nous. Si vous obéissez, nous ne vous ferons pas de mal.

Il remarqua le sac de toile d'Ahalya.

— Qu'est-ce qu'il y a là-dedans ?

Ahalya serra son sac contre elle. Aussitôt, le jeune homme la gifla d'un revers de main. Ahalya sentit sa joue la brûler et le goût du sang sur sa lèvre. À côté d'elle, Sita gémit. La violence avait été d'une soudaineté choquante. Ahalya tendit son sac au jeune homme.

Il déversa son contenu dans le plateau du véhicule et prit la boîte en bois, dont il défit le fermoir. Les bijoux étincelèrent à la lumière d'un réverbère. Il brandit l'un des colliers de Sita.

— Kanan, espèce de vieux chenapan ! s'écria-t-il, exultant. Regarde ce que tu nous as apporté ! Tu dois être béni par Ganesh !

— Parfait, dit Kanan en se tournant vers un gros homme au visage grêlé de petite vérole. Alors tu peux doubler ce que tu me dois.

Le gros type fronça les sourcils, et Kanan battit immédiatement en retraite.

— C'est bon, c'est bon. Deux fois, c'est trop. Disons cinquante pour cent de mieux.

— Ça marche, acquiesça le gros type en comptant des billets. Maintenant, dégage.

Le jeune homme obligea Sita et Ahalya à descendre de la plate-forme du pick-up. Kanan remonta dans la cabine, fit rugir le moteur et s'éloigna dans un nuage de poussière.

Le jeune prit Sita par le bras et le gros s'approcha d'Ahalya. Le troisième ravisseur, un type à lunettes avec une montre en argent, leur emboîta le pas. Le cœur d'Ahalya se mit à battre la chamade alors que les hommes les conduisaient dans un couloir sombre et leur faisaient monter un étage. Une *hamsa*, une main avec un œil au centre censée protéger contre le mauvais œil, était fixée au-dessus d'une porte d'appartement ouverte.

Les hommes poussèrent les deux sœurs dans le salon. Une femme obèse en *sari* était assise sur le canapé, devant un poste de télévision allumé. Elle jeta un coup d'œil aux filles et retourna à son émission. Le jeune homme et le gros type serrèrent la main de l'homme à lunettes, qu'ils appelaient Chako. Le gros parla brièvement avec lui, tout bas. Ahalya n'entendit rien de leur conversation, en dehors de la promesse du dénommé Chako de revenir le lendemain matin.

Chako prit congé de ses deux acolytes, ferma la porte derrière eux et tira deux verrous. Il se tourna vers les jeunes filles avec une expression neutre.

— Vous avez faim ?

Ahalya avait l'estomac qui grondait. L'idée de manger ne l'avait pas effleurée depuis des heures. Elle interrogea Sita du regard et acquiesça de la tête. Chako se tourna vers la femme et lui donna un ordre bref en tamoul. La femme se leva du canapé, l'air furieux, et disparut dans la cuisine. Elle en émergea quelques minutes plus tard avec un pichet d'eau et deux assiettes fumantes contenant du riz, des pois chiches et du chutney de pommes de terre. Les sœurs dévorèrent. La nourriture était trop épicée, l'eau tiède et non filtrée, mais Ahalya avait cessé de s'en faire pour si peu. Il fallait qu'elles gagnent du temps, jusqu'à ce qu'on les laisse seules et qu'elle puisse passer un coup de fil à sœur Naomi.

Après le repas, Chako ordonna aux deux sœurs de s'asseoir sur le divan à côté de sa femme. Il prit place sur une chaise, tout près d'elles. La femme de Chako était captivée par un talk show qu'Ambini n'avait jamais permis à ses filles de regarder. La célébrité invitée était une vedette de cinéma tamoule, et la conversation portait sur son dernier film, un drame sirupeux qui se déroulait pendant la guerre civile au Sri Lanka.

Assise à côté de Sita, Ahalya était muette d'incrédulité. En un seul jour, sa famille avait été anéantie par la mer, et Sita et elle avaient été enlevées. Que leur voulaient Chako et sa femme ? D'autres filles avaient-elles été retenues captives ici, ou étaient-elles les premières ? Ahalya se rappela que Kanan avait reçu de l'argent du gros bonhomme. Cela suggérait qu'ils s'étaient déjà livrés à cette manœuvre auparavant. Mais pourquoi ? Quelles étaient les motivations de ces individus ?

L'émission dura une heure, après quoi Chako passa sur une chaîne d'informations internationales. Ahalya et Sita étaient captivées par les images de dévastation provoquées par des vagues géantes le long de la côte de l'océan Indien. Des bébés restés orphelins piaulaient dans les bras de travailleurs humanitaires, des femmes pleuraient à chaudes larmes devant la caméra. Des villages entiers avaient été détruits, rayés de la carte par une muraille d'eau surgie de nulle part.

D'après le présentateur, le tsunami avait amorcé son voyage dans le tumulte d'un tremblement de terre colossal au large de la côte d'Indonésie. Une succession de vagues générées par la secousse sismique s'était répandue à partir de l'épicentre à la vitesse d'un avion à réaction. En moins de trois heures, le tsunami avait abandonné dans son sillage on ne savait combien de milliers de morts sur les côtes d'Indonésie, de Thaïlande, de Malaisie, du Sri Lanka, d'Inde et des îles Andaman et Nicobar. La chaîne afficha des estimations du nombre de victimes. D'après certains experts, le séisme avait fait cinquante mille victimes. D'autres multipliaient ce nombre par cinq. Le bilan du cataclysme était incommensurable.

À dix heures, Chako finit par éteindre le poste. Il conduisit Ahalya et Sita dans une chambre minuscule, uniquement meublée de deux lits et d'une petite commode. Les deux sœurs allaient dormir dans un lit, et la femme dans l'autre. L'unique fenêtre de la chambre était fermée par des barreaux de fer et des volets rouillés.

Peu après, la femme de Chako entra dans la pièce, en chemise de nuit, apportant un verre d'eau et deux petits comprimés ronds. Chako dit aux filles que les comprimés les aideraient à dormir. Ahalya réagit vite. Elle coinça la pilule sous sa langue et n'avala que l'eau. Son téléphone était toujours caché dans le tissu, à sa taille ; elle avait bien l'intention de l'utiliser quand tout le monde serait endormi. Mais la femme de Chako lui explora la bouche avec son doigt et découvrit son stratagème.

— Espèce d'idiote, cracha-t-elle en lui assenant une claque derrière la tête. Tu ne sais pas où est ton intérêt.

Elle obligea Ahalya à avaler le comprimé. Chako souhaita une bonne nuit à ses prisonnières, referma la porte de la chambre derrière lui et la verrouilla avec un cliquetis audible ; sa femme s'assit sur le lit à côté de la fenêtre et braqua sur Ahalya un regard mauvais.

— Vous ne pouvez pas vous échapper. N'essayez même pas, ou Chako sortira son couteau. D'autres ont appris la leçon à la dure. Et ne m'empêchez pas de dormir.

Ahalya et Sita s'allongèrent côte à côte sur le lit. Sita pleura sans bruit dans ses draps jusqu'à ce que le sommeil l'emporte. Ahalya passa ses bras autour d'elle, dans un effort désespéré pour opposer un bouclier protecteur aux forces invisibles qui avaient changé leur monde en cauchemar. L'effet du somnifère commençait à se faire sentir. Ahalya s'efforça de rester éveillée, mais la drogue la rendait léthargique et lui alourdissait les paupières.

Elle utilisa ses dernières forces pour repousser son téléphone portable plus profondément dans son *churidaar*. Puis sa résistance céda et elle sombra dans l'inconscience.

2.

Il le faut avouer, le mal est sur la terre :
Son principe secret ne nous est point connu.
Voltaire,
Poème sur le désastre de Lisbonne (1756)

Île de Kiawah, Caroline du Sud

Le lendemain de Noël, dans la pénombre qui précède l'aube, Thomas Clarke alla se promener le long du rivage de la plantation Vanderhorst. Il avait été le premier à émerger dans la maison du bord de mer. La veille, ils avaient fait une fête à tout casser. Le vin et le cognac avaient coulé à flots, et la plupart de ses compagnons s'étaient soûlés à mort. Thomas avait montré un peu plus de modération, mais c'était uniquement parce qu'il avait la tête ailleurs.

Il regrettait d'être venu. Il aurait mieux fait de rester à Washington. Jeremy, son meilleur ami de l'École de droit, était au courant, pour Priya, et l'avait invité à venir festoyer avec lui, dans l'île, afin qu'il ne passe pas Noël seul. Thomas appréciait l'intention, pourtant cette virée qui aurait dû lui changer les idées avait eu l'effet opposé. Il y avait des années qu'il ne s'était senti aussi seul.

Il franchit les dunes et descendit vers la plage. Le panorama qui s'offrit à lui était spectaculaire – un ciel bleu sans un nuage, délicatement poudré de rose, des vaguelettes coiffées de blanc sur un océan de mercure liquide, à peine effleuré par un vent capricieux, et des écharpes de sable vierge qui se déroulaient, ininterrompues, jusqu'à l'horizon. Il enfonça les mains dans les poches de sa parka, s'avança jusqu'au bord de l'eau et prit vers l'est, face au vent. Avec son mètre quatre-vingt-huit et ses quatre-vingt-deux kilos de muscles, il avait un physique de sportif et, en d'autres circonstances, il se serait lancé dans une course de plusieurs kilomètres. Ce jour-là, néanmoins, il n'était pas d'humeur à ça. Il marchait d'un pas rapide, régulier, en se livrant à des petits jeux mentaux, laissant ricocher ses pensées comme la boule d'un flipper, à la recherche d'un sujet sans danger. Mais son esprit finit par se rebeller, et il revit sa femme qui lui disait au revoir, debout à côté du taxi.

Elle s'appelait Priya, ce qui signifie « bien-aimée ». Il se rappelait avoir répété son nom, encore et encore, au début de leur relation. L'insouciance de ces premiers temps semblait irréelle, à présent. Il s'était passé tant de choses. Tant de choses avaient changé. Ils avaient pris des coups mortifères, qui avaient laissé derrière eux un désastre complet. En partant, Priya avait eu un regard qui voulait tout dire. Au-delà de l'amertume, de la colère et du désespoir, au-delà de l'émotion même, il existait un endroit où elle ne ressentait plus rien. Elle l'avait moins regardé qu'elle n'avait regardé à travers lui.

Leur histoire avait comporté de nombreux épisodes, de nombreuses étapes. Certaines étaient compréhensibles. Le reste était un mélange confus de failles et de douleur, de tragédie et de trahison, d'intérêts conflictuels et de besoins cachés ; et ils n'avaient jamais tout à fait réussi à combler le gouffre culturel qui les séparait. La vie était si souvent ainsi... Un terrain solide pouvait se changer sans prévenir en sables mouvants. Le monde rationnel sombrait dans la folie, et de braves gens perdaient complètement la tête.

Arrivé au fairway le plus à l'est du terrain de golf d'Ocean Course, Thomas fit demi-tour. La plage déserte de la plantation Vanderhorst était glaciale dans l'air hivernal, mais le soleil levant faisait étinceler l'eau, produisant une illusion de chaleur. En retournant vers la maison du bord de mer, Thomas pressa l'allure. Il avait été élevé par une championne d'athlétisme et un ex-marine qui était maintenant président du tribunal du district est de la Virginie. L'Honorable Randolph Truman Clarke, magistrat aux prunelles d'acier, friand de procédures expéditives et non dénué de masochisme, avait dressé Thomas et son jeune frère, Ted, à trouver stimulant d'assister au lever du soleil en prenant des bourrasques glacées dans la figure.

Quand il arriva aux planches qui traversaient les dunes, Thomas s'arrêta un instant et laissa le rythme des vagues bercer ses pensées. Une longue journée l'attendait. Cette seule idée l'accablait.

Pendant leurs années de vie commune à Washington, Priya et lui avaient passé le réveillon de Noël chez les parents de Thomas, à Alexandria. Il avait rompu avec cette tradition cette année, sans explication. Son père avait exprimé son déplaisir en quelques mots, selon son habitude ; sa mère, elle, avait été très contrariée. Elle l'avait interrogé sur leurs projets, et il ne lui avait pas donné de détails. Il ne pouvait pas se résoudre à lui annoncer que Priya l'avait quitté.

Ils avaient pourtant fini par le coincer. Sa mère avait insisté - *vraiment* insisté - pour qu'ils viennent dîner - avant ou après Noël, peu importait. Il avait temporisé, prétextant sa charge de travail au cabinet, puis le Juge avait décroché le téléphone et frappé du poing sur la table.

— Le lendemain de Noël est un dimanche. Il n'y aura personne au bureau ce jour-là. Tu peux sûrement t'accorder une pause.

— La fête de la boîte a lieu ce soir-là, avait rétorqué Thomas.

L'échappatoire avait tenu le coup jusqu'à ce que le Juge s'enquière de l'heure à laquelle commençait la fête.

— Huit heures et demie.

— Vous pourrez passer avant, avait décrété le Juge.

Thomas rentra dans la maison et rassembla ses affaires. La plupart de ses compagnons de beuverie dormaient encore, et la maison était dans un état indescriptible. Des assiettes sales et des verres à cocktail traînaient partout, et une vague odeur d'alcool planait dans l'air. Il n'enviait pas Jeremy, qui allait se taper la corvée de rangement.

Il tomba sur lui dans l'entrée, en tee-shirt gris et boxer-short.

— Tu pars déjà ? demanda-t-il. Je vais faire des crêpes. Tu ne peux pas prendre la route l'estomac vide.

Thomas passa la main dans ses cheveux bruns.

— C'est tentant, mais il faut vraiment que j'y aille. Il y a une soirée chez Clayton, ce soir, et je dois passer chez mes parents avant, pour dîner.

— Il y a des moments où on paierait cher pour que les fêtes soient derrière nous, répondit Jeremy en souriant.

— Je te remercie d'avoir pensé à moi. Vraiment.

Jeremy gratifia Thomas d'une claque sur l'épaule.

— Je sais que ce n'était pas la même chose que de fêter Noël avec Priya, mais c'était chouette de te revoir. Si je peux faire quelque chose...

— Merci.

Thomas esquissa un pâle sourire, ramassa son sac et prit congé de son ami.

Il se dirigea vers la grille dans une sorte de brouillard. La perspective des dix heures de route qui le séparaient de Washington ne l'enchantait guère. Il quitta l'enceinte du domaine et emprunta la direction de Charleston. Il n'y avait pas beaucoup de circulation et, quarante minutes plus tard, il arrivait à la ville. Il n'était pas vraiment pressé, mais, constatant que la police de la route brillait par son absence, il se laissa aller à conduire le pied au plancher. Il s'efforça de ne pas penser à l'appartement vide qui l'attendait à Georgetown, ni au parfum de jasmin et de lilas qui imprégnait encore les draps du lit.

Sur l'autoroute I-95, Thomas trouva un poste de musique classique à la radio et oublia la limitation de vitesse. L'Audi était aussi silencieuse à cent quarante kilomètres-heure qu'à quatre-vingt-dix. Vers midi, il s'arrêta pour faire le plein et se rappela qu'il n'avait pas avalé de petit déjeuner. Sur la recommandation du pompiste, il acheta un sandwich au jambon dans une gargote locale et parcourut les sept cents mètres qui le séparaient du jardin botanique de Cape Fear. L'air de la mi-journée s'était suffisamment réchauffé pour qu'il puisse s'offrir un déjeuner champêtre.

Il se gara sur le parking visiteurs et entra dans le jardin à pied. L'endroit était idyllique : un paradis de verdure luxuriante. Quelques couples se promenaient ; un homme d'un certain âge jetait du riz à une famille de pigeons ; sous un chêne, une femme blonde en chapeau prenait des photos d'un homme qui portait des lunettes de soleil. Non loin de là, une jeune maman et une fillette d'une dizaine d'années suivaient un sentier menant au Jardin des Enfants. Thomas regarda, le cœur serré, la petite fille courir devant sa mère. Quand Priya était enceinte, il avait rêvé d'emmener Mohini faire ses premiers pas au Rock Creek Park, à Washington. C'était l'un des innombrables espoirs que la mort de leur fille avait réduits à néant.

Il s'approcha d'un kiosque, au milieu d'une prairie, et s'assit sur les marches. La mère et la fillette disparurent dans un bouquet d'arbres. Bientôt, la femme à l'appareil photo cessa de s'intéresser à son compagnon pour braquer son appareil sur la flore. Le diaphragme cliquetant, l'objectif improvisant des arabesques sur le décor, elle s'engagea à son tour sur le sentier qui menait vers le Jardin des Enfants, son compagnon à la remorque.

Thomas sortit son sandwich et commença à manger. Les nuages dérivaient paresseusement, très haut dans le ciel. Il savoura le calme de l'endroit. Au bout d'un moment, son regard tomba, à l'autre bout de la prairie, sur le monsieur d'un certain âge, assis sur un banc à la limite des arbres. Tous les autres avaient disparu. L'espace d'un instant, tout fut tranquille. Il n'y avait pas un souffle de vent, rien ne bougeait dans la forêt, le soleil de décembre planait telle une lanterne dans le ciel.

Brusquement, le silence fut traversé par un cri.

Thomas posa son sandwich et se leva. Il y eut un second hurlement. C'était une voix de femme en provenance du Jardin des Enfants. Il réagit d'instinct. Une seconde plus tard, il courait sur le sentier, vers les arbres. Aucun doute, les cris étaient en rapport avec la fillette.

Il entra coudes au corps dans le bosquet. Le sentier était désert. Il faisait sombre sous les arbres qui avaient conservé leur feuillage. En ressortant du couvert des arbres, Thomas aperçut la jeune maman repliée sur elle-même au milieu d'une clairière. Elle se tenait le ventre d'une main, le visage de l'autre, et répétait un nom, inlassablement – Abby.

La petite fille avait disparu.

Thomas courut vers la femme et s'agenouilla devant elle. Elle avait une vilaine ecchymose sur la joue. Elle le regarda en ouvrant de grands yeux affolés.

— Je vous en prie ! fit-elle d'une voix étranglée. Ils l'ont emmenée ! Ils ont emmené mon Abby ! *Aidez-moi !*

Thomas sentit son cœur manquer un battement.

— Qui ça ? Qui l'a emmenée ?

— Une femme avec un appareil photo, hoqueta la femme en essayant de se relever. Et deux hommes. Il y en a un qui s'est jeté sur moi par-derrière.

Elle fit un geste en direction des arbres qui les séparaient du parking.

— Ils sont partis par là ! *Faites* quelque chose ! *Je vous en supplie !*

Au même instant, Thomas entendit un moteur rugir et un bruit de pneus soulevant une gerbe de gravier. Il n'hésita qu'une seconde. Il se leva d'un bond et se précipita dans le bosquet. Des branches lui giflèrent le visage, il trébucha sur une branche morte sans que cela ralentisse sa course. Il n'avait qu'une idée en tête – la fillette.

Il émergea des arbres juste à temps pour voir un gros 4 × 4 noir quitter précipitamment le parking, au nord. De son portable il appela la police. Le répartiteur répondit aussitôt.

— Il y a eu un enlèvement, expliqua-t-il, hors d'haleine, en cherchant ses clés de sa main libre. Au Jardin botanique.

Ils ont enlevé une fillette d'une dizaine d'années. Sa mère est là, et elle a pris un mauvais coup. J'ai vu un gros 4 × 4 noir ; je n'ai pas eu le temps de relever le numéro.

Sans attendre la réponse, il ouvrit précipitamment la portière de sa voiture et se mit au volant. Massacrant l'embrayage, il fit demi-tour sur la route d'accès, prit le boulevard de l'Est dans un crissement de pneus, et suivit la direction de Fayetteville. Il parcourut un kilomètre et demi sur la quatre-voies au double de la vitesse limite, espérant apercevoir le 4 × 4 avant qu'il s'engage sur une route secondaire. Il y avait très peu de circulation, mais il ne le vit pas.

Il fit encore un kilomètres ou deux vers l'I-95 sans le repérer. Il s'arrêta sur le bas-côté, examinant les alentours, désespéré. Chaque seconde qui passait diminuait ses chances de succès. Au nord du Middle River Loop, le sol était couvert de forêts et de champs vallonnés. Il scruta les deux côtés de la route, à la recherche d'un éclair noir sur le fond vert. Quelques voitures passaient sur l'autoroute, mais il n'y avait toujours aucun signe du 4 × 4.

Thomas crispa les mains sur le volant. La hardiesse avec laquelle le crime avait été commis le mettait en rage. Le 4 × 4 avait tout au plus une minute d'avance. Il ne pouvait pas être loin, c'était une question d'arithmétique élémentaire. Cependant Thomas ne connaissait pas la région, alors que les ravisseurs devaient y être comme chez eux.

Au bout d'un moment, il rebroussa chemin. Pendant son absence, quatre voitures de police et une ambulance, tous gyrophares clignotants, avaient bloqué l'entrée du parc. Deux policiers debout derrière l'ambulance regardaient une urgentiste s'occuper de la maman de la fillette ; un autre flic parlait dans une radio ; un quatrième prenait des photos un peu plus loin.

Thomas s'approcha du policier qui parlait à la radio. Le type était du genre bavard et ne lui prêta pas attention. Avant que Thomas ait eu le temps de se présenter, une main lui attrapa le bras. Il se retourna et vit la maman de la petite fille. Ses yeux bruns étaient clairs et implorants.

— Je vous en prie, dites-moi que vous les avez retrouvés ! s'écria-t-elle en repoussant l'infirmière qui essayait de la faire monter dans l'ambulance. Je vous en supplie, dites-moi que vous savez où ils l'ont emmenée !

Il secoua la tête, accablé par son impuissance. La femme poussa un cri de bête blessée.

— Oh, mon Dieu ! hurla-t-elle, d'une voix vibrante de douleur. Oh, mon Dieu, mon Dieu ! Elle a eu onze ans aujourd'hui. Je l'emmenais au cinéma, mais elle a voulu s'arrêter au jardin.

Soudain, elle se jeta sur Thomas et lui bourra la poitrine de coups de poing.

— J'aurais dû refuser ! reprit-elle d'une voix stridente, entrecoupée de sanglots incontrôlables. Comment est-ce que ça a pu arriver ?

Ne sachant comment réagir, désarmé, Thomas échangea un coup d'œil avec l'un des policiers, qui essaya d'intervenir. Ses tentatives d'apaisement, manquant de conviction, n'eurent aucune efficacité. La femme finit par se dominer suffisamment pour lâcher Thomas. Elle recula et referma ses bras sur elle.

— Pardon, murmura-t-elle. Abby est tout ce que j'ai. Je ne peux pas la perdre. Qu'est-ce que je vais faire ?

Sautant sur l'occasion, l'infirmière des urgences la prit par la main.

— Venez, madame Davis. La police fait tout ce qu'elle peut. On va s'occuper de vous.

Cette fois, la femme ne résista pas. Thomas se redressa avec raideur, à la fois ému et gêné par l'échange. Le policier qui tenait la radio entreprit de lui poser des questions sur l'incident. Il lui répondit, la tête ailleurs – ses pensées avaient dérivé vers un autre temps et un autre lieu : un petit tertre, au cimetière de Glenwood où il fleurissait la tombe de sa fille.

Il lui fallut un quart d'heure pour venir à bout de sa déposition. Vers la fin, une voiture de police banalisée s'arrêta sur le parking et un grand type en civil en descendit. Après avoir parlé à l'un des policiers qui se trouvaient auprès de l'ambulance, l'homme s'approcha de Thomas.

— Je suis l'inspecteur Morgan, du département de police de Fayetteville. Si j'ai bien compris, c'est vous qui avez appelé la police.

— En effet, confirma Thomas.

— Pourquoi avez-vous essayé de suivre le véhicule ?

Thomas haussa les épaules.

— Je ne sais pas. Je ne pouvais pas rester les bras croisés.

— D'après l'agent Velasquez, vous avez vu les ravisseurs.

— De loin seulement. C'était un couple comme il y en a tant dans les centres commerciaux. Sur le coup, je n'ai pas fait attention à eux.

— Vous pourriez les reconnaître si on procédait à une identification ?

— J'en doute. L'homme, peut-être. Pas la femme.

L'inspecteur le dévisagea avec curiosité.

— Que faites-vous, dans la vie ?

— Je suis avocat, à Washington. Pourquoi ?

L'inspecteur eut un sourire torve.

— Un avocat altruiste. Ça ne court pas les rues.

Le commentaire était inepte, et Thomas éprouva une pointe d'irritation. Il jeta un coup d'œil à l'ambulance et vit qu'on s'occupait des poignets lacérés de la mère désespérée. Quelque chose, dans l'incident, le turlupinait. Quelque chose de bizarre.

— Que s'est-il passé, ici ? demanda-t-il. Les ravisseurs étaient plusieurs, et ils ont agi au grand jour. Plus j'y réfléchis, plus ça paraît avoir été prémédité.

L'inspecteur croisa les bras.

— Je ne peux pas répondre à ça.

— Vous voulez me faire croire que c'est un crime ordinaire ? On est en Caroline du Nord, ici, pas à Mexico.

L'inspecteur s'assombrit.

— Je ne dis pas que ça l'est, et je ne dis pas non plus que ça ne l'est pas.

Il baissa un peu le ton.

— Écoutez, si ça peut vous consoler, beaucoup de gens très bien sont sur l'affaire. Il se pourrait que le FBI s'en mêle. On va faire tout ce qui est en notre pouvoir.

— Je n'en doute pas. Vous croyez que vous allez retrouver la petite ?

L'inspecteur tourna les yeux vers la forêt et, l'espace d'un instant, il baissa la garde.

— Je ne vais pas vous raconter d'histoires. Les statistiques ne jouent pas en notre faveur.

Thomas inspira profondément. Il avait l'impression qu'on lui avait enfoncé un couteau dans le ventre. Il remercia l'inspecteur et lui serra la main. Celui-ci lui tendit une carte de visite.

— Appelez-moi si quelque chose vous revient. Et veillez à rester joignable par mail. Il se pourrait que nous ayons d'autres questions à vous poser.

Thomas acquiesça et reprit sa voiture en tournant et retournant dans sa tête les paroles de la mère de la petite fille : « Abby est tout ce que j'ai. Je ne peux pas la perdre. » Il essaya de ne plus penser au désespoir de la femme, mais sa détresse ne voulait pas le lâcher.

Il fit toute la route jusqu'à Washington dans une sorte de brouillard mental. Il ne pouvait s'empêcher de se repasser l'enlèvement en boucle, assorti de reproches et de regrets : si seulement il avait vu le danger ; si seulement il avait dissuadé la maman d'Abby d'emmener sa fille par ce chemin-là ; si seulement il avait compris les intentions de la femme à l'appareil photo et de son compagnon ; s'il avait couru plus vite et attendu d'être au volant pour appeler la police. Et qu'est-ce que les ravisseurs avaient l'intention de faire à cette petite fille ? Allaient-ils demander une rançon, ou pire encore ?

Il arriva à Washington quelques minutes avant six heures. Il suivit le Potomac et traversa le pont qui menait à Georgetown. Il trouva une place de parking devant chez lui et déposa son sac de voyage dans l'entrée. Trois semaines avaient passé depuis le départ de Priya, et il ne s'était pas habitué au silence de la maison. Il alluma quelques lampes, monta dans la chambre, à l'étage, et se changea. Après avoir enfilé un pantalon et un pull, il se regarda dans la glace et vit les cernes noirs sous ses yeux. Sa mère lui répéterait qu'il ne faisait pas suffisamment attention à lui. Et elle aurait raison.

Le trajet jusqu'à la vieille ville d'Alexandria se résuma pour lui à une nuée de lumières brouillées. Il tourna dans l'allée de la modeste maison de style Tudor de ses parents et resta un moment assis dans la bulle silencieuse de sa voiture. Enfin, il gravit les marches du perron et s'arrêta devant la porte. Les accents étouffés d'un chant de Noël l'accueillirent. Il reconnut ce vieux crooner de Gene Autry, et pendant quelques secondes il eut l'impression de se retrouver dans un rêve. Un an plus tôt, il était debout sur ce même perron avec Priya. Ils se tenaient par la main. Ce qu'ils avaient vécu n'était pas le bonheur absolu, mais elle était enceinte, elle attendait avec impatience d'être maman, et il était satisfait de son existence. Il était l'une des étoiles montantes du cabinet Clayton/Swift, chargé de la défense de Wharton Coal dans une affaire susceptible de propulser sa carrière vers les sommets. Ils s'en sortaient bien financièrement. Comment les choses avaient-elles pu si mal tourner ?

Il frappa deux fois à la porte, ouvrit avec sa clé. Elena Clarke vint à sa rencontre dans l'entrée, un tablier autour de la taille, le visage luisant de sueur à cause de la chaleur du four. Elle fronça les sourcils en constatant qu'il était seul. Ils restèrent un instant debout là, en silence, aucun des deux ne voulant faire le premier mouvement. Puis Thomas trouva l'énergie de parler.

— Priya ne viendra pas. Elle est partie il y a trois semaines.

Voilà, ça y était, il avait lâché le morceau. Sa mère ouvrit de grands yeux, choquée, pourtant elle réagit rapidement.

— Tu ne nous l'avais pas dit, murmura-t-elle.

— Je ne savais pas comment vous l'annoncer.

— Où est-elle allée ?

Il inspira un bon coup.

— Elle est rentrée chez elle.

Elena s'approcha de lui, d'abord hésitante, puis avec davantage de confiance. Thomas se laissa enlacer sans résistance.

— Nous savions que vous traversiez des moments difficiles, mais nous espérions que ça n'en arriverait pas là.

Elle recula légèrement.

— Comment ça va, toi ?

— Ça pourrait aller mieux.

Sa mère eut un hochement de tête.

— Ton père est dans le bureau. Il lit un ouvrage hermétique sur les guerres du Péloponnèse.

Thomas réussit à esquisser un sourire.

— En voilà un scoop !

Il s'engagea dans le couloir, passa devant des photos de classe qui dataient de son enfance et pénétra dans le sanctuaire de son père. La pièce évoquait davantage une bibliothèque qu'un bureau. Le Juge trônait dans un fauteuil de cuir, un coussin sur les genoux et un stylo à la main. Il tenait devant lui, posé sur le coussin, un livre presque aussi gros qu'un dictionnaire. Des commentaires étaient griffonnés dans les marges. Le Juge prenait des notes sur tout ce qu'il lisait comme si les auteurs pouvaient venir lui demander ses impressions. Le jour, dans son travail, il arbitrait le destin des hommes ; les auteurs sans visage étaient des proies faciles.

Son père leva les yeux sur lui.

— Joyeux Noël, Thomas.

— Joyeux Noël, papa.

Il resta planté là, mal à l'aise, ne sachant pas trop comment continuer. Le Juge parla à sa place.

— J'ai entendu ce que tu as dit à ta mère à propos de Priya. C'est Mohini ou l'affaire Wharton qui a tout bousillé ?

Thomas encaissa le coup. Son père n'avait jamais été du genre à prendre des gants.

— Un peu des deux, je crois, répondit-il, se gardant d'ajouter que l'histoire était plus compliquée que ça, et que Priya et lui étaient autant à blâmer que la situation.

— Elle a toujours détesté ce fichu dossier, poursuivit son père.

— C'est difficile d'aimer une boîte qui a anéanti une école pleine de gamins.

Le Juge hocha la tête et se leva.

— C'est la malédiction des avocats, déclara-t-il en escortant son fils vers la salle à manger. On ne choisit pas ses clients.

— Priya n'aurait pas été d'accord.

— Non. Priya a toujours été une idéaliste.

Il se retourna et mit la main sur l'épaule de Thomas. Tout près, une horloge sonna sept coups.

— Je suis désolé, fils. Vraiment. Tu en as encaissé de dures, ces six derniers mois.

— Merci, papa, dit Thomas, touché par cette rare démonstration d'affection.

Elena les rejoignit dans la salle à manger et posa sur la table une corbeille de petits pains tout chauds.

— La dinde, la purée de pommes de terre, la farce, les airelles, les brocolis, les condiments, énuméra-t-elle dans l'espoir d'alléger l'atmosphère. Ted et Amy ont mangé toute la farce au réveillon de Noël, mais j'en ai refait une fournée.

Des odeurs délectables montaient des plats, et Thomas s'autorisa un sourire. Ted, son frère cadet, travaillait dans la finance, à New York, et sa femme, Amy, était mannequin pour une flopée de revues de mode. Malgré leurs carrières de haut vol, en réalité, c'étaient des personnes assez terre-à-terre.

— Je parie que l'ogre s'appelait Ted, pas Amy, plaisanta Thomas.

Son père eut un petit rire.

— On croirait que cette fille ne mange jamais rien.

— Écoutez, je suis vraiment désolé de ne pas être venu, dit Thomas.

Gentiment, mais sans conviction. Puis il se rendit compte qu'il le pensait vraiment.

— Tout est pardonné, lança sa mère. Allez, à l'attaque !

Pendant le dîner, ils s'ingénièrent à choisir des sujets de conversation légers, mais, alors qu'ils finissaient le plat principal, ils furent rattrapés par la gravité des récents événements ; sa mère demanda à Thomas s'il était au courant du tsunami dans l'océan Indien.

— J'en ai entendu parler à la radio.

— Ta mère a été scotchée à la télévision tout l'après-midi, dit le Juge.

— Ça nous dépasse complètement, reprit Elena d'une voix frémissante de compassion. Tous ces gens... Comment des choses pareilles peuvent-elles arriver ?

— Je ne sais pas.

C'était la deuxième fois que Thomas était confronté à cette question dans la même journée. Il pensa à la mère d'Abby, pleurant toutes les larmes de son corps dans ses bras. Il se tourna vers son père.

— Puisqu'on aborde des sujets déprimants, papa, je voudrais avoir ton impression sur un truc qui m'est arrivé en venant ici.

Il raconta au Juge l'enlèvement et sa conversation avec l'inspecteur Morgan. Il ne relatait pas ces événements sans raison. Son père régnait sur l'un des districts judiciaires les plus puissants du pays. Si quelqu'un avait une vision d'ensemble du crime en Amérique, c'était bien lui. Quand Thomas eut fini de raconter son histoire, son père se frotta le menton et déclara pensivement :

— Hum, la base aérienne de Fort Bragg est à Fayetteville. Il se pourrait qu'il ne s'agisse pas d'un enlèvement ordinaire. On a constaté une recrudescence des affaires de prostitution forcée au cours de l'année dernière.

Thomas fronça les sourcils.

— Quel rapport avec Fort Bragg ?

— On ne peut plus simple : la base aérienne procure aux souteneurs un vivier de clients fidèles.

Elena se leva brusquement en faisant le signe de croix et commença à débarrasser. Thomas échangea un coup d'œil avec son père et se leva pour aider sa mère. Ensuite, ils se retrouvèrent au salon, autour du sapin. Thomas sirota un verre de lait de poule pendant que son père tisonnait le feu dans la cheminée. Elena prit une vieille Bible de cuir sur une petite table de bout de canapé. Elle l'ouvrit à l'évangile de saint Luc, comme toujours à cette époque de l'année, mais, au bout d'un moment, elle reposa la Bible.

— Je ne suis pas sûre d'arriver à lire après ce que je viens d'entendre.

— Je vais le faire, proposa le Juge.

Il ouvrit la Bible au passage de l'Avent et lut les mots usés par le temps. Thomas écouta la lecture, comme il l'avait écoutée tous les ans depuis qu'il était au monde, néanmoins le passage n'avait plus grand sens pour lui. Il avait fait sa communion et sa confirmation, en bon gamin catholique qu'il était, mais les notions acquises au catéchisme s'étaient effilochées puis évanouies au cours de ses années d'études à Yale. Dans le monde réel, il n'existait qu'une vérité : le doute.

Quand le Juge eut achevé sa lecture, Elena alla pêcher sous le sapin un petit paquet emballé dans du papier doré. La lecture des Écritures semblait l'avoir un peu apaisée. Elle sourit à son fils.

— C'est ton père qui les a choisis.

Thomas défit le papier et ouvrit une petite boîte à bijoux contenant des boutons de manchettes en argent. Ils étaient à ses initiales : TRC. Le « R » était pour Randolph.

— Priya essayait toujours de te faire mettre ces chemises chic, avec des poignets mousquetaires à la française, lança son père avec un petit rire. Je pensais que ça t'y aiderait.

— Elle essayait toujours de me faire faire des tas de choses, confirma Thomas.

Elena lui tendit un deuxième paquet avec un soupir.

— Ça, c'était pour elle. Je l'ai trouvé dans une librairie d'occasion. Je pourrais le garder, bien sûr, pourtant je préférerais que tu l'emportes.

Thomas secoua la tête.

— Elle ne reviendra pas, maman. Je ne vois pas l'intérêt.

Il ne voulait pas la brusquer, cependant il ne souhaitait pas non plus qu'elle se fasse d'illusions. Elena eut un geste désabusé.

— Tout de même, prends-le. S'il te plaît.

Thomas obtempéra sans enthousiasme.

— Tu veux que je l'ouvre ?

Sa mère acquiesça d'un hochement de tête. Sous le papier, Thomas découvrit un recueil de poésie de Sarojini Naidu.

— Tu n'aurais pu mieux trouver, maman. Priya adorait Naidu.

— Si tu nous lisais quelque chose ?

Chaque fibre de son être poussait Thomas à refuser, toutefois il ne voulait pas décevoir sa mère. Il ouvrit le livre, tomba sur un poème appelé « Fugacité » et le lut à haute voix. Le refrain avait une beauté obsédante, pourtant il sonnait creux dans son cœur :

Non, ne pleure pas ;
Des visages, espoirs et rêves inconnus,
La joie non vécue des ans à venir,
De ton cœur feront trahir le chagrin,
Et verront tes yeux infidèles aux larmes.

Quand il eut fini de lire, un ange passa dans la pièce. Ils furent sauvés par le tintement de l'horloge ancienne. Huit coups.

— Je suis désolé, il faut vraiment que je me sauve, annonça Thomas en s'efforçant de dissimuler son soulagement. Je dois passer me changer avant d'aller en ville.

— Évidemment, répondit Elena avec une profonde tristesse.

Ses parents le raccompagnèrent à la porte. Leur gravité contrastait avec la jovialité qu'ils avaient affectée au début du repas.

— Appelle-nous si tu as besoin de quoi que ce soit, dit Elena. De nuit comme de jour, on viendra tout de suite.

Thomas embrassa sa mère sur la joue et serra la main de son père.

— Ça va aller. Ne vous inquiétez pas pour moi.

Mais il savait que ses parents ne le croyaient pas.

Il s'arrêta rapidement chez lui pour enfiler son smoking. Il se sentait fourbu. C'était complètement idiot de faire toute la route jusqu'en Caroline du Sud, et retour, juste pour Noël. Les fêtes de fin d'année avaient des bons côtés, pourtant même les meilleures années toutes ces mondanités lui donnaient mal à la tête. Il avait absolument besoin de boire quelque chose. C'était à peu près le seul avantage des soirées chez Clayton : on ne risquait pas d'y mourir de soif.

À vingt et une heures, un taxi le déposa devant l'entrée de l'Hôtel Mayflower. Il arrivait en retard, sachant d'expérience que nul ne s'en apercevrait. Chez Clayton, les réceptions duraient toute la nuit.

Dès le hall de la noble bâtisse Art déco, il fut accueilli par un brouhaha de conversations. Le siège de Washington – l'un des vingt bureaux de Clayton dans le monde – hébergeait deux cents avocats et près du double d'employés. Quand tout le groupe était réuni, dès qu'on commençait à servir les alcools, il fallait hurler pour se faire entendre malgré le vacarme.

Dans la grande salle de bal, il salua un groupe d'amis. Après avoir échangé quelques plaisanteries et une pincée de ragots de bureau, il s'esquiva pour aller chercher un verre. À l'un des bars, il commanda un Manhattan et observa le barman mélanger le whisky, le vermouth et le bitter. Il trempa ses lèvres dans son cocktail en examinant la mer de visages rougis par l'excitation et les libations. Il éprouvait toujours une poussée d'adrénaline dans cette foule. Clayton était l'un des cabinets juridiques les plus prestigieux du monde. Au cours des dix dernières années, surtout, l'emballement du marché immobilier, la montée en flèche des fusions et acquisitions internationales, l'expansion et la mondialisation du secteur de l'énergie avaient rendu multimillionnaires certains avocats associés du cabinet et donné aux collaborateurs comme Thomas un avant-goût de la belle vie qui les attendait.

Contrairement à lui, Priya détestait absolument tout dans cette boîte. Elle avait désespérément essayé de dissuader Thomas quand il avait envoyé son CV à Clayton. Elle avait tenté de le convaincre que réussir sa vie, ce n'était pas la concentrer sur la recherche du profit, plutôt défendre des organisations sans but lucratif. Il l'avait écoutée. Il l'écoutait toujours. Pourtant, il n'était pas de son avis. S'échiner pour des queues de cerises dans un groupe de défense des droits civils pouvait être moralement satisfaisant, mais question plan de carrière, c'était un cul-de-sac. Il voulait suivre les traces de son père – siéger dans un tribunal fédéral. Et pour y arriver, il fallait jouer dans la cour des grands.

— Salut, toi !

La voix le fit sursauter. Il se retourna et son regard plongea dans les yeux aigue-marine de Tera Atwood.

— Je t'ai appelé tout le week-end, dit-elle, mais tu n'as pas répondu.

Elle s'approcha de lui et posa la main sur son bras.

— Tu es allé t'amuser quelque part ?

Tera était diplômée de l'École de droit de Chicago, et une collaboratrice d'un an sa junior. Elle était intelligente, vive et jolie. Ce soir-là, elle portait une robe à paillettes argentée qui faisait plus chanteuse de cabaret qu'avocate dans un grand cabinet.

— Je suis allé à la plage avec quelques amis, répondit-il en vérifiant que personne ne leur prêtait attention. J'avais oublié mon BlackBerry.

Il essaya de se décrisper, sans succès. La seule présence de Tera avait sur lui un effet contre lequel il ne pouvait lutter. Et qui se résumait en deux mots : désir et culpabilité.

— On pourrait partir d'ici et aller dans un endroit plus tranquille, proposa-t-elle avec un sourire coquin.

Ce qui eut pour effet de décupler le sentiment de culpabilité de Thomas.

— Je ne pense pas que ce soit une bonne idée.

Tera eut l'air légèrement froissée.

— Mon cher Thomas, tu oublies que Priya t'a quitté. Qu'as-tu à cacher ?

— Ici, personne n'est au courant.

— Tu as l'intention de garder le secret pendant longtemps ?

— Je ne sais pas trop, avoua-t-il, regrettant chaque syllabe de cette conversation.

— Tu as honte de moi, Thomas ? lança Tera d'un ton léger, mais la question était hérissée de pointes d'acier.

— Bien sûr que non.

Pourquoi donc tenait-il tant à la rassurer ?

Elle posa de nouveau la main sur son bras.

— Demain, ça te conviendrait ?

Thomas vit l'un des partenaires du service contentieux regarder dans leur direction. Il détourna la tête.

— Demain, ce serait mieux, acquiesça-t-il, espérant que Tera saisirait l'allusion et en resterait là.

— J'ai hâte d'y être, conclut-elle.

Elle le planta là pour aller saluer un ami.

Il aurait voulu rentrer dans un trou de souris. Tera était l'une des parties incompréhensibles de l'histoire. Il avait toujours méprisé la culture d'entreprise – toutes ces relations de copinage, les parties de jambes en l'air entre collègues, les liaisons plus sérieuses. Il n'avait d'yeux que pour Priya. Tera avait travaillé avec lui pendant trois ans sur l'affaire Wharton ; pourtant il la considérait comme une amie, rien de plus. Puis la tragédie avait frappé, et tout à coup les règles avaient changé. Elle s'était rapprochée de lui juste au mauvais moment, quand la souffrance silencieuse de Priya s'était muée en une amertume mordante.

Leur liaison avait commencé assez innocemment : un rire par-ci, une main sur l'épaule par-là. Peu à peu, quelque part entre le maelström de la préparation du procès Wharton et la dépression au vitriol de Priya, il avait franchi la frontière qui séparait l'attirance d'un attachement plus profond. Il restait au bureau de plus en plus tard, redoutant les diatribes auxquelles il aurait droit chez lui au moindre raté que Priya ressentait ou inventait. Il ne pouvait pas lui parler de Mohini, leur petite fille : elle refusait même de prononcer son nom. Il était profondément vulnérable, et Tera était disponible. Plus que disponible : ensorcelante.

Il avait résisté à ses avances jusqu'au départ de Priya, puis au cours des trois dernières semaines il était allé deux fois chez elle, dans son appartement perché sur la colline du Capitole. Il n'était jamais resté toute la nuit. Il se sentait infiniment trop coupable pour ça. Néanmoins il avait cédé à la tentation de coucher avec elle parce qu'elle était sensible et belle, et que sa femme l'avait quitté.

Il regarda sa montre. Dix heures. Il se ressaisit et commença à circuler entre les groupes. Il échangea quelques répliques spirituelles avec deux associés seniors, avant de prendre congé. Il quitta le Mayflower à pied et se dirigea vers le sud, le long de la 18e Rue, vers la rue K. La nuit était froide et claire. Les étoiles les plus brillantes étaient visibles malgré la brume de pollution. Thomas se recroquevilla dans son pardessus. Il songea à héler un taxi, se ravisa. Il allait marcher.

Vingt-cinq minutes plus tard, en arrivant chez lui, il se sentait légèrement revigoré. Il alla tout droit dans la cuisine et se versa un verre de scotch. Il emporta la bouteille vers le canapé et essaya de se vider la tête. En vain. Il était incapable de chasser son sentiment de culpabilité après sa rencontre avec Tera.

Il repensa à l'enlèvement, à Fayetteville. Son père avait-il raison au sujet du lien avec le trafic d'êtres humains ? Abby Davis était-elle vraiment tombée entre les pattes d'un proxénète ? Il pensa à Mohini, essaya d'imaginer à quoi elle aurait pu ressembler à onze ans, et frémit. Comment aurait-il réagi si c'était arrivé à sa fille ?

Il chercha du regard le livre de poésie que sa mère lui avait donné. Il était là, sur la table, à côté du répondeur téléphonique. Sans trop savoir pourquoi, il relut le poème intitulé « Fugacité ». Cette fois, l'une des strophes lui parla :

Non, ne t'afflige pas,
Si assombrie que puisse être ta vie,
Le temps ne ralentira pas sa course ;
Ce jour qui te semble long et amer,
Sera bientôt un hier oublié.

Il s'appuya au dossier du canapé et ferma les paupières. Il prit alors la mesure du trou dans lequel il s'était fourré. Et il sut, avec une égale clarté, qu'il n'existait qu'un chemin vers la lumière. Il fallait que ça change. Il avait besoin d'un nouvel horizon. Pour aller vers quoi, il ne le savait pas au juste, toutefois le statu quo n'était plus envisageable. Ne rien faire serait mourir à petit feu.

3.

Tout être contient en lui-même le monde intelligible dans son ensemble.

Plotin

Madras, Inde

Ahalya se réveilla dans une confusion d'impressions brumeuses. Elle avait une terrible gueule de bois à cause du somnifère, et elle ne comprit pas tout de suite où elle était. L'espace d'une précieuse seconde, elle crut que Sita et elle étaient dans leur lit, chez elles, et que leurs parents les attendaient au rez-de-chaussée pour les embrasser et leur raconter les nouvelles de la journée. Puis l'horreur de la situation lui revint.

Elle tenait Sita tout contre elle, leurs deux corps emboîtés telles des cuillères dans un tiroir, comme si souvent dans leur vie antérieure. Cependant le lit était bizarre, plein de creux et de bosses, et elle ne reconnaissait pas les tapisseries qu'elles avaient accrochées, avec l'aide de leur mère, sur les murs de leur chambre à coucher. Une femme entra dans son champ de vision. Ahalya sentit son cœur faire un bond dans sa poitrine. Le visage de la femme se perdait dans l'ombre, néanmoins ce n'était pas celui d'Ambini.

— Debout, c'est l'heure ! lança sèchement la femme de Chako. Vous avez un train à prendre.

Sita bougea dans les bras d'Ahalya, et elles se redressèrent toutes deux. Le réveil numérique, sur la table de nuit, indiquait cinq heures quarante du matin.

— Quel train ? demanda Ahalya en prenant la main de sa sœur.

— Vous verrez bien.

Arrivée à la porte, la femme de Chako se retourna.

— Au fait, j'ai découvert le téléphone portable que tu cachais sur toi. Ne nous joue plus jamais ce genre de tour, ou ta sœur en pâtira.

Ahalya ne put s'empêcher de porter la main à sa ceinture et ne trouva qu'un vide à cet endroit. Son cœur se changea en plomb. Son téléphone avait disparu.

— Où nous emmenez-vous ? s'enquit-elle bravement.

— Pas de questions ! trancha la femme. Le petit déjeuner est sur la table. Vous avez un quart d'heure pour manger. Prakash et Vetri seront là à six heures. Ils vous emmèneront à la gare.

Sur la table, les sœurs trouvèrent, dans une assiette, deux gâteaux *idli* collants, deux crêpes *dosa*, et des tasses d'eau. C'était un pauvre simulacre de petit déjeuner. Ahalya assura à Sita qu'elle n'avait pas faim et encouragea sa sœur à tout manger. Sita la dévisagea attentivement et refusa le deuxième gâteau *idli*. Ahalya l'engloutit avidement.

Prakash et Vetri arrivèrent à six heures pile. Le jeune – Vetri – entra d'un pas nonchalant et les salua d'une courbette. Ni Chako ni sa femme ne leur adressèrent une parole lorsqu'elles sortirent de l'appartement.

Ahalya et Sita suivirent les deux hommes dans la rue. Le quartier était délabré et silencieux sous le ciel encore noir. Il n'y avait personne en vue. Quelques chiens errants dormaient à l'abri tout relatif des entrées d'immeubles. Le gros type – Prakash – était debout, les bras croisés, à côté d'un 4 × 4 gris métallisé qui tranchait sur l'environnement misérable. Il les toisa avant d'ouvrir la portière.

— *Caril utkarungal.* Montez.

Sita et Ahalya grimpèrent dans la cabine. L'intérieur du véhicule sentait le neuf et rappelait la Land Rover de leur père. Ahalya chassa ce souvenir et prit la main de Sita.

— Ça va ? demanda-t-elle en anglais, espérant que les hommes ne le comprenaient pas.

— Parlez tamoul ! aboya Prakash en prenant place à l'avant.

— Ça va, murmura Sita en posant la tête sur l'épaule d'Ahalya.

D'un bond, Vetri se cala à côté du conducteur, et Prakash démarra en trombe. Ils quittèrent le quartier en direction de l'océan. À cette heure matinale, les rues de la ville étaient pratiquement désertes. Quelques minutes plus tard, Prakash entra dans le parking de la gare centrale de Madras. Vetri disparut dans la foule de passagers qui attendaient les premiers trains de la journée. Prakash jeta un coup d'œil à ses proies dans le rétroviseur et verrouilla les portières.

— Où allons-nous ? répéta Ahalya.

— Pas de questions, grommela Prakash.

Vetri ne tarda pas à revenir, une poignée de papiers à la main. Il les tendit à Prakash, qui les parcourut rapidement avant de hocher la tête. Il se retourna et regarda d'abord Ahalya, puis Sita.

— Les billets sont en ordre. Vetri va vous accompagner, avec Amar. Vous allez bientôt faire sa connaissance. Obéissez-leur sans poser de questions. Ne parlez à personne, ou vous le paierez cher. Et ne pensez même pas à approcher de la police. Le commissaire adjoint est un de mes amis.

Les sœurs suivirent les deux hommes dans la foule. Entrant dans la gare derrière Prakash, elles gravirent une volée de marches jusqu'à une passerelle enjambant les voies. Au niveau de la voie 4, ils redescendirent sur le quai. Le train étirait tel un serpent bleu ses voitures, trop nombreuses pour qu'Ahalya les distingue dans le noir. Elle scruta les wagons, à la recherche du nom du train. Une pancarte annonçait : « Madras Express ». Elle n'en avait jamais entendu parler.

Prakash laissa les deux filles sous la garde de Vetri, dans un recoin au pied de la passerelle, et revint peu après en compagnie d'un petit bonhomme aux cheveux noirs et au menton massif. Le nouveau venu avait le teint clair des

Indiens du Nord. Il détailla les jeunes filles de la tête aux pieds et se tourna vers Prakash avec un sourire.

— Bien joué, l'ami, dit-il en tamoul, avec un fort accent.

Sa façon de parler confirmait qu'il n'était pas de Madras.

— Je pensais bien qu'elles vous plairaient.

L'homme tendit à Prakash un sac noir.

— Douze mille roupies, six mille chaque. Ça fait deux mille de plus que le tarif habituel.

Prakash fit la moue.

— J'en voulais quinze.

— Treize, pas davantage, contra l'homme.

Il fouilla dans la poche de son pantalon et en retira deux billets de cinq cents roupies. Prakash prit l'argent avec un hochement de tête et partit sans ajouter un mot. L'homme se présenta aux deux sœurs.

— Je m'appelle Amar. Vetri est mon assistant. Il va voyager avec vous. Le trajet est long, et le train sera bondé. Comportez-vous normalement, mais n'encouragez pas la conversation. Si l'une de vous deux désobéit, l'autre sera punie.

— Où nous emmenez-vous ? demanda à nouveau Ahalya en serrant la main de Sita pour la rassurer.

Elle pensait à des histoires qu'elle avait entendues : des hommes venus de grandes villes attiraient des femmes et les arrachaient à leur famille afin de leur faire effectuer des tâches dégradantes pour des sommes minimes, sinon pour rien. L'idée de trimer comme des esclaves, nuit et jour, pour des étrangers, dans une ville inconnue, lui donnait des frissons.

Amar plissa les paupières.

— Vous le verrez bien assez vite.

Il échangea un signe avec Vetri et indiqua le quai.

— Emmène-les à leur place.

Vetri conduisit les sœurs vers un wagon-couchettes, en queue du train. À bord, elles s'aperçurent que la plupart des sièges étaient occupés. Vetri les emmena dans un compartiment au centre de la voiture. Une vieille femme était assise sur la banquette en face d'elles. Elle leur adressa un sourire ridé, sans prononcer un mot. À côté d'elle, un homme de grande taille, entre deux âges, somnolait, une valise coincée entre les jambes. La banquette ployait sous son poids.

La masse humaine accumulée dans le wagon-lit réchauffait déjà l'air frais du petit matin et le chargeait d'âcres odeurs de transpiration. Vers l'avant de la voiture, un bébé pleurait et, dans le compartiment voisin du leur, deux hommes parlaient très fort de la politique tamoule. Dans cet espace restreint, il était impossible d'échapper à leur conversation. Ahalya songea que le trajet promettait d'être très inconfortable.

Elle laissa à Sita la place à côté de la fenêtre et s'installa en face d'elle. Sita chuchota, en anglais :

— Où crois-tu qu'on va ?

Ahalya jeta un coup d'œil à Vetri. Fasciné par un magazine de cinéma sur papier glacé, il ne s'intéressait pas à leur échange.

— Je ne sais pas, murmura-t-elle dans un soupir. Je n'ai jamais entendu parler de ce train.

— J'ai peur, avoua Sita d'une voix à peine audible dans le brouhaha.

— Sois forte, Petite Fleur, l'encouragea Ahalya, utilisant le surnom préféré de Sita. Si notre mère était là, c'est ce qu'elle te dirait.

Au lever du soleil, le train quitta Madras et s'engagea dans la vaste campagne, longeant villages et rizières, d'interminables champs desséchés par le soleil. Pour se distraire, Ahalya et Sita jouèrent à des jeux de langage, comme elles le faisaient si souvent à Sainte-Marie.

— Qui a dit : « La lumière, mon amour, éclabousse d'or les nuées, et sur elles éparpille une profusion de gemmes » ? demanda Ahalya. C'est un poète.

— Tagore. C'était facile.

— Et ça : « Le corps où est Amour est vivant ; autrement ce n'est qu'ossements recouverts de peau. »

— Tiruvalluvar, répondit Sita, résolvant l'énigme avec aisance.

Ahalya pensa à un vers moins connu :

— « Le vent de l'aube qui libère les bourgeons t'apporte sa douce haleine. »

Sita réfléchit longuement.

— Je ne sais pas.

— Hafez.

— Il était musulman, pas hindou ! protesta Sita.

— En poésie, ça n'a pas d'importance.

Au fil des heures, le wagon, déjà bondé, se remplit de plus en plus. La température devint suffocante. Ahalya voyait la sueur perler sur le front de sa sœur, et son propre *churidaar*, trempé, lui collait à la peau. Pour empirer les choses, elles avaient faim. À chaque gare de campagne, des colporteurs s'agglutinaient sur les marchepieds du train, proposant des vivres et des boissons. Vetri s'acheta à boire et à manger pour le déjeuner et le dîner, mais à ses prisonnières, il ne donna que des bananes.

Enfin, à sept heures, le soleil se coucha et l'air se rafraîchit, leur apportant un soulagement appréciable. Sita bâilla. Ahalya lut la question dans ses yeux. Elle parcourut du regard les voyageurs littéralement collés les uns contre les autres, entassés sur des bancs, assis par terre, debout, ballottés au gré du balancement du train, et se demanda comment quelqu'un pourrait arriver à dormir. Pourtant, tout le monde y parvint plus ou moins. Les enfants finirent par s'étendre sous les banquettes, se calant entre les paquets. Les femmes s'appuyèrent les unes contre les autres jusqu'à ce que, se sentant protégées, elles ne craignent plus de fermer les yeux. Les hommes se logèrent dans l'espace restant, coinçant leurs membres dans des interstices d'une exiguïté improbable.

Ahalya murmura une prière qu'Ambini leur avait apprise, une prière à Lakshmi, pour que leur soient accordés chance, courage et santé. Où qu'on les emmène, elles en auraient bien besoin.

Alors que la nuit étirait ses longues heures, les corps se déplacèrent, les bébés pleurèrent et les enfants gémirent ; Ahalya et Sita dormirent tout de même. Dans les ténèbres précédant l'aube, l'épuisement finit par les submerger. Quand Ahalya rouvrit les yeux, le train avait commencé à ralentir. Le wagon était moins bondé. Beaucoup des voyageurs avaient disparu. Les lumières, d'abord rares, derrière les vitres, laissèrent place à des bâtiments. L'angoisse qu'elle avait réussi à refouler pendant le trajet s'empara à nouveau d'elle. La plupart des passagers restants dormaient encore, mais quelques-uns s'étiraient et commençaient à bouger. Tout semblait indiquer que le train approchait de sa destination.

Ahalya se tourna à nouveau vers la vitre et s'aperçut que Sita était réveillée. Elle observait le paysage urbain qui allait en se densifiant.

— C'est plus grand que Madras, dit-elle doucement.

— Oui, acquiesça Ahalya.

Le train ralentit ; un quai apparut. Des pancartes fixées au-dessus des bancs mis à la disposition des voyageurs arboraient l'inscription « Dadar ». Ahalya sentit sa gorge se serrer. Elle avait entendu parler de Dadar.

C'était une gare de Bombay.

Alors que le train s'arrêtait, les passagers se rapprochèrent de la porte arrière en traînant des sacs et des enfants. Amar entra dans la voiture par l'avant et navigua dans la marée humaine.

— Suivez-moi, lança-t-il sans autre explication.

Dans la pénombre qui précédait le lever du jour, la gare de Dadar ressemblait à une maison de fous. Des lampes fluorescentes suspendues en hauteur projetaient sur le quai une lueur blafarde, grisâtre, bleutée. Une meute de *taxi-wallas* firent des offres de service à Amar dans une langue étrangère. Ahalya regarda autour d'elle à la recherche d'un policier, et n'en repéra pas un seul. Si elle tentait de fuir en courant, elle pourrait se perdre dans la foule, mais elle ne savait pas comment prévenir Sita par gestes, ou assurer sa sécurité.

Amar pêcha dans la poche poitrine de sa *kurta* des cartons qui ressemblaient à des tickets.

— Dépêchons-nous. Le train local va arriver d'une minute à l'autre.

Ils montèrent sur une passerelle au-dessus des rails et descendirent vers un autre quai. Quelques secondes plus tard, un train de banlieue venant du nord entra en gare. Le wagon était plein à craquer. Des hommes debout dans les portières ouvertes dépassaient hors du train. Il n'y aurait jamais assez de place pour contenir la foule massée sur le quai.

Amar parla très vite aux deux sœurs :

— Restez avec Vetri. Vous allez être obligées de pousser pour monter dans le train.

Lorsque la rame s'arrêta, la foule se précipita vers les portières. Ahalya attrapa la main de Sita et se mêla à la marée humaine. Alors qu'elles approchaient de la porte d'une voiture, la pression devint si forte qu'elles se retrouvèrent en train de courir. La perspective de monter à bord paraissait impossible, puis une percée s'ouvrit en haut des marches et les sœurs en profitèrent pour s'insinuer dans la brèche. Elles suivirent Vetri vers le centre du wagon et se cramponnèrent à des poignées de métal au-dessus de leur tête, alors que les passagers s'écartaient, faisaient un pas de côté puis s'aggloméraient de nouveau autour d'elles.

Le train avançait à vive allure. Il traversa un certain nombre de gares sans s'arrêter. Au bout de dix minutes, Vetri réussit à se frayer un chemin vers elles et leur annonça qu'ils descendraient à la gare centrale de Bombay. La gare apparut dans un tourbillon de lumières et de mouvement. Amar les rejoignit sur le quai et les cornaqua vers un taxi à l'extérieur.

La ville s'animait sous le soleil levant. Ils étaient dans une zone urbaine populeuse. Des taxis noir et jaune vibrionnaient dans les rues tels des bourdons dans une ruche, et des piétons se faufilaient imprudemment entre les voitures. Le taxi emprunta une large artère avant de tourner dans une rue poussiéreuse d'où partaient de petites ruelles. En dehors de quelques femmes qui houspillaient des vendeurs ambulants, le quartier était étrangement calme.

Le taxi s'arrêta le long du trottoir. Un homme vêtu d'une chemise grise et d'un jean noir s'approcha. Il avait à peu près l'âge de leur père, mais ses cheveux étaient presque tout blancs. Amar descendit du taxi et lui serra la main. Vetri ordonna aux adolescentes de descendre.

— Cachetées ? demanda l'homme aux cheveux blancs.

— Oui, répondit Amar.

— Quarante mille, décréta l'homme avec autorité.

— Soixante-quinze, répliqua Amar.

L'homme se renfrogna.

— Soixante mille. Pas plus.

— D'accord, acquiesça Amar. Vous les récupérerez vite.

— Allez, venez ! lança l'inconnu aux deux sœurs.

Laissant Amar et Vetri dans la rue, Ahalya et Sita franchirent une porte cochère et gravirent un escalier en colimaçon. Les marches étaient raides et le passage étroit. Il donnait sur une porte, en haut. Un jeune homme en chemise noire et jean se tenait devant.

— Emmène-les dans la chambre du haut, lui intima le plus vieux.

Le jeune homme opina du chef.

— Par ici, dit-il.

La pièce était uniquement meublée d'un canapé d'angle et d'un miroir sur le mur opposé. Les murs étaient peints en jaune, des rideaux pendaient aux fenêtres. Le jeune homme ouvrit une seconde porte. Ahalya et Sita se retrouvèrent dans un couloir de cinq ou six mètres de long bordé de portes fermées. Derrière, Ahalya entendait un bruit de voix étouffées et des pas furtifs, mais personne ne sortit pour les accueillir.

Leur guide se dirigea vers une grande étagère chargée de livres, au bout du couloir. Il tâtonna le long du côté gauche. Les rayonnages pivotèrent sans bruit sur des charnières bien huilées, révélant un escalier secret. Le jeune homme se faufila par l'ouverture et ordonna d'un signe aux deux sœurs d'approcher. Ahalya prit le bras tremblant de sa sœur, mais ne bougea pas.

— Je n'irai pas plus loin tant que vous ne me direz pas où nous sommes, déclara-t-elle en hindi, apportant à ses paroles toute la force qui lui restait.

Le jeune homme fronça les sourcils.

— Vous n'êtes pas en position de faire valoir des exigences.

Le cœur d'Ahalya accéléra ses battements, néanmoins elle opposa une résistance farouche.

— Vous ne pouvez pas faire de nous ce que vous voulez. Nous sommes vos invitées. Qu'est-ce que c'est que ces manières ?

L'autre cracha un juron qui la choqua.

— *Kutti !* Salope !

Il la frappa en plein visage. Le coup la projeta contre le mur, et sa lèvre fendue se mit à saigner.

— Si tu fais des histoires, attends-toi à en subir les conséquences ! siffla-t-il. Vous êtes à nous, maintenant. Suchir vous a payées soixante mille roupies. Vous ferez ce qu'on vous dira, et vous rembourserez votre dette.

Sita regarda Ahalya d'un air implorant.

— Ne résiste pas. Fais ce qu'il demande.

Ahalya palpa sa joue douloureuse. Prenant Sita par la main, elle suivit l'homme dans l'ombre de l'escalier. Les murs étaient noirs de suie et de taches d'humidité. Il les conduisit dans une petite soupente meublée d'un lit, d'une coiffeuse, de toilettes et d'un lavabo. Il alluma une lampe suspendue aux poutres du plafond.

— C'est là que vous vivrez jusqu'à ce que Suchir décide quoi faire de vous. On vous apportera à manger à heures régulières. En cas d'urgence, vous n'aurez qu'à taper par terre. On vous entendra.

— Comment allons-nous rembourser la dette ? s'enquit doucement Ahalya.

— *Bajaana,* répliqua le jeune homme avec un sourire torve. En couchant avec des hommes, évidemment. Vous vous croyiez où ? À l'hôtel, peut-être ? ajouta-t-il en riant. C'est Kamathipura, ici.

Sur ces mots, il tourna les talons et referma la porte derrière lui. Sita se laissa mollement tomber par terre et pleura en silence. Ahalya l'entoura de ses bras, chavirée par ce qu'elle venait d'apprendre. Après tout ce qu'elles avaient enduré, il était simplement impensable que l'homme aux cheveux blancs, Suchir, ait l'intention de les vendre pour du sexe. Sita n'était qu'une enfant. Aucune des deux n'avait jamais couché avec un homme. L'horreur de la situation dépassait l'imagination.

On frappa. Une grande femme sans âge apparut. Elle portait un *sari* violet, et ses cheveux noirs étaient retenus en chignon. Elle tenait une cuvette d'eau et des guirlandes de délicates fleurs de *malati*.

— Vous parlez hindi ? demanda-t-elle.

Ahalya acquiesça.

— Bon. Je m'appelle Sumeera, mais les autres filles m'appellent *Badi ma*.

Sumeera s'assit devant elles et plongea un linge dans la cuvette. Elle le tordit pour l'essorer et le tendit à Ahalya.

— Vous devez être fatiguées par le voyage.

Ahalya prit le linge avec méfiance et le donna à sa sœur. Sita le pressa sur son front et s'essuya le visage.

— Je vous ai apporté des guirlandes pour vos cheveux, reprit Sumeera en s'adressant à Ahalya. Je peux ?

Ahalya resta coite. Un torrent d'émotions conflictuelles faisait rage en elle. Chaque année, pour son anniversaire, sa mère ornait ses cheveux de guirlandes de marguerites et de jasmin. Elle avait fait la même chose pour Sita. Une guirlande était un symbole de fête, porteur de bons vœux. Elles étaient là dans une maison de péché. Comment cette étrange femme osait-elle répéter ce geste ?

Sumeera hocha la tête d'un air résigné.

— J'étais comme vous, autrefois. J'ai été enlevée de chez moi et amenée ici par des hommes étrangers. La vie dans l'*adda* est rude, mais vous devez l'accepter. Il est inutile de lutter contre son karma. Acceptez la loi de Dieu, et peut-être que vous renaîtrez dans un meilleur endroit.

Drapant la guirlande sur le bord de la cuvette, elle se leva lourdement et disparut dans l'escalier. Lorsqu'elles se retrouvèrent seules, Sita trempa le linge dans l'eau et le proposa à Ahalya.

— C'est vrai, ce qu'elle raconte ? chuchota-t-elle. C'est ça, notre karma ?

Ahalya murmura, des larmes plein les yeux :

— Je ne sais pas.

Et c'était la vérité.

4.

La règle morale la plus haute est que, sans relâche, nous travaillions pour le bien de l'humanité.
Mahatma Gandhi

Washington D.C.

Thomas Clarke était assis dans la salle de conférences, au dixième étage de Clayton/Swift, et regardait, par la baie vitrée, le cabinet de conseil juridique Marquise & LeClair, de l'autre côté de la rue. La table de bois sombre était assez grande pour accueillir vingt-quatre personnes. Il y en avait dix-huit à la présente réunion – douze avocats, quatre assistants juridiques et deux stagiaires. Le Groupe Wharton, comme on l'appelait, était l'équipe de juristes la plus importante de l'histoire du cabinet.

Le sujet de la réunion du jour était l'appel Wharton. Sur les douze avocats présents, cinq faisaient la plupart des interventions. Les autres, dont Thomas, se contentaient d'écouter pendant que leur BlackBerry décomptait le passage des secondes grâce à un logiciel de facturation sophistiqué qui serait automatiquement synchronisé, en fin de journée, avec leur ordinateur portable – fourni par l'entreprise. La réunion était d'une importance cruciale. Les dirigeants de la compagnie de charbonnage étaient scandalisés par le verdict du jury et réclamaient des têtes.

Personne ne pouvait croire qu'on en était arrivé là. Depuis plus de trois ans, les avocats de Clayton tiraient toutes les ficelles du système judiciaire, à la recherche d'un moyen de faire tomber les charges d'homicide involontaire – qui risquaient de coûter un milliard de dollars à Wharton – ou, à défaut, d'un accord sur une somme dérisoire. À tout point de vue, le dossier était accablant pour la défense. Les militants avaient prédit l'explosion du sommet de la montagne exploitée par la compagnie minière, en Virginie-Occidentale. Le sous-traitant qui avait déclaré sans danger le confinement de la boue liquide dans les galeries de mine était sous surveillance du gouvernement. En outre, il y avait le problème des gamins. Quatre-vingt-onze enfants qui déjeunaient à la cantine engloutis par deux cents millions de litres d'eau noire soudain surgis du flanc de la montagne, au-dessus de leur école primaire. Le Groupe Wharton n'avait qu'une stratégie pour gagner contre les familles des morts : les empêcher de raconter leur histoire à un jury.

La stratégie avait failli marcher. Intenter une action en justice contre une compagnie de charbonnage aux ressources quasi illimitées imposait une pression formidable qui avait conduit les plaignants au bord de la guerre civile. Ils avaient failli accepter l'offre d'arrangement de dernière minute de Wharton. Finalement, ils avaient maintenu la procédure, le procès avait eu lieu, avec l'issue attendue. La seule question qui demeurait était le montant de la condamnation.

Après trois semaines d'un procès éreintant, le juge Hirschel avait expédié les jurés dans la salle de délibération. Ils étaient revenus une heure plus tard avec un verdict qui avait choqué même les vétérans des tribunaux à la couenne la plus endurcie : trois cents millions de dollars de dommages-intérêts compensatoires, plus six cents millions de dollars de réparations pour préjudice moral. Les neuf dixièmes d'un milliard de dollars. Ce n'était pas un simple message. C'était une bombe.

Les retombées avaient été immédiates et dévastatrices. En l'espace d'une nuit, les actions de Wharton avaient perdu la moitié de leur valeur. Toutefois, Clayton n'avait pas tiré ses dernières cartouches. Du haut des marches du tribunal, le directeur général de Wharton avait proclamé l'innocence de sa compagnie et juré de faire appel du jugement, jusqu'à la Cour suprême des États-Unis si nécessaire. En réalité, sa stratégie se bornait à jouer la montre : même si le verdict était confirmé, les plaignants devraient attendre cinq ans avant de toucher le premier *cent.* D'ici là, combien d'entre eux auraient accepté une transaction pour des queues de cerise ?

Malgré l'importance de la réunion, Thomas devait faire un effort sur lui-même pour se concentrer sur l'appel. Ses pensées ricochaient de l'enlèvement auquel il avait assisté à Fayetteville à Tera Atwood, assise en face de lui, en passant par les photos de classe que les avocats des plaignants avaient montrées au jury. Ce qu'il avait dit à son père, la veille au soir, était vrai : il était difficile d'aimer une boîte qui avait tué une pleine école d'enfants. D'un autre côté, la question n'était pas d'aimer Wharton ou non. Le boulot d'un avocat était de se battre pour son client et de laisser les autres décider de ce qui était juste et de ce qui ne l'était pas.

Il reprit le fil de la conversation quand, au bout de la table, Maximilien Junger se leva. Junger, qui était l'un des associés et le directeur de la division contentieux, pilotait la défense de Wharton. C'était aussi un ami personnel du père de Thomas.

— L'équipe d'appel sera dirigée par Mark Blake, déclara Junger de cette voix de stentor qui charmait les jurys depuis plus de trente ans. Il sera assisté pour la rédaction des conclusions par Hans Kristof et un noyau de collaborateurs.

Junger appuya sur le bouton de la télécommande d'un écran plasma dissimulé derrière deux panneaux coulissants et fit apparaître les noms des membres de l'équipe d'appel. Thomas sentit le cœur lui manquer : il n'était pas sur la liste. Contrairement à lui, Tera avait été sélectionnée pour cette mission. Elle lui renvoya un petit sourire triste. L'époque où ils travaillaient en contact étroit sur le dossier avait pris fin.

Thomas revint à Junger.

— Quant aux autres, poursuivait ce dernier, permettez-moi de vous transmettre les remerciements du cabinet pour tout le travail que vous avez fourni au cours des quarante derniers mois. Le verdict a été une déception, cependant nous avons de nombreux arguments pour l'appel. Si vous ne faites pas partie de l'équipe, rapprochez-vous de votre associé superviseur. Nous avons un certain nombre d'affaires en cours qui requièrent vos services.

Junger jeta un coup d'œil à l'horloge murale. Les trente minutes consacrées à la réunion étaient écoulées.

— Je vous remercie de votre attention. La séance est levée.

Thomas se dirigea rapidement vers la porte, espérant s'en aller sans devoir affronter l'un des autres collaborateurs, surtout Tera. Max Junger le rejoignit dans le couloir et l'accompagna jusqu'à l'ascenseur. Dans la cabine, Junger appuya sur le bouton du douzième étage. Thomas tendait la main vers le bouton du septième, quand Junger arrêta son geste.

— Il y a longtemps que nous ne nous sommes pas vus. Si vous veniez parler un peu dans mon bureau ?

Thomas hocha la tête tout en envisageant fébrilement les implications de cette invitation. Un entretien privé avec Junger était mauvais signe. Les bonnes nouvelles étaient toujours transmises par la chaîne de commandement.

— Comment va votre père ? demanda Junger, histoire d'entretenir un minimum de conversation.

— Il va bien, répondit Thomas, les nerfs en pelote. Il parle tout le temps de vous.

— Et j'imagine qu'il ne se gêne pas pour faire de l'humour à mon sujet, lâcha Junger avec un sourire d'autodérision. C'est ce qu'il fait depuis l'École de droit.

Avant d'être élevé à la magistrature, le Juge avait été l'un des avocats vedettes de Clayton, et un collègue de Junger. Et encore avant cela, ils avaient suivi des études ensemble à l'École de droit de Virginie.

À la sortie de l'ascenseur, Junger précéda Thomas dans le couloir somptueusement décoré du 12e étage, jusqu'à son bureau. La pièce était assez vaste pour héberger au moins quinze des box dans lesquels les collaborateurs comme Thomas étaient condamnés à travailler. Les murs lambrissés étaient couverts de rayonnages et d'œuvres d'art originales. Un décor au mieux intimidant ; au pire, accablant.

— Mettez-vous à votre aise, fit Junger avec un geste d'invite vers un coin salon meublé de fauteuils à oreilles et d'un divan profond.

Thomas s'assit dans l'un des fauteuils tandis que Junger prenait place dans le canapé, croisait les jambes et, appuyant le bout de ses doigts les uns contre les autres, braquait sur Thomas le regard perçant de ses yeux noisette.

— Comment ça va ? C'est en septembre, il me semble, que vous avez perdu votre petite fille ?

Thomas inspira un bon coup et hocha la tête.

— J'ai des bons et des mauvais jours. C'est plus ou moins normal, je suppose.

— Hmm, émit Junger, qui marqua une pause avant de reprendre d'un ton songeur : Quand Margie et moi avons perdu Morgan, j'ai eu l'impression de me retrouver sous l'eau et incapable de remonter à la surface.

Thomas avait entendu l'histoire par son père. Dix ans plus tôt, Junger avait perdu sa fille de seize ans, tuée dans une collision frontale avec un camion chargé de billes de bois.

— C'est à peu près ce que je ressens, acquiesça Thomas en faisant des vœux pour que Junger change de sujet.

— Vous savez ce qui m'a fait revivre, ce qui a redonné un sens à ma vie ?

Thomas secoua la tête.

— C'était une idée de Margie. Elle m'a conseillé de faire un break, loin de la boîte. Je me souviens de lui avoir ri au nez. Quand vous serez associé, vous comprendrez : le bon moment pour prendre du recul n'arrive jamais. Mais elle ne m'a pas laissé le choix. Alors j'ai fini par appeler Bobby Patterson, qui était à l'époque doyen de l'École de droit, et je lui ai demandé s'il ne pouvait pas confier quelques cours, pendant un an, à un vieux cheval blanchi sous le harnais.

Enseigner a été la meilleure décision de mon existence. C'est ce qui m'a ramené à la vie.

Junger se tut, et Thomas attendit que le couperet tombe. Une pendule tictaquait quelque part. C'était le seul bruit dans le bureau, en dehors du martèlement de son cœur qui cognait contre ses côtes.

— J'ai discuté avec Mark Blake, poursuivit Junger, confirmant les soupçons de Thomas. Il m'a parlé de l'affaire Samuelson.

Thomas pinça les lèvres, tout en se gardant d'avancer un argument de défense prématurée.

— Mon sentiment est que Mark a réagi d'une façon excessive, néanmoins il faut comprendre à quelle pression il a été soumis quand il menait la danse au tribunal. Wharton Coal a versé à ce cabinet plus de vingt millions de dollars pour les représenter – une somme énorme. Jack Barrows, le président de Wharton, tenait absolument à ce que nous empêchions les jurés de visionner cette simulation morbide de la catastrophe. Toutes ces images de synthèse des enfants qui couraient pour sauver leur peau. La coulée de boue qui les rattrapait. Les petits marqueurs à l'endroit où les corps gisaient, rouges pour les garçons, bleus pour les filles. C'était incendiaire, complètement tendancieux, et fondé sur un nombre incalculable de présomptions injustifiables. Vous connaissez l'argumentation. C'est vous qui avez rédigé le mémoire.

Thomas hocha la tête.

— La clé de voûte de l'argumentation de Mark était l'affaire Samuelson. Qui pourrait l'en blâmer ? Le juge qui a rédigé l'arrêt était un ami du juge Hirschel. Le texte regorgeait d'envolées lyriques sur les dangers des preuves non scientifiques conçues pour faire vibrer la corde sensible chez les membres du jury. On peut comprendre l'humiliation de Mark quand le juge Hirschel lui a appris que la cour d'appel fédérale était revenue sur la décision. Jack Barrows a frôlé la crise d'apoplexie. Je le répète : je considère la réaction de Jack excessive. À mon avis, le juge aurait de toute façon autorisé la défense à montrer la simulation au jury. Mais Barrows a imputé à Mark le fait qu'elle ait été retenue comme preuve.

Junger le dévisagea attentivement.

— Rien de tout cela ne vous étonne, j'imagine.

Thomas secoua la tête.

— Il y a autre chose, et c'est confidentiel, reprit Junger. Après le prononcé du verdict, Barrows a menacé d'attaquer le cabinet pour faute professionnelle. La menace plane toujours sur nous. Seules quelques personnes sont au courant. Nous espérons que l'appel remettra les choses en place.

Thomas blêmit. Il ignorait que la compagnie de charbonnage en était arrivée là.

— Je suis sûr que vous avez des événements une vision différente de celle de Mark, continua Junger. Enfin, rien de tout cela n'a d'importance. Mark a pris une dérouillée, et le client a besoin d'être rassuré. Certaines personnes exigeaient des mesures drastiques mais je suis intervenu. Je leur ai certifié que ce n'était pas votre faute. Que la responsabilité incombait au cabinet. C'est ensemble que nous avons commis l'erreur. Et nous devons en supporter les conséquences ensemble, ajouta Junger en écartant les mains dans une attitude magnanime.

Puis il marqua une pause avant de s'enquérir soudainement :

— Thomas, savez-vous pourquoi j'apprécie tant votre père ?

— Non, monsieur.

— Il est brillant, ça, oui, il est loyal, c'est un sacrément bon juriste et un excellent juge. Et, surtout, il ne lâche jamais le morceau. Il ne lève pas le pied tant qu'il n'a pas atteint la perfection. Je discerne la même qualité chez vous. Je sais combien vous vous êtes donné à l'affaire Wharton. J'admire votre ténacité et votre talent. Cependant, il me paraît juste de considérer que votre situation personnelle a affecté vos résultats. Vous n'êtes pas d'accord ?

Thomas ne pensait rien de tel. Il avait prévenu Mark Blake que l'affaire Samuelson avait fait l'objet d'un appel. Il lui avait répété que la cour d'appel fédérale allait probablement bientôt rendre une décision. Il lui avait fortement recommandé de communiquer l'information au juge Hirschel. Finalement, Blake avait été humilié parce qu'il était trop buté pour l'écouter. Mais ça, Thomas ne pouvait pas le révéler. Pas à un associé, à un directeur de division. Pas avec un verdict de 900 millions de dollars à la clé, et un procès pour faute professionnelle suspendu au-dessus de leurs têtes. Ça avait beau le mettre en rogne, il devait accepter le point de vue de Junger.

— Vous avez sûrement raison.

Junger hocha la tête.

— Tout cela nous ramène au fait que vous avez besoin de faire un break. Je vous propose deux solutions. La première : prenez des vacances. J'ai vérifié. Vous avez plus de huit semaines de congés à récupérer. Allez aux Bermudes ou à Bali. Sirotez des *Mai tai* sur la plage. Passez du temps au lit avec Priya. Retrouvez vos marques.

Thomas fulminait, mais il se garda bien de répondre.

— Et la seconde solution ? s'informa-t-il, espérant une pénitence qu'il pourrait effectuer sans disparaître de la surface de la terre.

Junger eut un sourire.

— La seconde solution vous conviendra peut-être davantage. Un parent ne se remet jamais de la perte d'un enfant. Pourtant la vie continue ; il faut aller de l'avant. On peut y parvenir à condition de se consacrer à quelque chose qui en vaille la peine.

Junger s'interrompit et croisa les mains sur son genou.

— Comme vous le savez, tous les ans, Clayton offre une bourse à l'un de ses collaborateurs. Un voyage tous frais payés vers n'importe quel coin du monde. Un partenariat en bénévolat entre d'une part, les associés, d'autre part les Nations unies, l'Union européenne et le gratin des ONG. Le processus de sélection est achevé pour l'année en cours, néanmoins le cabinet a accepté de vous accorder une bourse honoraire. Enfin, si cela vous intéresse.

Thomas était groggy. Il lui semblait voir le sourire entendu de Priya. Une année sabbatique avec une organisation non gouvernementale ? Il aurait aussi bien pu apprendre qu'il avait la lèpre.

— J'apprécie votre sincérité, monsieur, déclara-t-il, mais j'aurais l'impression d'être expédié en Sibérie.

Junger haussa les épaules.

— À vous de décider.

Thomas prit une profonde inspiration avant de relâcher lentement l'air contenu dans ses poumons.

— D'accord. Mettons que je suive vos recommandations et que je parte quelque part pendant un moment. Comment présenterez-vous mon absence au sein du cabinet ? On va se demander où je suis passé.

À la seconde où il posait la question, Thomas connut la réponse.

— Nous leur dirons que vous prenez un congé pour raisons personnelles. Tout le monde est au courant, pour votre fille.

Junger avait parfaitement calculé le moindre de ses mouvements. Échec et mat.

— Et que se passera-t-il quand je reviendrai ?

Junger tendit les mains.

— Je veillerai à ce qu'on vous attribue la meilleure affaire en cours. Il ne faudra pas longtemps pour que tout le monde oublie votre absence.

Thomas essaya de rassembler les morceaux de son orgueil fracassé en mille morceaux.

— Je vais y réfléchir et je vous ferai connaître ma réponse.

L'expression de Junger ne changea pas, mais ses épaules se détendirent.

— C'est tout ce que j'attends de vous.

Quand Thomas quitta les bureaux de Clayton/Swift à dix-huit heures, ce soir-là, il n'envisageait pas d'y retourner avant une éternité. Une pluie glaciale tombait, et les trottoirs verglacés étaient une vraie patinoire. Il évita le troupeau de collaborateurs qui se dirigeaient vers le Hudson Bar & Restaurant pour la *happy hour* et prit le métro à McPherson Square. À Foggy Bottom, il héla un taxi qui l'emmena à Georgetown. Les premiers flocons commençaient à tomber lorsqu'il arriva chez lui. Il laissa ses chaussures trempées dans l'entrée et monta se changer à l'étage. Il s'apprêtait à redescendre dans la cuisine pour se préparer quelque chose à manger quand son téléphone pépia, signalant l'arrivée d'un email. Le message était d'Andrew Porter, un vieux copain de l'École de droit qui était avocat au ministère de la Justice.

Porter avait écrit : « Alors, ma vieille, toujours partant pour un tennis ce soir ? 7 h au Centre ? »

Thomas se secoua. Ils avaient prévu de jouer au tennis, il y avait un mois de cela. Il songea un instant à annuler et se ravisa aussitôt. Un match de tennis était beaucoup plus séduisant que de passer la soirée à ruminer dans son coin.

Après avoir englouti un sandwich au thon et une pomme, il sortit de chez lui. Le trajet en voiture vers le parking du centre de tennis de l'Est du Potomac prit plus longtemps qu'il ne l'avait prévu, à cause de la neige. Porter l'attendait au vestiaire. Il était un peu plus râblé et moins grand que Thomas, mais c'était un accro du fitness, et son corps donnait l'impression d'avoir été sculpté dans le marbre. Porter lui serra la main en lui lançant un défi amical :

— Prêt à te faire massacrer ? Attends un peu de voir mon nouveau service !

— Moi aussi, je suis content de te voir. Avant la branlée que tu comptes m'administrer, je voudrais me dérouiller un peu. Ça fait combien de temps ? Deux mois ?

— Deux mois pour toi. Pour moi, une semaine. Clayton ne te permet pas d'avoir une vie privée, mon pote.

— Et encore, tu ne sais pas tout.

Thomas se changea, puis ils emportèrent leur matériel vers le court. Le centre de tennis était une vaste installation avec dix-neuf courts à ciel ouvert et cinq courts intérieurs abrités sous une tente en surpression qu'on appelait la « Bulle ». Il neigeait dehors, pourtant dans la Bulle il régnait une agréable température de vingt et un degrés. Ils coururent quelques tours afin de s'échauffer, puis ils allèrent s'étirer.

— Alors, comment vont les héritiers de Larry Flynt ? l'interpella Thomas.

Andrew éclata de rire.

— Flynt est un enfant de chœur à côté des canailles auxquelles j'ai affaire.

Porter avait commencé sa carrière au ministère de la Justice en poursuivant les infractions à la législation boursière. C'était un travail abrutissant, inodore et sans saveur, et ses supérieurs avaient vite compris que, s'ils voulaient le garder, ils avaient intérêt à lui permettre de donner la pleine mesure de son talent. Ils l'avaient donc transféré au CEOC – la Division exploitation des enfants et pornographie infantile – et lui confiaient les affaires les plus sordides, les cas de pédopornographie, le genre d'activité procédurale à laquelle la plupart des procureurs civilisés ne voulaient pas toucher. Contrairement à Porter, que ces affaires paraissaient doper.

— C'est parti ! s'exclama Porter en récupérant sa raquette.

Il prit position sur la ligne de fond et tapa quelques balles, avant de balancer un service plat dans le coin du carré opposé. Thomas laissa échapper un sifflement appréciateur.

— Pas mal !

Il frappa lui-même quelques balles de service, puis il s'approcha de la ligne de base.

— Allez, Andrew, montre-moi ce que tu as dans le ventre ! s'écria-t-il.

Se balançant d'un pied sur l'autre, faisant tourner sa raquette dans ses mains, il arrivait presque à penser que sa vie avait retrouvé son cours normal.

Presque.

Ils disputèrent deux sets sous les lumières, et Thomas ne concéda qu'une poignée de jeux à son adversaire. Apparemment cette déculottée chiffonnait Porter, mais il en aurait fallu davantage pour lui faire perdre sa bonne humeur. À la fin du match, ils se retrouvèrent au filet.

— Tu es trop fort, déclara Andrew en serrant la main de Thomas. Je ne t'ai jamais vu cogner la balle comme ça. Tu es sûr que tu n'es pas sous stéroïdes ?

Thomas éclata de rire.

— J'avais juste besoin d'évacuer un peu d'agressivité.

Porter s'assombrit.

— Comment va Priya ? Elle tient le coup ?

Thomas pesa rapidement le pour et le contre et choisit de se confier à son ami. Il lui fournit un résumé du départ de sa femme et de sa conversation avec Max Junger. Porter secoua la tête.

— Je suis vraiment navré, pour Priya et toi. Vous m'avez toujours paru avoir quelque chose de spécial, tous les deux. Une chance que vous vous remettiez ensemble ?

— C'est peu probable.

— Les procédés de Clayton me rendent malade, reprit Porter, changeant de sujet. Je n'arrive pas à croire qu'ils t'aient saqué comme ça. Wharton méritait amplement le verdict. À mon avis, il n'était pas assez sévère. L'idée qu'ils menacent de poursuivre le cabinet pour faute professionnelle est une sale blague.

— Peut-être, mais ils ont provisionné les salaires de la moitié de la division contentieux cette année.

— Alors, qu'est-ce que tu vas décider ?

Thomas fit la moue.

— Aucune idée. Tu as un conseil à me donner ?

— À ta place, je me tirerais vite fait de Washington. C'est sinistre, à cette époque de l'année. Et je prendrais en considération leur proposition de congé sabbatique. Clayton t'a pompé. Ça se voit.

Le jugement d'Andrew était irréfutable, et Thomas n'avait pas de réponse sur mesure. Ils rangèrent leur raquette dans leur étui et repartirent vers les vestiaires.

— Tu as entendu parler d'un organisme appelé la CASex ? demanda Thomas tout en marchant. Je crois qu'ils ont des accointances avec le ministère de la Justice.

Porter acquiesça d'un hochement de tête.

— L'association Contre les Abus Sexuels. Ils s'occupent des problèmes de trafic d'êtres humains et de violence sexuelle dans les pays émergeants. Le fondateur était un gros bonnet de la division des Droits civils du ministère de la Justice. Pourquoi ?

— Ils figurent sur la liste des associations bénéficiaires des bourses de Clayton.

Porter haussa le sourcil.

— Tu envisagerais de faire un stage ?

— Quoi, ça t'étonne ?

Andrew ouvrit la porte des vestiaires.

— Disons que les bordels du Cambodge sont assez loin du Capitole.

Thomas savait que son ami avait raison. Une semaine auparavant, il n'aurait pas accordé une pensée à la CASex. Le trafic d'êtres humains était une tragédie universelle, mais au même titre que le travail des enfants et l'épidémie de sida : ce n'était pas son monde. L'incident dramatique de Fayetteville avait bouleversé cette vision. Abby Davis en avait fait quelque chose de personnel.

— Il m'est arrivé un truc, hier, commença Thomas en guise d'explication. J'ai assisté à un enlèvement.

Porter cessa de délacer sa chaussure de tennis et leva les yeux.

— Sérieux ?

Thomas secoua la tête.

— Une petite fille de onze ans.

Il fit à Andrew un résumé de l'incident et de sa conversation avec le Juge pendant le dîner de la veille. Lorsqu'il eut terminé, Porter resta un instant silencieux.

— Il se pourrait bien que ton père soit dans le vrai et que l'enlèvement soit lié à un trafic d'enfants. Comment savoir ? Tout porte à croire que cette pauvre gamine risque fort d'être vendue.

— L'inspecteur en charge de l'affaire, à Fayetteville, m'a confié qu'il se pourrait que le FBI soit impliqué.

Porter plissa les paupières.

— Ça se pourrait, en effet.

— Tes services pourraient m'avoir un tuyau là-dessus ?

Andrew eut l'air gêné.

— Peut-être. Nous avons suivi un certain nombre de filières qui remontent jusqu'en Asie du Sud-Est. Euh..., ajouta-t-il après un instant, c'est confidentiel.

Thomas eut un hochement de tête entendu. Il comprenait la position de son ami.

— Je n'exige pas de détails. Je voudrais juste que tu me préviennes si tu tombes sur elle. Tu peux faire ça pour moi ?

Porter opina du chef.

— Absolument. Mais à ta place, je n'aurais pas trop d'espoir. Dans mon secteur d'activité, les affaires finissent rarement bien.

Thomas laissa Andrew au parking du centre de tennis et rentra à Georgetown. En se garant le long du trottoir, il s'aperçut que tout était allumé chez lui. Il était parti tellement vite qu'il avait oublié d'éteindre la lumière. Il neigeait à gros flocons, maintenant. Il était tombé près de trois centimètres de neige pendant son absence. Il verrouilla sa voiture et gravit les marches de pierre. Il n'entendit Tera que lorsqu'elle fut tout près de lui et posa la main sur son bras.

— Salut, dit-elle.

Il fut pris complètement par surprise. Il la scruta un long moment, le temps de reprendre ses esprits. Elle portait des bottes de cuir noir, un manteau à carreaux noir et blanc qui lui arrivait aux genoux et un foulard rouge. Elle avait des boucles d'oreilles en diamant. Il n'avait jamais rencontré une femme aussi attentive à suivre la mode. C'était une preuve de vanité mais aussi une part de l'attrait qu'elle exerçait sur lui.

— Qu'est-ce que tu fais là ?

— J'ai essayé de t'appeler, mais tu étais sorti. Je voulais te voir.

Elle parlait doucement, d'un ton posé, les yeux rivés aux siens. Elle lui prit la main.

— Tu me manquais.

Thomas resta encore un instant planté là, pétrifié, avant de sacrifier aux lois de l'hospitalité.

— Tu veux prendre un verre ?

Dans l'entrée, Tera enleva son foulard et son manteau. Elle était vêtue d'un pull à col roulé rouge, d'une jupe grise avec un collant sombre et un collier de grosses perles.

Elle examina la cuisine avec attention. C'était la première fois qu'elle venait chez lui.

— J'adore ces vieilles maisons de brique brune. Tu as bien tiré parti de l'espace.

Dans la cave à vin Thomas sélectionna un bordeaux. Il alla chercher le tire-bouchon dans le tiroir et déboucha la bouteille. Il agissait mécaniquement, le cœur en guerre contre lui-même. Il ne pouvait s'empêcher d'être attiré par Tera. Il servit deux verres de vin et ils s'installèrent dans un coin du living-room, près de la fenêtre, tandis qu'au-dehors la neige continuait de tomber.

— Tu as l'air ailleurs, remarqua Tera. Ça va ?

Thomas trempa ses lèvres dans son verre de vin, savoura sa richesse, ses arômes complexes et son effet apaisant.

— Ça peut aller.

— Je suis désolée que tu n'aies pas été retenu pour la procédure d'appel.

Il songea un instant à lui parler de Junger, puis il décida de s'abstenir.

— Les associés font ce qu'ils veulent. *Hasta la vista, baby.*

Elle le dévisagea d'un air bizarre.

— Il s'est passé quelque chose, je le vois bien.

Quelque chose, c'est le moins qu'on puisse dire, pensa-t-il.

— Je vais bien, assura-t-il, préférant un pur mensonge à la vérité.

— Tu veux qu'on en parle ?

— Pas vraiment.

Elle essuya la rebuffade en sirotant son vin, ses boucles d'oreilles scintillant à la lumière de la lampe.

— Pourquoi fais-tu ça ? demanda-t-elle.

— Quoi donc ?

— Pourquoi es-tu là, avec moi ?

La réponse paraissait évidente : elle était venue l'attendre devant chez lui. Mais il sentait que la question avait une dimension plus profonde.

— Je ne sais pas. J'aime bien être avec toi.

Les yeux de Tera jetèrent des éclairs, pourtant il était incapable de dire si c'était de la mélancolie ou de la colère.

— Tu veux que je m'en aille ? suggéra-t-elle calmement.

Ça, c'était la question à un million de dollars, une question qui n'avait pas de réponse absolue. Oui, il voulait qu'elle s'en aille. Non, il ne voulait pas qu'elle s'en aille. Il voulait retrouver sa vie d'avant, or elle ne reviendrait pas. Il voulait être libéré de la présence obsédante qui hantait cette maison. Il voulait éprouver la chaleur de sa peau sur la sienne, sentir la fusion amoureuse se transmuter en passion. Mais le visage qu'il voyait dans son rêve n'était pas celui de Tera. C'était celui de Priya, la Priya d'autrefois. Celle qui lui avait volé son cœur dans un amphithéâtre de Cambridge, où le professeur, son père, dissertait sur la physique quantique. La femme qui avait conçu et porté son enfant.

Tera reposa son verre sur une petite table et s'approcha de lui. Elle s'assit sur ses genoux, son visage à quelques centimètres du sien.

— Je n'ai pas envie de partir, chuchota-t-elle.

Elle l'embrassa, et il ne résista pas. Il oublia l'ultimatum de Junger. Le cœur anesthésié par le désir et le désespoir, il oublia les fantômes de sa femme et de son enfant. Un grand blanc se fit dans son esprit. Seul son corps restait capable d'agir. Et pour le moment, le corps suffirait.

Il était allongé dans le noir, Tera endormie à côté de lui. Au-dessus d'eux, le ventilateur de plafond brassait mollement l'air de ses grands arcs paresseux. Il se rappelait avoir appuyé sur le bouton accidentellement, quand Tera l'avait poussé dans la chambre. Il se souvenait du reste, de tout le reste, avec une précision extraordinaire, pourtant il se refusait à y réfléchir. Sa conscience était bien réveillée et le traitait de tous les noms. Il ne l'avait pas volé.

Il se coula hors du lit, enfila un sweat-shirt, un pantalon de jogging, et descendit à l'étage inférieur. Les lampes étaient restées allumées dans la cuisine et dans le salon. Il les éteignit l'une après l'autre. Seule la lumière d'un réverbère projetait une vague lueur sur le parquet. La neige avait cessé de tomber ; dehors, tout était blanc. Il estima que la couche devait bien mesurer sept ou huit centimètres. Il jeta un coup d'œil au cadran lumineux de sa montre. Plus de minuit.

Il resta debout, parfaitement immobile, à écouter les bruits de la rue. Puis il s'approcha de la porte de la cave et descendit l'escalier. Il savait où était la boîte. Il l'y avait rangée lui-même quand Priya l'avait quitté.

De retour dans le salon, il s'installa dans le fauteuil près de la fenêtre. La parfum de Tera planait encore dans l'air. Il posa la boîte sur ses genoux et souleva le couvercle. Les photos étaient en désordre. Son objectif, alors, n'avait pas été de conserver les souvenirs comme dans un musée mais de les effacer.

La première photo montrait Priya en robe de mariée, dans un jardin, à côté d'un banc couvert de fleurs. Elle avait une façon de se tenir avec aisance, l'air bien dans sa peau, qu'il avait toujours trouvée séduisante. Ses yeux bruns et sa peau mate tranchaient sur le blanc de la robe. Quelque chose la faisait sourire. Il se rappelait que des enfants jouaient sur la pelouse, non loin de là. Elle avait toujours adoré les enfants.

Ils s'étaient mariés à River Farm, un vaste domaine sur le Potomac, au sud d'Alexandria. La cérémonie avait été une espèce de spectacle multiculturel que personne n'avait apprécié en dehors du marié et de la mariée. Après les rites chrétiens traditionnels, ils avaient échangé leurs vœux en effectuant les *saptapadi*, les Sept Pas, autour d'une flamme cérémonielle. Priya avait récité les bénédictions en hindi et s'était donnée à sa nouvelle vie. Elle avait épousé Thomas malgré les objections de son père. Il se demandait maintenant si, en agissant ainsi, ils n'avaient pas attiré une malédiction sur eux.

Il prit la photo suivante dans la boîte. Le chagrin l'assaillit, comme s'il ne l'avait jamais quitté. Priya tenait Mohini, âgée de trois mois, au Rock Creek Park. La petite fille et sa mère se regardaient en souriant. C'était leur photo préférée du bébé. Sa peau douce, qui avait été brouillée pendant les deux premiers mois, s'était éclaircie. Ses yeux marron chocolat étaient grands ouverts, et elle pétillait de vie.

Des larmes roulèrent sur les joues de Thomas. Il ne les essuya pas. Il repensa au terrible matin de septembre où ils l'avaient retrouvée. Il se rappelait les cris aigus de Priya, se rappelait avoir monté l'escalier en courant et lui avoir arraché Mohini des bras. Il se rappelait la fraîcheur collante de la peau du bébé, la peur atroce qu'il avait éprouvée en voyant qu'ils n'arrivaient pas à la ranimer. Il entendait encore le hurlement de l'ambulance arrêtée devant la maison, il sentait l'odeur d'antiseptique des urgences, et sa colère devant les vains efforts des médecins qui piquaient et palpaient le petit corps de Mohini, à la recherche d'une explication qu'ils ne trouveraient jamais. Le rapport du légiste avait conclu à la « mort subite du nourrisson ». Mohini était morte pendant qu'ils dormaient. De cause inconnue.

L'interne de garde leur avait permis de passer un quart d'heure avec leur bébé avant de l'envoyer à la morgue. Seule dans une pièce nue, Priya avait pris la petite fille dans ses bras et lui avait chanté une chanson en hindi. Écouter sa femme chantonner tout bas, tout bas, penchée sur le corps de leur enfant, avait aggravé le sentiment de perte qui s'était emparé de lui. Finalement, Priya avait embrassé Mohini une dernière fois et l'avait déposée sur un drap blanc. Elle était partie sans un regard en arrière.

Thomas referma la boîte de photos. Au bout d'un moment, il remonta l'escalier et entra dans la chambre de Mohini. Le berceau vide était contre le mur, le mobile multicolore montait sa garde silencieuse au-dessus. Tout était comme quand ils l'avaient couchée, le dernier soir avant sa mort.

Il s'approcha du berceau et caressa la rampe de bois. Il l'avait construit lui-même. Non par souci d'économie, mais pour redorer l'image que Priya avait de lui. Il voulait lui prouver qu'il pouvait le faire – et même davantage, qu'il *tenait* à le faire, que ses longues heures au bureau ne signifiaient pas qu'il ne s'intéressait pas au bébé. Il se rappelait son sourire quand il l'avait fini. Ils avaient fait l'amour, cette nuit-là, pour la première fois depuis des semaines, malgré le ventre rond de Priya qui les empêchait de se rapprocher. La jouissance avait été purificatrice, un acte libérateur. C'était différent avec Tera. Chaque fois qu'il la touchait, il avait l'impression de sentir un nœud coulant se resserrer autour de son cou.

Il s'agenouilla devant le berceau et posa son front contre les barreaux. Dans cette posture de supplication, il entonna le refrain de « You are my Sunshine[1] », comme il l'avait chanté à Mohini chaque soir de sa vie. Il se rendit compte en fredonnant que la mélodie était en réalité une prière, une prière au Dieu des enfants pour qu'il leur accorde paix et sécurité. Dans le cas de Mohini, cette prière n'avait pas été exaucée. Les yeux brûlants de larmes, Thomas murmura les paroles qu'il ne cessait de tourner dans sa tête et dans son cœur :

— Je te demande pardon, ma toute petite adorée. Pardon de ne pas avoir été là pour toi. Je ne savais pas.

Il quitta la chambre de Mohini et entra dans son bureau. Il alluma son portable et se connecta sur Internet. Il repensa aux deux options de Junger. Il chercha sur Google une île des Bahamas dont il avait entendu parler dans un magazine. Les photos faisaient rêver. Des plages bordées de palmiers, une eau iridescente léchant une plage de sable blanc. Il s'imagina en train d'admirer le soleil couchant, une piña colada à la main. Puis il essaya d'imaginer le reste. Il serait seul. Il ne pouvait pas passer toutes ses journées à lire. Il en aurait vite assez de cette existence oisive. Il lui répugnait de l'admettre, néanmoins Junger avait raison. Prendre des vacances serait s'enfoncer dans un trou noir. Il avait besoin d'avoir une raison de se lever le matin.

Il consulta sa messagerie. Deux nouveaux messages l'attendaient. Le premier, envoyé quelques heures auparavant, était de sa mère. Il n'y avait pas d'objet, ce qui n'avait rien d'étonnant. Elena n'avait jamais tout à fait réussi à apprivoiser l'ordinateur. Elle avait écrit :

1. Chanson de Johnny Cash.

Thomas, j'ai eu une idée aujourd'hui ; à toi de voir si tu l'adoptes ou non. Tu as dit que Priya ne reviendrait pas, mais tu n'as pas parlé de divorce. Si c'était une omission, alors n'en parlons plus. Sinon, réfléchis : et si tu allais la retrouver en Inde ? Et si tu donnais une dernière chance à votre mariage ? Je sais que ça peut paraître fou. Il se peut qu'elle t'envoie promener. Que tu rentres bredouille. Mais au moins tu aurais tourné la page, ce que je n'ai pas entendu dans ta voix. Tu as tout le temps de bâtir ta carrière. L'amour est une chose bien plus précieuse. Ton père ne serait probablement pas d'accord avec moi, mais ça n'a pas d'importance. J'étais très heureuse de te voir, hier.

Thomas était étonné. L'idée de suivre Priya ne lui serait jamais venue à l'esprit et, maintenant qu'il y pensait, il n'y voyait qu'un désastre en puissance. Certes, Priya n'avait pas évoqué le divorce, pourtant sa sortie avait été tellement calculée, tellement froide et dépourvue d'affect, qu'il ne s'était pas interrogé un seul instant sur ses motifs. À vrai dire, la décision de Priya avait paru si inéluctable qu'elle l'avait poussé dans les bras de Tera. Et ça posait un autre problème. Même si, par bonheur, Priya avait eu l'intention de laisser la porte ouverte à la réconciliation, Thomas n'avait aucun moyen de défaire ce qu'il avait fait depuis son départ. Il lui avait été infidèle. Tera dormait dans leur lit. Il avait rompu leurs vœux, signant son propre acte d'accusation.

Il ferma le message de sa mère et ouvrit le suivant. Il était d'Andrew Porter.

Salut, mon pote ! J'avoue que je ne suis pas encore totalement remis de la cuisante défaite que tu m'as infligé, même si je ne l'ai pas volée. Je sais bien que je vais perdre, pourtant je ne peux pas m'empêcher d'y revenir. Écoute, j'espère que tu ne m'en voudras pas, mais j'ai appelé une de mes amies à la CASex (elle est directrice adjointe des opérations), et je lui ai demandé s'ils avaient en ce moment des postes de juristes stagiaires à pourvoir. Tu ne devineras jamais ce qu'elle m'a répondu. Un créneau vient de s'ouvrir dans leur bureau de Bombay. Dingue, non ? Je ne sais pas si tu seras intéressé, après tout c'est là-bas qu'est Priya, mais j'ai pensé qu'il fallait que je te passe l'info. Dis-moi si tu veux explorer cette piste.

Thomas s'appuya au dossier de son fauteuil et regarda le ciel nocturne embrasé par la pollution lumineuse. *Bombay !* L'idée était absurde. Le programme de bénévolat de Clayton était aussi vaste que le monde. Europe, Amérique du Sud, Chine, Afrique – le choix était illimité. Et même s'il voulait travailler pour la CASex, l'organisation avait des bureaux dans quatorze pays. Il n'avait qu'à attendre un peu, et une opportunité finirait bien par se présenter. *Bombay !* S'il y avait un endroit sur terre où il n'avait aucune chance de trouver la paix, c'était bien celui-là.

Laissant son portable ouvert, il erra dans la maison. Il jeta un coup d'œil dans le réfrigérateur, sans avoir vraiment faim ; il réorganisa la cave à vin par régions ; il regarda quelques minutes d'un film de John Wayne qui repassait à la télévision pour la énième fois. Au bout d'un moment, il s'effondra dans son fauteuil et reprit sa boîte à souvenirs.

Il fouilla dans les photos, trouva celle qu'il cherchait tout au fond. Il l'avait découpée pour qu'elle tienne dans son portefeuille. C'était une photo de Priya à l'entrée du Fellows Garden. Ils s'y étaient rencontrés de nombreuses fois pendant son été à Cambridge, toujours en secret, à l'insu de son père. Priya lui sourit par-delà les années, les yeux pétillants d'une joie malicieuse. L'amour les avait pris par surprise, tous les deux. C'était une chose si lourde de conséquences. Y avait-il le moindre espoir qu'ils le retrouvent ?

Aux petites heures du matin, Thomas finit par rendre les armes. Il cessa de faire les cent pas et s'approcha lentement de l'escalier, poussé par une nécessité qu'il n'arrivait pas à comprendre. Il retourna à son ordinateur et envoya deux mails.

À Andrew, il écrivit :

> Organise un rendez-vous. Je suis libre quand tu veux.

Et à Max Junger :

> J'ai décidé de suivre votre conseil. Je pense partir en Inde, travailler avec la CASex. J'espère que Mark Blake et Wharton seront satisfaits.

Il entra dans la chambre et regarda Tera qui dormait à la place de Priya, dans leur lit. Elle lui tournait le dos et ses cheveux lui retombaient sur le visage. C'était la dernière fois, décida-t-il. Elle n'y était pour rien. Elle avait été gentille avec lui. Mais la comédie avait assez duré. Il le lui expliquerait le matin. Elle lui en voudrait, puis elle s'en remettrait. Alors que lui, il était prêt à s'engager. L'Inde ? Le combat contre l'esclavage moderne ? Se retrouver à nouveau face à sa femme ?

Comment allait-il bien pouvoir expliquer ça à son père ?

5.

Des ténèbres d'encre noire me submergent.
Ô aurore, éteins-les comme une dette.
Le Rigveda

Bombay, Inde

Dans le bordel de Suchir, Ahalya et Sita commençaient à perdre la notion du temps. Elles ne connaissaient que la présence ou l'absence du soleil. La journée était anodine, composée d'une mosaïque de détails domestiques – le babil des filles qui occupaient l'étage du dessous, les bruits des divers commerces qui leur parvenaient de la rue. La nuit, au contraire, était maléfique, un paysage sonore de pas lourds, de cris avinés, de murmures lascifs ou de protestation et de gémissements ininterrompus.

Les deux sœurs n'eurent que peu de visiteurs au cours de ces premiers jours. Sumeera venait voir comment elles allaient et leur apportait leur repas. Ahalya essaya de la détester, mais l'animosité était difficile à entretenir. Sumeera parlait doucement, sans la moindre trace d'autorité, et les traitait comme ses enfants.

Un matin, elle fit venir un docteur pour leur faire subir une visite médicale. Ahalya refusa d'abord l'examen gynécologique, mais Sumeera lui assura que c'était la routine.

Toutes les jeunes femmes de Bombay s'y soumettaient. Ahalya pensa à Suchir, et se laissa faire pour ne pas s'attirer ses foudres. La voyant céder, Sita l'imita sans discussion, mais elle éprouva visiblement de la douleur et de la honte.

Lorsque les deux filles eurent été palpées et tripotées, Sumeera s'entretint à voix basse avec le médecin.

— Vous êtes toutes les deux en bonne santé, dit-elle en joignant les mains. Et nous tenons à ce que vous le restiez. Le docteur vous rendra visite une fois par mois. Accueillez-le bien.

Dès que Sumeera avait le dos tourné, les sœurs fouillaient la chambre sous les toits à la recherche d'un moyen d'évasion. La pièce était à peu près carrée, de quatre mètres par quatre mètres trente. Elle n'avait pas de fenêtre, juste deux petites bouches d'aération. La seule porte était fermée à clé de l'extérieur. La cage d'escalier ne comportait aucune issue, à l'exception de la porte dissimulée derrière les rayonnages. Ahalya se doutait bien qu'elle ne pouvait être actionnée que de l'autre côté.

Après de nombreuses tentatives infructueuses, elle s'assit par terre à côté de Sita et lui caressa les cheveux.

— Il doit pourtant bien y avoir un moyen de sortir, dit-elle.

— Mais où irions-nous ? murmura Sita. Nous sommes des étrangères, ici, à Bombay.

Ahalya n'avait pas de réponse. Toutes les nuits, elle restait allongée dans le noir à écouter les bruits d'en dessous. Ce qu'elle imaginait l'empêchait de dormir. Elle pensait aux filles et aux hommes qui leur rendaient visite. Elle était vierge, néanmoins ce n'était pas une oie blanche. Elle comprenait les mécanismes du sexe. Elle savait ce que les femmes avaient et que les hommes voulaient. Ce qu'elle ne comprenait pas, c'était pourquoi un homme paierait une *beshya,* une prostituée, pour avoir des relations sexuelles.

Alors que les journées s'étiraient, Ahalya commença à se demander si Suchir reviendrait jamais les chercher. Le vendredi, trois jours après leur arrivée, aucun homme n'avait été amené dans leur chambre. La seule explication que trouvait Ahalya était que le propriétaire du bordel avait d'autres projets pour elles. Et cette pensée l'épouvantait. Parfois, quand elle entendait la voix de Suchir à travers le plancher, elle éprouvait une sorte de vertige. Son seul remède était de s'allonger. Sita s'inquiétait pour elle. Ahalya imputait son malaise à la chaleur, mais, intérieurement, son cœur se consumait de crainte.

Son heure arriva au moment où elle s'y attendait le moins, au beau milieu de la nuit du Nouvel An. Elle dormait d'un sommeil haché. Partout dans la rue, résonnaient les échos des festivités, auxquels répondaient les gémissements à l'étage inférieur. Le bouton de la porte tourna sans un bruit, mais le grincement des gonds la réveilla en sursaut. La lumière s'alluma soudain, et Sumeera se dressa au pied du lit, tenant un sac de toile.

— Réveillez-vous, les filles, lança-t-elle d'une voix tendue. Il faut vous habiller.

Le cœur d'Ahalya se mit à battre la chamade, pourtant elle savait qu'elle n'avait pas intérêt à poser des questions. Elle sentait encore sur sa joue la brûlure de la gifle que le jeune homme lui avait donnée le matin de leur arrivée. Sumeera tendit à Ahalya un beau *churidaar* écarlate et doré, et à Sita un *sari* de la couleur des plumes du paon. Puis des bracelets, de bras et de chevilles. Elle brossa les cheveux des deux sœurs et les orna de guirlandes, elle leur appliqua une légère couche de fond de teint ainsi qu'une fine ligne d'eyeliner, avant de reculer pour juger de l'effet.

Suchir se présenta peu après dans l'ouverture de la porte et émit un grommellement approbateur.

— Venez, dit-il. Shankar attend.

Ahalya et Sita descendirent l'escalier derrière Sumeera et Suchir et se retrouvèrent dans le couloir. Il y avait peut-être une vingtaine de filles dans cet espace restreint. Certaines étaient appuyées contre les murs, d'autres assises par terre dans l'embrasure des portes. Quelques-unes eurent un sourire mauvais quand elles apparurent, les autres étaient juste attentives. Ahalya constata avec étonnement que les *beshyas* étaient pour la plupart assez quelconques. Deux ou trois pouvaient peut-être passer pour jolies, et une seule était vraiment belle. Elle surprit quelques murmures sur leur passage.

— Cinquante mille, estima une fille élancée.

— Plus, rétorqua sa voisine.

Suchir les fit taire d'un regard noir. Il ordonna à Sita d'attendre à la porte, et poussa Sumeera et Ahalya dans le salon du bordel. Un homme était vautré sur un canapé, face à un miroir. Il avait une quarantaine d'années, les cheveux noirs, bouclés, et une montre en or au poignet. Il lorgna Ahalya d'un œil évaluateur pendant que Suchir déroulait les stores à lamelles. Sumeera se réfugia, tête basse, sur l'autre canapé de la pièce.

Suchir actionna un interrupteur, allumant la rangée de lampes encastrées au-dessus du miroir. D'une voix douce, il ordonna à Ahalya de se placer sous la lumière et de regarder l'homme. Ahalya obéit pendant un bref instant, puis elle baissa les yeux.

— Shankar, mon ami, dit alors le propriétaire du bordel, ce soir, c'est un vrai morceau de choix que j'ai pour vous. Deux, en réalité. Deux filles – toutes les deux cachetées. Voici la plus âgée.

Shankar marmonna quelques paroles élogieuses. Il s'approcha d'Ahalya. Il admira sa peau, toucha ses cheveux et effleura son sein gauche du dos de la main.

— *Ravas*, soupira-t-il. Magnifique. Je n'ai pas besoin d'en voir davantage. Gardez-moi l'autre pour une prochaine fois. Combien pour celle-ci ? Sans préservatif.

— Le préservatif est obligatoire. Vous connaissez la règle.

Shankar eut un mouvement de menton condescendant.

— Les règles sont nulles et non avenues. Combien en voulez-vous ?

Suchir parut hésiter, puis il abattit assez rapidement son jeu :

— Pour une fille comme ça, soixante mille. Une seule fois.

— Suchir, vous êtes un rude négociateur ! Je n'ai que cinquante mille en espèces sur moi.

— Vous trouverez bien un distributeur. La fille vaut chaque roupie.

Shankar rendit les armes.

— Va pour soixante mille. Je vous donnerai le reste après.

Il tendit à Suchir une liasse de billets de mille roupies. Suchir s'adressa à Sumeera :

— Emmène-les en haut. Et laisse la sœur dans l'escalier. Ça lui servira de leçon.

Pendant le marchandage des deux hommes, Ahalya resta plantée sur place, quasiment paralysée. Sous la lumière crue des lampes de scène, elle avait l'impression d'être ailleurs. Son cœur cognait contre ses côtes, et elle éprouvait dans la nuque une sensation de picotement qui s'étendait lentement le long de son dos. Elle ne considérait pas Shankar comme un homme. Pour elle, c'était un fantôme, un esprit sorti des enfers. Une goule ne pouvait pas la déflorer. En même temps, elle savait que cette vision des choses était idiote. Shankar était un homme comme les autres.

Quand elle entendit l'ordre de Suchir concernant Sita, elle releva les yeux, horrifiée et pourtant incapable de parler. La peur l'avait désertée avec ce qui lui restait de fierté. Elle se laisserait posséder par Shankar afin que Sita apprenne à ne pas résister. Car elle avait désormais compris que toute résistance entraînerait un surcroît de souffrance, et que la souffrance accentuait l'horreur de cette existence misérable. Après cette nuit, elle serait *awara*, déchue. Le pont qui menait à la prostitution était à sens unique.

— *Bolo na, tum tayor ho ?* lui demanda Sumeera. Tu es prête ?

Ahalya hocha la tête. Elle laissa Shankar lui prendre la main et la conduire dans le couloir. Elle ne put se résoudre à regarder Sita. Alors qu'elle montait l'escalier en compagnie de Shankar, elle pensa à son père. Il lui avait appris qu'elle était forte, qu'elle avait des dons sans limites, et qu'elle pouvait être tout ce qu'elle souhaitait. C'était une belle idée, mais illusoire. Pendant que Sumeera allumait une bougie et secouait les oreillers afin de leur redonner du gonflant, Ahalya songea à sa mère. Ambini était douce et digne, un modèle à suivre. Ils étaient morts tous les deux, désormais, leurs corps abandonnés tels des bouts de bois flotté sur les ruines d'une plage magnifique, dévastée. Il n'en restait que *jooth ki duniya*, un monde de mensonges.

Sumeera la laissa avec Shankar. Ahalya considéra un point sur le sol, tremblante. Elle n'arrivait pas à lever la tête vers l'homme qui l'avait achetée. Il s'approcha d'elle et lui souleva le menton, l'obligeant à croiser son regard. Il lui sourit tout en déboutonnant son pantalon.

— Cette nuit est ta nuit de noces, dit-il en la renversant sur le lit.

Dans l'obscurité de l'escalier, Sita sanglota en entendant les bruits qui émanaient de la chambre où sa sœur se faisait violer. Au cours de ses quinze années d'existence, elle n'avait pas appris grand-chose du désir charnel, néanmoins elle savait ce qu'était un viol. Lorsque les râles de plaisir de Shankar s'interrompirent enfin, elle entendit sa sœur pleurer. Au bout d'un moment, Shankar ouvrit la porte et sortit, la frôlant au passage. Il avait le regard vitreux, et ses vêtements étaient en désordre. Il ne prononça pas une parole ; il se contenta de disparaître.

Sita entra furtivement dans la pièce. Ahalya se trouvait sur le lit, au milieu des draps en désordre, son *churidaar* en tas par terre. La flamme de la bougie faisait danser des ombres sur les murs. Elle avait les yeux clos, et son front était brûlant au toucher. Sita lui embrassa la joue et s'agenouilla à côté du lit. Sumeera apparut peu après. Elle conduisit Ahalya vers les toilettes, la lava et lui enfila une chemise de nuit ample, après quoi elle la remit au lit. Ensuite elle lui murmura, sur un ton apaisant :

— Tu as vécu une expérience pénible. La honte est normale. Elles l'éprouvent toutes, la première fois. Mais tu survivras. Tu apprendras à l'accepter.

Sur ces mots, elle les laissa seules.

Sita se déshabilla et se glissa au lit, prenant Ahalya dans ses bras. Depuis toujours sa sœur était sa protectrice, sa forteresse. Dans les nuits les plus solitaires, à Sainte-Marie, Ahalya avait toujours été là pour la réconforter. Pendant le tsunami, elle s'était dressée entre les vagues et elle. À présent, c'était à son tour de la réconforter et de la protéger. Elle entonna un petit air que leur mère leur chantait. Elle connaissait la mélodie par cœur, et elle la fredonna avec ferveur, telle une prière.

Ahalya se réveilla, le jour de l'An, comme un oiseau aux ailes brisées. Elle parlait, mais toute joie avait déserté sa voix. Elle avala son petit déjeuner sans un commentaire sur la nourriture. Elle reçut les visites de Sumeera sans un mot. Pendant les heures du jour, tandis que les vendeurs des rues vantaient leurs marchandises et que les *beshyas* vaquaient à leurs occupations domestiques, elle resta au lit, le regard perdu dans le vide. Elle se retournait de temps à autre, se levait rarement.

L'*adda* perdit toute substance dans son esprit ; ses images, ses sons devenaient des impulsions sensorielles et de vagues impressions. Seule Sita restait nette. Ahalya fut surprise par l'aplomb de sa cadette. Elle paraissait avoir mûri de plusieurs années en quelques jours. Elle humectait un linge et le lui appliquait sur le front. Elle chantait des chansons qu'Ambini et Jaya leur avaient apprises, et lui citait des vers de ses poèmes préférés. Quand elle récita un poème de Sarojini Naidu, Ahalya prononça les vers avec elle :

Ici, ô mon Cœur, brûlons les rêves défunts,
Dans ce bois, préparons un bûcher funéraire,
Douces feuilles rouges et pétales blancs tombés à terre,
Aux feux de midi nous les brûlerons enfin.

Le reste du week-end passa dans une relative solitude. Suchir les laissa tranquilles. Sumeera appliqua un baume apaisant aux endroits où Shankar avait abrasé la peau d'Ahalya. Elle répétait inlassablement le même refrain : Ahalya devait accepter son sort. Il n'y avait pas d'autre moyen de sortir du tunnel de la honte. À chaque lever de soleil, Ahalya s'animait un peu plus, toutefois ses yeux demeuraient des puits de chagrin.

Au début de la semaine suivante, Suchir revint voir Ahalya. Sumeera lui donna le même *churidaar* rouge et or que la première fois, en revanche elle ne demanda pas à Sita de s'habiller. Ahalya obéit en silence. Les *beshyas* les regardèrent passer, alignées le long des murs. Sur son passage, deux d'entre elles tentèrent de deviner le prix que Suchir allait exiger pour elle.

— Vingt mille, dit l'une.

— Dix, fit une autre. Elle a déjà servi. Le *dhoor* ne verra pas le sang.

Ahalya tenta d'ignorer leurs commentaires et resta les yeux rivés au sol. Elle attendit à la porte que Suchir lui ordonne d'entrer et resta plantée sous les lumières comme à un spectacle de cirque. Deux clients étaient assis sur le canapé à côté de celui de Sumeera : un homme d'âge mûr et un garçon à peine plus vieux qu'Ahalya. Le vieux s'adressait avec excitation au plus jeune, et c'est ainsi qu'elle apprit qu'il s'agissait d'un père et de son fils, et que c'était l'anniversaire du garçon. Ahalya était son cadeau.

Le garçon se leva en hésitant et s'approcha d'elle. Il jeta un coup d'œil à son père comme s'il quêtait une parole rassurante ; l'homme l'encouragea à y aller. Le garçon effleura les lèvres d'Ahalya du bout des doigts et traça une ligne vers sa poitrine. Elle se demanda en frissonnant ce que le jeune homme allait lui faire.

L'homme marchanda le prix avec Suchir, et finit par se mettre d'accord sur quinze mille roupies. Le garçon prit la main d'Ahalya et suivit Suchir dans le couloir, vers la première chambre de passe. Une fille plus âgée, trop grosse, s'effaça en la foudroyant du regard. La pièce était toute petite, juste assez grande pour un lit, un lavabo et des toilettes. Son but était purement fonctionnel. C'était le lot de toutes les *awaras*, songea Ahalya. Sa destinée était de vivre dans la honte perpétuelle.

Suchir referma la porte, et le garçon resta planté là, tout raide, ne sachant pas trop bien comment s'y prendre. Sur ses traits, Ahalya lut un mélange de crainte et d'appréhension. Il se rapprocha et l'embrassa sur la bouche. Son excitation augmenta quand il comprit qu'elle ne résisterait pas. Elle s'allongea sur le lit et se soumit à son désir. Il fut moins brutal que Shankar, mais il lui fit tout de même mal.

Ensuite, elle resta sur le maigre matelas, à contempler le plafond et se sentant profondément impure. Puis elle alla se laver au lavabo. Assise sur le siège des toilettes, elle prit conscience des réalités brutales de son existence. Une *beshya* ne pouvait rien attendre de plus de la vie que de l'air dans ses poumons, à boire et à manger dans son estomac, un toit au-dessus de sa tête, et l'affection de ses semblables. Pour survivre dans un monde pareil, elle devrait dissocier son cœur et son corps. Elle n'avait pas d'autre solution. Elle pensa à Sita qui l'attendait dans la chambre du haut, effrayée, blessée, et pourtant, allez comprendre, encore intacte après une semaine et demie passée dans le bordel de Suchir. Sita avait besoin d'elle comme rempart contre les terreurs qui l'attendaient.

Elle ne pouvait pas se permettre de s'abandonner au désespoir.

6.

La bataille de Bombay est la bataille de soi-même contre la foule.

Suketu Mehta

Quelque part au-dessus de l'Asie du Sud

Lorsque Thomas se réveilla, il n'avait aucune notion de l'heure qu'il pouvait bien être. Sa montre était encore sur le fuseau horaire de Washington. La cabine du Boeing 777 était plongée dans l'obscurité, et la plupart des passagers de la classe affaires dormaient. Il aurait bien voulu aller aux toilettes, mais le passager à côté de lui était dans les bras de Morphée, et son siège à l'horizontale l'empêchait d'accéder à l'allée. Il releva le cache du hublot. Le soleil se couchait sur des montagnes niellées de neige, les rehaussant de tons d'ocre et de cuivre. *L'Afghanistan,* songea-t-il. Un pays ravagé par la guerre. À dix mille mètres d'altitude, on aurait cru le Colorado. Le spectacle était d'une beauté frappante, à la fois austère et sereine.

Pour la centième fois, Thomas s'interrogea sur son choix. La réponse évidente – il y avait été poussé par la culpabilité et les circonstances – ne tenait pas le coup. Il aurait pu être dans un avion à destination de Bora Bora, d'Amsterdam ou de Shanghai. Or d'ici deux heures il allait atterrir à Bombay, son attaché-case plein de rapports officiels, études universitaires et coupures de journaux sur la situation mondiale de la prostitution forcée.

Il avait effectué ses préparatifs de départ dans un tourbillon ; il n'était pas du genre à lambiner. Il avait déjeuné avec Ashley Taliaferro, la directrice des opérations de terrain de la CASex, entre deux réunions qu'elle avait programmées avec des sympathisants au Congrès. Il avait obtenu un visa express, grâce à Max Junger. Fait une expédition au centre commercial pour acheter tout ce dont il aurait besoin pour le voyage. Effectué ses rappels de vaccins. Il s'était arrangé pour que Clayton vire le montant de sa bourse sur son compte en banque afin de couvrir ses dépenses, avait échangé des mails avec Dinesh – son compagnon de chambre à Yale – et accepté son invitation réitérée à lui rendre visite à Bombay. Et il avait lu, lu, lu, inlassablement, dans le métro, en faisant la queue et chez lui, entre deux recherches sur Internet.

La littérature sur le trafic d'êtres humains le faisait entrer dans un monde aussi stupéfiant que troublant, un royaume souterrain peuplé de maquereaux et de trafiquants, de fonctionnaires corrompus, d'avocats en croisade et d'une nuée qui paraissait infinie de femmes et d'enfants enlevés, violentés et transformés en esclaves. Il se demanda comment Andrew supportait ça – les visages, les noms, les récits de violences de la cruauté humaine. Et voilà qu'il était sur le point de pénétrer dans ce monde. Des nombreuses villes tristement réputées pour le trafic de chair humaine, Bombay était parmi les pires.

— Tu vas faire *quoi* ? s'était écrié sa mère quand Thomas l'avait appelée. Mais c'est *dangereux*, Thomas. Il pourrait t'arriver malheur. Je t'ai conseillé de rejoindre *Priya*, pas de t'acoquiner avec la pègre.

Son père avait alors pris l'appareil et demandé ce que c'était que cette histoire. Il avait écouté Thomas juste le temps d'apprendre l'ultimatum de Max Junger.

— Voyons, fils, pourquoi ne m'as-tu pas téléphoné ? J'aurais arrangé ça.

— Clayton réclamait un responsable, répondit Thomas, avec l'impression d'être un éternel enfant pour son père. Wharton exigeait une victime expiatoire, et Mark Blake n'était pas disposé à mettre sa tête sur le billot.

— Mark Blake est un égocentrique doublé d'un imbécile, tonna le Juge, furieux. Ce type serait incapable de trouver de l'eau dans un lac.

Il fulmina encore un peu, puis il se calma.

— J'ai bien entendu ce que disait ta mère ? Tu pars en Inde travailler pour la CASex ?

— C'est ça.

Son père était resté un long moment sans parler.

— À ton retour, tu n'as pas fini de ramer pour rattraper le temps perdu.

— Je sais, papa.

Sur ces questions, le Juge avait toujours raison.

Revenant au moment présent, Thomas vit qu'une hôtesse s'approchait de lui dans l'allée. Celle-ci remarqua qu'il était réveillé et lui proposa tout bas un plateau-repas avant l'atterrissage. Il secoua la tête et demanda une bouteille d'eau.

Dehors, l'obscurité était tombée, mais le haut des nuages était encore éclaboussé de lumière. Il se posa pour la énième fois l'éternelle question sans réponse *Pourquoi ?*

Tera avait été la première à la poser à haute voix. Le lendemain matin, après sa visite surprise, il s'était réveillé sur le canapé du salon avec un mal de tête à tout casser et en proie à un remords écrasant. Après une douche brûlante il l'avait retrouvée dans la cuisine, où elle lui avait offert de préparer le petit déjeuner. Il l'avait regardée bizarrement. C'était la première fois qu'elle restait toute la nuit, et elle était là, devant la cuisinière, une boîte d'œufs et un fouet dans les mains.

— Je vais m'absenter quelque temps, avait-il annoncé.

— Quoi ? s'était-elle écriée, le fouet suspendu dans les airs, les paupières papillotantes. Où vas-tu ?

— Je ne sais pas trop, avait-il répondu, préférant mentir plutôt que susciter d'autres questions.

Elle avait paru blessée.

— Et Clayton ?

— Je prends un congé sabbatique.

— Pour combien de temps ?

— Un moment, je pense.

Tera avait posé le fouet sur le comptoir.

— J'ai fait quelque chose qui t'a déplu ?

— Bien sûr que non, avait-il affirmé avant de mesurer à quel point il pouvait paraître manquer de sensibilité. Écoute, je sais que c'est brutal, mais tu n'y es vraiment pour rien. Je suis désolé.

C'est à ce moment-là qu'elle avait énoncé l'énigme :

— Pourquoi fais-tu ça ?

Il avait pensé à un certain nombre de réponses, avant d'opter pour la plus simple.

— Je ne sais pas.

Elle l'avait observé un moment, ses yeux bleus pleins de confusion et de douleur. Elle était restée là, les lèvres entrouvertes, sans prononcer une parole. Elle s'était contentée de récupérer ses affaires et elle avait quitté la maison sans ajouter un mot.

« Mesdames et messieurs, articula une voix désincarnée, nous avons commencé notre descente vers Bombay. Veuillez redresser le dossier de votre fauteuil et relever la tablette placée... »

La voix poursuivit son bourdonnement, mais Thomas ne l'écoutait pas. Par le hublot, la métropole tentaculaire montait vers lui à travers le vide, telle une explosion d'étoiles étincelantes. Cette vision lui rappelait Los Angeles, mais la comparaison s'arrêtait là. Bombay comptait trois fois plus d'habitants sur une superficie trois fois plus réduite.

Lorsque l'avion effectua sa descente finale vers l'aéroport international de Chhatrapati Shivaji, Thomas était tendu à bloc. Au fil des ans, Priya lui avait appris quantité de détails sur la mentalité et la sensibilité indiennes, et elle avait essayé, sans grand succès, de lui enseigner l'hindi. Cependant tout cela s'était déroulé sur le sol occidental. La ville, au-delà du tarmac, était l'Inde, la vraie, un monde étranger défini par un ensemble radicalement différent de règles culturelles. La colonisation et la mondialisation avaient jeté des ponts au-dessus du gouffre, néanmoins la faille entre l'Orient et l'Occident demeurait béante.

L'avion se posa en douceur. L'Inde accueillit Thomas avant sa descente d'avion. Par le hublot, il découvrit un immense labyrinthe de taudis éclairés par un malheureux réseau d'ampoules nues accrochées entre les portes comme les guirlandes d'un sapin de Noël. Des enfants jouaient dans les rues, et des gens bougeaient dans les ombres. Thomas regarda les enfants des bidonvilles avec fascination. L'Occident avait ses ghettos, ses *barrios*, mais rien qui ressemblait à ça.

Après avoir récupéré ses bagages, il retrouva Dinesh à la station de taxis.

— Thomas ! s'exclama son ami, dans un anglais légèrement accentué, en le gratifiant d'une accolade. Bienvenue à Bombay !

Dinesh récupéra la deuxième valise de Thomas, fendit une foule grouillante de *taxi-wallas* et de chauffeurs d'hôtel qui brandissaient des pancartes, et le conduisit jusqu'à un coupé noir garé sur un parking de terre battue.

— J'espère que tu ne te sentiras pas trop à l'étroit.

— Pas de problème, répondit Thomas.

Il rangea ses bagages dans le coffre et monta en voiture. L'air de la nuit était frais et sec, et Dinesh baissa sa vitre.

— Deux mois sans climatisation, précisa-t-il en riant. Le reste de l'année, on transpire.

Dinesh engagea son coupé dans la circulation chroniquement saturée. Pendant de longues minutes, ils progressèrent au pas dans un embouteillage, coincés de part et d'autre par des véhicules de toutes les tailles, à moitié asphyxiés par les gaz d'échappement. Au bout d'un moment, Dinesh perdit patience. Il s'engagea à gauche, appuya sur l'accélérateur et sur le klaxon en même temps, et déboîta sur la file opposée afin de doubler un autorickshaw, évitant de peu la collision frontale avec un autobus. Thomas se cramponna à la poignée de la portière, épouvanté par la manœuvre. Dinesh éclata de rire.

— Tu t'y feras. En Amérique, vous conduisez avec le volant. En Inde, on conduit avec le klaxon.

Il s'inséra sur la bretelle d'une voie rapide où la circulation était plus fluide.

— C'est le Western Express Highway, hurla-t-il pour couvrir le bruit du vent. La circulation était tellement dingue dans les rues que la ville a décidé de construire l'autoroute par-dessus.

Dix minutes plus tard, l'autoroute décrivait une courbe et se retrouvait parallèle à une large baie. L'odeur d'urine et d'eau saumâtre assaillit violemment Thomas.

— Mahim Bay, expliqua Dinesh. L'odeur fait partie des choses auxquelles tu t'habitueras.

— C'est toujours comme ça ? s'étonna Thomas en hoquetant comme un poisson hors de l'eau.

— Ce soir, ça sent particulièrement fort. Ça ira mieux demain matin. Les égouts se jettent dans la mer. Tu n'as pas intérêt à te baigner à Bombay, où que ce soit.

Après un virage à 180 degrés, l'autoroute aboutissait dans un quartier résidentiel très chic. Dinesh grimpa en haut d'une colline et prit une voie pavée qui menait à une rue bordée de grands immeubles, au milieu d'une végétation luxuriante.

— C'est le Mont Marie. L'océan est juste derrière, à l'ouest.

Dinesh tourna brusquement vers l'entrée d'un parking aménagé au pied d'un immeuble de dix étages à la façade crépie. Deux gardes fumaient la cigarette, assis de part et d'autre du portail.

Ils laissèrent la voiture dans un box et empruntèrent un vieil ascenseur à portes accordéon qui les emmena au dernier étage. D'après la crasse qui tapissait les parties communes, on avait l'impression que le bâtiment avait été construit quarante ans auparavant, et qu'on n'y avait plus jamais touché.

L'appartement de Dinesh, par contraste, était une merveille de modernisme avec ses appliques en laiton, ses meubles de cuir et de bois, son carrelage couvert de tapis et ses murs ornés de tapisseries. Mais ce que l'endroit avait de plus beau était la vue : les pièces orientées à l'ouest bénéficiaient d'un panorama stupéfiant sur la mer d'Oman, et les portes-fenêtres donnaient sur un balcon qui faisait tout le tour du bâtiment.

Dinesh montra sa chambre à Thomas et l'invita à boire une bière avec lui sur la terrasse. Ils s'installèrent sur des chaises longues en teck, devant la mer étincelant au clair de lune. Les lumières, le long de la côte, remontaient très loin vers le nord, jusqu'à une pointe qui semblait avancer dans l'océan.

— Ça, là, c'est Santa Cruz West, et plus loin, c'est Juhu, expliqua Dinesh. Beaucoup de *peoples* indiens vivent là-bas.

Il marqua une pause, puis :

— Alors, raconte-moi, qu'est-ce qui t'amène à Bombay ? J'ai appris par un ami que Priya était revenue, et voilà que je reçois un message de toi disant que tu avais besoin d'un point de chute pendant un moment.

— C'est une longue histoire.

— Comme toutes les bonnes histoires.

Thomas hésita. Il savait qu'il devait une explication à son ami, pourtant la pensée de répondre à des questions person nelles sur sa famille l'épuisait d'avance.

— La grand-mère de Priya a fait une crise cardiaque, commença-t-il. Elle est revenue pour être auprès d'elle.

— Je l'ignorais. J'ai vu son frère à Colaba, il y a deux mois. Il ne m'a rien dit.

— C'est arrivé récemment. Tout à fait inattendu.

Il repensa au jour où Priya lui avait annoncé la nouvelle. Plantée dans la cuisine, l'air à bout, elle lui avait résumé le coup de fil de son frère. Le procès Wharton avait commencé trois jours auparavant, et Thomas était stressé au maximum. Quand Priya lui avait montré l'aller simple sur Air India, il avait mal réagi et l'avait accusée de l'abandonner. Il se rappelait la fureur qui avait embrasé sa femme.

— Comment oses-tu me jeter la pierre ? avait-elle lancé. C'est toi qui m'as abandonnée.

Dinesh s'octroya une gorgée de bière.

— Bon, ça explique Priya. Et toi ?

Thomas poussa un gros soupir.

— J'avais besoin de prendre un peu de recul par rapport au boulot. Le cabinet m'a accordé un congé sabbatique.

Il vit Dinesh étrécir les yeux et imagina ce qu'il pensait : *Alors pourquoi m'as-tu demandé de t'héberger ?* Il décida de pimenter son mensonge d'une parcelle de vérité.

— Ça ne marche pas formidablement avec Priya, en ce moment. Voilà pourquoi j'ai pris contact avec toi.

Dinesh le dévisagea longuement.

— Je suis désolé de l'apprendre. Tu es le bienvenu ici aussi longtemps que tu le souhaiteras.

Et il changea de sujet.

— Dans ton mail, tu me parlais d'une association, la CASex. C'est la première fois que j'entendais ce nom.

Thomas hocha la tête, soulagé.

— La CASex est un organisme d'aide juridique qui lutte contre la prostitution forcée dans les pays en développement.

Dinesh finit sa bière.

— Ils ne doivent pas chômer, à Bombay.

Ils bavardèrent encore un moment de tout et de rien, comme de vieux copains. Ils parlèrent de leurs années d'études à Yale, échangèrent des histoires sur les petites amies du temps jadis et rirent des farces qu'ils – surtout Dinesh – avaient jouées à leurs camarades étudiants. Avec son esprit, sa bonne humeur contagieuse, Dinesh réussit à remonter le moral de son ami. Thomas retrouva un semblant d'optimisme : même s'il ne sortait rien de son séjour à Bombay, ça lui ferait du bien de cohabiter à nouveau avec Dinesh. Au bout d'un moment, ce dernier bâilla, s'étira et se leva.

— Je crois que je vais me coucher, dit-il en embarquant sa bouteille de bière vide. C'est super que tu sois là.

Thomas se leva aussi.

— Si ça ne t'ennuie pas, je vais rester ici un moment. Mon corps se croit encore en plein jour.

Dinesh eut un petit rire.

— Pas de problème. On se voit demain matin.

De son téléphone portable Thomas envoya des mails à sa mère et à Andrew Porter pour les prévenir de son arrivée à bon port. Puis il alla s'appuyer à la rambarde et regarda vers Juhu Beach, au nord. De fil en aiguille, ses pensées retournèrent à Priya. Dormait-elle ou, comme lui, était-elle debout sur une terrasse, admirant la mer ?

Il inspira profondément l'air qui sentait le sel et essaya d'imaginer l'enfance de sa femme. Son éducation privilégiée lui avait toujours paru un peu artificielle. Elle était née dans une famille de magnats de l'immobilier du Gujarat qui s'étaient installés dans la ville à l'époque où les Anglais récupéraient encore des terres sur la mer. Son grand-père possédait près d'un quart des appartements du sud de Bombay, ainsi que diverses propriétés un peu partout dans le monde.

Dans n'importe quelle autre famille, Priya aurait pu devenir une snobinarde hautaine et prétentieuse. Mais son père avait refusé le luxe auquel sa naissance lui donnait accès et choisi une vie austère, à Cambridge. Le professeur Patel avait transplanté sa famille en Angleterre alors que Priya sortait à peine de l'enfance. Elle avait passé son adolescence et fait ses études au milieu de la pierre de taille et du lierre de l'antique et vénérable université.

Elle s'était inscrite en histoire de l'art à Cambridge. Et c'était là, au cours de sa troisième année d'études, que Thomas l'avait rencontrée, lors d'un échange d'été avec Yale. Il se souvenait de la conférence que son père avait donnée au King's College, et du parapluie qu'elle avait oublié. Cette étourderie lui avait fourni un prétexte pour l'aborder, et ce premier contact s'était terminé par une conversation dans une cafétéria qui avait changé le cours de leurs vies.

Il sortit la photo prise d'elle à Fellows Garden, qu'il avait glissée dans son portefeuille avant de partir pour l'aéroport. Il se rappelait leur premier baiser, à l'ombre du vieux chêne noueux. Un baiser timide, bridé par les tabous de sa culture et la pensée de son père. Mais le fait qu'elle l'ait tout de même embrassé révélait la profondeur de ses sentiments pour lui.

Il rangea la photo et termina sa bière.

— *Namaste,* Bombay, murmura-t-il.

Le lendemain matin, il fut réveillé par l'alarme de son BlackBerry. Il était sept heures et demie, et le ciel était tout jaune à cause de la pollution. Il vérifia sa boîte mail et trouva deux messages. Le premier d'Ashley, de la CASex, qui l'informait que ses références avaient été vérifiées, qu'il était accepté, et qu'elle transmettait ses coordonnées à Jeff Greer, le directeur du bureau local de Bombay. Le second était de Greer en personne, qui proposait de le rencontrer au Café Leopold à dix heures.

Il trouva Dinesh dans la cuisine, en train de préparer une théière de *chai.* Ils prirent leur petit déjeuner sur la terrasse avec vue sur la mer. Thomas parla à Dinesh de son rendez-vous avec Greer.

— Parfait, dit son ami. Tu peux m'accompagner à mon travail, et de là, prendre un taxi. Tous les *taxi-wallas* connaissent le Leopold.

À huit heures, Dinesh héla un autorickshaw et se fit conduire à la gare de Bandra. Le rickshaw ressemblait à un insecte jaune, trapu, sur roues. Le moteur, pas insonorisé, émettait un bruit de tronçonneuse. Quand le conducteur entra dans un essaim de ricks identiques, sur Hill Road, Thomas résista à la tentation de se boucher les oreilles.

Le trajet jusqu'à la gare fut une mêlée furieuse, un enchaînement de quasi-collisions. Le chauffeur était soit l'homme le plus courageux du monde, soit complètement inconscient. Il klaxonnait frénétiquement, comme si le bruit devait les protéger des risques qu'il prenait.

— Ce type est dingue, hurla Thomas à son ami pour couvrir les pétarades du moteur et le tumulte de la circulation.

— Selon tes critères, objecta Dinesh en riant, tous les conducteurs de rick de Bombay sont dingues.

À la gare, munis de billets de première classe, ils suivirent un flot de passagers vers les quais. Lorsque le train arriva, il était tellement bondé que des hommes étaient accrochés du bout des doigts à l'extérieur des wagons, néanmoins il en aurait fallu davantage pour dissuader la foule de se ruer sur les voitures.

Dinesh poussa Thomas en avant.

— Va, va, va !

Thomas devina ses paroles plus qu'il ne les entendit dans le vacarme de la foule.

Atteindre la voiture qui se trouvait devant eux relevait du miracle ; trouver de la place à l'intérieur était une impossibilité manifeste. Et puis, tout d'un coup, Thomas se retrouva dedans et, sous ses pieds, la rame s'ébranla. Les gens couraient le long du quai et, chose incroyable, quelques personnes encore réussirent à monter à bord.

Dinesh se régalait du malaise de Thomas.

— Je parie que tu pensais que la première classe serait plus civilisée, hurla-t-il.

Thomas aurait éclaté de rire s'il n'avait eu la poitrine tellement compressée qu'il ne réussit à émettre qu'un gargouillis.

— La seule différence entre les classes, expliqua Dinesh, c'est qu'en seconde on s'engueule en marathi, alors qu'en première on s'invective en anglais.

Le train se traîna vers le sud, en direction de Churchgate, le terminus. Un quart d'heure plus tard, il entra dans la gare, située au cœur de la vie économique de la ville. Avant même l'arrêt de la locomotive, la foule les entraîna hors de la voiture et le long du quai, comme des feuilles emportées par un courant impétueux. Thomas respira un bon coup lorsqu'ils se retrouvèrent dans la rue.

— Comment peux-tu faire ça tous les jours ? s'écria-t-il.

Son ami haussa les épaules avec un mouvement de tête – un va-et-vient, d'un côté à l'autre, dont Thomas devait rapidement apprendre qu'en Inde il signifiait à peu près tout.

— Il n'y a qu'une règle à Bombay : s'adapter, lui révéla Dinesh.

Dinesh était analyste financier au siège de la HSBC – la Hongkong and Shanghai Banking Corporation –, qui se trouvait tout près de la gare. À un vendeur ambulant il acheta un guide de la ville qu'il donna à Thomas, et fit signe à un taxi. Il lui dit deux ou trois mots très vite, en marathi, et se tourna vers Thomas avec un grand sourire.

— Si tu te perds, n'importe qui pourra t'indiquer le chemin du Leopold. Mais tu ne te perdras pas.

Quelques minutes plus tard, le *taxi-walla* déposait Thomas devant la marquise rouge du Café Leopold. Thomas pêcha quelques roupies dans sa poche, vérifia le compteur et paya la course.

Le café était un endroit vaste et aéré. La moitié des tables étaient occupées par des clients, pour la plupart européens. Il choisit une table près de la rue. Greer apparut sans se presser, quelques minutes après dix heures. Il portait un pantalon kaki, une chemise en oxford chiffonnée, aux manches retroussées, et des chaussures qui auraient bien eu besoin d'un coup de cirage. Il n'était ni mince ni vraiment enrobé. Il avait des yeux bruns, intelligents, et le sourire facile. Il tendit la main dans un geste spontané.

— Thomas ? Jeff Greer. Ravi de faire ta connaissance.

— Moi de même.

Greer commanda un café au garçon, apparu dans son sillage.

— Qu'est-ce qu'il y a de bon ici ? demanda Thomas en parcourant la carte des boissons.

— À peu près tout. Si tu n'es pas accro à la caféine, je te suggère le *lassi*.

Thomas suivit sa recommandation, puis ils bavardèrent un moment. Thomas apprit que Jeff avait trente-cinq ans, qu'il était célibataire, diplômé de la Harvard Business School, et qu'il travaillait pour la CASex à Bombay depuis deux ans. Il avait une bonne écoute, et c'était un interlocuteur des plus agréables. Thomas se prit rapidement de sympathie pour lui.

— Alors, dit Jeff, tu te plais à Bombay ?

— Pour moi, c'est moins une ville qu'un tour dans les montagnes russes.

Greer éclata de rire.

— Il faut un moment pour s'habituer.

Le serveur arriva avec leurs consommations. Thomas goûta le *lassi* et lui trouva un goût de crème anglaise qui s'attardait agréablement sur la langue.

— Tu as lu le dossier qu'Ashley t'a donné ? demanda Greer.

— Deux fois.

— Alors tu comprends la définition du poste.

Thomas hocha la tête.

— Les enquêteurs font tout le boulot en rapport avec les problèmes sexuels, et les avocats s'occupent de la paperasse.

— Ça résume à peu près la situation, s'esclaffa Greer. Nos avocats ne sont pas autorisés à plaider au tribunal, mais ils peuvent monter des dossiers pour les victimes. Tu passeras le plus clair de ton temps à réviser les procédures, rédiger des conclusions et des plaidoiries.

— Il nous arrive de sortir du bureau ?

— Que veux-tu dire ?

— Est-ce qu'il nous arrive de voir de nos propres yeux ce qui fait le quotidien des enquêteurs ?

Greer réfléchit un instant.

— Tu as des projets pour la matinée ?

— Je comptais sur toi pour m'en fournir.

Greer eut un sourire.

— Ça devrait être dans mes cordes.

Après avoir payé l'addition, Greer héla un taxi et prononça quelques mots inintelligibles en marathi au *taxi-walla.* Le chauffeur fit une drôle de grimace. Greer recommença, sur un ton plus ferme, cette fois. Le chauffeur secoua la tête et s'engagea dans la circulation.

— Alors, où on va ? demanda Thomas.

— Je vais te donner un aperçu de la raison de ta présence ici.

Le taxi les emmena vers le nord, hors de Colaba, au-delà de l'énorme gare de Victoria Terminus, puis il prit Mohammed Ali Road. Thomas s'attendait à ce que Greer lui fournisse des informations sur leur destination, pourtant il ne semblait pas d'humeur à bavarder. Thomas, qui avait trop chaud, baissa sa vitre, espérant trouver un peu de fraîcheur. L'air de la ville, saturé de fumée et de gaz d'échappement, sentait le caoutchouc brûlé, mais la brise compensait la puanteur.

Vingt minutes plus tard, le taxi quitta l'autoroute et tourna vers l'ouest le long d'une avenue commerçante encombrée. Le chauffeur dit quelque chose en marathi, sur un ton pressant, comme s'il essayait de convaincre Greer d'on ne savait quoi. Greer, levant les mains, répliqua calmement et fermement. Il passa au *taxi-walla* un billet de cent roupies et lui donna des instructions concises. Le chauffeur empocha l'argent et se tut.

Ils effectuèrent une série de tours et de détours dans des rues de plus en plus étroites. La première métropole du monde, avec ses trottoirs grouillants et ses enseignes lumineuses éclatantes, avait disparu. À la place, le Tiers-Monde émergeait dans une jungle de ruelles en terre battue et de bâtiments délabrés, de chars à bœufs, de vaches et de gamins des rues.

Greer donna encore un peu d'argent au *taxi-walla.* Celui-ci ralentit et tourna dans une ruelle bordée de maisons en piteux état et de *chawls* à plusieurs étages dont les balcons menaçaient de s'écrouler. En dehors d'une poignée de cyclistes et de vendeurs ambulants, il n'y avait pratiquement pas de circulation sur la chaussée. Les piétons et les véhicules qui encombraient les ruelles voisines paraissaient éviter cette rue-là, ce qui lui donnait un aspect étrange, abandonné.

— C'est Kamathipura, annonça Greer. Le plus grand quartier chaud de Bombay.

À ces mots, Thomas considéra l'environnement sous une lumière différente. Tout à coup, les vieux qui se prélassaient à l'ombre n'étaient plus de braves vieillards, mais des propriétaires de bordel. Les jeunes gens qui fumaient à l'ombre des portes cochères ne se contentaient pas de traîner là, c'étaient des proxénètes. Les femmes qui passaient le balai dans les entrées d'immeubles et les cuisines n'étaient pas de braves ménagères ; c'étaient des mères maquerelles.

— Où sont les filles ? demanda Thomas, remarquant l'absence particulière de jeunes femmes.

— Certaines dorment. D'autres sont de corvées. Elles n'ont pas le droit de quitter le bordel, sauf en compagnie d'une *gharwali*. C'est comme ça qu'on appelle les sous-maîtresses.

Greer indiqua les étages supérieurs des bâtiments devant lesquels ils passaient.

— Les filles mineures sont là-haut, cachées dans les soupentes. Elles sont invisibles. Sans nos agents de terrain qui connaissent ces ruelles par cœur, on ne les dénicherait jamais.

Le taxi commença à accélérer, mais Greer effleura l'épaule du chauffeur et lui donna encore quelques roupies.

— Il est nerveux parce qu'on est blancs. Les maquereaux refilent des *bakchich* – des dessous de table – aux *taxi-wallas* pour qu'ils leur amènent des clients, et les proxénètes connaissent la CASex. S'ils l'aperçoivent avec nous, ça risque de nuire à ses affaires.

Près du bout de la ruelle, Thomas vit un jeune homme aux yeux noirs en grande conversation avec un homme aux cheveux blancs qui leur tournait le dos. Le jeune homme plissa les paupières en découvrant les passagers du taxi. Il jeta au *taxi-walla* un regard sinistre qui fit froid dans le dos. Le chauffeur décida aussitôt de mettre fin à la visite guidée. Il effleura la *hamsa*, le porte-bonheur accroché à son rétroviseur, et débita fébrilement un flot de paroles. Greer essaya de le calmer, en vain. Le chauffeur quitta précipitamment Kamathipura et les déposa au coin d'une rue, quelques pâtés de maisons plus loin.

— On va prendre un autre taxi, annonça Greer en avançant sur le trottoir entre les marchands ambulants et les colporteurs.

Thomas se sentait dans ses petits souliers. Ils étaient les seuls Blancs dans une mer de visages bruns. Trois petits mendiants s'approchèrent de lui et indiquèrent, par leur mimique, qu'ils avaient faim. Voyant que Thomas ne répondait pas, ils lui attrapèrent le bras et tentèrent de lui faire les poches. Il les chassa d'un geste et faillit trébucher sur un aveugle accroupi à côté d'un tas d'ordures en feu. Greer remarqua son désarroi.

— Continue à avancer, lui conseilla-t-il.

Enfin, Greer héla un autre taxi afin de regagner la gare centrale de Bombay. Thomas prit place sur le siège arrière et poussa un profond soupir de soulagement.

— Et voilà ! conclut Greer. Tu sais maintenant ce que nos enquêteurs voient. De jour, au moins.

— Il est difficile de croire qu'il y a tant de filles cachées derrière ces murs, répondit Thomas en pensant aux deux hommes qui avaient effrayé le *taxi-walla*, probablement des propriétaires de bordels ou des proxénètes.

— Des milliers, confirma Greer. Certaines n'ont pas plus de douze ou treize ans.

À la gare centrale, ils attrapèrent au vol un train qui remontait vers le nord. La foule de la mi-journée, pourtant grouillante, était sans comparaison avec la folie du matin. Thomas trouva une place près de la porte, à côté d'un homme âgé, et se pencha pour offrir son visage au vent. Le train se dirigea vers l'intérieur des terres, vers Parel et la proche banlieue. Après un arrêt à Dadar, la ligne longeait la périphérie de Dharavi – le plus grand bidonville de Bombay, lui expliqua Greer – et traversait un marécage de mangrove avant de s'arrêter à Bandra.

Thomas suivit Greer sur une passerelle métallique qui surplombait un petit bidonville. Des mendiants étaient avachis sur le trottoir, les paumes offertes, l'air implorant. Il y avait des vieillards, mais aussi des jeunes gens avec des enfants. Un certain nombre étaient défigurés ou exhibaient des plâtres, des béquilles et des membres amputés. Personne, dans la multitude des passagers, ne leur prêtait la moindre attention. Apitoyé par une gamine de dix ans portant un bébé, Thomas lui donna une pièce de cinq roupies. Puis, emboîtant le pas à Greer, il dévala un autre escalier qui descendait vers la rue, où une meute de chauffeurs de rickshaw attendaient le client. Un jeune homme s'approcha d'eux.

— Où vous allez ? Bandra ? Juhu ? Santa Cruz ?

— Pali Hill, répondit Greer.

Il se tourna vers Thomas.

— Le bureau ferme à midi, aujourd'hui, mais j'ai pensé que tu pourrais passer faire la connaissance de l'équipe.

Le chauffeur mit les gaz et se jeta dans la mêlée des véhicules.

Ils restèrent un moment sans parler, à savourer la chaude caresse du vent. Le soleil de la mi-journée était éclatant, mais l'air hivernal n'était pas très humide et la température était encore agréable. La purée de pois s'était un peu dégagée, laissant deviner le bleu du ciel. Un quart d'heure plus tard, Greer tapota l'épaule du conducteur du rick et dit :

— *Bas. Bas !*

Le chauffeur s'arrêta le long du trottoir et Greer paya la course – moins une roupie, coutume de Bombay qu'il révéla à Thomas sans explication. Ils étaient devant un ensemble d'immeubles d'habitation et de bureaux, à quelques rues du quartier commerçant de Linking Road. Le bureau de la CASex était situé dans un bâtiment anonyme, et rien, aucune plaque nominative, ne trahissait sa présence.

Au premier étage, Greer s'arrêta devant une porte tout aussi dépourvue de signe distinctif, munie d'un digicode. La porte ouvrait sur des bureaux modernes, climatisés. Greer précisa que la CASex comptait vingt-neuf employés à Bombay. Un tiers à peu près étaient des stagiaires venus, pour une courte mission, des États-Unis, d'Australie et de Grande-Bretagne. Les autres étaient des Indiens de tous les coins du sous-continent. Thomas fut tout de suite frappé par leur dévouement : le bureau était une ruche bourdonnante d'activité, même le jour de l'an.

Greer conduisit Thomas auprès des responsables. La directrice juridique, Samantha Penderhook, était une jolie blonde originaire de Chicago, sérieuse et efficace. Elle serra la main de Thomas et l'invita à prendre place en face d'elle.

— Je suis sûre que Jeff t'a présenté une image honnête de ce que nous faisons ici, commença-t-elle. Je serai plus brutale que lui. Bombay, ce n'est pas Washington. Le système judiciaire est débordé, à la limite de l'implosion, et comporte des singularités à se taper la tête contre les murs, même quand on les connaît par cœur. En échange, nous offrons deux contreparties : l'occasion de changer vraiment l'existence de quelques filles bien réelles, et le *chai* maison de Sarah.

Samantha s'interrompit et tourna la tête vers la porte.

— Quel timing !

Une jeune Indienne entra dans le bureau avec un plateau chargés de mugs brûlants. Thomas regarda Samantha.

— Eh bien, j'aime le *chai.* Quant au reste, je devrais arriver à le supporter.

Samantha sourit d'un air malicieux.

— Si tu n'as pas changé d'avis d'ici à deux mois, là, je te prendrai au sérieux.

Ensuite, Jeff présenta Thomas à Nigel McPhee, le directeur des opérations de terrain, une espèce d'ours volubile. Il était originaire de Lockerbie, en Écosse, avait été dans les commandos des forces spéciales britanniques et agent de terrain du MI5 avant de « voir la lumière », selon son expression, et de rejoindre la CASex.

— Lockerbie, ce n'est pas la porte à côté, fit remarquer Thomas.

— Je pourrais aussi bien être sur la Lune, rétorqua Nigel. La majeure partie de l'année, cet endroit est aussi fréquentable qu'un marécage infesté par la malaria. Mais je ne suis pas venu ici pour prendre des vacances. Bombay est un repaire de salauds – trafiquants, proxénètes, gangsters, dealers, propriétaires de bordel, gangs de voyous, et j'en passe. Le genre de méchants que j'adore. Ils sont prévisibles. Quant à la police, c'est encore un cas. C'est le ramassis de branlos les plus corrompus et les plus incompétents que j'aie jamais vus. À part quelques-uns. Je donnerais ma vie pour ces types.

— Ce bureau ne devrait pas plutôt être quelque part dans le sud de Bombay ? s'étonna Thomas. C'est loin du théâtre des opérations.

— Je l'ai emmené voir M.R. Road, expliqua Greer.

Nigel ricana.

— Mon pauvre ami, Kamathipura n'est que la partie émergée de l'iceberg. Certains poètes nomment toute cette ville Golpitha – le quartier des bordels. Gratte la surface, et tu attrapes une maladie.

Thomas fronça les sourcils.

— Ma femme est de Malabar Hill. Elle ne m'a jamais parlé de ça.

— Ce n'est pas une chose à laquelle les familles aisées aiment penser.

Nigel regarda sa montre.

— Désolé, je dois vous abandonner ; j'ai un rapport à finir. N'hésite pas à venir me voir si tu cherches quelque chose pour t'empêcher de dormir ; mes histoires sont plus efficaces que la caféine.

Rachel Pandolkar, responsable de la réinsertion, était la dernière sur la liste de Jeff. C'était une Indienne d'une trentaine d'années, gracile, aux traits doux et aux grands yeux noirs. Elle était au téléphone quand Jeff frappa à sa porte. Ils attendirent une minute sur le seuil qu'elle termine sa conversation.

— Contente de te voir, Jeff, dit-elle en raccrochant.

— Tout le plaisir est pour moi, Rachel. Je te présente Thomas Clarke, le nouveau stagiaire juridique.

— Bienvenue parmi nous. Que puis-je faire pour toi ?

— Donne-lui une idée des dossiers en cours, répondit Jeff.

Rachel croisa les mains.

— Nous avons vingt-cinq filles, en ce moment. Dix dans des foyers du gouvernement et quinze chez des particuliers. Toutes mineures. Quelqu'un de chez nous leur rend visite environ une fois par semaine. Nous travaillons en liaison étroite avec le Comité pour la protection de l'enfance afin de veiller à ce qu'elles reçoivent une éducation correcte, des soins médicaux et un suivi ; bref, qu'on s'occupe d'elles.

— Je ne voudrais pas avoir l'air cynique, commença Thomas, mais il y a des milliers de prostituées mineures dans cette ville. Deux douzaines, c'est modeste.

Les yeux de Rachel lancèrent des éclairs.

— Bien vu. Tu as les moyens de faire mieux ?

— Désolé, reprit Thomas. C'est juste que le problème paraît insurmontable.

Rachel hocha la tête.

— Un jour, quelqu'un a demandé à Mère Teresa comment elle tentait de résoudre le problème de la misère dans le monde. Tu sais ce qu'elle a répondu ? « On fait ce qui est devant soi. » C'est pareil ici. Les statisticiens raisonnent en chiffres. Nous, nous racontons des histoires. Qu'est-ce qui compte le plus ?

Rachel laissa la question en suspens.

— Il est midi, Jeff. Je propose que nous en restions là pour le moment.

— Déjà ! s'exclama Greer en se levant. J'ai perdu la notion du temps.

Il remercia Rachel et ramena Thomas dans les espaces communs.

— Et voilà, c'est ça, notre travail. Les belles déclarations de principe qu'ils mettent sur les brochures ne sont qu'une parcelle de ce à quoi nous sommes confrontés. Je sais pour quoi tu as signé. Moi, j'ai seulement besoin de savoir si tu es le genre de personne sur qui je peux compter.

Il évalua Thomas du regard avant d'ajouter :

— S'il y a un risque que tu fasses machine arrière, il vaudrait mieux que tu te ravises tout de suite.

Thomas observa les employés qui rangeaient leur bureau pour les fêtes. Il se sentit à la fois attiré et repoussé par ce que la CASex lui offrait. L'endroit débordait de camaraderie et représentait un défi stimulant, pourtant il était entièrement dépourvu des privilèges qu'il était habitué à attendre de la loi. La plupart des avocats de Clayton auraient trouvé un prétexte pour laisser tomber. Mais il était là, et il avait une année à tuer. Il ne pouvait se désister.

— Je suis partant, déclara-il avec gravité. Je serai là lundi.

Greer hocha la tête.

— Bienvenue à bord.

7.

Le feu de joie de la nature flamboie à millions.
Gerard Manley Hopkins

Bombay, Inde

Pour Ahalya et Sita, la chambre sous les combles dans le bordel de Suchir était une prison où la monotonie le disputait à la peur. Pendant l'ennui des heures interminables, la peur venait presque comme un soulagement, car elle impliquait un contact avec d'autres êtres humains. Cependant le soulagement était de courte durée. Chaque fois que les marches de l'escalier grinçaient et que la poignée de la porte tournait, les sœurs échangeaient un regard qui rassemblait leurs réflexions en une unique question : que nous veulent-ils encore ?

Durant ces longues journées, tandis que le soleil brillait au-dessus de leur tête et que les *beshyas*, en dessous, dormaient, mangeaient, bavardaient et se disputaient, Ahalya s'efforçait d'entretenir l'espoir chez sa cadette. Elle lui racontait des histoires du passé – des histoires de leurs parents et des légendes de l'Inde ancienne, écrites par les sages. Ces récits étaient sa seule arme contre le désespoir qui les menaçait toutes les deux. Le rythme de ses paroles les éloignait mentalement de Golpitha, au moins jusqu'à ce que les marches craquent et que la poignée de la porte tourne à nouveau.

Les histoires préférées de Sita étaient celles du bungalow au bord de la mer. Elle semblait ne jamais se lasser d'entendre Ahalya adopter la voix de leur mère quand elle les reprenait sur un point de grammaire, les houspillait afin qu'elles rangent leur chambre, et les appelait pour aider à préparer le dîner ; ou la voix de leur père, qui leur parlait de la mer, des marées et de la flore côtière, et qui leur lisait des passages du *Ramayana.*

Tous les matins, pour le plaisir de Sita, Ahalya recréait au pied du lit, avec des grains de riz conservés du dîner de la veille, l'un des dessins du *kolam* de Jaya. Jaya réalisait des dessins de fleurs et de talismans hindous, qui revêtaient chacun une signification particulière pour elle. Sita préférait les fleurs, et Ahalya les reproduisait minutieusement avec du riz.

Le soir, Sumeera leur apportait un repas de *dal* et de chutney. Jamais elle ne leur reprochait de gâcher de la nourriture, comme auraient pu le faire Suchir ou son jeune lieutenant – les jeune filles savaient à présent qu'il s'appelait Prasad. Au contraire, elle s'attardait souvent dans la chambre et leur racontait une de ses histoires.

Quand Sumeera s'en allait, les sœurs mangeaient leur *dal* avec les doigts, et gardaient les quelques bouchées de riz dont elles auraient besoin pour le *kolam* du lendemain. Sumeera revenait une demi-heure plus tard récupérer les plats. À ce moment-là, la nuit était tombée sur Kamathipura. Les premiers clients du bordel arrivaient généralement quelques minutes après que Sumeera avait pris congé d'elles. Les deux sœurs savaient quand arrivaient les hommes aux bruits qui s'échappaient des chambres.

Au cours des heures séparant le dîner du sommeil, les sœurs s'asseyaient par terre, face à face, et Ahalya entamait un de ses récits pour Sita. Tous les soirs, quand les paupières de sa sœur s'alourdissaient, Ahalya l'accompagnait au lavabo. Elles se lavaient le visage et les mains ensemble, ensuite elles se mettaient au lit et se couchaient l'une contre l'autre, telles des cuillères dans un tiroir, comme chez elles. Sita trouvait facilement le sommeil, malgré le vacarme qui régnait dans le bordel. En revanche, l'insomnie était le lot d'Ahalya.

Le jour, elle s'occupait de Sita, ce qui lui procurait une diversion. Puis la nuit revenait, et avec elle le désespoir ; la honte l'envahissait comme un cancer. Allongée sur le maigre matelas, elle repensait à Shankar, au garçon à qui elle avait servi de cadeau d'anniversaire, et elle envisageait les limites de sa force de caractère. Elle était forte, pourtant elle ne pourrait pas résister éternellement. Un jour, elle serait à court de récits.

Quelque chose toucha Ahalya dans la nuit. Elle ouvrit les yeux et essaya de percer les ténèbres. Sa vision commença à s'adapter à l'obscurité. Une silhouette était debout à côté du lit. Elle réprima le cri qui lui montait aux lèvres. Sita dormait à côté d'elle, inconsciente de l'intrusion. La forme se pencha vers elle et elle sentit un souffle chaud sur son cou. Une voix d'homme lui chuchota à l'oreille, en hindi :

— Pas un bruit !

L'homme chercha sa main et l'obligea à se lever. Quand elle trébucha, il la retint de justesse. Dans l'escalier, encore à moitié endormie, elle enregistra à peine le fait que les gémissements avaient cessé et que le silence régnait dans l'*adda*. Même les bruits de la rue étaient étouffés, réduits à des échos dans le lointain. Bombay tout entière paraissait dormir.

Ils quittèrent l'escalier par la porte secrète et l'homme l'attira dans l'une des chambres de passe. Il avait la peau rugueuse, sa poigne était un étau. Ahalya se cogna l'orteil contre le pied du lit et se fit très mal mais, rendue muette par la terreur, elle retint sa plainte.

Il la renversa sur le matelas et referma la porte derrière eux. Il batailla avec les boutons de sa braguette, puis il se retrouva sur elle et l'explora avec ses mains. Elle se tortilla sous son poids, essaya de le repousser, mais il était trop fort. Il réussit à l'immobiliser le temps d'en avoir terminé. Un cri s'échappa des lèvres d'Ahalya. Il lui plaqua la main sur la bouche. Il se comportait comme les autres, pourtant elle savait que ce n'était pas un client. Aucun client ne restait la nuit entière, aucun n'avait accès à la chambre sous le toit. L'homme était petit, et jeune. Ça ne pouvait pas être Suchir. Ça devait être Prasad.

Quand il eut fini, il demeura étendu à côté d'elle, à souffler comme un bœuf. Elle rajusta son *sari* et pleura en silence. L'acte, par sa violence soudaine et inexplicable, la laissait percluse de honte.

Il commença alors à lui murmurer des paroles de dévotion et d'amour, des paroles volées aux poètes et qui, sur sa langue, étaient lépreuses. Elle résista à la tentation de se déchaîner contre lui, de lui enfoncer les ongles dans les yeux et de l'aveugler. Elle savait que ça ne résoudrait rien. Sita et elle étaient complètement à la merci de Suchir.

Prasad finit par se taire. Il se tourna vers Ahalya et l'embrassa sur la joue. Enfin il la prit par la main et la ramena dans sa mansarde. Prasad était amoureux d'elle ; ça, au moins, c'était évident. Mais cette toquade avait été déformée par le bordel et sa luxure. À Golpitha, l'amour se bornait au sexe, et le sexe était le viol. Ahalya devinait que, chez lui, les sentiments ne connaissaient pas d'autre mode d'expression.

Elle s'approcha du pied du lit et constata que sa sœur dormait toujours. Elle savait que l'innocence de Sita était fragile. Elle n'avait pas encore été profanée, néanmoins ce n'était qu'une question de temps.

Prasad se pencha vers elle et murmura :

— C'est notre secret. Ne le répète à personne.

Ahalya acquiesça d'un hochement de tête, autant pour elle-même que pour son violeur. Elle retourna se coucher, regarda Prasad se glisser sans bruit hors de la chambre et refermer la porte derrière lui. Elle écouta les bruits qui montaient de la rue. Ils étaient plus forts, à présent. Elle entendit le klaxon d'un rickshaw, le grondement d'un autobus qui passait. La ville se réveillait. L'aube approchait.

Et avec elle, une nouvelle journée.

Prasad revint pour elle la nuit du lendemain, et celle d'après, pendant que les autres *beshyas* dormaient. Durant la journée, Ahalya s'en tenait à la routine que Sita et elle avaient adoptée. Elle saignait un peu, pas trop, et elle cachait ses blessures. Pourtant, intérieurement, elle se sentait vidée. Quand elle racontait des histoires à Sita, sa voix perdait souvent toute intonation, et elle devait se forcer pour sourire. Elle réalisait les *kolams* de Jaya avec apathie. Elle ne riait pas quand Sita évoquait l'une des blagues de leur mère.

Sumeera avait dû remarquer la tristesse d'Ahalya, car un soir, après leur avoir apporté leur repas, elle s'assit par terre, à côté des deux sœurs, et leur récita une leçon de religion apprise dans son enfance. Elle la tenait d'un brahmane itinérant, et c'était devenu sa ligne de conduite dans l'*adda.*

— L'ennemi, commença-t-elle, c'est le désir. Le désir du passé, le désir d'avenir, le désir d'amour, de famille. De quoi que ce soit. Une *beshya* doit se détacher de toute affection et accepter son karma. Vous ne serez jamais heureuses, ici. Mais vous n'êtes pas obligées d'être tristes.

Quand Sita s'endormit, cette nuit-là, Ahalya l'observa avec une pointe d'envie. Elle ressemblait à l'un des anges des vitraux de l'école religieuse, à la paix intacte. Ahalya reposa sa tête sur son oreiller et contempla le plafond, certaine de ce que la nuit allait lui apporter. Elle ne pouvait pas dormir. Elle savait que Prasad reviendrait.

Plus tard, alors que les bruits dans le bordel s'étaient estompés, Ahalya ne dormait toujours pas ; elle surveillait la porte. Prasad finit par se présenter, comme elle s'y attendait. Ils étaient seuls à veiller dans l'*adda.* Il lui effleura le bras et elle se leva sans un bruit. Il était inutile de lutter, toute résistance était vaine.

L'alcôve les attendait, avec son lit à peine assez large pour deux personnes. Elle fit ce qu'il voulait. C'était honteux et répugnant, mais ça donnait raison à Sumeera. Le détachement était la seule issue.

Quand Prasad eut assouvi son désir, il roula à son côté et commença, étonnamment, à parler de sa famille.

— Suchir est mon père, tu le savais ? Il a engendré de nombreux enfants. Je suis l'aîné. Ma mère était une *beshya.* Elle est morte quand j'étais petit. J'ai grandi dans l'*adda.*

Prasad poursuivit ses confidences. Ahalya apprit que Suchir l'avait fait dépuceler, le jour de son treizième anniversaire, par l'une de ses plus jeunes acquisitions. Elle s'appelait Manasi, et Prasad la considérait comme son premier amour. Il l'avait retrouvée plusieurs fois dans le grenier. Elle était restée dans l'*adda* jusqu'à ses dix-neuf ans. Cette année-là, elle avait été testée positive à une maladie vénérienne.

— Je ne me rappelle pas ce que c'était, mais ce n'était pas le sida.

Quand Sumeera en avait informé Suchir, il avait jeté Manasi dans la rue. Elle était revenue hanter l'*adda* pendant des semaines, implorant à manger, jusqu'à ce que Suchir paie un policier pour la mettre en prison. Prasad ne l'avait jamais revue

Ahalya écouta la confession de Prasad avec stupeur et répulsion. Dans son esprit, c'était un démon dans un corps d'homme. Elle trouvait profondément dérangeant qu'il puisse avoir l'air aussi humain. Pire – bien pire, en réalité –, elle éprouva un pincement de pitié quand il lui avoua que le bordel était tout ce qu'il avait connu. C'était un moment de faiblesse, et elle chassa ce sentiment. La douleur entre ses cuisses lui rappelait que les péchés de Prasad étaient impardonnables. Son enfance n'excusait rien.

Rien ne l'excusait.

Quand Prasad eut fini de parler, il resta allongé en silence. Il n'avait pas l'air décidé à la ramener dans la chambre du haut. Il chercha sa main dans le noir et la serra. L'intimité de ce contact faillit lui donner des haut-le-cœur. Elle ravala la bile qu'elle avait dans la gorge et pensa à sa sœur. *Et si Sita se réveille et découvre que je ne suis pas là ?* Une idée lui vint alors. C'était risqué, néanmoins elle avait besoin de savoir, et Prasad pouvait le lui apprendre. C'était la première fois qu'elle lui adressait directement la parole.

— Qu'est-ce que Suchir a l'intention de faire avec ma sœur ?

— Sita est comme toi. Elle est spéciale. Suchir va la mater.

Ahalya contrôla sa colère.

— Quand ?

— Bientôt.

Puis il la ramena vers son lit.

Le lendemain était un dimanche, le seul jour de la semaine où Golpitha se reposait. Au petit déjeuner, Sumeera leur apporta une boîte de perles de toutes les couleurs, des longueurs de fil, et les deux sœurs passèrent la journée à fabriquer des colliers. Malgré la chaleur, Sita était enjouée, impliquée, presque heureuse. Ahalya pratiquait l'art du détachement. La douleur qu'elle éprouvait dans le bas-ventre faisait simplement partie de sa vie, au même titre que les murs autour d'elle et le plancher sous ses pieds. Elle pouvait déplorer son karma, ou elle pouvait voir dans la souffrance un signe que son existence avait encore un sens. Tout était une question d'état d'esprit.

Lorsque vint le moment de son récit du soir, Ahalya commença un conte du Mahabharata, la grande épopée d'amour et de guerre. Sita l'interrompit : elle voulait entendre l'histoire de son alter ego. Ahalya réprima un gémissement. L'histoire était longue, et elle avait peu dormi au cours des trois dernières nuits.

— Tu es sûre que tu ne veux pas entendre la grande victoire d'Arjuna ? insista-t-elle.

Sita secoua la tête.

— Tu m'en as parlé hier soir. Raconte-moi la princesse de Mithila.

Ahalya poussa un soupir. Elle n'avait jamais pu résister aux désirs de sa sœur.

— Sita de Mithila était une femme dotée de grandes vertus. Elle dispensait ses bontés sans discernement. Involontairement, elle accorda sa confiance à Ravana, le seigneur du monde souterrain, et il l'emmena de force dans l'île de Lanka, où elle resta en exil, attendant d'être sauvée par le seigneur Rama et Hanuman.

— Raconte-moi Hanuman, demanda sa sœur en ouvrant de grands yeux fascinés.

— Le noble singe avait reçu un don à la naissance : il pouvait adopter la taille de son choix, grande ou petite. Quand il apprit que Ravana avait emmené Sita par la voie des airs jusqu'à Lanka, Hanuman grandit tellement qu'il enjamba la mer. Il apporta l'anneau de Rama par-delà les eaux et le lui remit...

Ahalya s'interrompit en entendant grincer le plancher devant la porte. Les sœurs se retournèrent. Ahalya s'attendait à voir entrer Sumeera, mais la porte s'ouvrit devant Suchir. Il resta planté sur le seuil de la pièce et examina longuement Sita en silence. Son visage ridé était impassible, en revanche son regard calculateur donna la chair de poule à Ahalya. Les paroles de Prasad lui revinrent : « Sita est spéciale. Suchir va la mater. »

Enfin, le propriétaire du bordel parla :

— Viens, dit-il à Sita.

Ahalya se leva dans le fol espoir de s'interposer.

— Prenez-moi ! Laissez-la tranquille !

Suchir se tourna vers Ahalya et fronça les sourcils.

— Toi, tu restes ici ! lança-t-il d'une voix dure.

Sita jeta un coup d'œil craintif à sa sœur avant de suivre Suchir dans l'escalier.

Le cliquetis de la porte retentit pour Ahalya comme un coup de canon. Elle se prit le visage dans les mains et versa toutes les larmes de son corps, la tête en feu. Elle avait l'impression que les murs s'étaient refermés sur elle. Imaginer sa sœur allongée sous un homme en proie au désir rendaient absurdes ses tentatives dérisoires de détachement. Elle se demandait, au bord de l'évanouissement, comment elle allait trouver la force de réconforter Sita, ensuite.

Suchir et Sita passèrent devant une bande de *beshyas* qui papotaient entre elles avant de pénétrer dans le salon du bordel. Le dimanche, les affaires marchaient au ralenti. Les hommes étaient chez eux, en famille, devant un match de foot ou de cricket, à la télévision, et ils couchaient avec leur femme.

Obéissant aux ordres de Suchir, Sita se tint debout sous la lumière. Elle croisa les doigts pour empêcher ses mains de trembler. Un homme qui n'avait pas plus de trente-cinq ans était installé sur le divan. Il portait des vêtements coûteux et une montre en argent au poignet. Il parut la trouver à son goût, mais ne bougea pas.

— Suchir prétend que tu es orpheline, fit-il en hindi. C'est vrai ?

Sita hocha la tête, troublée.

— Il dit que tu es en bonne santé et que tu n'es pas enceinte.

Elle opina à nouveau.

L'homme se tourna vers Suchir et ils échangèrent quelques mots dans une langue indéchiffrable. Finalement, l'homme acquiesça, serra la main de Suchir et quitta le bordel après un dernier coup d'œil à Sita. Pendant tout l'échange il n'avait pas fait un pas vers elle.

Sita était soulagée – tellement soulagée qu'elle en avait les jambes coupées –, même si elle n'y comprenait rien. Le comportement de l'homme et celui de Suchir étaient un mystère. Elle repensa au nouvel an, quand Shankar avait acheté la virginité d'Ahalya. Sumeera les avait toutes les deux revêtues des plus beaux *saris*, ornées de bijoux et de guirlandes de fleurs. Les tenues étaient censées appâter l'acheteur, l'inciter à payer davantage. Ce soir, Suchir était simplement apparu et l'avait prise telle qu'elle était.

Menée par Suchir, Sita regagna la chambre sous les combles. Sur le seuil, elle découvrit Ahalya en larmes. Elle courut vers elle et se cramponna au tissu de son *sari*. Elle sanglotait alors qu'elle n'avait pas été violée. Elle pleurait la mort de ses parents. Elle pleurait parce que sa sœur avait pleuré. Finalement, elle répondit à la question qu'Ahalya ne lui avait pas posée.

— Il ne s'est rien passé, murmura-t-elle. Il y avait un homme, mais il ne m'a pas touchée.

— Il t'a dit quelque chose ?

— Il voulait savoir si j'étais orpheline et si j'étais enceinte.

— Et Suchir, qu'est-ce qu'il a dit ?

— Je n'ai pas compris. Ils ne parlaient pas hindi.

Tout à coup, Ahalya referma ses bras sur sa sœur, la serra sur son cœur.

— Rama veillait sur toi, Petite Fleur. Il a empêché qu'on te fasse du mal.

— Pas Rama, rectifia Sita. Baba. Il a promis d'être toujours là pour me protéger.

Sita ferma les yeux et se représenta le visage de son père. Le menton fort, les cheveux poivre et sel qui s'éclaircissaient sur les tempes, les yeux piquetés d'or, pleins de douceur et de sagesse. Il lui avait fait cette promesse quand elle avait cinq ans. Et elle n'en avait jamais douté.

— Tu as raison, acquiesça Ahalya en lui caressant les cheveux. C'était Baba.

8.

Si tu n'as pas vu le diable, regarde ton propre moi.
Djalal-eddine Roumi

Bombay, Inde

La première semaine de Thomas à la CASex fut une expérience d'apprentissage en immersion totale. Les journées commençaient à huit heures et demie par une réunion que conduisait Jeff Greer et à laquelle assistaient tous les membres du bureau. Les trois responsables de départements faisaient leur rapport, remontaient les informations du terrain – l'avancement des enquêtes, les pistes suivies, les dossiers prêts pour les tribunaux et les filles sauvées qui progressaient ou régressaient. Ils exposaient les situations sans prendre de gants, sans les enjoliver. Qu'ils aient à annoncer de bonnes nouvelles ou des horreurs, les directeurs de la CASex n'étaient pas du genre à rechercher le sensationnalisme ou à tourner autour du pot.

Thomas se rendit compte dès son premier jour au bureau que travailler pour la CASex était à des années-lumière des stéréotypes du bénévolat – tel, du moins, que ses collègues de Clayton et lui-même l'imaginaient. Les heures étaient longues, les exigences professionnelles élevées, et les dossiers réclamaient énormément d'attention. De plus, le travail comportait des dangers. La CASex avait peu d'amis à Bombay, et beaucoup d'ennemis puissants. La plupart des membres permanents du comité de direction avaient déjà été menacés ou abordés par un proxénète ou un trafiquant, et certains plus d'une fois.

Par bien des côtés, la vie au service juridique de la CASex était peu différente de celle que Thomas avait connue dans les tranchées de Clayton. Néanmoins, les similitudes s'arrêtaient là où la loi commençait. Les particularités de la jurisprudence indienne étaient largement étrangères à Thomas, et le langage juridique indien souffrait d'une profusion de phrases étranges et d'une terminologie archaïque qui remontait au temps du Raj. Thomas avait toujours le stylo à la main et prenait des quantités de notes, mais il sortait généralement de là plus perplexe que renseigné.

Son édification fit un pas de géant lorsque Samantha Penderhook lui confia la révision d'un dossier d'instruction rédigé par l'un des avocats indiens de la CASex. L'affaire concernait un proxénète qui dirigeait un bordel improvisé dans le bidonville de Jogeshwari. Il était de mèche avec un trafiquant de filles qu'il faisait venir de villages de l'extrême nord du pays, sous prétexte de travailler à Bombay comme serveuses ou nounous. Le proxénète avait cinq filles dans son écurie quand la police, assistée par la CASex, avait mis fin à ses agissements. Toutes les cinq étaient mineures. Deux avaient à peine treize ans. Les preuves qui pesaient contre le proxénète étaient accablantes. Pourtant, le dossier traînait depuis quatre ans, et le souteneur était toujours en liberté.

L'affaire de Jogeshwari illustrait la crise du système judiciaire à Bombay. Le proxénète avait avoué ses crimes à la police, cependant les aveux ne constituaient pas des éléments de preuve admissibles car la police était considérée comme corrompue. Du reste, elle avait commis des fautes dans ce que l'on appelait le premier dossier d'information – le procès-verbal de dépôt de plainte rédigé sur les lieux. Les termes du dossier étaient en contradiction avec les déclarations préparées par le *pancha* – le témoin extérieur –, ce qui avait fourni à l'avocat du proxénète une ouverture pour attaquer la crédibilité du dossier de plainte et les officiers de police.

Ensuite, la procédure avait été un modèle d'inefficacité. Les victimes avaient été appelées à témoigner six mois après la descente de police, et le procureur avait dû attendre plus de deux ans pour procéder au contre-interrogatoire du proxénète. À ce moment-là, ni le juge ni les avocats ne se souvenaient vraiment de ce que les victimes avaient raconté. Les seuls enregistrements des témoignages des victimes étaient les « dépositions » sténotypées par la greffière du juge sur son ancien ordinateur. Malheureusement, lesdites « dépositions » étaient en contradiction avec les notes prises par l'avocat de la CASex qui assistait l'accusation.

Enfin, il y avait le problème de la barrière de la langue. Les jeunes filles étaient originaires d'une région de l'Uttar Pradesh située près du Népal et parlaient un dialecte appelé l'awadhi. La CASex avait mis deux mois à localiser un traducteur d'awadhi. Quand le moment était enfin venu pour les jeunes filles de prêter serment, le traducteur avait admis qu'il avait un problème d'audition. Il se tenait juste devant elles, mais il exigeait constamment qu'elles se répètent.

L'affaire de Jogeshwari avait été un désastre complet. Après avoir lu les conclusions, Thomas alla voir Samantha dans son bureau. Tout en téléphonant, elle lui fit signe d'entrer. Quand elle raccrocha, il brandit le dossier.

— C'est une blague ?

— Pas du tout, répondit-elle en souriant. Je t'avais prévenu que le droit pénal, à Bombay, te rendrait dingue.

Thomas lui fit part de son indignation sans mâcher ses mots :

— Il y a quatre ans, ce proxénète vendait ces pauvres petites gamines à ses amis dans le bidonville, et aujourd'hui son avocat prétend qu'il devrait être libéré sous prétexte que la police n'a pas réussi à écrire une phrase correcte dans le dossier d'accusation, que la greffière n'arrivait pas à entendre le témoignage des victimes, et que les aveux du maquereau ont été indûment influencés par les flics, alors que cinq témoins, plus des *panchas*, présents sur les lieux, affirment que le type s'est mis à table. Qu'est-ce que c'est que ce tribunal bidon ?

— C'est un cirque, acquiesça Samantha. C'est pour cette raison qu'il y a si peu de condamnations. Même quand les preuves sont irréfutables, le coupable prend la fuite ou la victime refuse de témoigner, à moins que l'avocat ne graisse la patte du juge, qui fait traîner l'affaire si longtemps que le dossier commence à moisir.

— Si tout le système tombe en miettes, à quoi bon se démener ?

Samantha esquissa un geste en direction du fauteuil placé devant son bureau.

— Assieds-toi.

Il obéit, et elle poursuivit :

— Je suis sûre que tu connais la vieille maxime de Burke selon laquelle le mal l'emporte là où les gens bien restent passifs. C'est une belle déclaration éculée, le genre de formule dont les politiciens se gargarisent et que les militants collent sur les pare-chocs. Pourtant Burke avait raison. Bombay est un repaire de brigands parce que les gens restent les bras croisés. Quand la CASex a ouvert ce bureau, on nous donnait un an pour mettre la clé sous la porte.

Elle eut un ample geste du bras.

— Eh bien, nous sommes toujours là et, bon sang ! nous avons fait bouger les choses. Les maquereaux ont peur de nous. La police commence à y réfléchir à deux fois avant d'accepter des dessous de table. Des filles qui étaient naguère violées dans des cages quinze fois par jour se rétablissent en ce moment dans nos foyers. Ce n'est pas énorme, mais c'est un début. La question à laquelle il faut que tu répondes est simple : est-ce que tu veux en être ou non ?

Elle se pencha en avant et posa les mains sur son bureau.

— Je suppose que Jeff t'a servi son petit boniment et t'a dit de t'accrocher le temps que ça dure. Il fait le coup à tout le monde. Seulement, c'est mon département, ici. Si tu satures et que tu veux partir, j'interviendrai auprès du siège. Je n'ai pas besoin de te rappeler que tu n'es pas payé.

Même si Samantha avait lancé cela sur le ton de la plaisanterie, Thomas encaissa. Elle ne pouvait pas savoir que, sans cette chiffe molle de Mark Blake et la menace de Wharton Coal, il serait encore à Washington à facturer ses services 325 dollars de l'heure. Le travail de la CASex était ô combien louable, néanmoins il n'avait pas signé pour des raisons morales. Il était différent des autres volontaires. Certes, le monde du trafic d'êtres humains le rendait malade, mais il avait un plan de carrière et un objectif précis : la cour fédérale. Il resterait le temps qu'il faudrait, car c'était le seul moyen de revenir en grâce.

— Ne t'en fais pas pour moi, dit-il en se relevant. Je suis des vôtres.

— C'est bien ce que je pensais, acquiesça Samantha avec un sourire. Alors voilà, considère ça comme un test. Fais chanter les conclusions du dossier Jogeshwari. Débrouille-toi pour qu'elles soient si convaincantes que le juge n'ait qu'une envie : envoyer ce salaud à la prison d'Arthur Road.

Le samedi soir, Dinesh invita Thomas à sortir avec deux de ses amis, des cadres célibataires qui avaient fait leurs études en Grande-Bretagne. Ils mangèrent en terrasse au Soul Fry, un endroit à la mode qui servait une cuisine traditionnelle avec une touche de modernisme. Les amis de Dinesh ne manifestèrent rigoureusement aucun intérêt pour ce que Thomas faisait à la CASex et passèrent le plus clair du repas à l'interroger sur les Américaines. Thomas évita de parler de Priya, pensant que l'un d'eux pouvait connaître sa famille. Mais ils ne lui posèrent pas de questions sur elle, et Dinesh eut le bon sens de ne pas aborder le sujet.

Après dîner, les quatre hommes se répartirent dans deux rickshaws qui les emmenèrent à vingt minutes de là, au repaire préféré de Dinesh, une boîte appelée l'Orchidée Blanche, située au troisième étage d'un immeuble de bureaux qui hébergeait une boutique de mode et une agence de voyage.

Ils n'avaient pas encore quitté l'ascenseur que, déjà, résonnaient les vibrations assourdies d'une guitare basse vrombissante et des voix métalliques. Ils furent accueillis par trois videurs en chemise blanche et pantalon noir. L'un des amis de Dinesh serra la main à l'un d'eux et lui murmura quelques mots à l'oreille. Le type hocha la tête et fit signe aux trois hommes de franchir une seconde porte.

À l'instant où Thomas mit les pieds dans la boîte, il comprit que l'attraction principale n'était ni l'alcool ni les relations amicales. C'était un endroit circulaire, garni sur tout le tour de canapés en velours et de tables carrées. Des hommes d'âges divers étaient assis sur les canapés, leur verre posé devant eux. Le centre de la salle était occupé par une piste de danse en bois, avec deux barres de cuivre allant du sol au plafond. Entre les barres se tenaient huit jeunes femmes élégantes, en ensemble pantalon, parées comme des princesses d'or et de joyaux. Contrairement aux danseuses d'une boîte de strip-tease américaine, elles étaient tout habillées, pourtant leur façon de se tenir, d'examiner les hommes et de danser dégageait une indéniable sensualité.

Les jeunes femmes se relayaient au centre de la scène, une seule dansant à la fois. Les autres restaient debout à côté et parcouraient l'assistance du regard. Si une fille plaisait à un homme, il lui offrait un pourboire. Elle s'approchait alors de lui, prenait le billet avec un sourire et retournait vers les barres. Il arrivait parfois qu'un homme fasse un clin d'œil à une fille, une liasse de billets à la main. Alléchée par le pourboire plus généreux, elle dansait pour lui seul ; à aucun moment la danseuse et son admirateur ne se touchaient.

Pour faire respecter ces règles, plusieurs serveurs bodybuildés, en retrait, surveillaient les clients, prêts à intervenir si l'un ou l'autre se permettait des privautés. Il prenaient les commandes et apportaient les boissons, mais leur tâche première était évidente. Thomas s'installa à côté de Dinesh et essaya de ne pas avoir l'air trop mal à l'aise. Les filles le couvèrent des yeux, guettant un signe d'intérêt ou l'apparition d'argent dans ses mains. Son choix était limité : soit il quittait la boîte, au risque de se montrer impoli envers son ami, soit il restait et faisait comme les autres – il matait les filles.

Il jeta un coup d'œil à Dinesh. Son ami avait l'air détendu, à l'aise. Ses copains et lui buvaient et grignotaient les cacahuètes offertes par la maison. Thomas fit signe au serveur et commanda une Kingfisher. Il regrettait que Dinesh ne l'ait pas prévenu de ce qui l'attendait. D'un autre côté, si Dinesh l'avait fait, il ne serait probablement pas venu.

Thomas s'attarda sur une femme vêtue d'un *salwar kameez* vert émeraude qui dansait seule. Jolie, elle avait des yeux bruns en forme de pétale de lotus et un teint d'amande. Elle effectuait ses mouvements avec une telle lascivité que Thomas finit par se sentir émoustillé. Au bout d'un moment, il réussit à se dominer et détourna la tête, gagné par la honte. Il se creusa les méninges à la recherche d'un prétexte poli pour prendre congé, en vain. Il en voulait à Dinesh, et s'en voulait encore plus à lui-même.

Vers minuit, l'un des amis de Dinesh se leva brusquement. Il avait passé la soirée à arroser une danseuse de billets de cinq cents roupies. Il fit signe à un serveur, serra la main de Dinesh et se dirigea vers la sortie. La fille quitta la piste de danse en même temps et disparut au fond de la boîte de nuit.

— Où va-t-il ? hurla Thomas à l'oreille de Dinesh.

Ce dernier écarta les mains, paumes ouvertes, comme s'il l'ignorait, néanmoins Thomas comprit sur-le-champ. Il s'adossa à son siège et observa Dinesh. Son ami s'était entiché d'une grande jeune femme aux longs cils. Il lui avait offert au moins trois mille roupies au cours de la soirée, et elle avait dansé pour lui plusieurs fois. Elle était maintenant debout dans la rangée de danseuses et tournait autour d'une barre de cuivre, sur une chanson qui rappelait vaguement quelque chose à Thomas. Dinesh sortit de son portefeuille huit billets de cinq cents roupies qu'il tendit vers elle, tel un fauconnier rappelant son oiseau préféré. Les traits de la danseuse s'illuminèrent, elle traversa la piste de danse en glissant et vint se planter devant lui. Elle n'avait d'yeux que pour Dinesh. Elle commença à bouger, d'abord les mains, puis les bras, et enfin les épaules. Le mouvement, parti de ses extrémités, gagna tout son corps pour s'exprimer pleinement dans ce qu'elle avait de plus intime. Thomas, qui ne perdait pas une miette du spectacle, comprit alors ce qui lui avait échappé jusque-là : il observait un rituel aussi vieux que le monde.

Son ami se tourna vers lui et cria pour se faire entendre dans le vacarme :

— Tu saurais rentrer à la maison ?

Thomas hocha la tête.

— On se revoit demain matin, dit Dinesh.

Et il se leva. Le serveur l'escorta jusqu'à la porte tandis que la danseuse disparaissait dans les coulisses de la boîte de nuit.

Thomas imagina ce qui allait se passer ensuite. Dinesh et la fille allaient se retrouver dans la rue. Ils prendraient un taxi pour un hôtel quelque part en ville. Dans l'intimité de la chambre, Dinesh assouvirait ses ardeurs avec elle jusqu'à ce qu'il n'en puisse plus. Après quoi, elle prendrait son argent et s'en irait. Une autre nuit, un autre micheton. L'argent lui servirait à nourrir ses enfants ou à s'acheter une nouvelle tenue sur Linking Road. Puis elle retournerait danser. Dès le lendemain, sans doute, et encore le lendemain, et le surlendemain. Le rituel se répéterait, et Dinesh serait oublié. Jusqu'à ce qu'il décide de payer à nouveau.

Thomas finit sa bière et laissa cent roupies de pourboire au garçon. Il salua le dernier ami de Dinesh et quitta l'Orchidée Blanche. Il n'était pas fier de lui. Que penseraient ceux de la CASex s'ils savaient qu'il avait mis les pieds dans un endroit pareil ? Et Priya ?

Dehors, il héla un rick. Fermant les oreilles au vacarme du moteur, il tourna et retourna dans sa tête l'idée de sa mère. Par deux fois au cours de la semaine passée il avait été sur le point de composer le numéro de Priya, avant de se raviser au dernier moment. Comment se pouvait-il que la pensée de la regarder à nouveau dans les yeux lui glace le cœur à ce point ?

À la recherche d'une diversion, il consulta sa messagerie. Plus tôt dans la journée, il avait écrit à Elena pour apaiser ses craintes – elle avait toujours été du genre à s'inquiéter –, et pour rassurer son père : une semaine en Inde n'avait pas modifié son but à long terme.

Elena avait répondu à son mail :

> Thomas, je me réjouis que tu ailles bien. Ton père s'est pris d'une nouvelle lubie. Depuis ton départ, il lit non stop sur le commerce du sexe. Le facteur vient d'apporter un carton de livres qu'il a commandés. Je préférerais entendre parler d'un sujet plus banal au dîner, mais je ne me plains pas. Je suis contente qu'il ne se laisse pas abattre. Reste en contact, s'il te plaît, et rentre vite.

En lisant son mot, Thomas esquissa un sourire. Il continua à faire défiler la liste des mails non lus. Au milieu d'une tonne de spams, il repéra un message d'Andrew Porter :

> Salut, Thomas, j'ai pensé que tu serais content de savoir qu'on a eu des nouvelles de la police de Fayetteville au sujet de l'incident que tu m'as rapporté. Rien de concret encore, mais on avance. C'est moche, ici – des tonnes de glace et de verglas. Réjouis-toi d'être dans un endroit chaud. Je t'envie.

Thomas répondit aussitôt :

> Merci de me tenir au courant. Pour l'instant, je me paye une inhalation de gaz d'échappement... Pas précisément le paradis, enfin, c'est mieux que le verglas, j'imagine.

Quand il retourna à sa messagerie, il vit le nom de Tera. Pourquoi fallait-il que la vie soit si compliquée ? Il aurait dû lui signifier clairement que c'était fini. Il songea un instant à effacer son mail, puis la curiosité le poussa à le lire.

> Thomas, je sais que je suis idiote, pourtant je ne peux pas m'en empêcher. Tu me manques. Où es-tu ? Les associés ne veulent pas nous donner d'infos, juste que tu as pris un congé. Il fait froid, ici. Ta chaleur me manque.

Tera était une fille honnête, généreuse. Il avait encouragé ses sentiments, avant de la rembarrer sans explication. Elle était idiote, d'accord. Mais lui aussi.

Perdu dans ses pensées, Thomas ne se rendit pas compte que le rick s'était arrêté devant l'immeuble de Dinesh. Le chauffeur se retourna en lui indiquant le compteur d'un geste furieux. Thomas lui tendit quelques billets. Une fois dans l'appartement de son ami, il se versa un cognac et sortit sur la terrasse. Il s'appuya à la rambarde et avala l'air salé à grandes goulées en essayant de trouver un sens à son existence.

Lorsqu'il se fut enfin lassé du sujet, il entra dans sa chambre et se déshabilla en écoutant la rumeur de Bombay qui entrait par la fenêtre ouverte. Il s'allongea et ferma les yeux en attendant le sommeil. Quand il arriva enfin, ce fut le soulagement infini de l'oubli.

Le lundi matin, après la réunion, Thomas alla voir Nigel McPhee. Une pensée le tenaillait depuis qu'il avait quitté l'Orchidée Blanche, de plus en plus lancinante après que Dinesh fut rentré, le dimanche après-midi, arborant un sourire serein. À présent, Thomas avait absolument besoin d'une réponse.

Nigel fit signe à Thomas de s'asseoir.

— Qu'est-ce que je peux faire pour toi ?

Thomas alla droit au but :

— Un ami m'a emmené à l'Orchidée Blanche, samedi.

— Ah ! Et tu ne t'attendais pas à ça, j'imagine.

Thomas secoua la tête.

— Je t'avais prévenu, toute cette ville n'est qu'un bordel.

— D'où ma question : l'Orchidée Blanche n'avait pas l'air d'un bordel. Et les filles n'avaient pas l'air d'être des esclaves.

Nigel le dévisagea pensivement.

— À quoi ressemble une esclave, d'après toi ?

— Je n'en ai pas idée. Pourtant ces femmes ne donnaient pas l'impression d'être là sous la contrainte.

— Les apparences peuvent être trompeuses.

— D'après toi, elles font l'objet d'un trafic ?

— C'est plus compliqué que ça. La plupart d'entre elles sont nées comme ça.

— Je ne comprends pas.

— Ce sont des *bedias*. Les femmes de cette caste sont des prostituées depuis des siècles. Tu as sûrement remarqué qu'elles sont magnifiques ?

Thomas hocha la tête.

— Leur lignée est un mystère. Mais leur histoire est toujours la même. Leurs parents les élèvent pour ça. Ils les amènent ici à l'adolescence et les font danser à la barre. Elles n'ont pas de souteneur, contrairement aux filles des bordels du sud. Elles mènent une existence indépendante. Elles ont de l'argent et elles le dépensent comme elles veulent. Mais on pourrait difficilement estimer qu'elles sont libres. Elles ne connaissent pas autre chose.

— Les clients en sont conscients ? demanda Thomas en pensant à Dinesh.

Nigel éclata de rire.

— Les clients s'en fichent. Ces danseuses acrobatiques sont un fantasme. Les types se persuadent qu'elles sont amoureuses d'eux. Ils ne se payent pas une prostituée ; ils font un cadeau à une petite amie.

Thomas médita sa réflexion. Le raisonnement était tordu, cependant ça expliquait le comportement de Dinesh.

— Quelle est la position de la CASex sur les boîtes de nuit avec danseuses ?

Nigel secoua la tête.

— Des endroits comme l'Orchidée Blanche sont intouchables. Les flics sont copieusement arrosés par les propriétaires de la boîte. Ils prétendent que si les filles dansent, c'est parce qu'elles le veulent bien. Et ils n'ont peut-être pas tout à fait tort. Les seuls bars qu'on arrive à faire fermer sont les bars à bière des faubourgs où les souteneurs enferment les filles.

— Ma femme m'a dit un jour que Bombay était la ville du *maya.* Je commence à comprendre ce que ça signifie.

Nigel acquiesça.

— Tout est illusion, dans cette ville.

Thomas le remercia. Il retourna à son bureau prendre son ordinateur portable, et alla dans la bibliothèque de la CASex consulter tous les jugements qu'il put trouver sur les procès pour trafic d'êtres humains. Il trouva quelques références utilisables pour la plaidoirie de Jogeshwari, toutefois le butin était mince. Vers midi, il regagna son bureau au service juridique, déterminé à restructurer le dossier. Il esquissa les points principaux et lança quelques idées de têtes de chapitre et de sous-titres. Une demi-heure plus tard, le cadre logique de ses conclusions était en place. Il jeta un coup d'œil à la pendule et commença à penser au déjeuner.

Tout à coup, il entendit un bruit de voix excitées dans le groupe des opérations de terrain, à l'autre bout de la pièce. Trois départements – opérations de terrain, service juridique et réadaptation – partageaient une zone commune, mais les conversations étaient généralement étouffées par trois énormes climatiseurs qui cliquetaient et soufflaient du matin au soir. Il se leva et vit trois agents de terrain indiens et un responsable de dossier entrer dans le bureau de Nigel.

— Que se passe-t-il ? demanda-t-il à Eloïse, une expat du Bronx.

Eloïse reposa un volume du *All India Reporter* et se tourna vers la division des opérations de terrain, presque déserte.

— Ça donne quoi, John ?

Le responsable du dossier releva les yeux de son ordinateur.

— Rasheed a eu un tuyau. Deux mineures, à Kamathipura. L'une des deux est « cachetée ». Nigel voudrait agir rapidement.

Thomas sentit les battements de son cœur s'accélérer.

— Qui doit participer au raid ?

Eloïse eut un sourire.

— Demande à Greer. Il te laissera probablement aller avec lui.

Nigel et son entourage ressortirent bientôt, et Nigel alla s'entretenir avec Samantha. Elle revint peu après et mit l'équipe juridique au courant.

— Rasheed était sur M. R. Road, hier soir. Il a abordé une fille qui lui avait déjà donné des informations. Elle lui a appris que le proxénète qui dirige son bordel a fait entrer deux filles mineures avant le réveillon du nouvel an. On y va ce soir. Deepak fera le client bidon. Il se trouve qu'il connaît le propriétaire du bordel.

Après le briefing, Thomas rejoignit Greer dans son bureau. Il était au téléphone.

— Ce sont des moments excitants, confirma Greer en raccrochant. Rasheed sillonne le quartier pour confirmer le tuyau.

— Ça t'ennuierait que je t'accompagne ?

Greer ne réfléchit pas longtemps.

— C'est l'occasion ou jamais, décida-t-il.

À cinq heures, cet après-midi-là, après des préparatifs effectués dans une sorte de frénésie, Greer et Nigel réunirent l'équipe de terrain qui participerait au raid. Ils étaient six : Deepak, Rasheed et Rohit, les agents de terrain qui connaissaient le bordel ; Ravi, un agent de terrain qui faisait souvent office de chauffeur pour la CASex ; Dev Ramachandra, qui avait mené les investigations ; Anita Chopra, la spécialiste de la réadaptation désignée pour apporter son soutien aux mineures.

Nigel réclama le dernier rapport. Rasheed se pencha en avant.

— Dans la rue, on raconte que Suchir a acheté les filles il y a deux semaines. Personne ne sait d'où elles viennent, mais d'après mon indicateur il aurait touché soixante mille roupies pour la première. On ignore si l'autre gamine a déjà été violée.

— Deepak, parle-nous de la configuration.

— C'est le bordel classique. Il n'y a qu'une entrée dont je sois sûr, et elle est sur le devant. Il paraît qu'il y a une issue de secours, mais je ne l'ai jamais vue. Le salon est au deuxième étage de la maison. Les turnes sont derrière. Suchir a une quinzaine de filles. Son fils, Prasad, travaille avec lui. Il y a une pièce sous le toit, dans le grenier ; je ne sais pas comment on y accède.

— À quel degré de violence faut-il s'attendre ? demanda Nigel.

— Suchir n'est pas du genre à être armé, répondit Rohit. Sa sous-maîtresse est très soumise. L'inconnue, c'est Prasad. Il est un peu caractériel.

Nigel se tourna vers Greer :

— Il faut prévenir la police.

— Je m'en occupe.

Greer griffonna une note sur son calepin avant de s'adresser à Dev :

— On peut faire confiance aux flics de Nagpada ? Notre dernière opération dans le secteur remonte déjà à un moment.

— L'inspecteur Khan est incorruptible. Le reste de son escouade suivra sans trop traîner les pieds. Tous les flics reçoivent des *bakchich* des proxénètes, mais ils ont peur de Khan et ils obéiront à ses ordres.

— Suchir ne se méfiera pas ? Il ne risque pas de vérifier si le faux client ne porte pas de micro ?

Deepak secoua la tête.

— Il n'a jamais fait l'objet d'une descente. Il paraît qu'il paye *hafta* au gang de Chotta Rajan. Il se croit intouchable.

La préparation de la mission se poursuivit jusqu'à dix-huit heures, puis l'équipe sortit dîner. À dix-neuf heures, tout le monde s'entassa dans deux véhicules pour effectuer le trajet de trois quarts d'heure jusqu'au commissariat de Nagpada. Nigel leur souhaita bonne chance et resta en retrait.

En cours de route, Greer passa un coup de fil à l'inspecteur Khan. Il apprit que celui-ci avait sélectionné une équipe de six hommes, des *halvadars*, pour l'accompagner lors de la descente. Afin d'empêcher que l'un d'eux prévienne Suchir, l'inspecteur ne leur avait pas précisé la cible. Il les brieferait en cours de route. Khan demanda aussi à deux *panchas* d'une autre ONG de se joindre à eux. La police prendrait trois voitures de patrouille et deux fourgons cellulaires. S'ils ramassaient trop de filles, ils seraient obligés d'effectuer plusieurs voyages jusqu'au commissariat.

— Tout se goupille bien, annonça Greer à Thomas en raccrochant. Khan est conforme à sa réputation.

Le trajet de Khar à Nagpada leur fit traverser le centre et le sud de Bombay – en passant par le bidonville de Dharavi, illuminé par les feux d'ordures et les interminables guirlandes d'ampoules nues, puis les rues encombrées de taxis de Dadar Ouest et de Lower Parel, et enfin les artères étroites, congestionnées, de Nagpada.

Ils se garèrent à un pâté de maisons du commissariat et firent le reste du chemin à pied. L'inspecteur Khan les accueillit dans le hall et les fit entrer dans une pièce meublée de bureaux métalliques dont les murs disparaissaient derrière les rayonnages. Il exigea de voir le matériel de Deepak. L'agent de terrain sortit de son sac à dos une petite caméra vidéo déguisée en stylo à bille et le micro enregistreur qu'il se scotcherait sur le ventre. Khan hocha la tête. Il fouilla dans sa poche et tendit une enveloppe à Deepak.

— Vingt mille roupies, annonça-t-il. J'ai noté les numéros de série dans mon calepin.

Deepak passa l'enveloppe à Jeff, qui lui aussi compta les billets et releva les numéros dans un carnet.

— Les *panchas* ne vont pas tarder, poursuivit l'inspecteur. Mes hommes ne savent encore rien. Je vais verrouiller la porte de cette pièce. Nous partirons à dix heures moins le quart.

Thomas regarda Deepak mettre en place la caméra-stylo et le micro. L'un et l'autre étaient si petits qu'ils se perdaient dans ses vêtements.

Les *panchas* arrivèrent un peu après vingt et une heures. C'étaient des Indiens qui pouvaient avoir dans les trente ans. Dans un anglais passable, l'homme se présenta sous le nom de Kavi, et la femme sous celui de Mira. Rasheed les briefa rapidement en hindi.

Finalement, Greer consulta sa montre.

— C'est bientôt l'heure. D'habitude, je dis une prière avant notre le départ. Ça ne t'ennuie pas ?

— Pas du tout, répondit Thomas. J'ai été élevé dans la religion catholique.

Fermant les yeux, Greer murmura une brève prière pour leur protection et leur réussite. L'inspecteur Khan les présenta aux six hommes de son groupe d'intervention. Tous étaient munis de *lathis* – des matraques en bois – et deux d'entre eux étaient armés d'antiques carabines. L'inspecteur haussa le ton pour se faire entendre malgré le bruit des ventilateurs de plafond.

— Nous allons rester sur Bellasis Road jusqu'à ce que Deepak passe le coup de fil. Personne n'entre avant. Je monte dans le véhicule de tête. Si quelqu'un bouge avant mon signal, il me rendra son insigne. C'est clair ?

Un brouhaha de murmures et de grommellements s'éleva. Les *halvadars* vêtus de kaki étaient nerveux et ne tenaient pas en place. Deux d'entre eux jetèrent des regards en coulisse vers Jeff et Thomas, masquant à peine leur mépris.

Khan dévisagea chacun de ses hommes à tour de rôle.

— Peu importe d'où vous venez, ou les sentiments que vous inspirent les *beshyas*. Pensez aux filles que nous allons sauver comme si c'étaient vos propres filles. Faites votre boulot. Des questions ?

Personne ne pipa mot.

— Allons-y, dit-il.

9.

Nous avons effectué la traversée jusqu'à la rive opposée des ténèbres ;
L'aube étend sa lumière comme les rayons d'une roue.
Le Rigveda

Bombay, Inde

Il était dix heures du soir quand la poignée de la porte tourna. Cette fois, Sumeera était venue seule dans la pièce sous les combles. Ahalya était assise sur le lit, les cheveux en désordre, le visage ravagé par les pleurs. Sita était partie depuis vingt minutes, mais elle avait l'impression que ça faisait une éternité.

Comme la fois précédente, Suchir était apparu sans prévenir et était reparti avec sa sœur. Ahalya n'avait pas été surprise. Elle avait passé la journée dans l'angoisse, sachant que l'heure approchait pour sa cadette. C'était la loi du bordel, et les promesses de Baba ne l'en sauveraient pas.

— Allez, l'exhorta Sumeera en prenant Ahalya par la main. Il y a un client pour toi. Tu ne dois pas avoir l'air aussi triste.

Alors, ce soir, moi aussi je vais être vendue, songea la jeune fille, tétanisée par l'horreur de la situation.

Elle revêtit sa tenue de séduction et s'apprêta à sentir sur elle les mains d'un étranger. Une seule *beshya,* la plus vieille et la moins séduisante, était debout dans le couloir à l'observer. La plupart des chambres étaient occupées. Ahalya examina chacune des portes devant lesquelles elle passa, tendant l'oreille, à l'affût de la voix de Sita parmi les dissonances du plaisir mâle. Elle serra les poings. *Comment peuvent-ils lui faire ça ? Ce n'est qu'une enfant !*

L'homme assis sur le divan du salon était jeune et barbu. Debout près du mur du fond, Suchir alluma les lumières. Comme les fois précédentes, Ahalya fut éblouie par leur éclat.

L'homme se leva.

— Une vraie *rampchick* ! s'exclama-t-il en s'approchant d'elle. Suchir, vous faites toujours preuve d'un goût très sûr.

— Je vous la donne pour dix mille.

— Tant que cela, mon ami ? Combien de fois est-elle allée avec un homme ?

— Deux fois seulement. Elle est très fraîche.

Donc, Prasad a gardé le secret, pensa sinistrement Ahalya. *Suchir ne se doute pas que son fils m'a possédée chaque nuit pendant presque toute la semaine.*

L'homme tourna autour d'Ahalya. Elle ne croisa pas son regard. Enfin, il se décida :

— Je vais la prendre. Je veux utiliser la chambre du haut. Elle est plus confortable.

— Bien sûr, acquiesça Suchir.

Il eut un mouvement de menton en direction de Sumeera, qui sortit sans un bruit. L'homme donna au propriétaire du bordel une liasse de roupies et prit Ahalya par la main.

— Viens, ma princesse, chuchota-t-il.

Ahalya réprima un frisson et lui emboîta le pas. Dans le couloir, elle ne vit pas signe de Sita.

Lorsqu'ils entrèrent dans la soupente, Sumeera tendait les draps. Elle secoua les oreillers et s'approcha de Suchir. Le propriétaire du bordel souhaita au barbu de passer un bon moment et referma la porte de l'extérieur. L'homme fit signe à Ahalya de s'approcher du lit et sortit son téléphone portable.

— Un instant, dit-il en appuyant sur une touche.

Il porta le téléphone à son oreille et coupa la communication.

— Personne à la maison.

Ahalya s'assit sur le lit, les yeux baissés sur les draps. Elle s'attendait à ce que l'homme déboutonne son pantalon et lui caresse le visage, comme l'avait fait Shankar. Après quoi, il exigerait qu'elle se déshabille. Pourtant, il ne fit rien de tout cela.

— Comment t'appelles-tu ? s'enquit-il gentiment.

La question lui fit l'effet d'un coup de poignard en plein cœur. Ahalya – choisi par son père – signifiait « non-imparfaite ». Celle dont elle portait le prénom était un modèle de beauté féminine, la chaste femme d'un noble brahmane, séduite par le dieu Indra et maudite par son mari pour son infidélité. Les parallèles entre sa vie et celle de l'Ahalya du Ramayana étaient frappants, pourtant il y avait une grande différence – l'Ahalya du temps jadis avait été sauvée de la pierre qui l'entravait.

— Je m'appelle Deepak, reprit l'homme, voyant qu'elle ne répondait pas. Je ne te ferai pas de mal.

Il s'assit calmement et ne fit pas mine de la toucher. Elle l'examina sans comprendre.

Quelques secondes plus tard, un vacarme éclata à l'étage inférieur. Des coups sourds, accompagnés de cris stridents et de voix d'hommes outrés. Ahalya entendit Sumeera lancer des ordres sur un ton pressant. Tout à coup, des pieds heurtèrent les marches de l'escalier qui menait à la chambre où elle se trouvait. Deepak se précipita sur la porte et s'y appuya. Quelqu'un tourna la poignée, essaya d'ouvrir. Comme elle résistait, un homme – Ahalya eut l'impression que c'était Prasad – lança un juron et se jeta sur le panneau de tout son poids.

Deepak fit la grimace, mais tint bon.

Debout à côté de Greer, Thomas regarda, de l'autre côté de la rue, les flics de Nagpada investir le bordel. L'inspecteur Khan menotta Suchir, qui n'opposa pas de résistance, et conduisit trois membres de son équipe dans l'escalier qui montait vers les étages. Après avoir enfermé Suchir dans un fourgon cellulaire, le reste de l'équipe de Nagpada entra dans le bordel avec les *panchas* pour relever les noms et les déclarations.

Pendant ce temps, Greer et Dev eurent un bref échange avec les agents de terrain de la CASex et chargèrent Rasheed et Rohit de surveiller les ruelles avoisinantes, pour le cas où quelqu'un tenterait de fuir par une porte dérobée. Ils se séparèrent et se perdirent dans la foule.

La circulation sur M.R. Road s'était ralentie, puis complètement immobilisée alors que les *taxi-wallas* et les badauds s'arrêtaient pour voir ce qui se passait. Des proxénètes et des propriétaires de bordels se tenaient à la périphérie, tentant d'évaluer la gravité de la menace. Des murmures de mécontentement commencèrent à parcourir la foule. Des regards suspicieux, et même ouvertement hostiles, se braquèrent sur Thomas et Greer. La meute commença à se rapprocher, cherchant manifestement la bagarre.

Dev interpella Greer :

— Fichons le camp d'ici avant que ça tourne au vilain.

Greer hocha la tête et enjoignit à Thomas de les suivre. Anita fermait la marche.

Quand ils pénétrèrent dans le bordel, le salon grouillait de monde – des policiers, des filles, des clients, les *panchas*, et Prasad, qui hurlait des obscénités. En voyant les Américains de la CASex, il retourna ses injures contre eux. Il se fraya un chemin à travers la foule et vint se planter devant Greer. Il sentait la cigarette et l'eau de toilette bon marché.

— *Bhenchod !* s'exclama-t-il en crachant un jet de bétel sur la chemise de Greer.

Greer recula, laissant l'un des flics passer les menottes à Prasad et l'installer de force dans un coin de la pièce. Thomas examina le jeune lieutenant du bordel. Il fronça les sourcils.

— Qu'y a-t-il ? demanda Greer, remarquant sa mimique.

— Je le reconnais. Il était dans la rue quand nous sommes passés, il y a quelques jours.

— En effet, acquiesça Greer. Intéressante coïncidence.

Ils suivirent Dev de l'autre côté du salon, vers les chambres. Dev parlait à Khan, qui prenait la déclaration d'une jeune *beshya* recroquevillée dans l'ouverture d'une porte.

— Vous avez vu Deepak ? interrogea Dev.

Khan secoua la tête.

— Il est probablement quelque part en haut. Je n'ai pas eu le temps de trouver l'accès.

— On peut ? demanda Dev.

— Je vous en prie, répondit Khan en se retournant vers la fille terrifiée.

— Je vais chercher l'un des *panchas*, dit Greer.

Il expliqua à Thomas :

— C'est l'étape cruciale. Si on ne fait pas les choses dans les règles, Suchir sera prêt à reprendre les affaires dès demain.

Quand Greer revint avec Mira, Dev ouvrit chacune des portes du couloir. Les alcôves étaient toutes identiques et il semblait peu vraisemblable que l'une d'elles mène à une chambre secrète. Arrivé au bout du corridor, il examina l'étagère à livres. Il tira dessus, mais elle ne bougea pas. Greer tâta du bout des doigts le côté droit sur toute sa hauteur. Sans succès. Dev essaya du côté gauche. Une partie du montant s'enfonça. Il appuya dessus et entendit le déclic d'une gâche qui cédait.

— J'ai trouvé ! annonça-t-il.

Khan les rejoignit alors que Dev faisait pivoter le rayonnage vers l'extérieur. Ils scrutèrent l'obscurité d'une cage d'escalier. Ils entendirent un lointain bruit de voix – une voix d'homme. Dev gravit les marches quatre à quatre, Mira, Greer et Thomas sur les talons. Arrivé en haut, Dev appela :

— Deepak ?

Dans la mansarde, Deepak relâcha sa prise sur la porte. Il se tourna vers Ahalya, toujours immobile sur le lit.

— Mes amis sont arrivés. Tu seras bientôt libre.

Ahalya regarda sans comprendre un troupeau d'étrangers – certains en uniforme, d'autres en civil – envahir la pièce. Une Indienne s'approcha d'elle et lui dit son nom – Anita.

Elle s'assit sur le lit et promit de rester avec elle jusqu'à ce qu'elle soit en sécurité. Ahalya observa avec intensité les policiers en tenue. Pour la première fois depuis que Suchir était venu chercher Sita, elle éprouva une étincelle d'espoir.

L'un des policiers s'approcha de Deepak et lui chuchota quelques mots qu'Ahalya ne comprit pas. Deepak secoua la tête. Le policier se tourna vers Ahalya et lui parla dans la même langue inintelligible. Comme de toute évidence elle ne le comprenait pas, il passa à l'hindi.

— Je suis l'inspecteur Khan, de la police de Nagpada. Selon nos informations, dans ce bordel, il n'y avait pas une seule fille mineure, mais deux. Où est l'autre ?

Ahalya crut qu'il s'agissait d'un malentendu.

— Ma sœur, Sita. Elle est en bas.

Khan aboya un ordre. Après quelques secondes, un autre policier apparut. Ils échangèrent quelques paroles, puis Khan se retourna vers Ahalya.

— Il y a quinze filles en bas. Aucune ne s'appelle Sita.

Les mains d'Ahalya se mirent à trembler. Elle tenta d'intégrer la signification de ce qu'il venait de lui annoncer. Elle se leva du lit et quitta la pièce. Khan, surpris, n'essaya pas de l'arrêter. À l'étage du dessous, elle parcourut les turnes maintenant vides à la recherche de sa sœur. Dans le salon, elle se fraya un chemin dans la foule et scruta la mer de visages. Les *beshyas* étaient regroupées vers le fond de la salle ; Sita n'était pas parmi elles. Ahalya s'approcha de Sumeera qui observait cette frénésie d'un air las.

— Où est Sita ? lui demanda-t-elle. Qu'avez-vous fait d'elle ?

Sumeera parcourut la pièce du regard.

— Elle n'est plus là, dit-elle simplement.

Ahalya secoua farouchement la tête, essayant de repousser la vérité.

— Tu te trompes. Suchir est venu la chercher il y a une heure. Elle devait voir un client.

Sumeera baissa la tête en silence. Une terreur sans nom s'empara d'Ahalya. Elle tomba à genoux et commença à se balancer d'avant en arrière. De grosses larmes roulèrent sur ses joues. Elle attrapa le sari de Sumeera.

— Où est-elle partie ? implora-t-elle entre deux sanglots.

La *gharwali* resta muette.

— Comment avez-vous pu ? s'écria Ahalya. Vous n'avez donc pas d'âme ?

Sumeera décrispa gentiment les doigts de la jeune fille et se pencha vers elle.

— C'est comme ça, à Golpitha.

Deuxième partie

10.

En de profondes ténèbres demeurent ceux pour qui seul le monde extérieur est réel.

Isha Upanishad

Bombay, Inde

Quarante minutes avant la descente de police, Suchir avait conduit Sita dans le salon du bordel et salué un homme assis sur le divan. Sita l'avait tout de suite reconnu : c'était celui de la veille au soir. Il portait les mêmes vêtements de prix, la même montre en argent. Il avait un sac de sport à côté de lui. Il se leva, récupéra le sac et adressa un mouvement de tête à Suchir.

— Un lakh – cent mille. Deux tiers tout de suite. Le reste quand la fille aura fait ce qu'on attend d'elle, comme d'habitude. Vous pouvez recompter.

— Ce ne sera pas nécessaire, Navin. Je vous fais confiance.

Le dénommé Navin acquiesça et attrapa la main de Sita.

— Il est temps d'y aller, Sita.

Il prononça son nom en hindi, avec la familiarité d'un cousin. Sita se leva sans comprendre, et lui arracha sa main.

— Je ne peux pas laisser ma sœur, articula-t-elle désespérément. Je vous en prie, ne nous séparez pas.

— J'emmènerai peut-être ta sœur la prochaine fois. Mais aujourd'hui, je t'ai achetée. Si tu es bien gentille, tu auras une vie facile. Pas de souteneur, pas de sous-maîtresse, pas de sexe avec des étrangers. Alors que si tu résistes, tu le regretteras.

Il l'entraîna de force au-dehors, dans la ruelle poussiéreuse enveloppée par la nuit. Un gros 4 × 4 attendait le long du trottoir. Navin ouvrit la portière arrière et, d'un geste, ordonna à Sita de prendre place sur la banquette. Elle secoua la tête, les yeux fous de terreur. Avec un soupir, il la poussa par les épaules. Elle s'exécuta comme une automate en versant des larmes silencieuses.

Le chauffeur, un homme de grande taille, ne lui accorda pas la moindre attention. Navin s'installa à côté de lui et lança :

— New Bombay. George nous attend à dix heures. Ne nous met pas en retard.

Ils roulèrent de longues minutes avant de prendre un très grand pont au-dessus d'une baie et d'entrer dans une autre partie de la ville tentaculaire. Le chauffeur s'arrêta au milieu d'un dédale de ruelles, à un carrefour absolument banal. Navin descendit de voiture, muni d'un sac à dos. Par la vitre, Sita distingua un homme dégingandé, vêtu de noir, debout dans l'ombre. Il tenait un paquet enroulé dans un tissu. Navin et lui échangèrent quelques mots, après quoi Navin lui tendit le sac à dos, récupéra le paquet et revint vers la voiture.

Il se tourna légèrement vers Sita.

— Pourquoi pleures-tu ? maugréa-t-il.

Sita s'efforça en vain de l'ignorer. Elle avait l'impression que la nuit se refermait sur elle. Qui était cet homme ? Pourquoi l'avait-il éloignée d'Ahalya ? Les mots franchirent ses lèvres avant qu'elle puisse les retenir :

— Je vous en prie, laissez-moi retourner auprès de ma sœur. Je vous en supplie.

Navin secoua la tête et lâcha un juron.

— Allez, à la maison, ordonna-t-il au chauffeur.

Celui-ci grommela et engagea le 4 × 4 dans la circulation. Sita croisa les bras sur sa poitrine dans l'espoir de retenir les sanglots qui l'étouffaient. Elle regarda défiler les lumières de la ville brouillées par ses larmes et tenta d'oublier le paquet posé sur les genoux de Navin. Pourtant, quand il commença à le déballer, la curiosité l'emporta. Le linge dissimulait un sac en plastique contenant de la poudre brune. Il fit coulisser la fermeture à glissière et huma le contenu.

— George a dû être brahmane dans une autre vie ! s'exclama-t-il avec ravissement. Sa poudre est pareille au divin suc de soma.

De la drogue, pensa Sita, à nouveau glacée de terreur.

Ils reprirent le grand pont en direction du centre-ville. Dépassant l'aéroport international de Bombay, ils empruntèrent une route de terre battue avant de s'arrêter devant une barre d'immeubles. D'un geste Navin enjoignit à Sita de sortir. Elle obtempéra sans un mot. La vision de la poudre la hantait.

Un ascenseur les déposa au dernier étage du bâtiment, où le chauffeur poussa la porte d'un modeste appartement. Navin conduisit Sita vers une pièce simplement meublée d'un matelas posé sur un cadre en acier. Elle se réfugia sur le lit et s'absorba dans la contemplation du mur. Elle entendit Navin lui proposer d'aller aux toilettes, mais elle ne lui fit pas l'aumône d'une réponse. Il secoua à nouveau la tête, manifestement mécontent, quitta la pièce et verrouilla derrière lui.

Sita referma étroitement ses bras autour d'elle, serra les dents afin de repousser la peur et le chagrin ; cette fois, pourtant, la pression était trop forte. Elle se plia en deux et éclata en sanglots. Sa famille avait disparu. Ahalya avait disparu. Elle était seule, seule dans un appartement, à Bombay, avec un homme étrange qui faisait du trafic de drogue.

Navin la garda cloîtrée dans la chambre. Il ne reparaissait que pour lui apporter à manger et lui permettre d'aller aux toilettes. Sita ne lui adressait jamais la parole. Elle restait assise sur le lit, le dos appuyé au mur, à regarder par la fenêtre sans rien voir. La monotonie était quasiment insupportable. Les seules interruptions étaient celles des avions qui décollaient et atterrissaient sur les pistes de l'aéroport. Elle se surprit à compter les minutes qui séparaient les départs et les arrivées. Parfois, elle tentait d'imaginer les visages des passagers et s'interrogeait sur leur déplacement.

Au bout de trois jours de ce manège, Navin entra dans la chambre avec une chaise et s'installa en face de Sita. Il tenait une grappe de gros raisins et un pot d'huile de noix de coco.

— On part en voyage demain soir, commença-t-il. Tu vas faire exactement ce que je te dis. Si tu m'écoutes, je t'emmènerai dans un meilleur endroit. Si tu désobéis, il se pourrait que tu en meures.

Sita ne comprit pas tout de suite ses paroles. Elle était enfermée depuis de si longues heures qu'elle avait à peu près cessé d'éprouver quoi que ce soit. Elle examina les raisins pendant que ses paroles lui entraient dans la tête. Tout à coup, l'ennui se changea en panique. *En voyage ?* pensa-t-elle. *Et je pourrais en mourir ? Qu'est-ce que ça veut dire ?* Elle releva enfin les yeux sur lui ; il était furieux.

— Ta sœur est partie. C'est une *beshya.* Tu n'en es plus une. Cesse de faire cette tête d'enterrement ; c'est ridicule.

Elle observa à nouveau les raisins.

— Où allons-nous ? murmura-t-elle.

— Tu le verras bien assez tôt, répliqua Navin au prix d'un effort visible pour se dominer.

Puis il changea de sujet :

— Tu as déjà avalé un grain de raisin sans le croquer ?

Sita le dévisagea et secoua la tête.

— Alors tu vas t'exercer. Tu dois y arriver d'ici vingt-quatre heures. Je vais utiliser l'huile comme lubrifiant. Ça t'aidera.

Il détacha un grain de raisin, le trempa dans l'huile de coco et le ressortit. La peau était devenue luisante. Il le lui tendit, mais elle ne fit pas un geste pour le prendre.

— Pourquoi faut-il que je fasse ça ? chuchota-t-elle, terrorisée.

Ignorant sa question, il lui écarta les doigts de force et lui fourra le grain de raisin dans la paume.

— Tu vas avoir l'impression d'étouffer, mais il faut que tu surmontes le réflexe de régurgitation et que tu l'avales. C'est dans la tête que ça se passe.

Le grain de raisin pesait dans la main de Sita ; il était glissant et paraissait étrangement lourd. Elle pensa à Ahalya : comment aurait-elle réagi à ce défi ? Ahalya serait forte, décida-t-elle. Elle ferait ce qu'il fallait. Et elle survivrait. Sita plaça le grain dans sa bouche, éprouva l'huile sur sa langue.

— Non, non, intervint Navin. Tu dois pencher la tête en arrière et regarder le plafond. Ça t'ouvrira la gorge.

Sita suivit ses instructions. Le raisin roula vers le fond de sa bouche. Elle hoqueta violemment ; sa gorge la brûla. Navin attendit qu'elle ait repris sa respiration, puis plongea un autre grain de raisin dans l'huile.

— Ça va venir, affirma-t-il d'un ton encourageant. Les autres y sont bien arrivées.

Les mains tremblantes, Sita essaya une deuxième fois et réussit presque à l'avaler, mais le réflexe laryngé lui procura des spasmes de tout le corps. Elle se laissa tomber à bas du lit, à quatre pattes, prise de haut-le-cœur.

— Je n'y parviendrai jamais, gémit-elle.

— Bien sûr que si.

Elle essaya à nouveau. Cette fois, le grain de raisin glissa lentement dans sa gorge et elle parvint à ne pas hoqueter. Elle respira très fort, les paupières closes, soulagée et en même temps horrifiée.

— C'est bien, la complimenta Navin. Tu apprends vite. Je reviendrai toutes les trois heures et tu avaleras chaque fois un autre grain, jusqu'à ce que ça devienne une seconde nature.

Sita avait l'estomac retourné et la gorge douloureuse à cause de l'effort exigé par la déglutition, néanmoins elle parvint à effectuer ce que Navin exigeait d'elle. Elle ne l'interrogea plus sur ses raisons. Elle avait compris qu'elle lui appartenait ; il pouvait faire d'elle tout ce qu'il voulait.

Le jeudi, au déjeuner, Navin annonça à Sita que ce serait son dernier repas pour les trente heures à venir.

— Ne t'inquiète pas, ajouta-t-il. Je veillerai à ce que tu manges bien quand nous arriverons au restaurant de mon oncle.

Ce soir-là, près de deux heures après le coucher du soleil, il lui permit de prendre une douche et lui donna un *churidaar* bleu élégant ainsi que des sandales, qu'il lui ordonna d'enfiler. Lorsqu'elle fut lavée et habillée, il plaça un miroir devant elle et lui tendit une trousse de maquillage.

— Tu dois te maquiller comme une actrice de cinéma. Je veux que tu aies l'air d'avoir dix-huit ans. Tu en seras capable ?

Sita réfléchit un instant et acquiesça. Elle s'appliqua du fond de teint, du blush, de l'eye-liner et du mascara, tant et si bien qu'elle finit par ressembler à une jeune femme. Lorsqu'elle se fut suffisamment vieillie, Navin examina son reflet dans le miroir.

— Beau travail, dit-il. Maintenant, viens avec moi

Sita l'accompagna dans le salon. La télévision diffusait un match de cricket entre l'Inde et l'Angleterre. Elle obéit docilement quand il lui indiqua le canapé. Sur la table basse devant eux étaient posées toutes sortes d'objets – trois boîtes de préservatifs, le sac de poudre brune qu'il avait acheté dans la rue, des ciseaux, une petite cuillère, un bocal d'huile de coco, une bobine de ficelle fine et une espèce de pince en caoutchouc.

Sita regarda avec un malaise croissant Navin prendre un préservatif, le couper à six ou sept centimètres du bout et jeter le haut. Ensuite, avec la petite cuillère, il préleva de la poudre dans le sac et la versa soigneusement dans le morceau restant du préservatif. Quand celui-ci fut à moitié plein, il comprima la boule avec ses doigts, referma le préservatif juste au-dessus avec la pince et coupa deux brins de ficelle. Avec le premier, il attacha le préservatif entre la boule et la pince, puis il ramena l'extrémité libre sur elle-même et la noua avec le deuxième. Il recoupa le latex au ras du nœud et posa le petit paquet ainsi réalisé sur la table. On aurait cru un gros haricot de deux centimètres et demi de longueur et deux centimètres de diamètre. Il créa ainsi trente boulettes. Quand il eut fini, il restait à peine une trace de poudre dans le sac.

Il quitta la pièce et revint avec un grand verre d'eau et un cachet rond. Le médicament, un anti-laxatif, ralentirait la digestion de Sita. Elle devait l'avaler et boire toute l'eau du verre. Ensuite, il plongea la première boulette dans l'huile de noix de coco.

— Tu vas toutes les ingérer, déclara-t-il en indiquant les boulettes. Elles tiendront dans ton estomac.

Sita eut un frisson à la pensée de la drogue qui allait se trouver dans son ventre. Elle prit une brusque inspiration.

— C'est du *khas-khas* ? avança-t-elle, pensant aux champs de pavot d'Afghanistan.

— Pas de l'opium, rectifia-t-il. De l'héroïne. La meilleure du pays.

Les mains de Sita se mirent à trembler.

— Et si elles se rompent dans mon estomac ?

Il la renseigna avec une franchise brutale.

— En cas de rupture d'un préservatif, l'héroïne provoquera un tel choc sur ton organisme qu'il se pourrait que tu en meures. Pour éviter ça, tu dois rester aussi calme que possible et ne rien boire ni rien manger jusqu'à ce que nous arrivions à destination. Ne fais pas de mouvements brusques. Ne te comprime pas l'estomac. Suis exactement mes conseils, et tout se passera bien.

Sita reprit péniblement sa respiration. Elle examina les préservatifs pleins d'héroïne soigneusement alignés sur la table, et pensa à Ahalya prisonnière dans le bordel de Suchir, quelque part en ville. Sa décision était prise. Elle survivrait à cette épreuve. Ahalya l'attendrait. Il se pourrait que ça prenne des années, mais Sita la retrouverait.

Elle avala la première boulette de Navin, en réussissant au prix d'un gros effort à ne pas hoqueter. Ensuite, la gorge douloureuse, elle fit disparaître les préservatifs l'un après l'autre, jusqu'au dernier. Elle se sentait l'estomac lourd, comme après un festin où elle se serait resservie plusieurs fois contre toute raison.

La pendule indiquait onze heures du soir. Navin passa un bref coup de fil sur son portable avant de faire signe à Sita.

— Il est temps d'y aller. Je te donnerai des explications en cours de route.

Ils retrouvèrent le chauffeur de Navin au garage. Sita marchait lentement, la masse qu'elle avait dans le ventre ballottant à chaque pas. Elle se contraignait à ne pas penser à ce qui se passerait si l'un des préservatifs crevait. Elle éleva une prière silencieuse à Lakshmi pour qu'elle lui accorde sa protection et monta dans le 4 × 4. Sur le chemin de l'aéroport, Navin se retourna vers elle.

— Jusque-là, tu t'en sors très bien. Je suis content. L'étape suivante est la plus difficile. Notre avion pour Paris décolle à deux heures du matin. Il y a quatre obstacles à franchir : le comptoir d'enregistrement, la sécurité de l'aéroport, les hôtesses et les stewards, enfin les douanes françaises. L'employé du comptoir d'enregistrement, la sécurité aéroportuaire, ça, c'est facile. Les rayons X ne peuvent pas détecter ce que tu as dans l'estomac. Quant aux hôtesses, tu n'auras qu'à faire semblant de dormir, elles te laisseront tranquille. Seules les douanes françaises pourraient poser un problème.

D'une pochette contenant divers documents, Navin sortit un faux certificat de mariage et des passeports, qu'il montra à Sita.

— Tu t'appelles Sundari Rai. Tu as dix-huit ans. Nous nous sommes mariés ici, à Bombay. Je suis dans les assurances. Nous allons à Paris en voyage de noces. Quant au reste de ta vie, si on te pose des questions sur ta famille, dis la vérité ; si quelqu'un commente la lenteur de tes mouvements, réponds que tu es enceinte. Répète-toi bien, surtout, que ces gens n'ont aucune raison de te soupçonner. Nos documents sont de première qualité. Nous n'avons pas l'air de criminels. Et donc, nous ne sommes pas des criminels.

Sita écouta Navin en s'efforçant de mémoriser ces informations. Paris. Aux antipodes de Bombay et à des milliers de kilomètres d'Ahalya. La peur lui vrillait le cœur. Quelle était la vie qui l'attendait lorsqu'elle aurait évacué la drogue ? Elle envisagea fugitivement d'aborder un policier à l'aéroport, avant de repousser aussitôt cette idée. Qui croirait son histoire ?

Elle se répéta mentalement les détails de sa nouvelle identité. Elle serait Sundari Rai. Elle réussirait à duper tout le monde. Ça lui serait moins difficile que Navin ne l'imaginait. Toute sa vie, elle avait rêvé d'être à la place d'Ahalya. En tant que Sundari, elle deviendrait sa propre sœur. Elle serait forte, audacieuse, brave. Elle laisserait derrière elle la fille qu'elle était et se changerait en femme, une femme *mariée.* Pour l'amour d'Ahalya, elle ne pouvait pas se permettre d'échouer.

À l'aéroport, Navin donna à Sita ses dernières instructions :

— Rappelle-toi, ne bois rien tant que je ne t'y autorise pas. Si ton estomac commençait à sécréter des sucs gastriques, l'un des préservatifs pourrait éclater. Et ne songe même pas à prévenir la police. Je raconterais aux autorités que tu étais ma complice. Crois-moi, les prisons de Bombay sont le dernier endroit au monde où tu aimerais te retrouver.

— J'ai compris, acquiesça Sita avec un regain d'assurance.

— Bon. Il est temps d'y aller.

Il était plus de minuit, mais l'aéroport grouillait d'activité. Navin donna à Sita un sac de voyage noir et saisit la poignée de sa propre valise à roulettes. Il la dirigea vers la queue qui s'était formée devant le comptoir d'enregistrement d'Air France. Il y avait quinze personnes devant eux, mais la file avançait assez vite. L'employée était une jolie Indienne qui ne devait pas avoir plus de vingt-cinq ans. Elle sourit à Sita et les enregistra sans méfiance.

Ils passèrent le contrôle de sécurité de l'aéroport sans incident, après quoi Navin conduisit Sita vers la salle d'embarquement. Derrière la vitre, un Airbus était stationné sur le tarmac. Navin s'installa sur un siège et s'absorba dans la lecture d'un magazine. Sita resta tantôt debout, tantôt assise, à la recherche d'une position confortable.

Quand on appela les passagers pour l'embarquement, elle suivit Navin à bord de l'avion. Leurs sièges étaient dans la dernière rangée, près des toilettes. Navin laissa à Sita la place près du hublot et demanda à une hôtesse un oreiller et une couverture. Sa femme était enceinte, expliqua-t-il, et elle était épuisée.

Sita accepta avec reconnaissance l'oreiller et la couverture. Navin n'avait pas tout à fait menti : elle était vraiment épuisée. Il était une heure et demie du matin. Elle cala l'oreiller contre le cache du hublot, y appuya sa tête et ferma les paupières.

Elle ne les rouvrit que brièvement lors du décollage, quand l'avion survola Juhu Beach et l'étendue noire de la mer d'Arabie. Navin lui avait expliqué que le vol durerait un peu plus de neuf heures. Elle avait l'intention de dormir jusqu'à Paris.

11.

Ô Dieu de vie, à mes racines envoie la pluie.
Gerard Manley Hopkins

Bombay, Inde

Ahalya suivit des yeux Anita qui rentrait dans la salle du commissariat de Nagpada. Son regard passa sur les autres *beshyas* du bordel de Suchir et sur un policier qui montait la garde. La spécialiste de la CASex vint s'asseoir auprès d'elle et lui prit la main. Ahalya ne réagit pas. Elle contemplait fixement le sol. Les derniers mots de Sumeera tintaient encore à ses oreilles : « Elle n'est plus là... C'est comme ça, à Golpitha. » Des paroles pires qu'une sentence de mort. Si elle était morte, au moins, elle aurait cessé de souffrir.

L'attente était interminable. Anita passa son bras autour d'elle et Ahalya posa sa tête sur son épaule, mais elle ne réussit pas à dormir. Finalement, un autre policier la fit entrer dans le bureau de l'inspecteur Khan. Anita l'accompagna. Le bruit et l'activité du poste de police lui parvenaient comme dans un brouillard. Du coin de l'œil, elle vit Prasad qui l'observait. Elle l'ignora.

Khan lui indiqua une chaise et commença à l'interroger. Ahalya s'efforça d'écouter les mots que prononçait l'inspecteur, mais ne parvint à fournir que de vagues réponses.

À un moment, l'inspecteur dut répéter sa question. Il s'impatienta. Anita intervint alors. Elle reprit la main d'Ahalya. Cette fois, cela l'aida à reprendre contact avec son environnement. Elle secoua la tête.

— Je suis désolée. Que vouliez-vous savoir, déjà ?

L'entretien dura une demi-heure. Khan reconstitua dans tous ses pénibles détails l'histoire des abus dont Ahalya avait été victime, rouvrant ses blessures. Lorsqu'il eut fini de rédiger son rapport, il le relut, ligne à ligne, afin de s'assurer qu'il n'avait rien omis ou déformé. Puis il le signa et convoqua la *pancha*.

Ensuite, suivant Anita, Ahalya s'assit à l'extérieur du bureau de Khan. À l'autre bout de la pièce, Suchir était assis, menotté, un *halvadar* fourbu à côté de lui. Elle revit en un éclair le matin où il les avait achetées, Sita et elle, soixante mille roupies à Amar. Maintenant que les rôles étaient inversés, elle se fit un serment : elle veillerait à ce que justice soit faite. Même si elle devait attendre des années, même si elle devait y laisser ses dernières forces, elle ferait en sorte qu'il se retrouve derrière les barreaux. Par amour pour Sita, et aussi pour elle-même.

Le reste de la nuit s'écoula sans événement particulier. Ahalya dormit par bribes, d'un sommeil peuplé de cauchemars. Le rugissement du tsunami se mêlait au bruit des bogies du Madras Express et aux râles écœurants du désir de Shankar. Le lendemain matin, elle fut transférée à Sion, dans un orphelinat du gouvernement. La *maushi* – la garde – la traita sans intérêt particulier. Elle montra à Ahalya le grand dortoir où les filles dormaient, lui désigna une couchette et lui indiqua les horaires des repas. Puis elle la laissa seule.

Devant les barreaux de la fenêtre, Ahalya se demanda pendant combien de temps elle allait devoir subir cette nouvelle forme d'enfermement. Anita lui avait promis que la CASex lui trouverait une place dans un foyer privé, mais Ahalya n'avait aucune idée de ce que ça signifiait, ou si ça changerait sa situation. Son seul désir était de retrouver Sita.

En dehors de cela, la vie avait perdu tout sens pour elle.

Au bout de trois jours, Anita lui rendit visite, porteuse d'une bonne nouvelle : les services d'aide à l'enfance avaient approuvé son transfert vers un foyer privé, un ashram situé à Andheri tenu par les Sœurs de la Compassion. Elle l'y emmena en rickshaw.

Pendant le trajet, Ahalya la questionna sur Sita. Anita lui rapporta l'histoire que l'inspecteur Khan avait relatée à Jeff Greer. Lors de l'interrogatoire, Suchir avait avoué le nom de l'homme qui avait acheté Sita – un dénommé Navin. Cependant le propriétaire du bordel ignorait où il l'avait emmenée. Navin devait revenir lui verser le restant de la somme convenue ; cela pourrait prendre un mois ou deux. Entre-temps, Khan ferait surveiller le bordel.

La supérieure, sœur Ruth, les attendait à la porte de l'ashram. C'était une femme corpulente, au visage lunaire, qui portait le sari des nonnes indiennes. Elle accueillit chaleureusement Ahalya, sans se formaliser de son silence.

L'ashram des Sœurs de la Compassion était situé dans un vaste parc paysagé, avec des massifs de fleurs, des sentiers sinueux et des bâtiments bien entretenus. Elles suivirent un chemin bordé de grands arbres, puis de bâtiments. Sœur Ruth entraîna Ahalya dans un tour du propriétaire en lui fournissant toutes sortes d'explications. Elle parlait avec un tel enthousiasme qu'Ahalya fut forcée de lui prêter attention.

Les sœurs tenaient une école de jour, un orphelinat et un centre d'adoption pour les petits enfants, ainsi qu'un centre de réadaptation pour les filles sauvées de la prostitution. Ces dernières suivaient les cours de l'école et participaient aux tâches ménagères. Toutes étaient tenues d'achever le cursus de dix années de scolarité, et celles qui faisaient de bonnes études allaient jusqu'à la terminale. Il arrivait que l'une des plus brillantes élèves reçoive une bourse pour étudier à l'université de Bombay.

Pour chacune des filles sauvées, les sœurs avaient deux objectifs : lui permettre de panser les blessures de son corps et de son âme, et l'aider à se réinsérer dans la société. C'était un projet ambitieux, sœur Ruth l'admettait, toutefois l'ashram avait un taux de succès réconfortant. Un quart seulement des jeunes filles qui achevaient le programme d'études retournait à la prostitution.

Ahalya, Anita et sœur Ruth se dirigèrent vers le centre de réadaptation, en haut d'une butte ombragée par des arbres. Un souffle venu du nord-ouest apportait une agréable fraîcheur, car il faisait déjà chaud en ce début d'après-midi. De grands buissons de bougainvillées proliféraient autour du centre. La brise agitait les branches, faisant virevolter les fleurs colorées. Ahalya s'attarda devant le bâtiment de stuc et remarqua que les bruits de la ville ne parvenaient plus à ses oreilles. Enfuis, les klaxons des taxis et des rickshaws, les cris des vendeurs ambulants, les conversations ininterrompues des rues. À la place, elle entendait des rires d'enfants et le bruit du vent qui jouait dans les branches feuillues d'un banyan.

En haut des marches, elle découvrit une entrée protégée par une treille et entourée d'une profusion de fleurs : des violettes, des primevères, des jacobinias et des soucis, le tout vibrant de couleurs.

— Chacune des filles reçoit une plante de son choix à soigner, expliqua sœur Ruth. Et toi, Ahalya, quelle plante aimerais-tu cultiver ?

— Un lotus bleu, répondit-elle aussitôt, repensant aux fleurs de *kamala* dont sa mère s'occupait avec amour dans une mare à côté du bungalow familial.

C'étaient les fleurs de Sita. Quand elle était petite, sa sœur était convaincue qu'elles possédaient un pouvoir magique.

Sœur Ruth jeta un coup d'œil à Anita.

— Nous avons un étang près de l'orphelinat. Je pense qu'un lotus pousserait bien, là-bas.

Les paroles de la nonne remontèrent un peu le moral d'Ahalya. Elle regarda sœur Ruth, puis Anita.

— Vous me laisseriez planter un lotus ? s'étonna-t-elle.

Les graines de lotus bleu étaient rares et chères, et réussir à les faire germer n'était pas facile, même dans des conditions idéales.

— J'ai un pot qui ferait parfaitement l'affaire, déclara sœur Ruth. Qu'en pensez-vous, Anita ?

Anita serra la main d'Ahalya.

— Accorde-moi quelques jours. Je vais me débrouiller, pour les graines.

12.

Ainsi le cœur peut être brisé, et cependant continuer de vivre.

Lord Byron, *Cantos III, XXXIII*

Paris, France

Sita se réveilla alors que l'avion se posait à l'aéroport international Charles de Gaulle. Elle avait la bouche parcheminée par la soif, mais elle savait qu'elle ne pourrait rien boire tant que Navin ne l'y autoriserait pas. Elle tenta de tromper sa soif en regardant par le hublot. Il était sept heures et demie du matin, heure locale, et le ciel était encore noir. C'était l'hiver à Paris.

L'avion roula jusqu'à la porte. Navin récupéra sa valise dans le casier, au-dessus de sa tête, et tendit une doudoune à Sita.

— Il fait froid, dehors. Mets ça.

La jeune fille se leva lentement, tentant d'ignorer les boulettes qui lui pesaient sur l'estomac, et enfila la doudoune. Le vêtement faisait drôle sur son *churidaar*, mais elle appréciait sa chaleur.

— C'est bientôt fini, annonça Navin. Plus que deux heures, maximum.

Sita suivit Navin dans la passerelle qui menait au terminal international. La meute de passagers fut canalisée par une série de couloirs, jusqu'à une enfilade de cabines en verre. Dans chacune d'elles était installé un fonctionnaire de la Police de l'air et des frontières. Sita se répéta pour la énième fois les détails de sa nouvelle identité : *Je m'appelle Sundari Rai. Navin est agent d'assurances. Nous sommes à Paris en voyage de noces. Ne te comporte pas en criminelle parce que tu n'es pas une criminelle.*

Le policier les observa d'un œil atone, accorda à peine une seconde d'attention à la photo de Sita, donna un coup de tampon sur son visa et rangea son passeport sur le côté. Puis il ouvrit le passeport de Navin. Quelque chose attira aussitôt son attention. L'air soudain bien réveillé, il présenta le passeport à la lumière, examina la photo et dévisagea intensément Navin. Il tapota sur quelques touches de son ordinateur en fronçant les sourcils et lança un ordre bref dans une sorte de talkie-walkie. Très vite, deux agents de sécurité s'approchèrent de Navin.

Le policier sortit de son cube de verre.

— Veuillez nous suivre. Nous avons des questions à vous poser.

— Quel genre de questions ? s'étonna Navin. Que se passe-t-il ?

Comme le fonctionnaire de police ne bougeait pas un cil, il insista :

— Je suis citoyen français. Vous ne pouvez pas me retenir sans raison.

L'homme secoua la tête, peu impressionné.

— Nous allons nous entretenir en privé. Je suis sûr que nous pourrons... lever ce malentendu, n'est-ce pas ?

— C'est un scandale ! s'exclama Navin.

Ses protestations ne lui valurent qu'un regard apathique.

Debout à côté de lui, Sita sentait ses intestins douloureux et s'efforçait de ne pas trahir son malaise. Elle se demanda l'espace d'un instant si le fonctionnaire de police connaissait la vérité. La pensée de se faire pincer à transporter de l'héroïne la terrifiait.

Les agents de sécurité les escortèrent vers une porte discrète, au bout de la salle de contrôle des passeports. Navin prit la main de Sita comme pour la rassurer, mais la serra fort, lui envoyant ainsi un message sans équivoque. Le cœur de Sita accéléra ses battements. La masse qu'elle avait dans le ventre lui paraissait aussi pesante que du plomb, et elle avait un impérieux besoin d'aller aux toilettes. Elle ne savait pas combien de temps elle pourrait encore tenir.

La porte donnait sur un couloir équipé de caméras de surveillance. Les agents les conduisirent vers une autre porte, un peu plus loin, et firent signe à Sita d'entrer. Elle jeta un coup d'œil à Navin, le cœur glacé de terreur, et ne lut aucune crainte dans ses yeux, seulement une menace.

La pièce était vide, en dehors d'une table et de deux chaises. L'agent écarta une chaise de la table et la fit asseoir. Elle aurait voulu parler, demander ce qui se passait, mais elle savait que sa voix l'aurait trahie. L'homme alla se poster près de la porte, les yeux perdus dans le vide, guettant manifestant l'arrivée d'on ne savait qui.

L'attente parut interminable à Sita. Dans le vide du silence, ses pensées tournoyaient et se bousculaient. Elle se représentait l'intérieur d'une prison française, s'imaginait incarcérée derrière des barreaux de fer, parmi des criminelles endurcies. Elle croisa les mains, les yeux braqués sur la table, s'efforçant de contrôler sa respiration.

Enfin, une femme entra dans la pièce, une fonctionnaire de police à en juger par son uniforme. Elle était mince et avait les cheveux blonds coupés court. L'agent de sûreté sortit immédiatement. La policière posa sur la table devant elle le passeport de Sita et un bloc de papier. Elle examina Sita froidement en jouant avec son stylo.

— Vous vous appelez Sundari Rai ?

Elle parlait un anglais précis, avec une légère pointe d'accent français.

Sita hocha faiblement la tête en s'efforçant d'apaiser les battements de son cœur qui s'affolait.

— Vous n'avez pas l'air d'avoir dix-huit ans.

L'espace d'une fraction de seconde, Sita envisagea de lui révéler la vérité et de laisser son karma suivre son cours. Peut-être qu'un juge lui infligerait une sentence moins sévère si elle avouait. Peut-être qu'on la croirait si elle expliquait qu'elle avait agi sous la contrainte de Navin. Puis la seconde passa, et la terreur revint. Si elle était extradée, elle serait livrée à la police de Bombay. Elle serait probablement accusée de trafic de drogue selon les termes de la loi indienne. Elle se remémora les menaces de Navin, la veille au soir : *Crois-moi, les prisons de Bombay sont le dernier endroit au monde où tu aimerais te retrouver...*

— J'ai dix-huit ans, commença-t-elle en s'efforçant de parler avec l'assurance d'une jeune fille plus âgée. J'ai toujours été petite pour mon âge.

La policière tapota son stylo sur son bloc.

— D'où votre famille est-elle originaire ?

— De Chennai.

— Où est-ce, exactement ?

— Sur la baie du Bengale, dans le sud-est de l'Inde. C'est l'ancienne Madras.

La femme nota quelque chose.

— L'homme avec qui vous voyagez, qui est-ce ?

— C'est mon mari, répondit Sita en croisant ses mains sur ses cuisses pour les empêcher de trembler.

La policière eut l'air déconcertée.

— Si jeune et déjà mariée... ?

Sita essaya d'imaginer comment Navin aurait répondu à cela.

— Le mariage a été arrangé par nos familles, improvisa-t-elle enfin.

Son interlocutrice réfléchit un moment et orienta la conversation vers un autre sujet.

— Vous êtes déjà allée au Pakistan ?

La question prit Sita au dépourvu.

— Non, répondit-elle simplement.

La femme la scruta avec une soudaine intensité.

— Votre mari ne vous a jamais parlé de ses fréquents voyages à Lahore ?

Sita étrécit les yeux et secoua lentement la tête en se demandant où tout cela allait mener.

— Il n'a jamais parlé de ses liens avec le Lashkar-e-Taiba ?

Sita secoua à nouveau la tête. Son père lui avait parlé du LeT, une organisation islamiste radicale responsable de nombreux attentats terroristes en Inde. Si cette femme ne mentait pas, Navin était beaucoup plus dangereux qu'elle le supposait.

— Non, murmura Sita. Mon mari est dans les assurances, c'est tout ce que je sais.

— Vous êtes à Paris en voyage d'agrément ?

Sita était sur le point de hocher la tête quand elle éprouva une douleur lancinante dans le ventre. Elle ne put retenir une grimace. Le spasme dû aux gaz intestinaux mit un long moment à se dissiper.

La policière se pencha vers elle.

— Ça ne va pas ?

Sita s'empourpra. Elle avait la tête vide. Elle réussit à se retenir de bredouiller, mais la masse qui grouillait dans son gros intestin avait une vie propre.

— C'est juste que..., balbutia-t-elle en s'efforçant de rattraper les bribes de sa fausse histoire qui lui échappaient.

Que lui avait dit Navin ? Quel prétexte devait-elle invoquer ? Puis son histoire lui revint :

— Je suis enceinte de trois mois. J'ai parfois des nausées.

La policière s'appuya à son dossier et l'observa. Au bout d'un long, trop long moment, son visage s'adoucit. C'est alors qu'on frappa à la porte.

— Un instant, dit-elle.

Elle quitta la pièce. Quand elle revint, son visage s'était transformé. La méfiance dont elle avait fait preuve au cours de l'interrogatoire avait laissé place à un sourire d'excuse.

— C'était une méprise. Votre mari ressemble à un homme que nous recherchons, mais il s'agit d'une confusion regrettable. Vous êtes libre de partir.

Sita fut envahie par le soulagement. Elle se leva trop vite, et la douleur lui arracha une grimace. La policière lui offrit l'appui de son bras.

— Je vais vous aider. Je sais ce que c'est. J'ai eu deux enfants.

Elle l'accompagna au bout du couloir, où Navin l'attendait. Il sourit à Sita et riva sur la policière un regard profondément irrité.

— S'il était arrivé quelque chose à ma femme ou à mon enfant..., lâcha-t-il, laissant planer la menace dans le vide.

Cette attitude fit son petit effet. La femme rentra imperceptiblement la tête dans les épaules, puis elle leur rendit leurs passeports.

— Je vous présente nos excuses pour ce fâcheux contretemps, dit-elle en ouvrant la porte de la zone de contrôle. Je vous souhaite un bon séjour à Paris.

Navin prit Sita par le bras et la conduisit au bout de la salle, vers la rampe qui menait vers le carrousel à bagages. Il ne prononça pas un mot avant d'arriver en vue des comptoirs de billetterie.

— Tu as bien fait de ne rien leur dire, décréta-t-il alors. Ils ne t'auraient jamais crue.

Sita cilla, en proie à un maelström d'émotions chaotiques. Elle avait échappé aux griffes de l'immigration française, mais elle avait les intestins bourrés de boulettes d'héroïne, et elle avait plus mal à chaque minute qui passait.

— On va prendre un taxi pour le centre-ville, annonça Navin. Ça ira plus vite que le métro.

Il mena Sita vers la station de taxis. L'hiver parisien lui coupa le souffle. Elle commença à frissonner et resserra sa doudoune sur elle. Navin la fit monter dans le premier véhicule de la file et donna, en français, une adresse au chauffeur. Sita ne comprit que les derniers mots : Passage Brady. Le chauffeur acquiesça et déboîta pour s'engager dans la circulation. Sita crispa ses poings sur son ventre en réprimant une grimace.

Bientôt, apparurent les premiers bâtiments de la ville, d'abord sous la forme d'une mosaïque de pavillons de banlieue gris et blancs, puis d'un patchwork de zones industrielles et de gares de triage, enfin d'immeubles aux façades élégantes bordant de larges artères.

Le chauffeur les déposa devant une arche de pierre, à l'entrée d'un passage couvert, et prit les billets de vingt euros que lui tendait Navin. Navin fit passer Sita sous l'arche et la dirigea vers une lourde porte à deux vantaux peinte en bleu. Il appela quelqu'un sur son portable et parla en hindi à un homme qu'il appela « Oncle-Ji ».

— On est là. Oui, elle est avec moi.

Une minute plus tard, un petit homme au crâne dégarni et aux yeux ronds se présenta sur le seuil. Il accueillit Navin avec un sourire fugace, lui serra la main, se tourna vers Sita et l'examina longuement.

— Ça ira, conclut-il bizarrement.

Il s'effaça pour les laisser entrer. Derrière la porte, plusieurs logements donnaient sur une cour privée. Le petit homme les conduisit dans un couloir à peine éclairé.

— Vous pouvez utiliser la salle de bains, là-bas. Je serai au restaurant.

Navin emmena Sita vers une porte au bout d'un petit couloir. Une fois dans la pièce, il alluma une ampoule qui pendait du plafond au bout d'un fil. C'était une salle d'eau équipée d'un vieux siège de toilettes en porcelaine, d'un lavabo crasseux et d'une baignoire tachée de rouille.

— Comment te sens-tu ? demanda-t-il.

— J'ai soif.

Elle avait la bouche sèche comme du coton.

— Assieds-toi sur les toilettes. Je vais te chercher un verre d'eau.

Elle s'assit lentement et inspira bien à fond. Navin revint avec une tasse pleine d'eau. Elle la vida en trois gorgées. Elle regarda Navin d'un air implorant. Navin remplit à nouveau la tasse. Mais cette fois, avant de la lui donner, il lui tendit un cachet rond.

— C'est un laxatif. Ça va t'aider à évacuer la drogue. Sans ça, tu serais peut-être obligée d'attendre un jour ou deux avant que ton organisme rejette le dernier préservatif.

Sita avala le cachet et but l'eau jusqu'à la dernière goutte. Navin ouvrit le robinet de la baignoire ; un jet d'eau chaude en jaillit dans un tourbillon de vapeur.

— Tu vas t'installer dans la baignoire pour te vider les intestins. Les préservatifs flotteront à la surface. Dépose-les doucement dans le lavabo. S'ils se rompaient maintenant, je ne serais pas content.

Navin se détourna et sortit en refermant derrière lui.

Sita examina le sol, dégoûtée à l'idée de ce qu'elle devait faire. Tout en se déshabillant, elle remplit la baignoire jusqu'à dix centimètres du bord et se glissa dans l'eau chaude. Le mal au ventre s'estompa, à son grand soulagement. Elle ferma les yeux et pensa à Ahalya telle qu'elle était avant toute cette folie, avant le tsunami. Elle se remémora la voix de sa sœur, les douces chansons qu'elle chantait, les poèmes qu'elle récitait. La reverrait-elle un jour ? Que lui réservaient Navin et son oncle ?

Les boulettes commencèrent à sortir rapidement. Sita ne pressa pas le mouvement de peur qu'elles éclatent. Lorsqu'elles apparurent dans l'eau, elle les débarrassa de toute salissure et les déposa délicatement dans le lavabo. C'était on ne peut plus répugnant et extrêmement désagréable, pourtant elle continua. Elle avait la peau flétrie comme un pruneau quand, enfin, elle compta trente préservatifs. Le latex et les nœuds de Navin avaient tenu. Elle poussa un énorme soupir de soulagement et sentit que ses muscles tendus à bloc commençaient à se décontracter.

Elle ôta le bouchon de vidange de la baignoire et laissa l'eau sale s'évacuer, après quoi elle rouvrit le robinet, rinça le tout et se lava. Puis elle remplit à nouveau la baignoire et resta dans l'eau jusqu'au cou pour se réchauffer. Elle marina ainsi pendant de longues minutes en essayant de se détendre.

Au bout d'un moment, on frappa à la porte. Son cœur loupa un battement et elle regarda tourner la poignée de la porte, angoissée à la perspective de voir entrer Navin.

— Sita, dit-il par l'entrebâillement, combien de préservatifs sont sortis ?

— Tous.

— Parfait. Ils sont dans le lavabo ?

— Oui.

— Il y a une assiette de poulet devant la porte. Habille-toi et dépêche-toi de manger. Je vais te présenter à Tata-Ji.

Cinq minutes plus tard, Sita, vêtue de son *churidaar,* sortait de la salle de bains. Elle ramassa l'assiette – du poulet, du riz et du chutney – et mangea avidement. Navin reparut bientôt et la conduisit à l'autre bout de l'appartement, vers une porte qu'elle n'avait pas remarquée la première fois. Celle-ci donnait sur un couloir qui menait à une cuisine encombrée. Dans cette pièce se tenaient une matrone indienne en *sari* et un petit garçon d'une dizaine d'années vêtu d'un jean et d'une chemise à l'occidentale. La femme sermonnait le garçon dans une langue que Sita ne connaissait pas.

Ils se tournèrent vers Navin.

— Comment c'était, à Bombay ? l'interrogea la femme en hindi.

— Étouffant, grouillant de bagnoles et de taudis, soupira-t-il. J'ai l'impression que c'est pire chaque fois que j'y retourne.

— Il ne faut pas parler comme ça, fit-elle sur un ton grondeur. Ce sera toujours chez nous.

Navin bavarda un peu avec la femme. Pendant tout ce temps, le gamin, ignorant Navin, observait Sita d'un air parfaitement candide. Elle lui rendit son regard avec une pointe de nostalgie. Il ressemblait à un garçon de l'école qui avait toujours eu le béguin pour elle. Cette agréable pensée disparut presque aussitôt qu'elle l'avait eue.

— Elle sait faire la cuisine ? ronchonna la matrone.

Navin se tourna d'un air interrogateur vers Sita. Elle secoua la tête.

— Une *ladki* qui ne sait pas faire la cuisine ! reprit durement l'Indienne. À quoi ça peut bien servir ?

— Elle pourra toujours faire le ménage dans le restaurant, intervint son mari en entrant dans la pièce par une autre porte. C'est une grande faveur que nous fait Navin.

La femme fronça les sourcils.

— Ça va nous porter malheur de l'avoir amenée ici. Le prêtre dit qu'un mauvais présage est écrit dans les étoiles.

— Quelle idiotie ! s'exclama l'oncle de Navin. Arrête de râler et mets-toi au travail.

Il se tourna vers Navin et lui tendit une enveloppe.

— Cinq mille euros.

— Cinq mille ! s'écria la femme. Quel gâchis !

L'oncle de Navin la foudroya du regard. Elle se détourna avec force claquements de langue réprobateurs.

En voyant l'enveloppe, Sita sentit le désespoir l'envahir : un nouveau marché avait été conclu. La harpie lui tendit une serpillière.

— Utilise l'évier, siffla-t-elle. Tu commences par la cuisine. Ensuite tu feras le restaurant. On ne va pas te nourrir à te croiser les doigts.

Sita n'avait jamais passé la serpillière de sa vie. C'était toujours Jaya qui faisait le ménage, chez les Ghaï, et les corvées domestiques, à Sainte-Marie, se bornaient à la lessive et au jardinage. Elle prit la serpillière et la mouilla maladroitement.

— Imbécile ! cracha la femme. Remplis l'évier, trempes-y la serpillière, essore-la et lave par terre. On se demande où Navin est allé chercher une fille aussi bête !

Malgré le feu roulant d'insultes, Sita se garda bien de verser une larme. Elle suivit les instructions de la matrone et se cuirassa contre la douleur. Son instinct lui soufflait que trahir la moindre faiblesse lui attirerait davantage de mauvais traitements.

Tout l'après-midi, elle passa la serpillière, balaya et frotta la crasse épaisse, huileuse, incrustée sur les innombrables surfaces de la cuisine. L'Indienne était une patronne cruelle ; rien de ce que faisait Sita ne trouvait grâce à ses yeux. Pourtant, elle frotta si fort le dessus de la cuisinière qu'elle finit par ne plus sentir ses doigts. Elle s'ébrécha les ongles, les vieux chiffons et l'eau brûlante lui rongèrent les mains. Lorsque le restaurant ouvrit, à six heures, ce soir-là, elle n'en pouvait plus et elle mourait de faim. La femme expédia Sita vers l'appartement avec un balai et une pelle à poussière.

— Je ne veux pas voir un grain de poussière par terre, ou tu n'auras pas de dîner !

La patronne faisait la cuisine avec l'aide d'une jeune Indienne. Elles préparaient des plats *tandoori* pour une poignée de voisins. C'était un vendredi soir, mais il n'y avait pas beaucoup de clients. Le faible nombre de tables occupées mettait la femme encore plus en rogne. Lorsque l'oncle de Navin ferma le restaurant, elle alla chercher Sita dans l'appartement et lui tendit à nouveau la serpillière.

— Fais briller le sol, ordonna-t-elle.

Elle indiqua une assiette de riz et de chutney posée sur le comptoir.

— Tu pourras manger quand tu auras fini.

Sita fit le ménage jusqu'à minuit avant de s'effondrer dans un coin avec son dîner. Elle mangea la maigre offrande, mais elle avait encore faim quand elle reposa l'assiette sur le comptoir. Elle songea un instant à s'allonger sur l'une des banquettes du restaurant, mais elle avait peur que l'Indienne la batte si elle la trouvait là. Elle retourna s'asseoir dans son coin. Elle commençait à s'endormir lorsque le petit garçon apparut dans la cuisine. Au bout d'un long moment, il s'approcha timidement.

— Comment tu t'appelles ? demanda-t-il en hindi.

— Sita.

Il s'agenouilla devant elle.

— Je m'appelle Shyam. On peut être amis ?

Sita haussa les épaules, mais Shyam insista.

— J'ai dix ans. Et toi, tu as quel âge ?

Elle ne répondit pas. C'est à peine si elle arrivait à garder les yeux ouverts.

— Je t'ai apporté un cadeau, dit le garçon.

Il prit une petite figurine dans sa poche et la lui déposa dans la main.

— C'est Hanuman. Il te tiendra compagnie.

Tout à coup, il tourna craintivement la tête : sa mère hurlait son nom.

— Il faut que j'y aille, soupira-t-il.

Il se leva et éteignit la lumière. Quelques secondes plus tard, Sita entendit le claquement d'un loquet.

Dans le noir, elle suivit du bout des doigts les contours de la figurine. Elle reconnut la grande couronne et le sceptre de Hanuman. Elle le serra sur sa poitrine et repensa à la voix d'Ahalya lui racontant l'histoire du grand singe, la nuit où Navin était arrivé pour la première fois. Elle referma ses bras autour d'elle et essaya en vain de dormir.

À un moment, elle commença à frissonner. La cuisine était mal chauffée et se refroidissait vite maintenant que le fourneau était éteint. Elle se leva tant bien que mal et chercha dans un placard quelque chose pour se couvrir. Elle trouva un sac de nappes sales. Elle en étala une dans le bas du placard et s'allongea sous une étagère chargée de produits d'entretien. Elle tira une deuxième nappe sur elle et s'enroula les pieds dans le maigre tissu. Elle n'avait pas vraiment chaud, mais au moins, à présent, le froid était supportable.

Elle posa la tête sur le sac et serra Hanuman sous son menton pour éloigner les tentacules glacés de l'isolement et de la peur.

Enfin, elle réussit à s'endormir.

13.

L'âme, dit-on, est entourée d'un squelette qui peut être l'amour humain.

Tiruvalluvar

Bombay, Inde

Thomas appela Priya le lendemain de la descente de police. Le sauvetage l'avait profondément troublé, et il n'arrivait plus à justifier son irrésolution à ses propres yeux. Soit il prenait contact avec elle, soit il la laissait partir. Le cœur battant, il écouta la sonnerie du téléphone, puis sa boîte vocale : « Bonjour, vous avez bien appelé Priya. Laissez-moi votre numéro et je vous rappellerai très vite. *Ciao.* »

Thomas répéta mentalement son message en attendant le *bip.*

— Priya, je suis à Bombay. Je sais que c'est une surprise, mais je voudrais te voir. Rappelle-moi, s'il te plaît.

Il laissa son nouveau numéro de portable avant de couper la communication. Il était deux heures de l'après-midi. La nuit avait été longue, et Jeff Greer lui avait donné congé pour la journée. Il avait passé la matinée à traîner chez Dinesh, à lire et à regarder les informations. Après déjeuner, il avait décidé d'explorer le quartier.

Il remonta lentement vers le nord sur Linking Road. C'était une vraie ruche, une rue commerçante, bordée de boutiques aussi variées que dans un centre commercial américain, et les trottoirs grouillaient d'activité. Des marchands le hélaient depuis le seuil de leurs échoppes :

— Monsieur, monsieur ! On a des jeans juste à votre taille !

Des colporteurs l'approchaient avec un boniment agressif, lui fourraient sous le nez des paquets de tee-shirts, des cartes du monde multicolores et du *bhel puri*, l'en-cas emblématique des rues de Bombay.

— Non, non, répétait-il en agitant la main comme s'il chassait les mouches.

— Enfin, monsieur, ce sont les *meilleures* cartes du monde !

Thomas continua sa promenade, mais l'un des marchands resta à sa hauteur :

— Vous ressemblez à une vedette de cinéma. Dans quel film vous avez joué ?

Thomas éclata de rire.

— Je n'ai jamais joué dans un film, et je ne veux pas de carte. Merci.

De guerre lasse, le colporteur lâcha prise et rebroussa chemin.

Thomas fit du lèche-vitrine pendant un moment, essaya quelques paires de chaussures dans un beau magasin de vêtements pour hommes et retourna dans la rue. Il attendait que sonne son BlackBerry.

Celui-ci finit par vibrer près d'une heure plus tard : il avait un mail. L'adresse affichée était celle de Priya. Il s'éloigna du bord du trottoir et trouva un refuge à l'abri de la frénésie à côté d'une boutique de bagages. Il respira un bon coup et ouvrit le message.

> Thomas, c'est une drôle de surprise. Je ne sais pas quoi penser. Mais je ne peux pas faire comme si tu n'étais pas là. Il y a un parc sur Malabar Hill. Prends le train jusqu'à Churchgate et dis au *taxi-walla* de te conduire au Jardin suspendu. Je te retrouverai à 4 h 30 à l'endroit d'où on a vue sur la mer.

Thomas héla immédiatement un rick pour se rendre à la gare de Bandra. Suivant les instructions de Priya, il prit l'express pour Churchgate, puis un taxi jusqu'à Malabar Hill.

Il fit le trajet dans un état de grande tension. Il n'avait pas idée de ce qu'il allait dire à Priya. C'était presque comme s'ils n'étaient pas mariés, comme s'ils étaient à nouveau à Cambridge, un garçon et une fille de deux mondes différents qui s'efforçaient de s'adapter l'un à l'autre. Sauf que ce n'était pas la vérité. Ils avaient un passé commun, des années d'intimité, de bonheur et de tragédie. Rien de tout cela ne pouvait être effacé ; d'ailleurs, Thomas n'avait aucune intention de l'effacer. Il voulait... que voulait-il ?

Recommencer ? La convaincre par la manière douce de revenir à Washington ? La gagner envers et contre tout, et d'abord contre son père ? Il était dépassé par la complexité de la situation.

Le taxi longea la large plage de sable de Chowpatty Beach avant de pénétrer dans les quartiers chics de Malabar Hill. Le terrain en forte pente et les grands immeubles rappelaient San Francisco. Le chauffeur suivit une rue en zigzag vers le sommet de la plus haute colline. Là, les constructions laissaient place à une végétation luxuriante et à un parc verdoyant.

Le *taxi-walla* déposa Thomas devant l'entrée des Jardins suspendus. Il parcourut du regard le parc magnifiquement entretenu. Des arbres bordaient des pelouses où abondaient les fleurs et les topiaires. Un jeune marchand d'éventails en plumes de paon s'approcha.

— Vous voulez un éventail, monsieur ?

Thomas secoua la tête.

— Très joli, monsieur, pour votre femme ou votre petite amie ? Cinquante roupies seulement, monsieur.

— Je ne veux pas d'éventail, mais je te donne cinquante roupies pour m'emmener à l'endroit d'où on a vue sur la mer.

Le garçon renvoya Thomas vers le chemin par où il était venu.

— Vous traversez la rue et vous entrez dans le parc par là-bas. La mer est de l'autre côté.

Thomas donna l'argent promis au garçon.

— C'est votre éventail, monsieur, décréta le gamin en lui collant un éventail dans la main. Le conseil, c'est gratuit.

Il s'éloigna avec un sourire.

Thomas tint l'éventail maladroitement, puis se mit à rire. Une fois la rue traversée, il vit le bleu étincelant de Back Bay au loin, entre les arbres. Il suivit un sentier qui serpentait dans des jardins de rocaille et aperçut le point de vue. Quelques personnes étaient assises sur des bancs épars ; Priya n'était pas parmi elles. Il jeta un coup d'œil à sa montre et constata qu'il avait dix minutes d'avance. Sa femme serait probablement en retard. Elle avait toujours eu une notion du temps assez personnelle.

Il s'approcha de la rambarde et promena son regard de l'autre côté de la baie, vers Marine Drive et Nariman Point. Ses pensées le ramenèrent au bordel de Suchir. Il avait du mal à imaginer que la crasse et la violence du quartier chaud n'étaient qu'à quelques kilomètres de Malabar Hill.

Un petit moment plus tard, Priya s'approcha silencieusement de la rambarde.

— Thomas ? dit-elle simplement.

Il se tourna vers elle et resta sans voix, la gorge nouée par la terreur qu'il pressentait depuis qu'il avait posé le pied sur le sol indien. Elle vint à son secours en parlant la première.

— Je vois que le *fan-walla* t'a trouvé.

La babiole qu'il tenait à la main devint pour Thomas une bouée de sauvetage.

— Il s'est montré très persuasif, articula-t-il enfin, sentant s'apaiser quelque peu le tumulte dans sa tête.

— Alors tu es là. Je ne peux pas le croire.

Priya parlait doucement, comme on teste l'eau du bout du pied.

— Je suis là, confirma-t-il platement.

— Tu es venu pour me voir ?

Elle n'avait jamais aimé les paroles inutiles.

— Non, avoua-t-il. Je suis venu travailler pour une organisation d'intérêt public.

— Tu as quitté Clayton ? s'étonna Priya, incrédule.

Thomas opina du chef.

— Je ne comprends pas, fit-elle.

Comme le silence devenait pesant, il relança la conversation par une demi-vérité.

— J'avais besoin de changer d'air. Je trouvais que tout clochait dans la marche des choses.

Priya hocha la tête, visiblement déroutée.

— Quatre ans sans que tu bouges le petit doigt, et voilà que subitement tu fais le grand saut ? Toi qui voulais devenir associé ? Et ton obsession pour la magistrature fédérale ?

Il se creusa les méninges, à la recherche d'un argument susceptible de mettre fin à l'interrogatoire. Priya était née pour passer la partie adverse sur le gril ; par certains côtés, elle était plus douée que lui.

— Tu seras heureuse d'apprendre que nous avons perdu le procès Wharton, annonça-t-il. Verdict : neuf cents millions de dollars et des poussières.

Priya ne se laissa distraire qu'une seconde.

— Tu m'en vois ravie. Mais ce n'est pas de Wharton qu'il s'agit. C'est de toi. Et tu n'as pas répondu à ma question.

— Les gens changent. Tu le sais aussi bien que moi.

Priya braqua sur lui son regard laser.

— Pourquoi est-ce que j'ai l'impression que tu te défiles, là ?

Acculé, il leva les mains.

— Que veux-tu que je te dise ? Que je suis désolé d'avoir eu un objectif dans la vie ? Tu le savais quand nous nous sommes mariés. Pourtant je te dois des excuses. J'ai mal agi. Je n'ai pas été là pour toi quand tu avais besoin de moi.

Cet acte de contrition, bien qu'assez modéré, parut amadouer Priya.

— Et ton père ? Comment le prend-il ? reprit-elle au bout d'un instant.

Thomas déglutit péniblement, la gorge serrée.

— Il ne comprend pas.

— Mais il l'accepte ?

— Que voudrais-tu qu'il fasse d'autre ? Ce n'est pas à lui de décider. Tu as plus ou moins fourré ton père dans la même situation, tu te souviens ?

Elle médita sa réponse. Puis :

— Quelle ONG as-tu rejoint ?

Thomas s'efforça de dissimuler son soulagement.

— Je travaille avec la CASex dans les quartiers chauds.

Il lui décrivit les grandes lignes de son travail, en insistant sur les aspects les plus susceptibles de l'impressionner. Cette présentation tendancieuse était son seul atout.

— Une noble cause, convint-elle. Je te l'accorde.

Puis elle retourna la situation contre lui.

— Et Tera, qu'est-ce qu'elle en pense, elle ?

Thomas se contraignit à contrôler sa respiration. Il avait espéré que Priya n'aborderait pas le sujet de Tera – ce qui était de la bêtise à l'état pur. Il se livra à un petit numéro d'indignation vertueuse et lui débita une autre demi-vérité. Ses paroles sonnaient faux, y compris à ses propres oreilles.

— Laisse Tera en dehors de ça. Je te l'ai déjà expliqué, il ne s'est rien passé. J'avais besoin de quelqu'un à qui parler. Si j'ai franchi les bornes, c'est parce que j'avais besoin d'une amie.

— Et je ne faisais pas l'affaire.

— Nous avons déjà eu cette conversation je ne sais combien de fois. Nous n'étions pas en état de nous aider mutuellement. Franchement, on aurait dû aller voir un psy. Cinq personnes au moins nous l'ont conseillé. Mais nous étions trop bornés. Donc, toi tu parlais à ta mère, et moi je parlais à Tera.

Les mains de Priya se mirent à trembler. Elle se cramponna à la rambarde, inspira profondément et rétorqua, en pesant ses paroles :

— Supposons que je décide d'accepter ça. Supposons que je te croie quand tu prétends avoir changé. Qu'est-ce qui te permet de penser que quelque chose s'est arrangé entre nous ?

— Je suis là, non ? Ça a un sens.

C'était un pari, bien sûr, mais il commençait à être à court de réponses intelligentes.

— Je ne retournerai pas aux États-Unis, déclara Priya calmement. Du moins pas de sitôt. Tu dois le savoir.

— D'accord.

— C'est tout ce que ça t'inspire ?

Il haussa les épaules.

— Tu n'as pas l'air étonné.

— La seule chose qui m'étonne à ton sujet, c'est que tu sois là.

Elle resta un moment silencieuse. La brise jouait dans ses cheveux aile de corbeau. Il résista à la tentation de tendre la main et de lui caresser la joue. Lorsqu'elle reprit la conversation, ce fut pour aborder un autre sujet.

— Mon grand-père m'emmenait ici admirer le panorama, quand j'étais petite. Il me montrait les toits de la ville et m'indiquait tous les bâtiments qui étaient à lui. Mon père détestait qu'il fasse ça. Il n'a jamais eu envie de posséder les biens de son père. Son seul amour est la vie de l'esprit. Quand j'ai été assez grande, j'ai pris parti pour mon père.

Thomas attendit. Il devinait qu'elle avait autre chose à déclarer.

— Tu ne pourras jamais comprendre combien ça m'a été difficile. De quitter ma famille, de m'opposer à la volonté de mon père, de traverser l'océan et de me marier avec toi. Je ne m'en suis pleinement rendu compte qu'en revenant à Bombay. Je ne suis pas sûre que mon père me pardonne un jour.

En l'écoutant parler, Thomas s'émerveillait de la clarté de sa pensée et du ton égal sur lequel elle s'exprimait. La dernière fois qu'il l'avait vue, elle était dévastée, hagarde, déchirée par des conflits intérieurs, parfois délirante. Le chagrin enfoui juste sous la surface était toujours décelable, néanmoins le moment qu'elle avait passé en Inde semblait lui avoir rendu son équilibre.

— Comment va ta grand-mère ? demanda-t-il, soulagé de se retrouver en terrain plus sûr.

— Elle a les meilleurs soins infirmiers que l'argent puisse offrir, mais elle est vieille. Mon père s'en veut terriblement de nous avoir emmenés en Angleterre. Nous avons perdu tellement de temps !

— J'en déduis que le professeur n'a guère d'estime pour moi.

Priya secoua la tête.

— Il ne parle pas de toi. Je ne sais pas ce qu'il pense.

— Je ne serai jamais indien. Rien ne pourra changer ça.

— Ça n'a pas d'importance. Il a son opinion, et moi la mienne.

— Essaierait-il de te pousser à divorcer ?

Priya se raidit : la question la piquait au vif.

— Dans l'hindouisme, quand une fille épouse un homme, elle l'épouse pour sept durées de vie. Mon père est séculier par bien des côtés, mais il est très pieux de ce point de vue ; je doute qu'il évoque jamais l'idée du divorce.

— Il pense que nous n'avons jamais été convenablement mariés ?

— Peut-être. Pourtant nous avons effectué le *saptapadi* et prononcé nos vœux. Il ne peut le nier, même si la cérémonie n'a été ni traditionnelle ni complète.

— Et pour toi, elle a été complète ?

Priya prit le temps de répondre. Thomas bloqua sa respiration. Il se serait giflé pour avoir si vite abattu un tel atout. C'était un grand classique entre eux. Elle avait toujours eu le chic pour le pousser à bout en douceur, et il finissait par prononcer des paroles qu'il regrettait.

— Oui, répondit-elle enfin. Je n'en ai jamais douté.

Thomas laissa échapper le souffle qu'il retenait.

— Alors, ça nous mène où ?

— Dans un endroit compliqué.

Il attendit qu'elle développe sa pensée, mais elle en resta là.

— Je pourrai te revoir ?

Elle pivota vers lui et le regarda dans les yeux.

— Il faut que j'y réfléchisse.

Il hocha la tête. C'était à peu près la meilleure réponse qu'il était en droit d'espérer.

— Je peux te ramener jusqu'à la route, au moins ?

— Bien sûr, souffla-t-elle en lui accordant une infime esquisse de sourire.

Ils tournèrent le dos à la mer et repartirent sans se presser dans la lumière et les ombres du parc. Thomas écoutait le vent gémir dans les feuilles et pensait à leurs nombreuses promenades, à Cambridge, sous les chênes et les saules, le long de la Cam, puis dans les forêts de Virginie. Leur amour avait toujours été une entreprise improbable. Considérant l'exploit qu'ils avaient tenté – le rapprochement de deux cultures et de deux civilisations –, il avait été bien naïf d'imaginer que le monde lui accorderait le bonheur sans dresser d'obstacles sur leur route.

En bordure du parc, Thomas arrêta un taxi pour Priya et un autre pour lui.

— Ça m'a vraiment fait du bien de te revoir, déclara-t-il, s'étonnant lui-même de la profondeur de ses sentiments.

Le sourire de Priya s'illumina, mais elle resta muette.

— Tu y réfléchiras, d'accord ? demanda-t-il alors qu'elle montait dans son taxi.

— J'y réfléchirai, promit-elle.

Tandis que le taxi s'éloignait, il esquissa un geste de la main, un seul, espérant qu'elle regarderait vers lui. Elle s'en abstint. Il resta planté sur place jusqu'à ce que le véhicule disparaisse après un virage. Puis il se dirigea vers le *taxi-walla* qui l'attendait.

— À la gare de Churchgate.

Le mercredi matin, Jeff Greer annonça à Thomas et à l'équipe dirigeante de la CASex que l'avocat de Suchir avait tiré quelques ficelles et obtenu une audience de libération sous caution à onze heures. L'avocat, qui avait des connexions dans le gang Rajan, était passé maître dans l'art de manipuler le système judiciaire. Quand il voulait une audience de remise en liberté pour son client, il l'obtenait.

— L'accusatrice publique a certifié à Adrian qu'elle recommanderait le maintien en détention de Suchir, précisa Greer, mais elle n'a guère d'espoir. Il se pourrait que Suchir et ses complices sortent libres du tribunal.

— Et qu'ils quittent la ville ? s'enquit Thomas.

— Ça, j'en doute, intervint Nigel. Ils ne connaissent que le commerce du sexe, rien d'autre. Les filles vont écoper de petites amendes, et le bordel rouvrira en un rien de temps.

— Alors qu'ils prostituaient des mineures il y a à peine deux jours ?

— C'est difficile à croire, hein ? s'esclaffa Nigel.

Après la réunion, Thomas s'approcha de Samantha Penderhook, la responsable juridique de la CASex, et lui demanda s'il pourrait accompagner Adrian à l'audience. Samantha hésita.

— Ce n'est pas que je refuse. C'est juste qu'un visage blanc dans un tribunal de Bombay risque de provoquer un incident. Ces gens sont très chatouilleux quant à tout ce qui pourrait ressembler à une ingérence étrangère dans leur système.

— Même si je reste assis au fond ? Je me ferai aussi discret qu'une mouche sur un mur.

Samantha tambourina des doigts sur son bureau.

— D'accord. Mais tu te conformeras exactement à ce qu'Adrian te dira. Et si l'avocat de la partie adverse commence à faire des histoires, je te demande d'avoir le bon sens de quitter la salle.

Thomas la remercia et alla trouver Adrian. Le jeune avocat n'était pas enthousiasmé par la décision de Samantha, néanmoins il se montra coopératif.

— Tu es prêt ? On part dans dix minutes.

— Fin prêt, lui assura Thomas.

En cours de route, Thomas assaillit Adrian de questions sur le déroulement des procès à Bombay. Il apprit que l'accusatrice publique désignée pour tenir l'audience de libération sous caution était l'une des meilleures de la ville, mais que la décision ne dépendait en rien de sa compétence. La prison d'Arthur Road était plus que surpeuplée, et certains juges de première instance avaient tendance à prendre à la légère les affaires de trafic d'êtres humains. Si l'avocat de la défense présentait un argument solide pour faire relâcher son client, le juge marcherait sûrement.

— Il se pourrait que Suchir lui graisse la patte ?

Adrian haussa les épaules.

— Probablement pas. Les juges sont moins corrompus que la police. Mais les gangs ont encore beaucoup de pouvoir dans cette ville. Suchir n'aura peut-être même pas besoin de soudoyer qui que ce soit pour obtenir une décision de la cour en sa faveur.

Le train entra en gare, et ils se dirigèrent vers le tribunal. Bien que construit dans le grand style gothique du Raj, le bâtiment était un modèle de délabrement. La décoration était rudimentaire, les murs et les escaliers miteux, incrustés de crasse. Adrian et Thomas montèrent à pied jusqu'au deuxième étage. Adrian vérifia le registre devant la salle de tribunal et hocha la tête.

— Assieds-toi au fond, conseilla-t-il à Thomas. Tâche de ne pas te faire repérer. L'avocat sait que la CASex était impliquée dans la descente de police. S'il voit un visage blanc, n'importe lequel, il fera aussitôt le rapprochement avec nous.

Dans la salle, Thomas se glissa jusqu'à un coin discret. Le juge et le greffier siégeaient sur une estrade surélevée ; face à elle, les membres du barreau attendaient à une longue table leur tour de prendre place sur l'estrade. Une femme sans âge vêtue d'un sari noir et blanc – Thomas devina que c'était l'accusatrice publique – était assise tout au bout à gauche de la table, à côté d'un groupe de policiers. Adrian alla s'installer à côté d'elle.

Comme le reste du tribunal, la salle d'audience avait depuis longtemps perdu sa splendeur d'antan. Toutes les boiseries étaient éraflées, le vernis terni, et la peinture des murs pelait par plaques. Les fenêtres en ogive, dans le style gothique, étaient grillagées pour empêcher les oiseaux d'entrer. Huit ventilateurs de plafond tournaient à pleine vitesse, créant un courant d'air vers le bas et un bourdonnement lancinant.

Le juge était un homme grisonnant, inexpressif, avec des lunettes perchées au bout du nez. Il avait l'air soit de s'ennuyer à périr, soit de tomber de sommeil. Un avocat obèse interrogeait un témoin à la barre. Thomas se demanda comment le juge pouvait entendre un seul mot de son témoignage avec le ronflement des ventilateurs.

Finalement, l'échange entre le témoin et l'avocat s'acheva. Le juge congédia ce dernier d'un revers de main et s'intéressa au suivant sur la liste. Après deux autres affaires, Adrian jeta un coup d'œil à Thomas par-dessus son épaule et hocha la tête. Il se leva et se tint à côté de l'accusatrice publique pendant que l'avocat de la défense montait sur l'estrade.

L'accusatrice publique se lança dans une tirade passionnée pour convaincre le juge de refuser la libération sur parole de Suchir, Sumeera et Prasad. Elle exposa à la cour qu'Ahalya était mineure et que trois filles d'âge légal du bordel avaient réclamé l'aide du Comité pour la protection de l'enfance. Adrian murmura à l'oreille de l'accusatrice un certain nombre de points additionnels qu'elle transmit au juge.

À la fin de son réquisitoire, le Juge se tourna vers l'avocat de la défense, un petit homme doté d'une abondante chevelure noire. Celui-ci parla assez longuement de l'iniquité de la descente de police, de l'ingérence d'« intérêts impérialistes américains » et de l'incompétence de la police de Nagpada. Il souligna que l'âge d'aucune des filles n'avait été vérifié et que le fait qu'Ahalya avait moins de dix-huit ans était purement anecdotique. Il argua également que la confession de Suchir concernant la disparition de Sita lui avait été extorquée sous la pression. Brillant orateur, il réussit à échafauder un réseau d'insinuations et d'accusations voilées tellement convaincant que le juge jeta à l'accusatrice publique un regard visiblement irrité. Thomas sentit le cœur lui manquer. Il était clair que Suchir allait être libéré.

Ce qui ne manqua pas : le juge fixa à dix mille roupies la caution de Suchir, à cinq mille celles de Sumeera et de Prasad.

Adrian secoua la tête et d'un geste invita Thomas à le rejoindre dans le hall grouillant de monde. Ils restèrent côte à côte devant une fenêtre ouverte.

— La caution sera versée cet après-midi même, annonça Adrian, les sourcils froncés. Ce juge est méprisable. Il n'écoute jamais le ministère public.

— Et maintenant, que va-t-il se passer ? s'informa Thomas.

Adrian observa une nuée de pigeons qui s'envolait avant de répondre.

— Nous allons insister pour que le procès se tienne dans les délais les plus brefs, et essayer de faire accepter le témoignage d'Ahalya comme preuve.

— Combien de temps devrons-nous attendre ?

Adrian haussa les épaules.

— Avec cet avocat de la défense, des mois...

Le samedi matin, Thomas prit son petit déjeuner avec Dinesh sur la terrasse qui donnait sur l'océan gris-bleu. Après son rendez-vous avec Priya aux Jardins suspendus, il avait confié à Dinesh la vérité sur la mort de Mohini et le départ de Priya pour Bombay. Dinesh l'avait écouté avec son flegme coutumier puis serré sur son cœur, écartant ses excuses.

— Maintenant, je comprends pourquoi tu ne m'as pas écrit un seul mail de tout l'automne.

— J'étais vraiment paumé, reconnut Thomas.

Sur ces mots, ils laissèrent tomber le sujet.

Thomas prit une grappe de raisin dans un compotier posé sur la table. Il mâcha pensivement un grain en se demandant quand il aurait des nouvelles de Priya. Trois jours et demi avaient passé sans le moindre signe de sa part, et cela commençait à l'inquiéter. Elle avait bien résumé leur situation : c'était compliqué. Ils ne pouvaient pas changer le passé ; leur souffrance était indélébile, et Priya voulait le pardon de son père. Par-dessus le marché, il lui avait menti à plusieurs reprises. Il n'avait pas l'intention de rester en Inde plus d'un an, ni de tirer un trait sur son rêve – il visait toujours la magistrature fédérale –, or il l'avait induite à penser autre chose. Et puis il y avait Tera.

— Que veux-tu faire aujourd'hui ? intervint Dinesh en s'appuyant au dossier de son fauteuil.

— Je vais probablement aller sur la Promenade du Bandstand lire un moment. Après, je ne sais pas.

Dinesh le regarda attentivement.

— Toujours pas de nouvelles d'elle, hein ?

Thomas secoua la tête.

— Allons, ne fais pas cette tête. Elle t'a dit qu'elle réfléchirait. Elle doit être occupée...

Thomas était sur le point de répondre quand son téléphone sonna dans la cuisine – il l'avait laissé sur le plan de travail. Il se leva comme une fusée. Il ressentit une bouffée de chaleur en voyant le numéro de Priya s'afficher sur l'écran.

— C'est elle.

Dinesh leva les deux pouces en signe de victoire.

Thomas colla son portable à son oreille.

— Thomas ?

Priya laissa son nom planer dans le vide pendant quelques secondes, puis elle se mit à parler avec une précipitation qui lui ressemblait peu.

— J'ai réfléchi, comme je te l'avais promis. Je voudrais te revoir.

Thomas sourit. Il la connaissait depuis des années, et pour qu'elle manifeste de la nervosité il fallait que l'enjeu soit d'importance.

— D'accord. Que proposes-tu ?

Elle marqua une légère hésitation.

— Ma petite cousine se marie demain. Le *mendhi ki rasam* aura lieu cet après-midi, au bungalow de mon grand-père. Normalement, mon père devrait avoir le cœur en fête. Et comme il y aura beaucoup de témoins, il sera obligé de se montrer aimable avec toi.

Thomas ferma les paupières.

— Tu es sûre que c'est une bonne idée ?

Il était à la fois euphorique à l'idée qu'elle veuille le voir, et terrifié à la perspective d'affronter son père alors que toute la famille serait réunie.

— Tu veux revenir sur ta décision ?

— Non, non. C'est juste que... Laisse tomber, va. Explique-moi comment y aller.

— Retrouvons-nous à l'entrée de Prijadarshini Park à cinq heures et demie. Les *taxi-wallas* de Churchgate connaissent l'endroit.

— Comment dois-je m'habiller ?
— Tu as apporté un costume ?
— Un seul.
— Ça suffira. Et... Thomas ?
— Oui ?
— Ne laisse pas ton sens de l'humour au vestiaire. Tu en auras besoin.

Il arriva au Priyadarshini Park avec cinq minutes d'avance. Le soleil descendait vers l'horizon et le ciel se teintait de rose. Il appela Priya. Elle décrocha à la première sonnerie ; il lui trouva la voix toujours aussi tendue :

— Reste où tu es. J'arrive.

Il l'attendit au bord de la route. Une minute plus tard, elle descendait d'un rickshaw et venait vers lui. Elle portait un *salwar kameez* de la couleur des mers tropicales. Le corsage était un peu décolleté, mais avec goût, et mettait en valeur sa peau couleur d'amande. Elle était très peu maquillée. Elle n'avait pas besoin d'artifices.

Elle s'arrêta à un mètre cinquante de lui et eut un sourire timide d'écolière. Le même sourire qu'elle lui avait adressé la première fois qu'ils s'étaient rencontrés à Fellows Garden.

— Tu aimes ma tenue ? Je ne peux pas la porter en Occident.
— L'Occident ne sait pas ce qu'il perd.
— Tu as fière allure.
— Je me sens comme un macchabée, en costume.

Elle eut un rire spontané.

— Eh bien, tu vas te sentir comme chez toi. Ma famille en est pleine.
— J'ai quelque chose pour toi, annonça-t-il en sortant de la poche de son veston le livre de poésie qu'Elena lui avait donné. C'est le cadeau de Noël que maman voulait t'offrir.

Priya admira l'ouvrage avant de s'enquérir, l'air étonné :

— Comment savait-elle que j'aimais Naidu ?
— Elle a dû le deviner.
— Tu la remercieras de ma part, dit-elle en serrant le livre contre elle. C'est un cadeau précieux.

Elle s'interrompit.
— Tu... euh... ?
Il hocha la tête.
— Je leur ai expliqué.
— Je suis désolée. Ça a dû leur faire de la peine.
Thomas esquissa une moue désabusée.
— Ce sont des grandes personnes, tu sais.
Elle détourna le regard et se ressaisit.
— Allons, reprit Thomas, où donc est cette fête où tu veux m'emmener ?

Après un court trajet en rickshaw, ils s'arrêtèrent devant une porte de bois encadrée par des platanes. Deux gardes en uniforme les laissèrent entrer dans la propriété. De l'autre côté du portail s'étendait un jardin d'une beauté stupéfiante. Les arbres se découpaient en ombres chinoises sur la douce lumière crépusculaire. Le milieu du parc était occupé par une pelouse circulaire sur laquelle se dressait un pavillon éclairé par des bougies. Au centre du pavillon était assise une jeune femme – la future mariée – en sari jaune et écharpe assortie. Une femme d'un certain âge munie d'un tube de pâte de henné ornait de dessins – le *mendhi* – les pieds et les mains de la promise. Sur le côté, un quartet de musiciens jouait de la musique hindoustani.
Thomas resta un long moment à l'entrée de la propriété. Il contempla, au loin, le bungalow niché au milieu d'un bouquet d'acacias. Le toit était couvert de tuiles de terre cuite, et les persiennes ouvertes laissaient entrer la brise. Des invités se pressaient sur la terrasse, devant la maison.
— Quand nous étions enfants, nous appelions cet endroit Vrindavan, dit Priya. C'est la forêt enchantée dans laquelle a été élevé Krishna.
Thomas hocha la tête.
— J'ai du mal à t'imaginer en train de grandir dans ce monde.
— Tu comprends maintenant pourquoi nous sommes partis. Mon père ne s'y serait jamais épanoui.
— Tous ces gens sont de ta famille ?

— Non. Il y a des amis, aussi. Mais ne t'inquiète pas, je ne te les présenterai pas tous.

Thomas sourit.

— Ça me va, tant que je peux appeler tous les gars Rohan et toutes les filles Pooja.

— Tiens-toi bien, ce soir, rétorqua Priya en riant. C'est la première impression qui compte.

Il la regarda pensivement.

— Tu sais qu'il y a des années que nous n'avons pas flirté.

Elle détourna la tête en silence.

— Pardon, balbutia-t-il, craignant d'être allé trop loin, trop vite.

— Non. Tu n'as pas à t'excuser.

Sentant qu'il l'avait mise mal à l'aise, il changea de sujet.

— C'est ton frère, là-bas ?

Elle retrouva le sourire, et l'atmosphère s'allégea.

— Abishek est sur la liste des invités, mais je doute que tu le voies. Il est probablement dans un coin tranquille, à conter fleurette à sa nouvelle petite amie. Ils sont inséparables depuis au moins un mois. Nous nous demandons tous quand l'attrait de la nouveauté s'émoussera.

— Et ton père ?

Elle indiqua la terrasse.

— Il est là-haut, au milieu de sa cour d'intellectuels.

— En d'autres circonstances, je me serais joint à eux.

Elle poussa un soupir avant d'afficher une attitude optimiste.

— Tu auras plaisir à parler avec lui quand tu auras gagné sa sympathie. Vous avez beaucoup de choses en commun.

— Beaucoup trop, à mon avis.

Elle n'insista pas.

— Allez, viens. Ma mère veut te voir.

— Attends ! Tu lui as parlé de moi ?

— Elle m'a interrogée quand je suis rentrée, mercredi. Je n'ai pas pu lui mentir.

— Et alors ?

— Alors, elle n'a jamais rien eu contre toi, Thomas. Tout ce qu'elle veut, c'est que je sois heureuse.

— Donc, c'est ton père, et lui seul, que je dois gagner à ma cause ?

Elle secoua la tête et le dévisagea attentivement.

— Non. C'est moi que tu dois convaincre.

— Dans ce cas, pourquoi sommes-nous là ? s'enquit-il avec précaution.

Un éclair de douleur crispa les traits de Priya, et il compris qu'il avait commis un impair. Il leva les mains en un geste d'excuse, mais elle ne lui laissa pas le temps de s'expliquer.

— Ces gens font partie de moi. Rien ne pourra s'arranger entre nous si on ne les prend pas en compte.

— Tu as raison, bien sûr. Mes paroles ont déformé ma pensée.

Elle le scruta un long moment, et il se demanda si elle allait le ramener vers le portail. Puis son sourire revint, et cet instant passa.

Elle le guida le long d'un sentier qui serpentait dans le jardin. Ils traversèrent la pelouse et se dirigèrent vers le pavillon. Assise sur un coussin, Surekha Patel bavardait avec ses voisines. Elle portait un sari violet, et ses cheveux étaient coiffés en un élégant chignon. Voyant approcher sa fille, elle s'excusa auprès de ses compagnes.

— Priya, ma chérie !

Elle parlait anglais avec un accent prononcé. Main dans la main, les deux femmes allèrent d'un pas de promenade vers un tamarinier, au bord de la pelouse.

— N'est-ce pas que la musique est belle ?

— En effet, maman, acquiesça Priya, l'air ravi. Et Lila aussi.

— C'est une très jolie mariée.

Surekha posa sur Thomas un regard indéchiffrable.

— Bienvenue à Bombay. Comment trouvez-vous la ville ?

— Fascinante à tous points de vue, répondit-il en s'efforçant de ne pas avoir l'air trop crispé.

— Je prends cela pour un compliment. Je ne vous en veux pas de m'avoir enlevé Priya. C'était sa décision, et j'ai toujours essayé de la comprendre. Sachez pourtant que nous sommes très heureux de l'avoir à nouveau avec nous.

Se sentant à la fois courageux et lâche, Thomas décida de se jeter à l'eau.

— Je comprends, madame Patel. Il y a six ans, je suis allé en Angleterre demander la main de Priya. Votre mari s'est montré affable, mais il ne m'a pas donné sa bénédiction. J'aurais dû insister jusqu'à ce qu'il le fasse.

— Vous auriez échoué, affirma Surekha. Vous n'étiez pas ce qu'il voulait pour sa fille. Vous n'auriez pas pu le faire changer d'avis à ce moment-là.

— Et maintenant ?

Elle détourna les yeux.

— Sa mère est proche de la mort. Peut-être a-t-il changé.

— S'il me laisse ma chance, je saurai gagner son respect.

Surekha hocha la tête.

— C'est un noble but. Pourtant, vous devez comprendre que la tâche sera rude. Mon mari a toujours été un idéaliste. Quand Priya était jeune, il jurait que l'homme qui l'épouserait devrait posséder le caractère du Seigneur Rama. Dans l'hindouisme, Rama est un homme sans taches.

— Certes, acquiesça Thomas. Il n'empêche que même Rama a mis en cause, sans raison, la fidélité de Sita.

— En effet, convint Surekha, impressionnée. Priya m'a dit que vous connaissiez nos histoires.

— Pas aussi bien que je le souhaiterais.

— C'est un commencement. Venez. Je vais vous présenter.

Thomas échangea un coup d'œil avec Priya tandis qu'ils se dirigeaient vers la terrasse. Ils s'approchèrent d'un groupe d'hommes âgés de vingt à soixante-dix ans. Quelques-uns portaient le *sherwani* traditionnel – un long manteau brodé et le pantalon assorti ; la plupart étaient en complet-veston à l'occidentale. Surya se tenait parmi eux. La lumière des bougies jouait sur son visage distingué et ses cheveux d'argent. Son public semblait captivé par ses paroles.

Surekha resta à l'écart du groupe silencieux, attendant que son mari remarque sa présence.

— Pardonnez-moi, mes amis, s'excusa-t-il en abandonnant son auditoire pour la rejoindre.

Il vit d'abord Priya, puis Thomas, et se raidit. Il s'accouda à la balustrade de pierre et contempla la tente du *mendhi*, où Lila recevait ses ornements. Au bout d'un moment, il se retourna.

— Surya, commença Surekha, ta fille a un invité.

— Je me souviens de lui, répliqua son époux.

Surekha fronça les sourcils.

— Essaie d'être gentil, chéri. Ils ont échangé leurs vœux.

— Et nous n'y avons pas assisté, ni l'un ni l'autre.

Thomas ne fut pas surpris par l'animosité de Surya ; quant à Priya, elle comprit que les choses s'annonçaient mal. Ses yeux s'emplirent de larmes et elle se mit à trembler.

— Pourquoi êtes-vous venu à Bombay ? demanda Surya.

Une cascade de pensées se succédèrent dans l'esprit de Thomas, mais une seule réponse lui paraissait juste :

— J'ai passé une alliance au doigt de votre fille.

Surya se hérissa.

— Contre ma volonté.

— Elle m'a épousé ! rétorqua Thomas, sentant la chaleur monter sous son col.

— Votre morale m'est étrangère. Vous trahissez ma confiance, vous enlevez ma fille à sa famille, et vous tentez de justifier votre comportement. C'est ainsi que ça se passe, en Occident. Les jeunes n'ont pas de respect pour leurs aînés.

— Je me suis efforcé de me conduire honorablement envers votre famille. Je vous ai prié de m'accorder votre autorisation. Vous me l'avez refusée. Qu'étais-je censé faire ?

Les yeux de Surya jetèrent des éclairs et il serra le poing.

— Ce que vous étiez censé faire ? Quelle question puérile ! Vous étiez censé retourner à votre vie aux États-Unis et la laisser tranquille.

— Baba, murmura Priya. *Je t'en prie.* Ne fais pas ça.

Surya se tourna vers sa fille. Voyant qu'il lui faisait de la peine, il desserra le poing et reprit ses attaques contre Thomas.

— Vous ne comprendrez jamais ce que signifie pour moi, pour Surekha, le fait que Priya n'ait pas fait un mariage convenable. Vous ne comprendrez jamais ce que nous avons ressenti quand elle a eu son enfant et que nous n'avons pas été là pour la voir naître. Ni, ajouta-t-il, d'une voix brisée, pour la tenir dans nos bras avant sa mort.

Pour la première fois, Thomas mesura l'ampleur de la souffrance de Surya. Deux pensées contradictoires lui vinrent à l'esprit. D'abord : *S'il n'était pas là, c'était entièrement de sa faute.* Ensuite : *Il s'efforce simplement de trouver un moyen de contrôler sa douleur.* Il resta coi.

Le professeur s'appuya à la balustrade et croisa les bras.

— Vous êtes venu pour ramener Priya en Amérique ?

— Je suis venu à Bombay pour travailler.

— Pour faire quoi, au juste ?

— Je travaille avec une ONG dans les quartiers chauds.

— Ha ! s'exclama Surya. Encore un Occidental qui croit pouvoir réparer tout ce qui est détraqué en Inde. Mon ami, vous ne serez ni le premier ni le dernier à porter le fardeau de l'homme blanc.

Thomas se sentait bouillir. Il pouvait supporter l'accusation d'avoir volé Priya, mais se faire traiter de raciste le mettait en rage. Il songea une fraction de seconde à tourner les talons, et puis il songea que ce serait un aveu d'échec.

— Ce qui est détraqué ici est détraqué partout ailleurs, déclara-t-il.

— Et vous avez l'impression de contribuer à quelque chose grâce à votre travail ?

— Dans la nuit de lundi, nous avons aidé la police de Nagpada à fermer un bordel.

Surya secoua la tête.

— Des bordels, il y en aura toujours.

Thomas insista.

— Nous avons sauvé une jeune fille mineure.

Surya marqua une pause.

— Eh bien, bravo.

Il regarda vers l'autre bout de la terrasse le groupe d'hommes qu'il avait abandonné.

— Excusez-moi, coupa-t-il, j'ai des amis à retrouver.

Il embrassa sa fille sur le front et évita délibérément les yeux de sa femme. Tandis que le professeur s'éloignait,

Thomas se tourna vers Priya en dissimulant sa colère. Elle avait refermé ses bras sur elle-même dans une attitude d'autoprotection et considérait fixement le sol. Surekha lui effleura la joue et jeta à Thomas un coup d'œil qui signifiait : « Je vous avais prévenu que ça n'irait pas tout seul. » Puis elle les laissa pour aller s'occuper d'autres invités.

— Il vaudrait mieux que je parte, annonça Thomas quand ils furent seuls.

Priya, toujours figée, acquiesça.

— C'était une erreur, murmura-t-elle.

Ses paroles piquèrent Thomas au vif, néanmoins il se retint de répondre.

— On se reverra plus tard, conclut-il.

Il redescendit vers la pelouse, traversa rapidement les jardins et se retrouva dans la rue. Quelques instants plus tard, il héla un taxi.

— Emmenez-moi à la gare de Churchgate.

Il la vit alors devant le portail, entre les gardes. Il la suivit du regard jusqu'à la perdre de vue. Si elle était arrivée plus tôt, il lui aurait dit au revoir.

Mais l'expression d'excuse qu'il avait lue sur son visage lui suffisait.

14.

Le ciel est chargé de nuages et il ne cesse de pleuvoir. Je ne sais ce qui s'agite en moi – je ne sais ce que cela signifie.

Rabindranath Tagore

Paris, France

Pour Sita, Paris se résumait à trimer jusqu'à l'étouffement dans un lieu obscur. Les murs du monde s'étaient refermés sur elle ; il n'y avait plus rien en dehors du restaurant et de l'appartement attenant. Elle travaillait sans trêve ni relâche, on ne lui laissait aucun répit. La tante de Navin, qui insistait pour que Sita l'appelle respectueusement « Tata-ji », lui rappelait constamment ce qu'elle lui devait et ne faisait preuve d'aucune compassion quand elle montrait des signes d'épuisement. Tata-ji était une despote qui lui donnait ses ordres sur un ton impérieux : « Passe la serpillière ! » « Balaie ! » « Lave par terre ! » « Décrasse le four ! » « Nettoie la salle de bains ! » Sita ne travaillait jamais assez bien, ni assez vite.

La nuit, elle dormait par terre, dans le placard de la cuisine, enroulée dans des nappes sales. Pour une raison incompréhensible, la chaleur qui régnait dans le restaurant et l'appartement ne parvenait pas jusqu'à la bouche de ventilation de la cuisine, et elle avait toujours froid. Parfois, elle songeait à s'enfuir. Mais dans la journée elle n'était jamais seule, et le soir Tata-ji fermait les deux portes de la cuisine à l'aide d'une clé qu'elle gardait accrochée au cou. Les seules autres issues étaient la bouche de chaleur et une grille d'aération au-dessus de la cuisinière, et ni l'une ni l'autre n'étaient assez larges pour qu'on puisse s'y glisser.

Une nuit, il faisait si froid dans le placard qu'elle comprit qu'elle ne pourrait jamais dormir. Elle frissonnait plus violemment d'heure en heure et elle serrait les dents pour les empêcher de claquer. Elle embrassa la petite figurine de Hanuman et se roula en boule dans les nappes, en priant pour avoir chaud. Mais aux petites heures du matin elle commença à avoir les orteils gelés. Elle s'extirpa à regret de son maigre cocon pour se tremper les pieds dans l'évier.

Dans la cuisine, il faisait aussi noir qu'au fond d'un puits. Elle trébucha sur le balai qu'elle avait laissé appuyé contre le réfrigérateur et qui tomba à grand fracas. Elle s'immobilisa, guettant un bruit de pas. Tata-ji ne l'avait frappée qu'une fois – elle avait renversé un seau d'eau savonneuse dans la salle de bains –, mais elle avait menacé de la battre un nombre incalculable de fois. Sita entendit grincer une latte de parquet, et son cœur se mit à battre la chamade ; heureusement, le bruit provenait de l'étage.

Elle monta sur le comptoir en prenant garde d'être silencieuse, et mit ses pieds dans l'évier. Elle chercha le robinet à tâtons, le tourna doucement et fit couler l'eau goutte à goutte. Le glouglou de l'eau dans les tuyaux la figea sur place. Elle était sûre que Tata-ji allait apparaître en brandissant un manche à balai.

Les pieds sous le filet d'eau, Sita se frotta les orteils pour y ramener la circulation. Elle portait toujours le *churidaar* que Navin lui avait acheté à Bombay, et ses sous-vêtements n'avaient pas été lavés depuis qu'elle avait quitté l'Inde. L'oncle de Navin, qu'elle était obligée d'appeler « Oncle-ji », lui permettait d'utiliser les toilettes du restaurant, mais seulement très tôt le matin et tard le soir. Une fois, alors qu'elle avait eu l'audace de demander à prendre un bain, Tata-ji était partie d'un rire cruel et lui avait lancé, en hindi : « Tu ne vaux pas le prix de l'eau. »

Après s'être réchauffé les pieds et les mains dans l'évier, Sita quitta son perchoir sur le plan de travail et regagna l'obscurité du placard. Elle ne réussit à s'endormir qu'une heure avant le lever du soleil et ne bougea que lorsqu'on lui enfonça dans les côtes le manche du balai qu'elle avait fait tomber. Elle cligna les paupières et vit une image brouillée de Tata-ji dressée au-dessus d'elle. Elle n'avait pas les idées claires et se sentait fiévreuse. En essayant de se lever, elle fut prise d'un vertige et faillit s'écrouler.

— Tu te crois vraiment tout permis ! cria hargneusement Tata-ji. Ces nappes sont pour les clients ! Comment oses-tu dormir dedans ?

— J'ai froid, la nuit, murmura Sita.

— Espèce de petite ingrate ! Grâce à nous, tu as à manger, un toit au-dessus de ta tête, et tu trouves le moyen de te plaindre !

Tata-ji se mit à renifler comme un chien de chasse.

— Qu'est-ce que c'est que cette puanteur ?

Elle se rapprocha de Sita et fronça le nez.

— Tu empestes comme une truie pas lavée. Viens avec moi.

Sita la suivit dans la chaleur de l'appartement. Elle ressentait des picotements sur tout le corps et elle avait une impression bizarre ; elle avait mal dans les articulations et la gorge râpeuse comme du papier de verre. Tata-ji ouvrit la porte de la salle de bains à la volée et lui indiqua la baignoire.

— Déshabille-toi !

Sita obéit sans réfléchir. Tata-ji attrapa son *churidaar* et le roula en boule.

— Lave-toi ! Tu as dix minutes. Pas plus. Je vais nettoyer tes hardes crasseuses.

Dans la baignoire, Sita se frotta au point d'avoir la peau à vif. Lorsqu'elle passa ses doigts dans ses cheveux emmêlés, elle se mit à pleurer. Les larmes roulèrent sur ses joues brûlantes tel un fleuve de lave. Elle avait quitté Bombay en se jurant d'être forte, à l'exemple de sa sœur, cependant elle ne s'était pas attendue à une telle solitude, à de telles privations. Quand les dix minutes furent écoulées, elle eut beau essayer de se ressaisir, ses larmes ne voulaient pas cesser de couler.

Tata-ji entra comme une furie et lui jeta par terre une serviette et un sari pourpre, délavé.

— Essuie-toi et rhabille-toi. Le travail t'attend.

Pour des raisons qui lui échappaient, Sita put donc se préparer en privé pour la journée. Elle éternua une fois, deux fois ; pas de doute, elle couvait quelque chose. Ne pouvant s'attarder davantage, elle retourna dans le restaurant. Le garçon, Shyam, était dans la cuisine. Il tenait un balai et une pelle à poussière. Il la regarda avec un sourire timide.

— Ma mère est allée au marché. Je dois te donner ça.

Sita ne savait trop si elle devait balayer la salle de restaurant : c'était l'une de ses corvées matinales, néanmoins Tata-ji l'avait toujours supervisée. Shyam posa le matériel d'entretien au sol.

— Tu aimes le cricket ? demanda-t-il.

Il tira de sa poche une poignée de cartes de sport cornées et les tendit à Sita avec enthousiasme.

— J'ai Ricky Ponting et Sandeep Patil. Mais je n'ai pas Sachin Tendulkar. Tu connais Sachin Tendulkar ?

Sita acquiesça.

— Tiens, fit-il en lui tendant les cartes. Tu peux les regarder.

À part une superbe carte de Ricky Ponting, c'étaient de pauvres choses sommaires – juste une photo de la tête du joueur encadrée par une bordure blanche. Sita réussit à se fabriquer un sourire.

— Elles sont drôlement jolies, dit-elle.

Shyam eut un sourire fier et radieux.

— Je te montrerai quand j'aurai Sachin Tendulkar.

Bientôt le carillon au-dessus de la porte du restaurant tinta – Tata-ji était de retour. Shyam fourra les cartes dans sa poche et Sita récupéra le balai et la pelle à poussière. La gentillesse de Shyam l'avait réchauffée, mais le réconfort devait être de courte durée. Tat-ji, furieuse, lui demanda pourquoi le sol n'avait pas été balayé.

— Espèce de moins que rien ! Je te permets de prendre un bain et tu fais ta paresseuse. Allez, au travail !

Les heures de labeur eurent raison des dernières forces de Sita. Elle s'efforça de réprimer ses éternuements, de se tenir droite et de porter sans que cela se voie le fardeau de sa maladie. Mais son corps la trahit et peu après midi elle perdit connaissance. Elle se réveilla sur le canapé de l'appartement, un oreiller sous la tête ; elle ne devait jamais savoir qui l'avait trouvée. L'une des filles qui travaillaient à la cuisine était assise dans le fauteuil à côté d'elle, un verre d'eau à la main.

— Tiens, dit-elle en hindi. Il faut que tu boives.

Sita vida le verre avidement. Elle avait l'impression de planer sur un nuage.

— Je m'appelle Kareena, continua la fille. Je travaille au restaurant.

— Moi, c'est Sita.

Elle se remit à frissonner. Kareena étendit sur elle une couverture en laine.

— D'où viens-tu ?

— De Madras, répondit Sita en essayant de se redresser.

— Doucement. Tu n'iras nulle part aujourd'hui.

Sita fit la grimace et retomba sur l'oreiller. Tout son corps était parcouru de frissons et elle avait la peau brûlante.

— Il faut que tu te reposes, conseilla Kareena. Oncle-ji m'a dit de m'occuper de toi.

Sita ferma les yeux et se rendormit.

Quand elle se réveilla, la fenêtre qui donnait sur la cour encadrait un rectangle de nuit et Kareena n'était plus là. Un verre d'eau était posé à côté du canapé. Assoiffée, elle but à longs traits tout en tendant l'oreille pour écouter ce qui se passait dans la cuisine, derrière le mur.

Elle pensa à Kareena. Il était évident que la fille n'était pour rien dans sa séquestration. Quelle histoire Tata-ji avait-elle concoctée pour expliquer sa présence dans la maisonnée ? Sita se demanda s'il y avait d'autres filles comme elle dans cette ville à l'éternel hiver – des filles retenues contre leur volonté et obligées de travailler jusqu'à ce qu'elles s'écroulent de maladie ou d'épuisement. Navin avait dit qu'il y en avait eu d'autres avant elle. Où étaient-elles passées ? Et qu'avait-il fait de la drogue qu'elle avait transportée depuis Bombay ?

Au bout d'un moment, elle sombra dans une sorte de léthargie rêveuse. Elle ne s'anima que brièvement quand la famille ferma le restaurant et se retira pour la nuit. Tata-ji ne la harcela pas, et Shyam garda ses distances. À la grande surprise de Sita, c'est Oncle-ji qui remplit son verre d'eau en s'enquérant de sa faim. Elle secoua la tête. Il la couvrit d'une deuxième couverture.

— Dors bien. Quand tu seras remise, nous nous occuperons mieux de ta santé.

La fièvre de Sita tomba. L'hiver devint vraiment glacial. Oncle-ji tint parole : il réduisit sa charge de travail et lui permit de dormir sur le canapé de l'appartement. Elle n'arrêtait pas de la journée, mais elle avait le droit de prendre un bain de dix minutes avant le petit déjeuner et de manger tous les restes du restaurant qu'elle voulait. Oncle-ji ordonna à sa femme de lui acheter deux saris, et Tata-ji l'autorisa – de mauvaise grâce – à les laver avec les vêtements de la famille.

Tous les matins, quand Tata-ji allait au marché, Shyam venait retrouver Sita dans la cuisine et lui montrait ses possessions. Une fois, il apporta un jeu vidéo qui tenait dans la main et lui apprit à jouer à Tetris. Une autre fois, il s'était acheté un magazine de Bollywood avec une photo pleine page d'Amitabh Bachchan et il lui parla interminablement du célèbre acteur.

Le lendemain, il apporta à Sita une marguerite jaune. Il s'assit par terre et lui expliqua qu'il l'avait secrètement cueillie dans le pot de fleurs d'un voisin. Impulsivement, elle s'accroupit à côté de lui et lui parla des jardins de sa famille sur la côte de Coromandel et des dessins du *kolam* de Jaya. Shyam l'écouta de toutes ses oreilles avant de lui poser une question qui la prit de court :

— Si tu avais une si belle maison en Inde, pourquoi tu es ici ?

Elle le dévisagea un long moment, se rendant compte qu'il n'avait pas idée de son sort.

— Qu'en penses-tu, toi ?

Shyam fronça les sourcils, l'air perplexe.

— Ma mère dit que tu as besoin de travailler. Elle dit que tu n'as pas de famille.

Sita prit une brève inspiration et croisa les mains.

— C'est vrai, ma famille a disparu, soupira-t-elle. Je n'ai plus qu'une sœur encore en vie.

— Où est-elle ?

Elle pensa à Ahalya, dans le bordel de Suchir, et répondit simplement :

— À Bombay.

Shyam ouvrit de grands yeux.

— Je suis né à Bombay ! s'exclama-t-il avant de poursuivre, l'air attristé : Je n'aime pas Paris. L'Inde me manque.

Ils bavardèrent un quart d'heure, jusqu'à ce qu'ils entendent le tintement du carillon suivi du bruit de pas de Tata-ji. Sita se releva d'un bond et cacha la fleur dans son sari pendant que Shyam disparaissait dans l'appartement. Sita rejoignit Tata-ji dans le restaurant et endura son calvaire avec une force d'âme renouvelée.

Shyam n'était qu'un enfant, pourtant son amitié était un rayon de soleil.

15.

Tels ses actes et son comportement, tel il devient.
Brihadaranyaka Upanishad, IV, iv, 5

Bombay, Inde

La CASex fit parvenir des graines de lotus bleu au foyer des Sœurs de la Compassion, et sœur Ruth donna à Ahalya un pot de terre cuite pour les planter. Le lotus était une fleur capricieuse, rien ne garantissait qu'il pousserait, néanmoins Ahalya était déterminée à essayer. Elle voulait avoir un cadeau à offrir à Sita quand elles se retrouveraient, une chose qui ferait revivre l'esprit de leur famille. Elle planta soigneusement les graines de lotus dans un sol riche en minéraux, remplit le pot d'eau et le plaça dans l'étang, près de l'entrée du domaine.

La vie au foyer était réglée avec précision. Chaque heure de la journée était consacrée à une activité particulière. Ahalya apprit vite à apprécier cette organisation. Elle s'aperçut que la guérison exigeait de bouger, d'avoir de la volonté, un but – l'assurance réconfortante que l'existence valait encore la peine d'être vécue.

Elle était en terminale à l'école du Centre, mais les cours étaient d'un niveau très inférieur à ceux qu'elle suivait à Sainte-Marie, à Madras. Sœur Ruth se rendit vite compte qu'Ahalya avait besoin d'occupations intellectuelles plus exigeantes, et elle aborda la question avec Anita. Peu après, la CASex engagea deux fois par semaine une tutrice qui commença à lui dispenser des cours à un niveau universitaire. Ahalya avait toujours eu beaucoup de plaisir à apprendre, et le rythme familier de lecture, de discussion et de récitation donna à son esprit un nouvel élan, et à son avenir un sens nouveau.

Une fois par semaine, Anita et elle discutaient de toutes sortes de sujets. Ahalya accueillait toujours la spécialiste de la CASex en lui demandant si elle avait des nouvelles de Sita ; chaque fois, Anita l'assurait que la CASex travaillait main dans la main avec la police pour retrouver la trace de sa sœur. Anita lui révéla que l'inspecteur Khan avait contacté l'antenne de Bombay du CBI – le Bureau central des enquêtes – qui avait lancé des recherches sur la disparition de Sita. Ahalya marchait d'un pas plus léger pendant un jour ou deux, puis bientôt le silence recommençait à s'appesantir sur elle.

Où était passée sa sœur ?

Un matin, comme Anita devait rendre sa visite hebdomadaire à Ahalya, Thomas demanda à Rachel Pandolkar, la responsable de la réinsertion de la CASex, s'il pouvait l'accompagner. Rachel l'y autorisa à condition qu'il s'abstienne d'interroger la jeune fille sur le bordel de Suchir. Thomas accepta sans hésitation.

Trois semaines après la descente de police, ils prirent un rick pour Andheri. Le trajet exigea près d'une heure, et ils arrivèrent juste avant quatre heures de l'après-midi. La porte de l'ashram n'était pas fermée à clé ; Anita et Thomas marchèrent jusqu'à un bassin qu'entourait un bouquet d'acacias roses.

— Cet endroit doit faire aux filles l'effet d'être le paradis terrestre après ce qu'elles ont vécu, dit Thomas en promenant autour de lui un regard appréciateur.

— Vous seriez surpris, répliqua Anita. La plupart d'entre elles ne veulent qu'une chose : rentrer chez elles. Une fille a essayé de s'enfuir, la semaine dernière.

— Vraiment ?

— Les sœurs l'ont retrouvée et ramenée ici. Elle est originaire d'Haryana, dans le Nord. Elle a été vendue par son oncle, probablement avec le consentement de ses parents. Pour des raisons évidentes, nous pensons qu'elle ne serait pas en sécurité dans sa famille, et le Comité pour la protection de l'enfance est d'accord avec nous. Mais c'est difficile de le lui faire admettre.

Anita s'arrêta devant l'étang et invita Thomas à la rejoindre sur un banc de pierre.

— Ahalya arrivera dès la fin de ses cours avec sa tutrice. C'est là qu'elle vient dès qu'elle a un moment de libre.

— Pourquoi ?

Anita lui indiqua un pot de terre cuite visible sous la surface de l'eau.

— Ce pot contient des graines de lotus qu'elle y a elle-même plantées. Le lotus est la fleur la plus prisée en Inde. C'est pour sa sœur.

— Elle espère toujours que nous allons retrouver Sita ?

— Bien sûr. Vous n'en feriez pas autant à sa place ?

Thomas réfléchit un instant.

— Je suppose que la question était cynique.

— Le cynisme est la malédiction de l'Occident. En Inde, nous avons encore la foi.

Elle se retourna avec un sourire chaleureux.

— La voilà.

Ahalya arrivait sur le chemin, des livres dans les bras. Elle jeta un coup d'œil à Anita, puis scruta Thomas. L'intensité de son regard le mit mal à l'aise ; il se prit à espérer qu'Anita interviendrait. Ce fut Ahalya qui prit la parole :

— Vous avez découvert où ils ont emmené Sita ?

— Toujours pas de nouvelles, répondit Anita. La police fait tout ce qu'elle peut.

La jeune fille se tourna vers Thomas, et il lut une infinie tristesse sur son visage.

— Vous avez participé à la descente de police, déclara-t-elle calmement. Comment vous appelez-vous ?

— Thomas.

— Vous êtes anglais ?

— Américain.

Elle médita un instant sa réponse.

— Pourquoi êtes-vous venu en Inde ?

— Je suis avocat. Ma femme est originaire de Bombay.

— Vous exercez ici, en Inde ? releva Ahalya, intriguée.

— D'une certaine façon. Je fais un stage à la CASex.

— Et votre femme est indienne ?

Il acquiesça d'un hochement de tête.

— Vous avez des enfants ?

La question prit Thomas au dépourvu et provoqua en lui une cascade d'émotions.

— Non, lâcha-t-il après un instant.

— Pourquoi ? Vous n'aimez pas les enfants ?

Cette fille y allait bille en tête, et Thomas n'était pas préparé à cela. Il s'efforça de trouver une réponse appropriée.

— Ce n'est pas ça, dit-il enfin. Nous avions une petite fille, mais elle est morte.

Ahalya tripota ses livres de classe.

— Je suis désolée.

Sa réponse plana un instant dans le vide, puis elle passa à autre chose.

— Vous connaissez quelqu'un au FBI, en Amérique ?

Il eut un sourire.

— Non. Toutefois, j'ai un ami au ministère de la Justice. Pourquoi ?

— Peut-être que votre ami pourrait m'aider à retrouver ma sœur.

Il secoua la tête.

— Je ne vois pas comment. L'Inde est en dehors de la juridiction du ministère de la Justice américain.

— L'Amérique et l'Inde sont pourtant amies, objecta-t-elle. C'est ce que mon père disait toujours.

— C'est vrai. Mais le gouvernement américain ne recherche pas les filles qui disparaissent en Inde, à moins qu'elles se retrouvent aux États-Unis.

Tout à coup, une pensée lui traversa l'esprit. Les États-Unis étaient membres d'Interpol. Dans ses recherches sur le trafic d'êtres humains, il était tombé sur un article qui mentionnait l'ICAID – l'Interpol's Child Abuse Image Database –, en d'autres termes la base de données d'images à caractère pédopornographiques d'Interpol. L'ICAID centralisait les photos d'enfants disparus dans le monde entier. Si Ahalya avait une photo de sa sœur, Interpol pourrait peut-être l'introduire dans l'ICAID.

— Vous auriez une photo de Sita ?

Les yeux d'Ahalya se mirent à briller.

— Attendez-moi ici.

Elle lâcha ses livres et remonta vivement le sentier en direction du Centre.

— Je parie que vous ne vous attendiez pas à subir un interrogatoire en règle, remarqua Anita.

— Non, mais elle a bien le droit de poser ces questions. Je détonne ici.

Anita n'eut pas le temps de répondre. Ahalya revenait vers l'étang avec un cliché aux coins cornés. Elle le tendit à Thomas et recula en observant son expression. C'était une photo de famille prise à Noël. Ahalya était nettement reconnaissable au premier plan.

— C'est votre sœur ? suggéra Thomas en indiquant la plus jeune des filles.

— C'est elle, Sita.

— Comment se fait-il que tu aies cette photo ? s'étonna Anita.

— Je l'ai récupérée dans notre maison après le passage des vagues.

— Et vous l'avez gardée jusqu'à maintenant ? insista Thomas.

— Je la cachais dans mes vêtements, expliqua-t-elle simplement.

Thomas examina le portrait de la famille d'Ahalya. Son père devait être un homme aussi intelligent qu'affable, et sa mère était une jolie femme aux yeux de biche. Leur affection mutuelle éclatait dans la façon dont ils se penchaient l'un vers l'autre en attirant leurs filles vers le centre de l'image. Les sœurs, qui se tenaient par la main, donnaient l'impression d'être sur le point de rire.

— Ça vous ennuierait que je l'emporte ? demanda Thomas.

Ahalya hocha la tête.

— À condition que vous promettiez de me la rendre.

— Évidemment.

— Ça vous aidera à retrouver Sita ?

Thomas esquissa un petit mouvement de tête et s'amusa de lui-même.

— Voilà que tu imites nos manières, remarqua Anita.

— Je serai Indien avant peu.

Il se tourna vers Ahalya.

— Je vais envoyer la photo par e-mail à mon ami à Washington. Il existe une base de données internationale pour les enfants disparus. Il pourra peut-être y inclure la photo avec le nom de Sita.

— Vous allez faire ça ? s'enquit la jeune fille sur un ton quelque peu incrédule.

— Ce n'est pas grand-chose.

Ahalya l'examina un long moment. Puis elle eut un geste que Thomas n'aurait jamais imaginé : elle dénoua à son poignet un bracelet tissé de fils aux couleurs de l'arc-en-ciel, puis s'agenouilla devant lui.

— Sita l'a fait pour moi, expliqua-t-elle en le lui attachant au bras. S'il vous plaît, donnez-le-lui quand vous la retrouverez.

Thomas était pétrifié. Il aurait voulu refuser la responsabilité qu'impliquait le bracelet. On ne retrouvait presque jamais les filles qui disparaissaient dans les bas-fonds, et quand elles réapparaissaient, elles avaient généralement trop souffert pour reprendre une existence normale. Et voilà qu'il avait ce bracelet au poignet. Il n'avait rien vu venir, et maintenant il n'imaginait pas comment reculer.

— Je ferai tout mon possible. Mais je ne peux vous faire aucune promesse.

— Promettez-moi seulement d'essayer, insista Ahalya.

Thomas prit une profonde inspiration, suivie d'un gros soupir.

— Je vous le promets.

Pour la première fois cet après-midi-là, Ahalya sourit.

De retour chez Dinesh, après le travail, Thomas posa son ordinateur portable sur la table de la cuisine et récupéra une caméra digitale compacte dans sa valise. Il prit une image numérique de la photo d'Ahalya et enregistra le fichier sur son ordinateur. Il ouvrit Photoshop, recadra le visage de Sita, écrivit un message à Andrew Porter et joignit la photo recadrée. Lorsqu'il eut envoyé le message dans le cyberespace, il éprouva un sentiment tangible de soulagement. La balle était désormais entre les mains de professionnels.

Il vérifia sa messagerie dans l'espoir que Priya aurait répondu à l'un des trois mails qu'il lui avait envoyés depuis la débâcle à la cérémonie du *mendhi* de sa cousine. Ça faisait deux semaines, et il n'avait toujours pas de nouvelles d'elle. Il parcourut la liste des messages et ne vit pas son nom. Il éprouva un mélange de colère et d'impuissance. La façon dont le professeur l'avait envoyé promener était par trop injuste.

Il lut les messages de quelques-uns de ses amis de Washington. Il avait disparu du jour au lendemain, et ils commençaient à s'interroger. Il leur adressa des réponses laconiques qui ne divulguaient pratiquement rien de ses tenants et aboutissants. Il serait bien obligé, tôt ou tard, de s'expliquer plus précisément, mais ce moment n'était pas encore venu.

Il s'apprêtait à éteindre son ordinateur quand un nouveau message apparut en haut de l'écran. Il n'en crut pas ses yeux. Décidément, elle ne voulait pas le lâcher ! Tera avait écrit :

> Thomas, il y a plus d'un mois que personne au cabinet n'a de nouvelles de toi. Je commence à m'inquiéter. Je n'arrête pas de me répéter que je devrais simplement abandonner et te mettre dans le même sac que tous les salauds qui prennent les filles et les plaquent après avoir couché avec elles, mais tu n'es pas comme ça. Il s'est passé quelque chose. Je t'en prie, ne me laisse pas dans l'incertitude.

Pourquoi la femme qu'il voulait paraissait-elle paralysée par le doute, alors que celle qu'il avait rejetée refusait de le laisser tranquille ? Son intention n'était pas de se servir de Tera. Il ne l'avait pas séduite. Ç'aurait même été plutôt le contraire. Il songea un instant à lui envoyer une réponse cinglante, puis il se ravisa. Il n'avait pas envie de rétablir le lien entre eux. Au lieu de cela, il décida de prendre en mains sa relation avec Priya. Il composa son numéro de portable. Il ignorait où cela le mènerait, simplement il en avait assez d'attendre qu'elle comprenne que son père n'avait pas l'intention de changer d'avis. Il écouta sonner son téléphone en espérant que la messagerie prendrait l'appel ; c'est elle qui répondit.

— Thomas ?

Il percevait des bruits indistincts à l'arrière-plan, comme si elle était dans un endroit public. Il prit son courage à deux mains.

— Priya, je suis désolé, vraiment, je ne pouvais pas attendre davantage.

— J'ai eu tes mails, poursuivit-elle d'une voix hésitante. J'avais l'intention de t'appeler.

— On pourrait se voir ?

— Tout de suite ?

— Quand tu veux. Maintenant ou plus tard.

Elle prit le temps de la réflexion.

— Il y a un endroit appelé Toto, à Pali Hill. On s'y retrouve à neuf heures ? Demande à Dinesh si tu as besoin d'aide pour y aller.

Des voix se manifestèrent à l'autre bout de la ligne.

— Il faut que je file, ajouta-t-elle. Neuf heures. Chez Toto.

— J'y serai, lui assura-t-il, mais elle avait déjà raccroché.

À neuf heures cinq, Thomas était assis au bar, chez Toto, devant une bière. L'endroit était déconcertant. Il était situé au cœur du quartier le plus huppé de Bombay, pourtant on se serait cru dans un pub de Boston, dont il avait l'aspect et l'ambiance. Le décor était urbain rétro – les murs étaient ornés de chaînes et de pièces d'automobiles anciennes, et une carcasse de Coccinelle VW était accrochée au plafond.

Toutes les tables étaient occupées, surtout par de jeunes Indiens vêtus à l'occidentale.

Priya arriva quelques minutes plus tard et se fraya un chemin vers le bar. Elle portait un jean, des ballerines et une chemise en oxford près du corps. La *desi girl* dans toute sa splendeur.

— Ça te rappelle ton pays ? demanda-t-elle en s'asseyant à côté de lui.

Son visage était impassible, cependant il connaissait bien cette expression inquisitrice : elle était mal à l'aise.

— Bizarrement oui, acquiesça Thomas. Ils passent même du Bon Jovi.

Priya réussit à esquisser un sourire.

— Je n'ai jamais compris ta fascination pour la musique rock.

— Je pourrais dire la même chose du sitar. Qui a envie de jouer d'un instrument à vingt-trois cordes ?

Elle éclata de rire et fit signe au barman de lui apporter une bière.

— Et ta grand-mère, comment ça va ?

Priya eut un petit haussement d'épaule.

— Elle se cramponne, mais d'après le médecin l'issue pourrait survenir n'importe quand.

— Je suis désolé.

Un silence pesant s'ensuivit. Thomas devinait que Priya aurait voulu lui parler, sans être capable de trouver les bons mots. Le barman posa une bouteille de Kingfisher devant elle ; elle en but une gorgée.

— Et ton père ? lança-t-il, prenant les devants.

Elle marqua une hésitation.

— C'est vraiment important pour toi ?

Il plongea ses lèvres dans sa bière.

— C'est toi qui es importante pour moi. Je ne suis pas sûr qu'il compte tant que ça pour moi.

— Au moins, tu fais preuve d'honnêteté.

Il haussa les épaules.

— C'est la seule chose qui a une chance de marcher, au point où nous en sommes.

— Il n'est pas heureux, reprit-elle, répondant à sa question. Tu le déranges.

— *Moi*, je le dérange ! Je crois qu'il se dérange tout seul. Sa vie n'a pas tourné comme il l'espérait, et il lui faut un bouc émissaire.

— Tu ne le comprends pas. Il a le droit de s'intéresser aux décisions que je prends.

— Est-ce que ça lui donne le droit de te dire comment tu dois mener ta vie ?

Un éclair de colère brilla dans les yeux de Priya. Elle s'écarta un peu de lui.

— Comment oses-tu ? Je t'ai choisi, tu te rappelles ? Je suis allée contre les désirs de mon père. Je t'ai donné quatre années de mon existence.

Thomas s'appliqua à respirer lentement, bien à fond.

— C'est comme ça que tu vois les choses ? rétorqua-t-il, un peu calmé. Tu penses que tu as fait un sacrifice en m'épousant ?

Les yeux de Priya se remplirent de larmes.

— C'était la décision la plus difficile que j'ai prise de ma vie.

— Et tu le regrettes ? Si tel est le cas, je m'en vais tout de suite.

Elle détourna la tête. Elle était belle, de profil. Ses cheveux noirs formaient un contraste saisissant avec sa peau et ses yeux bruns.

— C'est quoi, ça ? reprit-t-elle.

Elle indiqua le bracelet d'Ahalya qui dépassait du poignet de la chemise de Thomas.

— Tu n'as pas répondu à ma question, objecta-t-il.

— Je répondrai à la tienne si tu réponds à la mienne avant, lança-t-elle sur un ton de défi.

Il lui montra le bracelet.

— C'est la fille que nous avons sauvée du bordel qui me l'a donné.

— Raconte-moi ça, dit-elle, soudain intéressée.

Il essaya de faire court, mais Priya ne voulut pas en démordre : elle insista pour qu'il lui raconte la version longue, avec tous les détails, la descente de police, la confrontation d'Ahalya avec Sumeera dans le salon du bordel, sa visite à l'ashram, la photo de Sita et comment elle lui avait noué le bracelet au poignet.

Quand il eut fini, elle lui jeta un regard perçant.

— Tu sais ce que ça signifie ?

— Quoi ? rétorqua-t-il, un tantinet agacé. Je lui ai promis d'envoyer la photo à Andrew Porter, au ministère de la Justice, et j'ai tenu parole le soir même. Je ne peux rien faire de plus. Je ne saurais même pas par où commencer.

— Tu ne sais pas ce que c'est un bracelet *rakhi* ?

— Oh non... ! Pourquoi est-ce que j'ai un mauvais pressentiment, tout à coup ?

— Tu ne peux pas laisser tomber les répliques spirituelles ? C'est sérieux.

— Désolé, fit-il en levant les mains dans une attitude d'excuse. Une mauvaise habitude.

— C'est une tradition indienne qui remonte à des milliers d'années. Quand une femme noue ce bracelet au poignet d'un homme, elle fait de lui son frère. Il a le devoir de la défendre.

— Tu plaisantes, là, hein ?

— Pas le moins du monde, affirma Priya, se régalant de sa gêne. D'après la légende, la femme d'Alexandre le Grand aurait sauvé la vie de son mari grâce à un bracelet *rakhi*. Elle en avait donné un au roi Porus pendant les mésaventures d'Alexandre dans le Penjab. Porus aurait pu tuer Alexandre au combat, mais il avait retenu sa main à cause de la promesse implicitement contenue dans le cadeau.

Thomas effleura le bracelet multicolore.

— Je ne suis pas James Bond. Je suis simplement un avocat qui travaille pour une ONG. La police et le CBI n'arrivent pas à retrouver la sœur d'Ahalya. Quelles sont les probabilités pour que je réussisse là où ils sont impuissants ?

— Assez faibles, convint Priya.

— Inexistantes, plutôt.

— Ne sois pas si pessimiste. Tu auras peut-être la chance de tomber sur une piste.

Thomas haussa les épaules.

— Ça, ça arrive dans les films. Pas dans la vraie vie.

Priya le dévisagea avec une soudaine gravité.

— Ça m'est bien arrivé, à moi.

Il se rendit compte qu'elle venait de répondre à sa question et décida de pousser son avantage :

— Tu veux dire que je pourrai te revoir ?

Elle eut un sourire.

— Est-ce que tu vas honorer ta promesse à Ahalya ?

— Donnant donnant, en somme ? Je marche.

Elle leva sa bière.

— Buvons à ça.

— À quoi ?

— Aux miracles.

Thomas choqua sa bouteille de bière contre la sienne.

— Aux miracles. Puisse un miracle faire qu'on retrouve Sita Ghaï.

16.

Il n'est rien de plus dangereux que l'illusion.
Ralph Waldo Emerson

Paris, France

Un soir, à la fin du mois de janvier, Sita était en train de ranger les produits d'entretien dans le placard de la cuisine quand un couple bien habillé entra dans le restaurant. La soirée avait été calme ; il n'y avait pas eu beaucoup de clients. Par l'entrebâillement de la porte Sita vit Oncle-ji accueillir le couple et l'accompagner vers une table dans un coin. L'homme était corpulent, avec un visage carré, rougeaud, et des cheveux coupés très court. La femme était une blonde séduisante, à la peau pâle. Sans y accorder plus d'attention, Sita se remit au travail. Un peu plus tard, alors que la plupart des clients étaient partis, Tata-ji éteignit le four et posa une assiette de restes sur le comptoir.

— Lave par terre, nettoie le four et tu pourras manger, décréta-t-elle en retournant vers l'appartement.

Sita remplit un seau d'eau additionnée de détergent et commença à passer la serpillière. Quand elle arriva à l'entrée de la salle de restaurant, Oncle-ji parlait avec le couple. Il fit signe à la sœur de Kareena, Varuni, et lui indiqua la cuisine.

Sita se réfugia hors de vue, espérant qu'on ne l'avait pas repérée.

Peu après, Varuni vint chercher une bouteille de vodka Smirnoff à moitié pleine sur une étagère de la cuisine. Sita s'apprêtait à la prévenir que le sol était mouillé – trop tard. Varuni glissa et tomba. Sita se précipita à son aide.

— Je suis vraiment désolée, murmura-t-elle.

Varuni essaya de se relever, fit la grimace et se frotta la cheville. Elle tendit la bouteille à Sita.

— Porte-la à Oncle-ji. Le client veut refaire le plein.

Sita secoua la tête.

— Tata-ji m'interdit de mettre les pieds au restaurant.

Varuni eut un sourire rassurant.

— Elle n'est pas là. Tu t'en sortiras très bien.

Sita finit par obtempérer. Dans la salle de restaurant, Oncle-ji et l'homme au visage carré discutaient en français. Le propriétaire du restaurant se renfrogna quand elle entra. Il prit la bouteille de vodka et lui fit signe de filer. L'homme au visage carré l'examina fixement et la femme, à côté de lui, tripota son collier. Elle s'apprêtait à tourner les talons quand l'homme lui adressa la parole en français. Devant son incompréhension, il essaya à nouveau en anglais.

— Comment t'appelles-tu ?

La question la déconcerta.

— Sita, répondit-elle après une hésitation.

— Tu es nouvelle, ici.

Elle jeta un coup d'œil à Oncle-ji, ne sachant comment réagir. Le propriétaire du restaurant intervint, l'air crispé.

— Elle vient d'Inde. Elle donne un coup de main au restaurant.

L'homme sembla méditer sa réponse. Puis il leva son verre comme pour porter un toast à Oncle-ji. Sita battit en retraite dans la cuisine, profondément embarrassée. Varuni se massait le pied, toujours assise par terre.

— Tu vois, ce n'était pas si difficile, commenta-t-elle.

— Qui sont ces gens ?

— Des Russes, je crois. Oncle-ji appelle l'homme Vassili. Ils habitent du côté de chez ma grand-mère.

Sita regarda la pendule ; il était plus de onze heures.
— Pourquoi sont-ils encore là ?
— Oncle-ji et Vassili bavardent parfois. Je ne sais pas ce qu'ils se racontent.
Varuni se leva lentement et essaya de faire porter son poids sur sa cheville.
— Il faut que je finisse de remettre les tables en état, soupira-t-elle.
Elle repartit en boitillant vers la salle à manger. Arrivée sur le seuil de la porte, elle inclina la tête en tendant l'oreille. Elle étrécit les yeux et pivota vers Sita, intriguée.
— Quoi ? s'étonna Sita.
— Je crois qu'il est question de toi.
— Qu'est-ce qu'ils disent ?
Varuni écouta encore un moment.
— Ils parlent d'un arrangement, je ne sais pas quoi.

Sita passa une nuit d'angoisse à s'interroger sur ce qu'Oncle-ji et le dénommé Vassili avaient bien pu se raconter à son sujet, Le lendemain matin, Oncle-ji lui indiqua une doudoune soigneusement pliée sur une chaise – c'était celle que Navin lui avait donnée lors de son arrivée à Paris.
— Mets ça, ordonna-t-il. Et va m'attendre dans la salle.
Sita enfila la doudoune et, pleine d'appréhension, s'assit à l'une des tables près de la devanture du restaurant. Debout à côté de la porte, Oncle-ji paraissait attendre quelqu'un. Vers sept heures et demie, un jeune homme apparut dans le passage. Oncle-ji l'accueillit en français. Le nouveau venu portait un jean, un blouson de cuir et des mocassins, et il avait l'air très sûr de lui.
Il salua Oncle-ji d'un hochement de tête et laissa tomber sur Sita un regard inexpressif.
— *Viens*, lui lança-t-il en français.
Sita ne connaissait pas ce mot, mais elle comprenait le message. Elle jeta un coup d'œil à Oncle-ji et commença à trembler.
— Vas-y, traduisit Oncle-ji en hindi. Dimitri a du travail pour toi. Il te ramènera après.

Sita hésita un instant avant de se résigner à emboîter le pas au jeune homme. Sur le boulevard tout proche, le ciel était encombré de nuages gris, et l'air froid lui piqua les joues. C'était la première fois qu'elle mettait le nez dehors depuis près d'un mois, mais elle avait trop peur pour apprécier ce semblant de liberté.

Une Mercedes noire attendait le long du trottoir, ses feux de détresse clignotant. Dimitri ouvrit la portière arrière, et Sita monta dans l'intérieur luxueux. Dimitri se mit au volant et partit aussitôt à vive allure. Peu après, ils s'arrêtèrent devant une grande porte cochère. La rue était étroite et encadrée par de hauts bâtiments qui la plongeaient dans l'ombre.

Dimitri composa un code sur une sorte de clavier. Le portail s'ouvrit automatiquement. Il fit entrer la Mercedes sous une arcade de pierre, puis dans une cour pavée. Un coupé Audi gris métallisé et un van Volkswagen blanc étaient garés devant un escalier de pierre. Dimitri descendit de la voiture ; Sita le suivit jusqu'à une porte rouge.

Là, Dimitri composa une autre suite de nombres sur un clavier de sécurité. Une gâche électrique se déverrouilla et ils pénétrèrent dans un hall orné de tableaux dans des cadres dorés. À gauche, un salon au parquet couvert d'épais tapis était meublé d'antiquités ; à droite, il y avait une salle à manger avec une table de bois ciré et des chaises à haut dossier. Droit devant, un couloir menait vers la cuisine et on ne sait quel réduit. À côté, un escalier montait vers les étages.

Une femme descendit. Sita reconnut la dame du restaurant. Dimitri lui parla dans une langue aux sonorités rocailleuses que Sita ne connaissait pas. Sans un mot, sans un sourire, la femme fit signe à Sita de la suivre. En haut des marches, elles se dirigèrent vers une pièce dont les murs disparaissaient derrière des lambris et des étagères couvertes de livres. La femme lui tendit un chiffon à poussière.

— Je m'appelle Tatiana, déclara-t-elle. Nettoie la bibliothèque.

Sita obtempéra. La bibliothèque était vaste, et les étagères nombreuses. Les livres, couverts de poussière, donnaient l'impression de ne pas avoir été touchés depuis des années. Elle retira chacun des volumes des rayonnages, l'un après l'autre, et en épousseta délicatement les tranches et le dos. La bibliothèque lui rappelait celle de son père. Il s'était aménagé un bureau dans le bungalow du bord de mer, et s'occupait soigneusement de sa collection de livres. La plupart du temps, après le dîner, il se retirait dans cette pièce et s'absorbait dans une monographie à la lumière de la lampe. Sita lui avait souvent demandé ce qu'il lisait, juste pour voir ses traits s'illuminer. Il lui fournissait des réponses alambiquées, mais elle en retirait presque toujours quelque chose.

La corvée de dépoussiérage dura de nombreuses heures. Tatiana lui apporta un sandwich en guise de déjeuner. Elle examina les étagères nettoyées et eut un mince sourire.

— Travail bon, dit-elle. Continue.

Sita venait d'épousseter le dernier livre quand Tatiana reparut.

— Fini ?

Sita acquiesça.

— Bon. Dimitri te ramener, maintenant.

Dimitri et Vassili bavardaient dans le salon. Une blonde en débardeur et pantalon noir, tête baissée, était assise à côté de Dimitri. Tatiana appela son fils. La blonde releva la tête. Quand elle aperçut Sita, ses yeux s'écarquillèrent. Son expression fit à Sita l'effet d'un coup en pleine poitrine.

Cette fille était terrorisée.

Sita détourna les yeux et quitta la maison en compagnie de Dimitri. Quoi qu'il ait pu arriver à l'inconnue, ça ne la concernait pas. Elle préférait cent fois travailler pour Tatiana plutôt que de subir les brimades de Tata-ji. Pour elle, ce changement d'employeur était une bénédiction.

Lakshmi avait fini par lui sourire à nouveau.

Sita retourna à l'appartement le lendemain et le jour suivant, toujours escortée par Dimitri. Le matin, Tatiana l'attendait dans le hall pour la mettre à l'ouvrage : épousseter les meubles du salon, la table et les chaises de la salle à manger, nettoyer les salles de bains et ranger les armoires à linge à l'étage. Elle faisait huit heures de ménage, avec une pause d'un quart d'heure pour déjeuner. Tatiana était exigeante, mais Sita était une perfectionniste et se révéla à la hauteur de la tâche.

Le quatrième jour, la routine matinale changea sans explication. Après avoir garé la Mercedes, Dimitri emmena Sita de l'autre côté de la cour, vers la rue. Il s'arrêta sous l'arcade couverte et pianota sur un digicode à côté d'une porte vitrée que Sita n'avait pas remarquée jusque-là. Elle entendit le déclic d'une gâche électrique. Le vestibule dans lequel ils pénétrèrent sentait le moisi ; un escalier en colimaçon en partait.

— Ne parle jamais de ce que tu vois ici ! lui lança Dimitri d'un ton menaçant dans un anglais parfait qui surprit Sita. Obéis et ferme-la. Sinon, ça ira mal pour toi. Compris ?

Sita hocha la tête, la gorge nouée. Elle repensa à la blonde assise sur le canapé, le premier jour, et se demanda si elle n'allait pas découvrir la raison de la peur de la fille.

Dimitri la poussa vers le premier étage, jusqu'à un palier au plancher de bois sur lequel donnaient deux portes. Celle de droite menait à un couloir éclairé par une unique ampoule nue. Prenant un jeu de clés dans son blouson, Dimitri déverrouilla les six portes du couloir. Tout au bout, dans un placard, il récupéra une corbeille, avant d'aboyer quelques mots dans sa langue bizarre.

L'une après l'autre, six filles émergèrent des pièces. Elles étaient en tee-shirt et short de gymnastique. La dernière était celle que Sita avait vue sur le canapé. Sita pensa aux chambres de passe du bordel de Suchir. Elle n'avait pas idée de ce que Dimitri faisait avec ces filles, cependant, à en juger par les serrures, il était clair qu'elles n'étaient pas libres d'aller et venir.

Dimitri lui tendit la corbeille et lui ordonna, en anglais :

— Défais les lits, prends les draps, les taies d'oreiller et ramasse les vêtements sales.

Sita entra dans la première pièce, une sorte de cellule mal éclairée, chichement meublée d'un petit lit et d'une commode. L'unique fenêtre était occultée par un store dont les bords étaient agrafés à l'encadrement. Sita enleva le linge de lit et ramassa un tas de dessous en dentelle dans un coin. Elle répéta l'opération dans les autres chambres. Toutes étaient aussi austères, sinistres, avec leur fenêtre condamnée, et suintaient la même menace invisible.

Les filles allèrent aux toilettes puis attendirent dans le couloir pendant que Sita s'affairait. Lorsqu'elle eut fini de dépouiller le dernier lit, elle rapporta la corbeille à Dimitri. Elle ne pouvait se résoudre à regarder les filles. La solitude de leur captivité lui évoquait douloureusement Ahalya. Dimitri prononça encore quelques paroles inintelligibles, et les filles regagnèrent leurs chambres. Aucune n'avait prononcé un mot.

Dimitri referma les portes à clé et ramena Sita chez Vassili. Tatiana la conduisit vers la buanderie, au sous-sol. Elle lui montra comment fonctionnait la machine et la laissa seule. Sita tria le tas de draps et de vêtements en se forçant à ne pas réfléchir à ce qu'elle avait découvert. Elle ne voulait pas détester ces gens, néanmoins elle ne pouvait supporter l'idée de ces six filles barricadées dans une prison improvisée à moins de vingt mètres de là. Se pouvait-il que Dimitri soit un proxénète, comme Suchir ?

Juste avant trois heures, Sita entendit des pas lourds sur les marches du sous-sol. La porte de la buanderie n'était pas tout à fait fermée et, par l'entrebâillement, elle apercevait un fragment de couloir. Sita jeta un coup d'œil par l'interstice juste au moment où Dimitri apparaissait. Une seconde plus tard, elle aperçut un éclair de cheveux blonds et le profil d'une jeune femme. Elle était presque sûre que c'était la fille qu'elle avait vue sur le canapé.

Dimitri traîna la fille dans le couloir, ouvrit une porte et la claqua derrière lui. Presque aussitôt un bruit de conversation s'éleva. C'était une femme qui parlait, mais ses paroles étaient brouillées et déformées par un écho particulier. Sita crut d'abord que les sons traversaient les murs avant de se rendre compte qu'ils lui parvenaient par une bouche d'aération encastrée près du plafond.

Elle perçut un bruit de claque et un cri de douleur, suivis par les échos d'une bagarre et la voix étouffée d'un homme. Son ton était dur, exigeant. La jeune femme se mit à crier, et l'homme commença à pousser des soupirs rauques. Sita, les mains crispées sur la taie d'oreiller qu'elle était en train de plier, retint son souffle. La pensée de ce qui se passait l'épouvantait et la mettait en rage.

Son affaire terminée, Dimitri remonta au rez-de-chaussée. Par la bouche d'aération, Sita entendait la fille geindre à fendre l'âme. Pour Sita, c'était un cas de conscience : elle était à la merci de Dimitri, dont la brutalité ne faisait aucun doute ; d'un autre côté, son père lui avait appris que ne pas réagir devant la souffrance d'autrui était indigne. Elle pensa à Ahalya après son viol par Shankar, et ce souvenir la galvanisa.

Elle jeta un coup d'œil à la pendule murale. Elle avait moins de vingt minutes avant le retour de Tatiana. Elle se dirigea vers la porte du fond, tourna doucement la poignée et entra dans la pièce.

La jeune femme était roulée en boule sur un lit, au milieu des draps en désordre. Ses vêtements gisaient par terre, avec des dessous de dentelle comme ceux que Sita avait lavés. Sita vit trois caméras vidéo sur des trépieds et une batterie de projecteurs. Elle resta figée, déconcertée, s'interrogeant sur la bizarrerie de la scène. Puis elle comprit. Les caméras avaient presque certainement filmé le viol de la jeune femme.

Elle s'approcha du bord du lit et s'accroupit, l'estomac retourné. Elle effleura l'épaule de la jeune fille, qui gémit, et roula sur elle-même. Sita alla s'agenouiller de l'autre côté, et lui prit la main. L'inconnue s'immobilisa ; son regard se posa sur le visage de Sita. Elle se redressa.

— Tu parles anglais ? demanda Sita, craignant qu'elle ne comprenne pas.

— Un peu, articula la fille avec un très fort accent. Qui es-tu ?

— Je m'appelle Sita. Je fais le ménage et la lessive.

La jeune fille commença à pleurer en silence.

— Je m'appelle Natalia. D'où viens-tu ?

— D'Inde.

— Moi, d'Ukraine.

— Qu'est-ce que tu fais ici ?

— Je viens pour travail. Je m'inscris agence. Hommes prennent passeport et amènent ici.

Quelle chose étrange... Leurs chemins avaient été bien différents, et pourtant d'une similitude effrayante. Mais Sita n'eut pas le loisir de s'attarder sur cette pensée, car une latte de parquet grinça à l'étage supérieur. Elle prit peur.

— Je dois y aller, murmura-t-elle d'un ton pressant. Je prierai pour toi.

Natalia esquissa un demi-sourire.

— *Spasiba bolshoï*, dit-elle, puis elle répéta en anglais : merci.

17.

L'espérance peut s'évanouir, mais elle ne peut mourir.
Percy Bysshe Shelley, *Hellas*, drame lyrique

Bombay, Inde

Les semaines passaient et la police n'avait toujours pas retrouvé la trace de Sita, ni de Navin. Porter avait répondu au mail de Thomas et lui avait promis de transmettre la photo de Sita à Interpol. Toutefois, lui avait-il expliqué, l'ICAID n'était utile que si une fille disparue apparaissait sur Internet ou tombait entre les mains des forces de l'ordre dans un État membre d'Interpol. Si elle restait en dessous de la limite de détection radar, il était peu vraisemblable qu'on la retrouve.

À la fin de son message, Porter lui annonçait malgré tout une bonne nouvelle :

> Au fait, les flics de Fayetteville ont un peu avancé sur l'affaire Abby Davis. On sait qu'elle n'a pas quitté la ville et tout le monde s'efforce de repérer l'endroit où elle se trouve. Malheureusement, il semblerait que ton père ait raison quant à la connexion avec le trafic d'êtres humains. Je te tiens au courant.

Installé, une bière à la main, sur la terrasse de Dinesh, Thomas pensait à la manière dont la mère d'Abby supportait la torture de l'attente. Il était encore remué par sa souffrance.

Rétrospectivement, il se demandait dans quelle mesure sa situation actuelle n'avait pas été influencée par le hasard de leur rencontre. Sans Abby, se serait-il intéressé à la CASex ? Aurait-il parlé à Porter et appris qu'une opportunité s'ouvrait à Bombay ? Serait-il venu en Inde pour tenter de se réconcilier avec Priya ?

Au bureau, les semaines passaient sans événement marquant. La CASex mena deux nouvelles descentes de police et sauva un total de quatorze filles mineures. Ils faillirent rentrer bredouilles du deuxième raid, qui visait un bar à bière dans un quartier du nord-est, à cause d'une fuite provenant très probablement de la police. Un agent de terrain posté dans la rue s'était rendu compte, une heure avant l'opération, qu'on faisait déménager les jeunes filles, et Greer avait obtenu une modification de dernière minute du mandat de perquisition afin d'y faire inclure le nouveau lieu de réclusion.

Thomas avait été impressionné par le piège tendu aux propriétaires de bordels. Les agents de terrain de la CASex étaient convenus avec les proxénètes d'organiser une partie fine pour trois hommes. Alléchés par la proposition d'une prime si les filles étaient mineures, les proxénètes avaient exhibé leurs plus jeunes pouliches. La police les avait arrêtés dans un *chawl* à côté du bar et avait placé dix mineures en détention par mesure de protection. Le sauvetage avait été le plus impressionnant de l'histoire du bureau indien de la CASex, et la nouvelle était remontée jusqu'au quartier général, à Washington.

Thomas passait le plus clair de son temps sur les exposés finaux pour des procès qui devaient avoir lieu au printemps. Parallèlement, il continuait à ciseler la plaidoirie de l'affaire de Jogeshwari. Le juge, accédant finalement aux requêtes de la défense, n'avait pas clos le dossier, ce qui arrangeait Thomas tout en le mettant en rage. De toute évidence, le juge prenait parti pour le proxénète, néanmoins ça lui donnait plus de temps pour fignoler le nœud coulant qu'il avait l'intention de lui passer au cou. Lorsqu'il finit par rendre ses conclusions, Samantha ne tarit pas d'éloges.

— C'est la meilleure plaidoirie que j'aie vue ici en cinq longues années ! déclara-t-elle. Un vrai chef-d'œuvre de lyrisme !

— Je sais qu'il ne faut pas s'impliquer dans les affaires, mais j'aimerais bien réduire ce salopard à l'état de serpillière.

— On ne sait jamais, répliqua Samantha, les yeux pétillants. Il se pourrait que ton vœu soit exaucé.

Thomas ne retourna pas au foyer des Sœurs de la Compassion, officiellement parce qu'il avait trop de travail ; en réalité, il ne savait que raconter à Ahalya. Anita lui apprit qu'elle ne manquait jamais de demander de ses nouvelles.

— Elle t'aime bien, lui révéla-t-elle, un après-midi.

— Elle ne me connaît pas.

— Suffisamment. Et puis il n'y a pas trop de gens dans le secteur qui ont des amis au ministère de la Justice.

Thomas poussa un soupir.

— J'en déduis que tu l'as prévenue que j'avais transmis la photo de Sita ?

— En effet.

— Qu'espère-t-elle d'autre ?

— Je ne sais pas. C'est toi qui lui as promis de faire ton possible.

Il passait deux soirées par semaine avec Priya. Elle le retrouvait souvent pour dîner avec les membres de la CASex, au Sheesha, un restaurant persan sur le toit-terrasse d'un immeuble de Linking Road, ou au Out of the Blue, un restaurant coté sur Pali Hill. Thomas ne fut pas étonné qu'elle s'entende bien avec les expats. Leur naturel, leur enthousiasme et la fascination que leur inspirait le monde contrastaient de façon rafraîchissante avec le cynisme blasé qu'affichaient tant de ses amis à Washington.

Au fur et à mesure que le mois de février avançait, la température se réchauffait sensiblement. Thomas se surprit à penser souvent à Ahalya et au bracelet *rakhi*. Greer lui avait donné l'autorisation de contacter le bureau du CBI, mais il n'en recevait que des nouvelles démoralisantes. À un moment, le responsable du dossier lui passa le commissaire, lequel lui assura qu'ils faisaient tout ce qui était en leur pouvoir ; ils ne pouvaient qu'espérer un miracle.

Thomas regrettait souvent de ne pas pouvoir rendre le bracelet qu'il avait au poignet. C'était un fardeau, et il n'était pas à la hauteur. Pourtant il avait fait une promesse à Ahalya. Et il avait conclu un marché avec Priya.

Il ne pouvait pas rester les bras croisés.

Une ouverture se présenta au moment où il s'y attendait le moins. Au cours de la troisième semaine de février, Thomas déjeunait au bureau de la CASex avec Nigel McPhee et quelques-uns des expats quand le portable de Nigel sonna. Il vérifia l'origine de l'appel et porta l'appareil à son oreille.

— J'écoute...

Il resta silencieux pendant quelques secondes et ouvrit de grands yeux.

— Ce soir ? Je mets Greer au courant tout de suite.

— Que se passe-t-il ? s'inquiéta Thomas alors que Nigel raccrochait.

Sans lui répondre, le responsable des opérations de terrain se précipita dans le bureau de Greer. Thomas, oubliant son déjeuner, lui emboîta le pas, se demandant si ça n'avait pas un rapport avec Sita.

Greer releva les yeux du rapport qu'il était en train de lire.

— Navin est rentré à Bombay, annonça Nigel. Rohit vient de m'appeler pour me donner le tuyau.

— Il l'a confirmé ? insista Greer sur un ton empreint de gravité.

Nigel secoua la tête.

— Mais le proxénète est un informateur fiable. Il tient l'info directement de Sumeera.

— Navin est un nom répandu. Comment sait-il qu'il s'agit de notre homme ?

— Ce Navin-là a un faible pour les très jeunes filles.

— Ça ne suffit pas, objecta Greer. Si nous devons intervenir, il faut que nous soyons absolument sûrs de notre coup.

Nigel eut un sourire.

— Navin ne s'intéresse pas aux filles pour le sexe. Il les emmène.

Greer parut abandonner une partie de son scepticisme.

— Où ça ?

— D'après le maquereau, en Europe.

Greer décrocha le téléphone.

— Envoie les autres là-bas. J'appelle le CBI.

Nigel acquiesça et quitta le bureau ; Thomas resta sur place.

— Je veux en être, décréta-t-il.

Greer eut une moue dubitative.

— Nous ne savons pas quel genre de personnage est ce Navin. Je ne peux garantir ta sécurité.

Thomas effleura le bracelet *rakhi*. Il commençait à le démanger à cause de la chaleur, et ce gratouillis lui rappelait constamment sa promesse.

— Aucune importance. Quand vous le ferez tomber, je veux être là.

Greer pesa un moment le pour et le contre.

— D'accord, tu en es. Seulement, fais-moi une faveur : par pitié, débrouille-toi pour qu'on ne t'ait pas dans les pattes.

Thomas ne lâcha pas Greer d'une semelle pendant que la CASex procédait aux préparatifs du raid. Sur ordre de Greer, Nigel envoya tous les agents de terrain à Kamathipura pour arracher des informations aux gens du coin. Entre-temps, le responsable de l'antenne locale contacta le CBI pour réclamer la direction des opérations. Le chef du CBI accepta, mais seulement après que Greer lui eut certifié que l'équipe de Nigel vérifierait le tuyau.

Deux heures plus tard, les agents de terrain n'avaient rien appris de nouveau. Ils avaient approché les suspects habituels – les *beshyas,* les sous-maîtresses et les proxénètes qui étaient leurs indics habituels –, personne n'avait d'informations concernant Navin. Nigel tournait en rond dans son bureau et passait des coups de fil de plus en plus laconiques sur son portable. Greer serrait les poings tandis que la pendule égrenait les minutes. Thomas ne l'avait jamais vu aussi tendu.

Vers la fin de l'après-midi, Greer appela le commissaire du CBI pour l'informer que le tuyau n'était pas encore confirmé. La conversation fut sèche, et Greer était visiblement à cran. D'abord péremptoire, il cajola, flatta et finit par implorer le chef du CBI de ne pas renoncer à l'opération. Finalement, son interlocuteur acquiesça ; toutefois il réduisit les effectifs d'un tiers et jura qu'ils perdaient leur temps.

À dix-huit heures, les agents de terrain de la CASex étaient en planque. Thomas accompagna Greer au commissariat de Nagpada, où ils retrouvèrent l'équipe du CBI et l'inspecteur Khan. Greer expliqua à Thomas que, si la juridiction du CBI s'étendait au pays tout entier, à Kamathipura, l'inspecteur était sur son territoire. Le chef du CBI avait mis Khan sur le coup pour éviter les querelles territoriales ultérieures.

Les agents du CBI attendirent le crépuscule pour se rendre à M. R. Road dans trois vans banalisés. Khan les suivait dans un autre véhicule, avec Greer et Thomas. Afin de ne pas être repéré par les proxénètes qui rôdaient dans les rues, Khan était en civil. Les Américains portaient des casquettes de base-ball et avaient foncé la barbe qui leur bleuissait le menton.

— En admettant que ça marche, demanda Thomas dans le soir tombant, Navin dépendra de quelle juridiction ?

— La nôtre, répondit l'inspecteur.

— Et pas du CBI ?

Khan secoua la tête.

— Le CBI n'aime pas se salir les mains. Le sale boulot, c'est pour les autres. À nous de découvrir ce qu'il a fait de la fille.

— Et s'il refuse de parler ?

Khan eut un mince sourire.

— Nous avons nos façons de procéder, monsieur Clarke.

L'inspecteur s'engagea dans M. R. Road et s'arrêta le long du trottoir, en vue du bordel de Suchir. C'était un mardi ; le quartier grouillait d'hommes qui sortaient du travail et cherchaient une prostituée pour un petit coup en passant, avant de rentrer chez eux. Rohit et deux autres agents de la

CASex surveillaient l'entrée du bordel. Suchir était devant la porte, en train de fumer un *chillum*, une pipe de haschisch.

Juste après dix-neuf heures, l'un des agents de terrain s'approcha de Suchir pour allumer sa cigarette. Ils échangèrent quelques paroles, puis l'agent s'éloigna d'un pas nonchalant. Le portable de Greer sonna quelques secondes plus tard.

— Suchir attend un bon client avant huit heures, annonça Greer.

Khan décrocha sa radio et relaya l'information au CBI.

Les minutes se traînaient interminablement dans la voiture non climatisée. Il faisait lourd et l'air poisseux qui entrait par les vitres à moitié baissées charriait des odeurs d'ordures et de fumée de cigarette. Les hommes marchaient dans la rue par petits groupes, harcelés par les rabatteurs des proxénètes qui vantaient leur marchandise. Les propriétaires de bordel – les *maliks* comme Suchir – paressaient dehors sans participer au rituel. Thomas restait assis, tête basse, tous les sens en éveil. Il ne perdait pas une miette du spectacle.

À huit heures dix, un taxi s'arrêta devant le bordel. Suchir mit sa pipe de côté. Une voix grésilla dans la radio.

— Nous avons un suspect. La trentaine, cheveux noirs, tenue élégante.

Un homme en chemise rose descendit du taxi, salua Suchir et lui tendit un sac de sport. Suchir l'ouvrit. Thomas sentit tous ses muscles se nouer. Il était sûr que le nouvel arrivant était Navin.

La radio crépita à nouveau.

— À toutes les unités, maintenant ! *Go, go, go !*

Soudain, tous les agents de terrain convergèrent vers le bordel. Suchir serra le sac de sport contre lui et grimpa les marches quatre à quatre. Aussitôt, l'homme en chemise rose fila dans une ruelle. Rohit sortit d'une porte cochère et lui barra la route. L'homme lui donna un violent coup d'épaule et le renversa. Rohit heurta durement le sol et lâcha la chemise du suspect à laquelle il s'était cramponné. Le fuyard reprit son équilibre tant bien que mal et s'engouffra tête baissée dans un labyrinthe de passages et de venelles.

À cet instant, une sorte de déclic se produisit chez Thomas. Sans prendre le temps de réfléchir ou de calculer les risques, sans même comprendre l'instinct qui le poussait à agir, il ouvrit la portière de la voiture à la volée et se retrouva dans la rue. Ignorant les cris de Greer et de Khan, il s'élança à la poursuite de l'homme. Celui-ci avait dix secondes d'avance, mais Thomas était rapide. Il était confiant, il pensait pouvoir le rattraper.

Esquivant d'un entrechat Rohit qui s'était relevé, encore hébété, il se rua dans la ruelle, évitant les charrettes à bras, les clients et le linge pendu sur des cordes si serrées qu'il obscurcissait le ciel. Tout autour de lui, on le regardait, mais Thomas n'y prêtait pas attention. Tant qu'il pouvait entendre les pas du fuyard sur le sol de terre battue, une seule chose l'intéressait : courir, le plus vite possible.

Le temps parut s'étirer. Thomas fonçait, les yeux rivés au loin dans l'espoir d'apercevoir sa proie. Il entendit un grand fracas et arriva sur une voiture des quatre saisons renversée. Il sauta par-dessus sans ralentir et plongea sous une rangée de saris qui séchaient sur une corde à linge. À un détour de la ruelle, il entrevit l'homme à une quinzaine de pas devant lui. Il allait vite, cependant il semblait éviter de forcer sur sa jambe gauche. Thomas pressa l'allure, ignorant les maquereaux et les propriétaires de bordel debout dans l'ombre qui le foudroyaient des yeux.

Le suspect changea de direction et se précipita dans un bordel. Thomas n'hésita qu'un instant : il le pourchassa dans un premier couloir, sans accorder la moindre attention à la rangée de filles le long du mur. Il gravit une volée de marches et entra au pas de charge dans un deuxième couloir bordé de prostituées. Elles accueillirent son irruption par des rires et lui soufflèrent des baisers ; il les écarta à coups d'épaule, se concentrant sur la poursuite.

Le deuxième couloir menait à un troisième, puis à un quatrième. Tout autour, il n'y avait que des filles et des chambres pas plus grandes qu'un placard réservées aux ébats avec les clients. Le quatrième couloir donnait sur une salle plus vaste où étaient étalés des matelas séparés par des draps accrochés au plafond. Un certain nombre d'entre eux étaient occupés. Thomas entendit des cris stridents, un hurlement de rage, tandis qu'une prostituée et son client se couvraient précipitamment. L'homme sauta à bas du matelas et disparut par la première porte venue.

Thomas continua sa course dans un autre dédale de couloirs. Il dévala un escalier quatre à quatre, sentit un courant d'air plus frais. Enfin, une porte se découpa au bout du tunnel. Un tenancier de bordel se dressa devant la sortie, essayant de lui barrer la route. Thomas le bouscula et se retrouva dehors.

Le suspect n'avait plus que quelques mètres d'avance sur lui et boitait plus visiblement.

— *Navin !* hurla Thomas.

L'homme jeta un coup d'œil par-dessus son épaule. Thomas mit ses dernières forces dans une demi-douzaine d'enjambées. Lorsque Navin fut à sa portée, il prit son élan, boosté par une montée d'adrénaline, et lui tomba dessus, effectuant un parfait plaquage. Ils roulèrent dans la boue au milieu d'un groupe de proxénètes qui se passaient un joint de hasch. Dans la mêlée, Navin essaya de s'arracher à la poigne de Thomas, mais celui-ci était galvanisé par la colère. Il ceintura son adversaire, bien décidé à ne pas lâcher prise.

— Qu'est-ce que tu as fait d'elle, espèce de salaud ? Où l'as-tu emmenée ? hurla-t-il, fou de rage.

Navin lui balança un coup de coude au visage. Thomas crut un instant qu'il allait perdre conscience. Un voile noir lui obscurcit la vue, puis le malaise passa. Il resserra sa prise. Il entendit des cris au loin, suivis d'un bruit de pas. Rohit fut le premier à les rejoindre. Il releva Navin, le plaqua contre un mur. Un agent du CBI lui passa les menottes pendant qu'un de ses collègues aidait Thomas à se relever.

— Ça va ?

Thomas hocha la tête, à bout de souffle. Il avait mal partout. Il essuya la terre qu'il avait sur la figure, tandis que les hommes du CBI entraînaient Navin. Rohit s'approcha de Thomas, partagé entre la gêne et l'envie de le féliciter.

— Beau travail, dit-il.

Thomas se fendit d'un immense sourire.

— Ah, ça fait du bien ! Depuis le temps.

Rohit haussa les sourcils.

— Comment ça, « depuis le temps » ?

— J'étais ailier défensif, à l'université. Et parmi les meilleurs de l'État.

Devant l'expression d'incompréhension de Rohit, Thomas secoua la tête.

— Laisse tomber.

Après un bref échange sur des questions territoriales avec l'inspecteur Khan, le chef du CBI donna l'ordre d'escorter Navin au commissariat de Nagpada. Greer libéra les agents de la CASex, après quoi Thomas et lui accompagnèrent l'inspecteur Khan au commissariat.

Greer fit la morale à Thomas.

— Écoute, je comprends pourquoi tu as fait ça. Mais c'était de la folie ! La police n'entre pas dans les ruelles.

Thomas haussa les épaules.

— J'en déduis que tu n'as rien contre la façon dont les choses ont tourné ?

— Bien sûr que non, répondit Greer. Simplement, s'il t'était arrivé le moindre pépin, c'est ma tête qu'on aurait servie sur un plateau.

Thomas ne voyait pas l'intérêt de répondre à ça.

— Et pour Suchir, on en est où ?

— Il s'en est tiré. Ils se sont tous envolés, Sumeera, Prasad, les clients, les filles. Apparemment, dans la chambre sous les combles, une porte dérobée menait au toit. Le temps que les gars du CBI la trouvent, tout le monde avait disparu.

— Tu crois qu'il s'en sortira, cette fois ?

— Ça dépend de la peur que lui inspire Navin. Il est possible qu'il se mette un moment au vert, mais je doute qu'il laisse complètement tomber. C'est un moyen trop facile de gagner de l'argent.

— Quelles sont les chances qu'il ait droit à un procès ? J'ai vu son avocat. Le juge lui mangeait dans la main.

Greer le regarda dans les yeux.

— Ahalya a droit à ce que justice lui soit rendue au tribunal. Nous y veillerons.

Au commissariat, l'inspecteur Khan conduisit Navin dans une pièce du fond. Greer et Thomas patientèrent dans le bureau de l'inspecteur. Une demi-heure plus tard, Thomas entendit le premier hurlement. Il se cramponna aux bras de son fauteuil. Le deuxième hurlement résonna peu après. Après quoi, les cris retentirent régulièrement. Thomas pinça les lèvres, tiraillé entre des pensées contradictoires. Il regarda Greer.

— Ça va durer longtemps ?

Greer eut un geste évasif.

— Jusqu'à ce que Khan s'estime satisfait.

— Et ça ne te pose pas de problème ?

— Ce que j'en pense n'a aucune importance. Ici, on est à Bombay. La police fait ce que bon lui semble.

Thomas réfléchit un instant. Puis :

— Navin va parler ?

Greer hocha la tête.

— Pour parler, il parlera. La question est : Khan lui arrachera-t-il la vérité ?

Khan se redressa devant Navin et reprit son souffle. Il l'avait menotté à une chaise métallique et lui avait tapé dessus jusqu'à ce que ses côtes craquent, tout en le soumettant à un feu roulant de questions. Navin était étonnamment coriace. Il avait donné son nom à Khan, avait admis avoir acheté Sita. En revanche, il prétendait l'avoir revendue à un autre maquereau. Khan lui demanda à qui et où se trouvait le type en question. Navin répondit : « à Kalina », dans les faubourgs de Bombay. Khan décréta qu'il ne le croyait pas.

— Dis-moi où tu l'as emmenée ! hurla-t-il en serrant et desserrant les poings.

Navin lui rendit un regard de défi.

— Tu peux faire durer la séance, si c'est ce que tu veux, fit Khan en saisissant une dynamo à manivelle. Ou tu peux me dire la vérité tout de suite. Qu'est-ce que tu préfères ?

Quand le courant circula, Navin hurla, mais il s'accrocha à son histoire.

Khan lui parla ensuite de l'Europe.

— Tu aimes *sambhoga* avec les femmes européennes ?

Navin hocha la tête.

— Et pourquoi pas ? répliqua-t-il d'une voix traînante. Tu aimes *sambhoga* avec ta femme ?

L'insolence exaspéra l'inspecteur. Il déplaça les électrodes vers les parties génitales de Navin. Navin poussa un cri suraigu et se mit à baver. Il semblait être sur le point de céder.

— Dis-moi où tu as emmené la fille ! ordonna l'inspecteur. Tu lui as fait quitter Bombay, je le sais !

La tête de Navin roula d'un côté et de l'autre, puis, presque imperceptiblement, il hocha la tête.

— Bon, fit Khan. Elle est encore en Inde ?

Navin cracha un jet de salive. Khan tourna à nouveau la manivelle.

— Non, non, non ! s'écria Navin avec des accents désespérés. Pas en Inde.

— Où, alors ? En Angleterre ? En Allemagne ? Où ça ?

— En France, lâcha enfin Navin.

Khan inspira profondément.

— Pourquoi en France ?

Navin resta muet. Khan attendit une minute, puis, lassé, il reprit la dynamo. La perspective d'une souffrance renouvelée eut raison des réticences de Navin.

— J'ai un oncle à Paris.

Khan reposa la dynamo.

— Ton oncle est *malik*, comme Suchir ?

Navin secoua la tête.

— La fille n'est pas là-bas pour le sexe. Elle travaille dans son restaurant.

On frappa à la porte. Khan se retourna, furieux. Il avait ordonné qu'on ne le dérange pas.

— Quoi ? Qu'est-ce qu'il y a ? aboya-t-il.

Le commissaire adjoint entra dans la pièce. Il regarda Navin, puis Khan.

— Inspecteur Khan, commença-t-il, cet homme a été arrêté par erreur.

— Le suspect vient d'avouer avoir acheté une fille mineure dans un bordel et l'avoir emmenée en France, objecta Khan, sidéré. Il a violé les lois indiennes et internationales. Quelle erreur y a-t-il dans son arrestation ?

— Inspecteur, je vous ordonne de le relâcher.

Khan observa son chef. Des picotements de colère et de honte lui remontèrent tout le long de l'épine dorsale. Il n'avait pas le choix. S'il désobéissait, il perdrait son travail, et sa famille se retrouverait à la rue. Il prit dans sa poche la clé des menottes. Sitôt libéré, Navin lui cracha à la figure.

— *Muth mar, bhenchod,* souffla-t-il tout bas. Tu ne retrouveras jamais la fille.

Khan regagna son bureau.

— Il y a un problème, annonça-t-il, les yeux rivés sur un point entre Greer et Thomas. Le commissaire adjoint a fait relâcher Navin.

— Hein ? Qu'est-ce que ça signifie ! s'exclama Greer.

— Exactement ce que je viens de dire. Navin est parti.

— Comment avez-vous pu laisser faire ça ? s'indigna Thomas, estomaqué.

Khan fronça les sourcils.

— Vous ne comprenez pas. Je ne pouvais pas faire autrement.

— Tout cet endroit n'est qu'un vaste cirque ! lança furieusement Thomas. Il faut qu'on se bouge !

Il fonça vers la porte. Khan s'interposa.

— Vous voulez vous retrouver en taule ? Parce que le commissaire adjoint vous fera enfermer et jettera la clé dans Mahim Bay. Si vous espérez combattre la corruption, c'est perdu d'avance. Il n'y a qu'une façon de retrouver la fille, c'est de parler à la police française.

Thomas s'efforça de reprendre son calme.

— Navin a emmené Sita en France ?

— Elle travaille dans le restaurant de son oncle, à Paris.

Thomas secoua la tête.

— À Paris ? Alors ça !

— Qu'est-ce que ça a de si drôle ? demanda Greer.

— Je connais Paris. J'ai passé un semestre à la Sorbonne.

— Et alors ? Tu ne vas pas lui courir après, non ? La police française est bien mieux outillée pour retrouver sa trace.

— Évidemment, convint Thomas.

L'idée était absurde, pourtant, à peine avait-elle germé dans son esprit qu'elle commença à croître et à embellir.

— Je contacterai le CBI demain, annonça Khan. Ils collaboreront avec la police française.

Thomas et Greer sortirent dans la moiteur de la nuit. Thomas ne prononça pas un mot pendant la course en taxi jusqu'à la gare centrale. La solution la plus simple – s'en remettre aux autorités – était aussi la plus raisonnable. La personne qui comptait le plus au monde pour lui – Priya – était à Bombay. Il se pourrait qu'elle l'encourage à aller à Paris. Toutefois, son opinion n'était pas le seul paramètre en jeu. Ils avaient beau tenter de l'ignorer, son père exerçait toujours une profonde influence sur eux. Priya ne quitterait pas l'Inde sans sa bénédiction. Si Thomas voulait avoir la moindre chance de la reconquérir et de la remmener aux États-Unis, c'était le professeur qu'il devait gagner à sa cause.

Dans le wagon de seconde classe, Thomas resta auprès de la porte, à contempler la nuit. Le train roulait sans se presser. Les lumières de la ville coulaient comme un fleuve étincelant, ininterrompu. Le vent chaud jouait dans ses cheveux. La nuit sentait le *paan* et l'eau de toilette bon marché.

Alors que les kilomètres défilaient, il prit sa décision. Était-ce le rythme des bogies, la caresse de l'air chargé de sel sur sa peau, la cadence de la langue étrangère autour de lui ? Ou bien l'euphorie d'avoir retrouvé Navin après avoir renoncé à tout espoir ? Quelle que fût la réponse, la décision lui parut inévitable, comme si c'était le chemin qui l'avait choisi : il irait à Paris.

Il le devait bien à Ahalya.

Il se le devait bien à lui-même.

18.

Où est la lampe éteinte qui de la nuit faisait le jour ?
Où est le soleil ?

Hafez

Paris, France

Un certain temps passa. Sita continuait à faire le ménage chez Vassili. Un jour sur deux, à la demande de Dimitri, elle ramassait le linge et les sous-vêtements dans les chambres des filles. Celles-ci apparaissaient toujours dans le couloir en tee-shirt et short de gym. Rien, aucun signe ne trahissait la présence d'hommes dans les lieux – jamais de préservatifs, de cigarettes ou de sacs de voyage. Leurs seuls biens sur terre semblaient se résumer à leurs dessous de dentelle et à quelques livres de poche.

Un matin, Tatiana la chargea d'épousseter, au second étage, une pièce pleine de fouillis et de matériel informatique.

— Vassili en voyage, expliqua-t-elle. Regarde la crasse.

Elle souleva un verre à bière sale abandonné sur un meuble de rangement et fronça le nez à la vue d'un paquet de cigarettes et d'un cendrier à moitié plein.

— Dégoûtant.

Elle se tourna vers Sita avec un air de conspiratrice.

— Pas dire Vassili toi venir ici. Lui pas content.

Elle eut un haussement d'épaules.

— Mais endroit besoin nettoyer.

Tatiana laissa Sita avec un chiffon et un plumeau. Les ordinateurs, Sita connaissait un peu, pourtant elle n'avait jamais vu une installation aussi sophistiquée : sur une table étaient posés deux écrans plats éteints, un clavier, une souris, et une sorte de tablette blanche munie d'un stylet en plastique. L'endroit puait le tabac et l'alcool de mauvaise qualité. Elle commença son ménage par l'encadrement et l'appui d'un petit œil-de-bœuf – la seule ouverture de la pièce. Ensuite, elle s'occupa du bureau et épousseta les moniteurs. En passant sur le clavier, elle appuya par inadvertance sur une touche. Les deux écrans s'allumèrent aussitôt. Elle eut un mouvement de recul instinctif. On y voyait un homme masqué et une femme en train de se livrer à des ébats sexuels. Les joues brûlantes, elle tourna le dos aux moniteurs, à la recherche d'un dérivatif. Elle astiqua les poignées du meuble de rangement jusqu'à ce qu'elles brillent. Le travail mécanique, rythmique, eut le don de l'apaiser, et enfin les écrans d'ordinateur s'éteignirent. D'où venaient les images ? Et qui était l'homme masqué ?

En arrivant au tiroir du bas, Sita s'aperçut qu'il n'était pas bien fermé. Elle s'apprêtait à le repousser machinalement, quand elle fut saisie par une terrible curiosité. Et si le meuble de rangement contenait des choses susceptibles d'expliquer les images des écrans et la présence des filles de l'autre côté de la cour ?

Le cœur battant, elle ouvrit le tiroir ; y étaient entassés des dossiers sur lesquels étaient collées des étiquettes écrites à la main, dans une langue étrangère. Le premier contenait une dizaine de photos polaroïd de filles à la peau blanche, en sous-vêtements, debout, seules, dans une pièce vide aux murs nus, miteux. Elles étaient toutes photographiées selon le même angle et braquaient sur l'appareil un regard atone. Sita trouva aussi une feuille de papier sur laquelle étaient tapés des mots en caractères bizarres. Elle se demanda si les mots n'étaient pas des noms.

Elle remit soigneusement le dossier à sa place. Ceux qui se trouvaient derrière recelaient tous des clichés Polaroïd accompagnés d'une liste indéchiffrable. Au fond du tiroir, derrière les dossiers Sita découvrit une pile de magazines pornographiques. Elle eut une réaction de dégoût, referma le tiroir et ramassa son chiffon abandonné par terre.

Quand Tatiana revint la chercher, elle éprouva un tel soulagement qu'elle se retint pour ne pas la serrer dans ses bras. La femme lui donna une autre corvée, et Sita se concentra sur sa tâche jusqu'à la fin de la journée, en essayant d'oublier les images qu'elle avait vues.

Ce soir-là, au restaurant, Oncle-ji lui annonça qu'elle ferait le service, car Varuni était malade. La jeune fille mit un sari imprimé fourni par Tata-ji et nettoya la salle. Ensuite, elle mémorisa en hâte le menu. Il était écrit en hindi, mais traduit en français et en anglais. Tata-ji courait en tous sens afin d'arranger les nappes et les sets de table. Elle chargea Sita d'allumer une bougie sur chaque table. Dans la précipitation, elle ne trouva guère le temps de la critiquer. Pour la première fois depuis son arrivée, elle la traita même avec un semblant de respect.

Les clients commencèrent à arriver dès dix-neuf heures. Oncle-ji les accueillait, après quoi Sita les escortait jusqu'à leur table. Si les clients étaient indiens, elle leur parlait hindi, sinon, elle s'adressait à eux en anglais. Oncle-ji restait à proximité, au cas où elle aurait été obligée de s'exprimer en français. Elle essaya d'imiter la façon de faire de Varuni, mais avec une maladresse et une inexpérience évidentes. En désespoir de cause, elle arborait un grand sourire et recommandait le poulet *tikka masala.*

C'était une soirée calme, pourtant il arriva suffisamment d'habitués pour qu'elle soit constamment occupée. Faute d'expérience, elle compensait par l'intelligence. Elle avait toujours été fière de sa mémoire des détails. Elle prenait les commandes des clients et leur apportait leurs plats sans avoir besoin de noter quoi que ce soit.

— Elle est mignonne, votre nouvelle serveuse, déclara à Oncle-ji l'un des clients réguliers. Où l'avez-vous trouvée ?

— C'est la fille de mon cousin de Bombay. Nous avons de la chance de l'avoir avec nous.

Sita n'aurait su déterminer si le compliment était sincère ou hypocrite, néanmoins elle le considéra comme un signe positif. Peut-être Oncle-ji lui permettrait-il de servir à table avec Varuni, quand le temps se réchaufferait. Ce serait plus agréable que les corvées de nettoyage.

Les deux derniers clients – un couple indien âgé – partirent quelques minutes avant la fermeture. Après avoir débarrassé la table, Sita balaya le sol. Quelques minutes plus tard, Oncle-ji reçut sur son portable un appel qui le mit apparemment dans tous ses états. Il commença à faire les cent pas devant la porte du restaurant jusqu'à ce qu'un personnage surgisse de la nuit.

Quand Sita aperçut le visiteur, cela fit comme un déclic dans sa tête : il lui tournait le dos, mais son blouson, ses cheveux lui disaient quelque chose. Elle continua à balayer tout en l'examinant du coin de l'œil. Enfin, il se retourna.

L'étranger était Navin.

Sita cilla, surprise par l'état de son visage : il avait les joues couvertes d'ecchymoses toutes rouges et un œil au beurre noir. Il la considéra sans émotion.

— Apparemment, elle ne s'en sort pas trop mal, commenta-t-il.

— En effet, acquiesça Oncle-ji en emmenant Navin vers un box près de la devanture. Toi, ordonna-t-il à Sita, apporte à notre invité une bouteille de cognac et un verre.

Elle attrapa la bouteille d'alcool et retourna vivement vers la table. Posant le verre et le cognac devant Navin, elle remarqua qu'Oncle-ji avait les mains tremblantes. Elle se remit à balayer en tendant l'oreille. Navin parlait tout bas, toutefois elle saisit deux mots : « arrêté » et « police ».

Oncle-ji lança, en élevant la voix :

— Tu ne leur as rien révélé, hein ?

La réponse de Navin était inaudible, en revanche la réaction d'Oncle-ji ne le fut pas.

— Qu'est-ce que ça signifie ?

Navin se contenta de jeter un coup d'œil en direction de Sita et d'esquisser un imperceptible mouvement de tête. Elle se détourna très vite et se concentra sur son ménage. Le silence se fit un instant dans le restaurant, puis Oncle-ji aboya :

— File dans la cuisine, toi !

Sita se raidit et détala, l'esprit bouillonnant de questions. Se pouvait-il que la police la recherche ? Navin avait-il révélé où elle se trouvait ? Elle resta aux aguets, dans l'espoir de saisir des bribes de conversation, mais ne lui parvinrent que des murmures, jusqu'à ce qu'Oncle-ji hausse le ton.

— Il faut que tu nous aides ! lâcha-t-il. C'est toi qui nous l'as amenée !

Navin fronça les sourcils, se leva brusquement et quitta le restaurant.

Qu'allait faire Oncle-ji, maintenant ? Il tournait le dos et marmonnait tout seul. La bouteille était restée bouchée. Il souleva le verre et en regarda longuement le fond. Puis il s'approcha rapidement de Sita, l'air épouvanté.

— Viens avec moi, tout de suite ! s'exclama-t-il.

Il la guida vers l'appartement. Tata-ji assista à son manège, intriguée, mais il l'ignora. Dans la chambre, il alluma la lumière et désigna une penderie encombrée de vêtements.

— Tu vas rester là-dedans ! ordonna-t-il à Sita.

— Pourquoi ? s'exclama-t-elle, terrorisée.

— Pas de questions, répliqua-t-il en la poussant dans le placard.

Quand il eut refermé la porte, Sita s'assit sur un tas de chaussures et s'efforça de combattre la terreur mêlée de claustrophobie qui s'était emparée d'elle. Même lorsque sa vue se fut adaptée, elle ne distingua qu'un infime rai de lueur grise en bas de la porte. Elle s'obligea à inspirer profondément et serra dans sa main la petite figurine d'Hanuman cachée dans les plis de son sari.

Elle pensa à la côte de Coromandel avant l'horreur du tsunami. La mer étincelait. Ahalya jouait dans les vagues qui léchaient la plage. Son père et sa mère les observaient depuis le jardin. Jaya était occupée à étendre le linge. Quand cette vision s'estompa, des larmes lui brûlèrent les yeux et elle se mit à pleurer. Puis elle se fabriqua une sorte de nid dans le fouillis et posa sa tête sur un tissu doux et mou, sans doute un bonnet de laine. C'était le deuxième placard dans lequel on la contraignait à dormir depuis son arrivée à Paris. Au moins, dans celui-ci, elle avait chaud.

Sita fut réveillée en sursaut par l'ouverture de la penderie, le lendemain matin. Elle était affamée et elle avait désespérément envie d'aller aux toilettes. Éblouie par la lumière, elle distingua Oncle-ji, debout au-dessus d'elle. Elle espérait qu'il lui proposerait à manger et d'utiliser la salle de bains. Mais, d'un geste, il lui ordonna de le suivre. Elle s'extirpa tant bien que mal de l'entassement de chaussures. Dans l'entrée de l'appartement, Dimitri l'attendait. Elle poussa un soupir de soulagement : elle ne serait donc pas obligée de passer la journée dans la solitude du placard. Tatiana allait lui donner un bon déjeuner et, le soir, elle s'occuperait des tables au restaurant. Malgré la visite de Navin et les craintes d'Oncle-ji, rien ne changerait, tout compte fait.

Elle enfila sa doudoune et suivit Dimitri jusqu'à la Mercedes. Tatiana l'attendait dans le hall, chez elle, et lui ordonna de faire le ménage dans les chambres du premier.

À quatre heures de l'après-midi, ayant fini d'épousseter une étagère de livres dans la chambre du maître, Sita commença à guetter le retour de Tatiana. Elle ne se montra pas. La grande aiguille de la pendule indiqua la demie de seize heures, puis dix-sept heures. Enfin, Tatiana apparut et la mena à la cuisine. Devant la gazinière, l'une des filles de Dimitri touillait une casserole de soupe tandis que des saucisses grésillaient dans une poêle.

— Ivana, lui dit Tatiana. C'est Sita. Elle va t'aider, ce soir.

La fille hocha la tête docilement. L'esprit de Sita bouillonnait de confusion et d'appréhension. Elle n'avait pas peur de Tatiana ; en revanche, elle redoutait Dimitri et Vassili. La demeure était hantée par des secrets terribles que la lumière du jour masquait. Elle n'avait pas envie d'être là quand la nuit tomberait.

Ivana, parlant mal anglais, s'exprimait par gestes ; Sita l'aida de son mieux. La nourriture était très différente de la cuisine indienne – il y avait beaucoup de viande, de saveurs épicées, et de légumes goûteux. Ivana lui indiqua un récipient et articula : « Bortsch. »

Peu après dix-huit heures, Ivana servit Vassili, Tatiana et Dimitri dans la salle à manger, et Sita et elle-même dans la cuisine. Sita manga avidement. Après dîner, elle aida Ivana à débarrasser, puis à mettre de l'ordre dans la salle à manger et à nettoyer la cuisine.

À dix-neuf heures, Dimitri apparut. Ivana se raidit visiblement. Elle posa son torchon et lui emboîta le pas. Sita écouta le bruit de leurs pas. Une porte s'ouvrit et se referma. Le son était différent, plus léger que le choc sourd de la porte d'entrée de la résidence. Le cœur battant, Sita se demanda si Dimitri avait emmené Ivana au sous-sol.

Peu après, Tatiana conduisit Sita à l'étage, dans l'une des chambres qu'elle avait nettoyées le jour même.

— Tu restes ici, lui ordonna-t-elle.

Elle lui montra les toilettes et déposa une couverture sur le lit.

— Je revenir demain matin. *Bonne nuit.* Fais des beaux rêves.

La clé tourna dans la serrure. Le lit était gigantesque. Il y avait deux petits fauteuils et une grande fenêtre qui donnait sur la cour. C'était un véritable palais à côté du réduit sous le toit de Suchir et des placards d'Oncle-ji.

Le van blanc et l'Audi gris métallisé étaient garés en bas, dans la cour ; la Mercedes, elle, n'était pas là. Sita parcourut les étagères et trouva un roman en anglais. Elle s'installa dans l'un des fauteuils et passa la soirée à lire. Parfois, des voix s'élevaient derrière la porte, seulement les paroles étaient étouffées et lointaines.

À un moment – il était plus de dix heures – du bruit résonna dans la cour. En veillant soigneusement à rester dans l'ombre, elle observa Dimitri qui faisait monter Natalia, Ivana et les autres filles dans le van blanc. Elles arboraient toutes des tenues provocantes, des jupes très courtes, des talons aiguilles et des hauts très décolletés. Bien qu'on soit encore en hiver, seule Natalia avait un manteau. Aucune d'elles ne parlait, et elles semblaient éviter de se regarder les unes les autres.

Elles s'engouffrèrent toutes à l'arrière du van, sauf Natalia. Sur un geste de Dimitri, elle monta dans l'Audi. Il parla brièvement à quelqu'un qui se trouvait dans le van, lequel disparut par la porte cochère. Dimitri passa un coup de fil sur son portable avant de quitter les lieux à son tour.

Sita s'apprêta à se coucher. Elle s'offrit le luxe d'un bain et se blottit dans les draps et des oreillers si doux qu'elle ne se souvenait pas d'en avoir jamais touché de pareils. Pourtant elle ne pouvait se départir d'une impression persistante de danger. Malgré toute leur fortune et leur bon goût, il y avait quelque chose de diabolique chez les Vassili.

Où Dimitri avait-il emmené les filles ?

Le lendemain matin, Tatiana délivra Sita pour le petit déjeuner. Avant de quitter la chambre, Sita jeta un coup d'œil par la fenêtre ; le van et l'Audi étaient de nouveau là. L'énigme de la destination des filles s'approfondit quand elle trouva Ivana dans la cuisine en train de préparer le petit déjeuner. La jeune Russe n'avait pas l'air différente de la veille au soir. Sita, tout en l'aidant à faire le service, l'observa, à la recherche de signes de détresse. Ses grands yeux bleus étaient vides, mais elle agissait tout à fait normalement.

Après cela, quelques journées s'écoulèrent de la même façon : Sita effectuait toutes les tâches d'une femme de chambre, lavait les draps et les sous-vêtements des filles, et aidait Ivana à la cuisine. Le soir, le van quittait la cour à dix heures pour réapparaître avant l'aube. La deuxième nuit – un dimanche –, Ivana et une autre fille partirent avec Dimitri dans l'Audi. Le lundi et le mardi, seule Natalia accompagna Dimitri. Sita observait le rassemblement nocturne depuis sa fenêtre en s'efforçant de ne pas penser à l'endroit où on emmenait les filles, ni à ce qu'on les obligeait à faire.

Le mercredi matin, Sita fut convoquée au salon par Vassili. Peu après, Oncle-ji et Tata-ji arrivèrent avec Dimitri. Sita assista, troublée, au manège du couple, qui ne lui prêta aucune attention. Elle ignorait complètement le but de la réunion.

— Voici les documents, commença Vassili en ouvrant un dossier sur la table basse.

Sita aperçut des passeports et des billets d'avion. Son cœur loupa un battement. Oncle-ji et Tata-ji avaient-ils décidé de quitter la France ? Et qu'avaient-ils l'intention de faire d'elle ?

— Combien ça va nous coûter ? s'informa Oncle-ji d'une voix contenue.

Vassili secoua la tête.

— Rien du tout. Vous nous aidez et nous vous aidons L'échange est équitable.

— Et quand nous serons là-bas ?

Vassili esquissa un geste évasif.

— Vous verrez bien.

— *Merci beaucoup*, rétorqua Oncle-ji. C'est une grande faveur que vous nous faites.

Il jeta un coup d'œil à Sita ; elle lut de la culpabilité sur ses traits. C'était donc ça. Tout à coup, elle fut sûre que la réunion avait été provoquée à cause d'elle.

Vassili tendit les documents à Oncle-ji. Les deux hommes se serrèrent la main.

— Vous me remercierez demain, dit Vassili. En attendant, soyez prudents.

Troisième partie

19.

Le cœur a ses raisons que la raison ne connaît point.
Blaise Pascal

Bombay, Inde

Une semaine après que le commissaire adjoint eut relâché Navin, le mercredi, Thomas buvait un verre de vin rouge, confortablement installé dans le salon Air France de l'aéroport international Chhatrapati Shivaji. Il était un peu plus de minuit. Son vol ne décollerait pas avant encore une heure et demie. Il songea à lire le journal, mais il savait que les articles ne retiendraient pas son attention. Il n'était qu'une boule de nerfs, incapable de se concentrer. Alors il ferma les paupières et s'astreignit à respirer régulièrement, en pensant aux événements de la semaine passée.

Le lendemain de la descente de police, il avait parlé à Greer, dans l'espoir qu'il le traiterait de fou et lui assurerait que la CASex ne pouvait se passer de lui – il ne serait donc pas question d'aller vadrouiller dans Paris en quête de Sita. Toutefois Greer l'avait pris au dépourvu. Sous ses dehors raisonnables, le directeur du bureau de terrain était apparemment un idéaliste. Il passa Thomas sur le gril juste le temps de s'assurer de sa motivation, puis il lui donna sa bénédiction en le priant seulement de rester en contact.

Avec Priya, ça avait été une tout autre histoire. Après avoir obtenu l'aval de Greer, Thomas lui avait téléphoné en pensant qu'elle ne décrocherait pas : c'était un jeudi, et elle était à l'hôpital de Breach Candy, où elle rendait souvent, et longuement, visite à sa grand-mère. Elle décrocha à la première sonnerie, et il devina que quelque chose clochait. Le ton de sa voix le lui confirma.

— Thomas... Ma grand-mère vient de nous quitter.

Il prit une profonde inspiration et dit doucement :

— Je suis vraiment désolé.

Elle marqua une seconde de silence.

— Il n'y a pas deux jours, elle bavardait encore avec nous. D'après les infirmières, elle a commencé à partir pendant la nuit. Le temps que j'arrive, elle ne pouvait plus parler. Elle m'a regardée comme si elle voulait me confier quelque chose, mais elle n'a pas pu. Je lui tenais la main quand elle est morte.

Elle craqua et se mit à pleurer. Thomas quitta aussitôt le bureau et héla un rickshaw.

— Ta famille est au courant ?

— Je m'apprêtais à appeler mon père.

Il leva la voix pour se faire entendre malgré les pétarades du moteur deux temps du rickshaw.

— Je viens te voir. Je devrais arriver d'ici une heure.

— Rejoins-moi chez mon grand-père. C'est là qu'ils vont emmener ma grand-mère pour les préparatifs.

Le trajet jusqu'à Malabar Hill dura quatre-vingts vertigineuses minutes. Thomas paya la course devant les grilles de la propriété et entra. Le jardin était un autre monde, un monde de fraîcheur, empli de pépiements d'oiseaux et de l'odeur enivrante du jasmin. Il resta un moment à observer le sanctuaire de Vrindavan. Trois voitures étaient garées sur les dalles de pierre de l'allée. La décapotable de Priya était parmi elles.

Il rassembla son courage en prévision de la confrontation inévitable avec Surya. Il n'avait pas parlé au professeur depuis la soirée du *mendhi*. Il ignorait si Priya lui avait annoncé qu'ils se revoyaient. Toute la scène recelait une impression de déjà vu. C'était comme si Priya et lui se retrouvaient à nouveau au Fellows Garden. Sauf que désormais ils étaient mari et femme.

Personne ne se tenait sur la terrasse, en revanche il distingua des mouvements derrière les vitres. Il frappa prudemment à l'entrée, espérant que Priya l'accueillerait. Il n'eut pas cette chance. C'est le professeur qui ouvrit. Il se renfrogna en le voyant.

— Priya est avec sa grand-mère, lança-t-il.

— C'est elle qui m'a demandé de venir, précisa Thomas.

Comme Surya ne réagissait pas, il pensa qu'il allait l'obliger à attendre sur le seuil. Puis Surekha apparut et lui tendit un rameau d'olivier métaphorique.

— Bonjour, Thomas, commença-t-elle, faisant taire son mari d'un geste. Priya sera là tout de suite. Voulez-vous passer au salon ?

Surya, furieux, s'effaça néanmoins devant Thomas. Celuici s'assit sur un canapé et écouta la rumeur de voix féminines s'exprimant en hindi. Au bout de quelques minutes, Priya apparut et l'engagea à la suivre sur la terrasse.

— Comment ça va ? s'enquit Thomas.

— Je ne sais pas.

Elle avait les yeux rouges et pleins de larmes.

— Je ne m'attendais pas à ce que ça arrive si vite.

— Que puis-je faire pour toi ?

Elle secoua la tête.

— Rien du tout.

— Et maintenant, que va-t-il se passer ?

— Le corps de Sonam sera paré avant d'être exposé. La maison sera ouverte, demain, pour permettre à chacun de lui rendre hommage, puis elle sera incinérée au bord de la mer, au parc de Prijadarshini. Après cela, mon père et ses frères prendront l'avion pour Bénarès, où ils disperseront ses cendres. Nous la pleurerons ici.

Thomas resta un long moment silencieux.

— Je suis vraiment désolé. Je sais combien tu l'aimais.

— Je l'adorais quand j'étais enfant. C'est à peine si je l'avais revue depuis que j'étais adulte.

— Ce qui est en grande partie ma faute.

— C'est notre faute à tous les deux. Mais les regrets ne servent à rien, à présent. Il ne nous reste plus que l'avenir.

Thomas poussa un profond soupir.

— Je n'arrête pas de m'interroger sur ce qu'il faudrait faire pour que ça marche.

Priya eut un petit mouvement de tête.

— Ce n'est pas en y réfléchissant que tu t'en sortiras.

— Alors, comment ?

— Pourquoi les hommes posent-ils toujours cette question ? On n'attend pas de toi que tu *fasses* quelque chose. Sois toi-même, c'est tout. C'est ensemble que nous trouverons un moyen.

— Pourquoi les femmes parlent-elles toujours par énigmes ?

— Parce que l'amour est une énigme. Tout comme la vie même.

Les rites funéraires hindous étaient très élaborés. La veillée funèbre publique attira une foule de près de cinq cents personnes. La famille orna le corps de la défunte de guirlandes de fleurs et le plaça sur un cercueil, les pieds tournés vers le sud, vers le séjour des morts.

Le soir du deuxième jour, Surya et ses frères portèrent le cercueil dans un fourgon mortuaire et conduisirent leur mère vers Priyadarshini Park, où son corps fut incinéré sur un bûcher. Un groupe de brahmanes chantèrent des mantras accompagnés par les percussions rythmiques des vagues, tandis que notables et gens du peuple de Bombay lui rendaient un ultime hommage.

Après la crémation, la foule se dispersa et la famille regagna le bungalow. Pendant que Priya s'occupait de son grand-père, Thomas dérivait à la périphérie des événements, sans savoir quand il aurait l'occasion d'informer Priya de son départ pour Paris. Il se sentait coupable de penser autant à Sita. Au fur et à mesure que les heures passaient, cependant, il était de plus en plus convaincu qu'il était possible de la retrouver – et il craignait de plus en plus que le temps joue contre eux.

Enfin, trois jours après la mort de Sonam, après dîner, il accompagna Priya sur la terrasse alors que le ciel s'assombrissait.

— Tu as l'air bizarre, s'étonna-t-elle. Quelque chose ne va pas ?

Thomas lui parla de la capture et de la libération de Navin. Priya fut scandalisée.

— Le commissaire est un ami de ma famille ! Il est passé avec sa femme, le jour où la maison était ouverte à tous. Si l'un de ses adjoints travaille pour les *goondas*, il faut qu'il l'apprenne.

— Je ne suis pas sûr que ça change quoi que ce soit, objecta Thomas. De toute façon, ce n'est pas tellement pour le commissaire adjoint que je m'inquiète.

— C'est pour Sita.

Il hocha la tête.

— Tu sais pourquoi Navin l'a emmenée en France ? poursuivit Priya pensivement.

— Son oncle a un restaurant à Paris. Elle travaille pour lui.

— Les Français s'en occupent ?

— Le CBI ne nous a rien révélé. Quant à ce que les Français vont faire, personne n'en a la moindre idée.

Elle l'examina attentivement.

— Ce n'est pas tout. Tu as autre chose à me dire.

— La CIA devrait t'embaucher. Tu vaux tous les détecteurs de mensonge.

Elle sourit.

— Je ne peux lire que dans ton esprit.

— Il faut que j'aille en France. Je crois pouvoir retrouver Sita.

Elle le dévisagea. La lueur des torches se reflétait dans ses prunelles de jais.

— Tu le penses vraiment ?

— Oui.

— Mon père ne comprendra pas.

— Évidemment pas.

— C'est vraiment dommage. Il commençait juste à t'apprécier.

Thomas ouvrit de grands yeux.

— Hein ?

— Ses termes exacts sont : « C'est un sacré bonhomme que tu t'es choisi. »

— Ah ! respecter, ce n'est pas aimer.

— Ce n'est pas détester non plus.

Thomas eut un petit rire.

— Je crois que c'est moi qui me suis choisi une sacrée bonne femme.

Priya posa la main sur son bras.

— Va à Paris. Je m'occupe de mon père.

Thomas consulta sa montre ; encore trente minutes avant l'embarquement. Il appela Andrew Porter, au ministère de la Justice. Porter décrocha tout de suite. Il y avait dix heures et demie de décalage avec Washington ; c'était le début de l'après-midi, là-bas. Thomas l'informa de la situation et lui demanda s'il connaissait quelqu'un en France, un membre du gouvernement, à qui il pourrait s'adresser.

— Les relations avec l'administration française sont toujours un peu délicates, lui confia Andrew. Mais j'ai une amie qui travaille au service juridique de l'ambassade. Ces gens-là connaissent toutes les ficelles de la diplomatie et ont le respect des institutions. Elle s'appelle Julia. Je pourrais la contacter, si tu veux.

— C'est une bonne amie à toi ? Ce que je fais n'est pas très orthodoxe.

— Julia est une de mes meilleures copines. On était à Columbia ensemble. Personne, au FBI, ne voudrait seulement te donner l'heure, alors que si je lui demande une faveur, elle se mettra en quatre. Et puis, ça va l'intriguer. Sa sœur a été enlevée quand elle était enfant.

— D'accord, acquiesça Thomas. Si tu peux lui faire signe...

— Bon. Attends vingt minutes et joins-la à ce numéro.

Porter récita un numéro à dix chiffres précédé de l'indicatif de la France. Thomas l'écrivit sur la paume de sa main.

Après avoir raccroché, il parcourut le *Times of India* tout en surveillant la pendule. Vingt minutes plus tard, il passa son coup de fil. Julia répondit en français. Thomas parlait correctement cette langue, néanmoins il s'identifia en anglais. Elle changea de langue avec aisance.

— Je ferai tout ce qui est en mon pouvoir pour vous aider. Par où commençons-nous ?

— Je voudrais savoir si la police française a été contactée par le CBI de Bombay.

— Nous avons des contacts avec la BRP – la Brigade de répression du proxénétisme –, ici, à Paris. Je lui téléphonerai demain matin. Vous connaissez Paris ?

— J'ai passé un semestre à la Sorbonne. Pourquoi ?

— J'imagine que vous voudrez vous livrer à vos propres investigations. Il vaudrait mieux que vous sachiez vous débrouiller. Quand arrivez-vous ?

— Sept heures et demie, demain matin, à Charles-de-Gaulle.

— Prenez le RER B jusqu'à Châtelet-Les-Halles. On se retrouvera dehors, devant l'église Saint-Eustache, à neuf heures.

— Comment vous reconnaîtrai-je ?

— J'aurai un manteau rouge.

À Charles-de-Gaulle, Thomas passa la douane très vite et suivit les indications jusqu'à la station de RER, où il acheta un passe pour cinq jours. Voilà près de dix ans qu'il n'avait pas posé le pied à Paris, pourtant il avait l'impression que c'était la veille.

L'entrée dans la ville lui évoqua un bouquet de souvenirs. Il se rappelait l'odeur de l'espresso du bistrot, dans le cinquième arrondissement, où il prenait souvent son petit déjeuner. Il repensa au silence de la grande salle de lecture de la Sorbonne, et à la section des beaux-arts de la bibliothèque Sainte-Geneviève, où il se réfugiait quand il faisait trop froid pour lire dans les jardins des Tuileries, d'où on dominait la Seine.

Le RER l'amena très vite au cœur de la ville. À Châtelet-les-Halles, il traversa le centre commercial du Forum, passa devant un complexe de salles de cinéma et gravit une succession d'escaliers qui montaient vers l'esplanade. Il faisait froid, mais le ciel était dégagé. C'était la fin de l'hiver, et le soleil avait en partie retrouvé l'éclat annonciateur du printemps. La masse gothique, imposante, de l'église Saint-Eustache dominait le paysage de toits. Il contourna dans les jardins un espace circulaire entouré de gradins. Julia se tenait devant l'église, les mains enfoncées dans les poches d'un manteau rouge flamboyant. Elle était grande, jolie, avec des cheveux châtain qui lui arrivaient aux épaules. Il se présenta, et elle le salua en l'embrassant sur les deux joues.

— *La bise*, dit Thomas en français en lui rendant ses baisers. Il y a des siècles que je n'avais pas fait ça !

— Il n'y a qu'un an que je suis là, mais ça m'est devenu tellement naturel que je n'y pense même plus.

Ce qui le fit rire.

— Si vous restez ici assez longtemps, vous oublierez tout ce que vous avez connu auparavant.

— Ah, un francophile, commenta-t-elle en le ramenant sur ses pas.

— J'ai été contaminé il y a bien longtemps. Et c'est incurable.

Julia sourit.

— Andrew m'avait dit que vous me plairiez.

— Il ne fait pas autorité en la matière, objecta Thomas. Il aime tout le monde. Même les criminels.

— *Touché*, fit-elle avec un petit rire avant de passer à un tout autre sujet : j'ai joint notre contact à la préfecture de police, ici, à Paris. Il n'avait pas entendu parler de Navin, ni de Sita, mais il va se renseigner. Je lui ai envoyé la photo d'Interpol. Je devrais avoir de ses nouvelles cet après-midi.

— Alors, quels sont les projets pour ce matin ?

— Je voudrais vous présenter quelqu'un. Il s'appelle Jean-Pierre Léon ; c'est un personnage. Il sait tout ce qui est nécessaire, et davantage encore, sur les trafics dans cette ville. C'est l'un des individus les plus passionnants que j'aie rencontrés à Paris. Vous ne le regretterez pas.

Julia le conduisit non loin de là, dans la rue Mondétour. Ils s'arrêtèrent devant une banale porte d'immeuble, sous un auvent vert. Elle appuya sur le bouton d'un interphone étiqueté *Projet Justice*. Julia et Thomas grimpèrent jusqu'à un bureau sans fenêtre, au deuxième étage. Julia salua la réceptionniste en français et la femme lui fit signe d'entrer.

— De toute évidence, vous êtes connue dans le coin, dit Thomas.

— Pas vraiment, rectifia Julia. J'avais prévenu de mon passage.

Le bureau de Léon était tellement envahi par les livres que toutes les surfaces en étaient couvertes. Thomas mesura le bonhomme du regard et décida qu'il lui plaisait. C'était un homme d'une quarantaine d'années, mince, à l'expression acérée. Il était vêtu avec raffinement d'un veston sport assorti d'une cravate en laine, et il avait une pipe éteinte aux lèvres.

Il les invita à s'asseoir. Thomas examina avec perplexité une chaise qui disparaissait sous une pile de gros volumes. Léon agita les bras.

— Asseyez-vous, asseyez-vous, répéta-t-il en anglais, langue qu'il parlait avec un léger accent français. Posez les livres où vous voudrez. Je saurai bien les retrouver.

Thomas s'installa tant bien que mal au bord de la chaise et attendit que Julia lance la conversation. Mais Léon, qui avait été déjà briefé, prit l'initiative.

— Selon Julia, vous êtes à la recherche d'une jeune fille. Une Indienne.

Thomas hocha la tête.

— Il n'y a pas tant d'Indiens que ça à Paris.

— Je me souviens qu'il y avait un quartier indien dans le Xe arrondissement.

— Le Xe est un village planétaire. La plupart des pays y sont représentés. Pourtant, vous avez raison : il y a des Indiens du côté de la rue du Faubourg-Saint-Denis.

— Vous pensez que c'est par là que je devrais chercher ?

Léon se grattouilla pensivement le menton.

— Peut-être. Cependant, Paris est une grande ville. Cette personne pourrait être n'importe où.

— Ou nulle part. Elle a été enlevée au début du mois de janvier.

— Si on l'a fait venir pour travailler dans un restaurant, je doute qu'elle soit très loin, objecta Léon. Les bonnes employées ne sont pas faciles à remplacer.

— Alors, comment puis-je la retrouver ?

Léon eut un haussement d'épaule désabusé.

— D'après Julia, le passeur – Navin, c'est ça ? – aurait de la famille ici, un oncle. La police pourrait le localiser, s'il est en situation régulière. En revanche, s'il a acheté ses papiers au marché noir, ils ne le retrouveront jamais. Vous devez savoir que la France a un problème d'immigration illégale.

— Nous avons le même problème aux États-Unis.

Thomas s'efforçait de faire preuve de politesse ; en réalité, il n'était pas satisfait de la réponse vague de Léon.

— Julia m'a appris que vous étiez un expert en matière de trafic d'êtres humains à Paris, poursuivit-il. C'est vrai ?

Léon leva les mains dans un geste mi-évasif, mi-modeste.

— C'est ce qu'on prétend. Tout le monde n'est pas de cet avis, cependant.

— Je m'en contenterai. Alors voilà de quoi il s'agit : Sita est ici depuis deux mois et, comme vous le dites, elle y est probablement encore. Elle a forcément laissé une trace de son passage. J'ai besoin que vous me donniez un point de départ. Indiquez-moi où aller, à qui parler. Si elle est là, il doit bien y avoir un moyen de la retrouver.

Léon réfléchit un instant avant de lui poser une question.

— Êtes-vous croyant, Monsieur Clarke ?

Thomas haussa les sourcils.

— Pas particulièrement.

— Dommage. Je vous aurais suggéré de prier.

Thomas espérait autre chose. Le silence finit par devenir pesant.

— C'est votre réponse ? insista-t-il, en proie à une frustration croissante.

Léon soupira.

— Pardonnez-moi. Julia vous dira que je déteste viscéralement donner des conseils. C'est une des facettes de ma personnalité, sans doute due à la peur de me tromper. Vous avez une photo de cette jeune personne ?

Thomas lui tendit la photo de Sita. Le Français fit la moue.

— Ça fera l'affaire. Ce n'est qu'une idée, mais si je voulais la retrouver, je montrerais la photo dans la rue. Je commencerais par le Xe arrondissement et je remonterais vers le XVIIIe. J'interrogerais les femmes et les enfants, surtout les Indiens, évidemment... Toutefois, soyons réaliste. Il faudrait un miracle pour que vous la retrouviez.

Julia acquiesça d'un geste.

— Cette idée en vaut une autre.

— Les crânes d'œuf de mon espèce ont parfois leur utilité, commenta Jean-Pierre Léon.

Il donna sa carte de visite à Thomas.

— Je vous souhaite bonne chance. Tenez-moi au courant si vous la retrouvez.

— Je n'y manquerai pas, lui assura Thomas.

Il suivit Julia dans la rue. Il était près de onze heures.

— Où êtes-vous logé ? s'enquit Julia en le remmenant vers le Forum des Halles.

— Un hôtel près du Luxembourg.

Elle eut un sourire.

— Votre ancien repaire.

— Une pointe de nostalgie ne peut pas faire de mal.

— Et si vous alliez prendre votre chambre à l'hôtel ? Je vous rappellerai plus tard si j'ai des nouvelles. Vous pourrez commencer à arpenter le pavé dès cet après-midi. Je vous rejoindrai demain pour vous aider.

Ils s'engouffrèrent dans le centre commercial du Forum et parcoururent le labyrinthe qui menait au métro. Julia s'arrêta devant les tourniquets et posa la main sur le bras de Thomas.

— Ce que vous faites est très noble, déclara-t-elle. Andrew vous a raconté, pour ma sœur.

Thomas hocha la tête.

— Nous ne savons toujours pas si elle est morte, ou si elle vit dans un endroit horrible. Je sais que vos chances de réussite sont minces, poursuivit-elle en le regardant d'un air attristé. Mais promettez-moi de faire tout ce qui est en votre pouvoir pour retrouver cette fille.

— Sita a une sœur, elle aussi, lui confia-t-il en lui montrant son bracelet *rakhi*. Elle m'a fait promettre la même chose.

Il avait choisi un petit hôtel de charme niché dans une impasse voisine de la rue Gay-Lussac, tout près du métro Luxembourg. L'établissement s'enorgueillissait d'avoir, dans un lointain passé, accueilli Sigmund Freud. Thomas se doucha avant de ressortir acheter un plan de Paris dans une librairie du quartier. Ensuite, il s'installa dans un café, devant le jardin du Luxembourg, et sirota un espresso tout en étudiant le plan. Il ne tarda pas à retrouver ses marques dans la ville, et commença à échafauder une stratégie.

Il retourna à la station Luxembourg, prit le métro jusqu'à Châtelet-les-Halles et emprunta les tunnels et les interminables tapis roulants qui menaient à la ligne Porte d'Orléans-Porte de Clignancourt. Celle-ci traversait les Xe et XVIIIe arrondissements. Il monta dans la rame avec un groupe d'Africains, d'Asiatiques et d'immigrés d'Europe centrale. À Château-d'Eau il regagna la surface sur le boulevard de Strasbourg. Après avoir vérifié sur le plan, il commença à remonter le boulevard en direction de la gare de l'Est. Repérant un arrêt de bus, il pêcha la photo de Sita dans la poche de son manteau et observa les boutiques et les immeubles du boulevard. L'air commençait à se réchauffer, et il y avait beaucoup de passants sur les trottoirs.

Il tourna à gauche dans le boulevard Magenta, jusqu'au coin de la rue du Faubourg-Saint-Denis. Il s'approcha d'une boutique surmontée d'une enseigne écrite en hindi. Le patron bavardait avec un client sur le seuil de son magasin. Thomas attendit qu'il lui accorde son attention, et le salua d'un hochement de tête, la photo de Sita à la main :

— *Bonjour, monsieur**.

— *Bonjour**, répondit l'homme.

* Les mots ou expressions suivis d'un astérisque sont en français dans le texte.

Il n'eut pas un sourire.

— J'ai une amie qui vit dans le quartier, commença Thomas, échafaudant ce qu'il espérait être une histoire plausible. Je voudrais lui faire une surprise. J'ai une vieille photo d'elle. Je voudrais savoir si vous l'avez vue dans le quartier.

Il lui montra la photo en lui indiquant Sita.

— *Non**, fit l'homme en agitant la main. Pas ici.

Et lui tournant le dos, il rentra dans sa boutique. Thomas reprit ses pérégrinations le long de la rue du Faubourg-Saint-Denis. Une jeune Black qui promenait un bébé dans une poussette lui sourit. Il s'arrêta devant elle.

— *Excusez-moi**. Pardon de vous ennuyer, je cherche une amie de longue date. Elle habite dans le quartier.

La femme jeta à peine un coup d'œil à la photo qu'il tenait à la main et secoua la tête.

— *Non, désolée**.

Thomas posa la même question à trois autres femmes et deux hommes d'âges divers ; tous lui assurèrent ne pas connaître Sita. Aucun ne parut disposé à relancer la conversation par une autre question. Thomas décida de changer de stratégie. Il résolut de chercher les restaurants indiens, dans l'espoir d'en trouver un qui servait à déjeuner. Il vit un restaurant *tandoori* dans le pâté de maisons voisin. La tenture rouge arborait des inscriptions en français et en hindi. Malheureusement, l'établissement n'était ouvert que le soir.

Il repartit vers le sud dans la rue du Faubourg-Saint-Denis. Il était trois heures de l'après-midi, et il commençait à avoir l'estomac dans les talons. Il n'avait rien mangé depuis l'en-cas qu'on leur avait servi dans l'avion, avant l'atterrissage. Il entra dans un café, commanda un sandwich et s'installa à une table près de la vitre. Il remarqua alors, sur le trottoir opposé, un passage piéton, étroit, qui menait vers l'est et le boulevard de Strasbourg. Près de l'entrée du passage, il aperçut ce qui ressemblait à un restaurant indien. Ressortant du café, il se dirigea vers le passage. Il découvrit avec surprise une enclave indo-pakistanaise presque entièrement constituée de restaurants.

Le premier, juste après l'entrée, était fermé. La salle était plongée dans la pénombre et les chaises retournées sur les tables. Il s'apprêtait à continuer son chemin quand une lumière vacilla au fond. Un instant plus tard, une grosse femme apparut, une Indienne en sari violet orné de fleurs de lotus bleues. Elle tenait une balayette et un sac poubelle. Elle farfouilla un peu partout en remettant de l'ordre.

Thomas tapota sur la vitre pour attirer son attention. L'air agacé, elle secoua la tête et prononça quelques paroles inaudibles. Il plaqua la photo de Sita sur la vitre ; elle se rapprocha, visiblement irritée. Elle parla assez fort pour se faire comprendre à travers la vitre.

— Le restaurant est fermé ! Fermé ! répéta-t-elle en agitant sa balayette.

Sur ce, elle reprit son ménage. Thomas s'approcha d'un Indien qui s'occupait d'une rangée de jardinières alignées devant la terrasse d'un autre restaurant. Il lui montra la photo de Sita. L'homme gratifia Thomas du genre de sourire radieux que les Indiens arboraient plus naturellement à Bombay.

— Comment la connaissez-vous ?

Thomas réfléchit très vite :

— C'est une amie de l'université.

— L'université de Paris ? s'étonna l'homme. Vous êtes étudiant ?

— J'ai fait mes études à la Sorbonne.

Il montra à nouveau la photo à l'homme.

— Vous l'avez peut-être vue quelque part ? Réfléchissez, je vous en prie. C'est très important.

L'homme secoua la tête.

— Je n'ai pas vu cette fille. Mais j'ai un ami qui pourrait la connaître. Vous me suivez, monsieur ?

— Où m'emmenez-vous ? demanda Thomas en lui emboîtant le pas.

— Pas loin, monsieur, pas loin !

Ils ressortirent du passage pour traverser le boulevard de Strasbourg. Sur le trottoir opposé, l'homme indiqua à Thomas un second passage, couvert d'une verrière.

— Mon ami est juste là. Il vient tout le temps dans mon restaurant. Je m'appelle Ajit.

Thomas serra la main qu'il lui tendait.

— Thomas Clarke.

Ils entrèrent dans un entrepôt qui vendait, à en croire l'enseigne, des tapis persans et afghans « faits main ». Ajit se dirigea vers le fond et appela son ami en criant très fort, en hindi.

— Il entend mal, expliqua-t-il.

— Qui est-ce ?

— C'est Prabodhan-dada. Il vit ici depuis longtemps.

Peu après, un homme âgé apparut, tenant une calculatrice. Il avait les cheveux poivre et sel et portait des lunettes à verre épais. Il salua Ajit amicalement et scruta Thomas d'une manière à la fois ouverte et interrogatrice.

— Prabodhan-dada. Monsieur Thomas cherche une jeune fille, poursuivit Ajit en français, afin que Thomas le comprenne.

Le marchand de tapis inclina la tête. Comme il restait muet, Thomas sortit la photo d'Ahalya et lui indiqua Sita.

— C'est elle. Enfin, elle est un peu plus vieille, maintenant.

Le marchand de tapis, dédaignant la photo, se concentra sur Thomas. Il parla d'une voix douce, avec une indéniable fermeté.

— Je suis commerçant. Je vends des tapis. Qu'est-ce qui vous fait penser que je pourrais la connaître ?

— Ils sont amis de la Sorbonne, intervint Ajit avant que Thomas ait eu le temps de répondre. Monsieur Thomas ne l'a pas vue depuis quelque temps.

— Vous n'avez pas le téléphone ? s'étonna le marchand de tapis. Ou l'Internet ? Un homme qui a fait des études à la Sorbonne devrait assurément savoir comment contacter une amie.

— Nous nous sommes perdus de vue. Tout ce que je sais, c'est qu'elle habite Paris.

Le marchand de tapis plissa les paupières, réfléchissant. Finalement, il sembla se radoucir. Il rapprocha la photo de son visage, l'examina à travers ses lunettes en clignant des paupières, puis regarda à nouveau Thomas, moins sceptique que curieux.

— Et si elle ne veut pas vous voir ?

— Est-ce que ça signifie que vous savez où elle est ?

Le marchand de tapis se tut longuement avant d'acquiescer.

— Je connais une fille qui lui ressemble.

Dès que le vieil homme eut prononcé ces paroles, Thomas sentit tous ses espoirs renaître.

— Elle est par ici ? insista-t-il en essayant de réfréner son enthousiasme.

Le marchand de tapis échangea quelques mots avec Ajit en hindi et disparut dans son entrepôt. Ajit traduisit pour Thomas :

— D'après Prabodhan-dada, cette fille travaille dans un restaurant dans le XVIIIe. Il vous prie de ne pas parler de lui.

— Évidemment, acquiesça Thomas. Comment puis-je trouver ce restaurant ?

Ajit eut un sourire radieux.

— Je vais vous y emmener, monsieur Thomas.

Au métro Château-d'Eau, Thomas et Ajit sautèrent dans la rame qui remontait vers le nord. À Barbès-Rochechouart, Ajit pilota Thomas à travers le tourbillon vertigineux de la foule. Sortant de la station, ils empruntèrent le boulevard de la Chapelle et tournèrent à gauche dans une ruelle pavée. Ajit se dirigea vers la vitrine d'un restaurant indien fermé. Un homme à la peau foncée était attablé dans l'un des box. Ajit demanda à Thomas de lui confier sa photo et frappa à la vitre. L'homme se retourna, visiblement irité par l'intrusion. Il se leva et vint ouvrir.

— *Bonjour*, commença Ajit, coupant court aux questions de l'autre.

Il lui montra la photo de Sita, et les deux hommes eurent une conversation animée en hindi. Le patron du restaurant finit par secouer la tête et refermer la porte.

— Qu'est-ce qu'il a dit ? s'enquit Thomas.

— Il n'a pas voulu répondre à toutes mes questions. Il n'était pas amical.

— Il a parlé de la jeune fille de la photo ?

— Juste qu'elle avait travaillé ici et qu'elle était partie.

Thomas réprima un sursaut de surprise. Il était certain d'avoir accompli un grand pas en avant. Il observa le restaurant et reprit la petite rue pavée qui menait vers le boulevard de la Chapelle. Ajit lui emboîta le pas sans un mot. Au coin, il y avait une boutique de souvenirs pour le moment déserte. La caisse était tenue par une jeune femme coiffée comme un hérisson, avec une araignée tatouée sur le cou. Thomas s'approcha d'elle, lui montra la photo de Sita, lui indiqua le restaurant, plus loin dans la ruelle, et lui expliqua la situation en français. Elle secoua la tête d'un air blasé.

— Ce n'est pas cette fille-là.

— Comment le savez-vous ? répliqua Thomas, en proie à une vague de frustration.

— Je le sais, c'est tout.

— Le gars du restaurant affirme l'avoir vue là-bas, argumenta Thomas. Il avait l'air assez sûr de lui.

La caissière posa les mains sur le comptoir et se pencha vers lui.

— Je me fous de savoir qui vous a raconté quoi ; je vous dis que ce n'est pas la même fille.

Elle s'interrompit, et son visage s'adoucit légèrement.

— Écoutez, je suis artiste, d'accord ? Je dessine des portraits dans le parc. La fille de votre photo a la peau plus claire que la serveuse du restaurant. De plus, la fille du restaurant a le menton en fesses d'ange, le front plus large et un gros grain de beauté à côté du nez. J'y ai mangé, il n'y a pas longtemps. La bouffe était épouvantable, mais je me souviens bien de la fille.

La certitude de la caissière réussit à ébranler la confiance de Thomas.

— Le type du restaurant prétend qu'elle ne travaille plus là. Vous voyez pourquoi il pourrait raconter ça ?

— Bien sûr que si, elle est toujours là ! Je l'ai croisée ce matin. Seulement, elle est probablement en situation irrégulière, comme la moitié des immigrés de cette ville.

Thomas quitta la boutique à souvenirs, le moral dans les chaussettes. La piste du marchand de tapis paraissait si prometteuse. Puis il repensa aux grosses lunettes du vieil homme. *Il ne l'a pas vue,* comprit-il. *Il a vu d'elle une image déformée.* Il s'arrêta au coin de la rue et se tourna vers Ajit.

— J'apprécie tout ce que vous avez fait pour m'aider.

Ajit s'aperçut qu'il était déçu et essaya de le réconforter.

— Vous aimez la cuisine indienne, monsieur Thomas ?

— Oui, acquiesça Thomas, s'efforçant d'être aimable.

— Ma femme prépare le meilleur poulet *tandoori* de France. Venez dans mon restaurant, et je lui demanderai si elle n'a pas vu votre amie.

— J'y réfléchirai, répondit Thomas, qui n'en avait aucune intention.

Il tendit la main pour mettre fin à la conversation. Ajit la serra, l'air complètement démoralisé.

— Venez dans mon restaurant, insista-t-il. Je vous promets que vous ne le regretterez pas.

Thomas prit le métro pour le Ve arrondissement et flâna sur le boulevard Saint-Michel. Il entra dans le jardin du Luxembourg alors que le soleil descendait derrière les arbres, à l'ouest. Il se dirigea vers le palais du Luxembourg et se réfugia près de la fontaine. À moins que le contact de Julia avec la brigade de répression du proxénétisme donne quelque chose, il n'avait plus une seule piste à suivre. Il pouvait battre le pavé pendant des semaines, arpenter tous les quartiers de la ville et accoster tous les Parisiens qu'il croiserait, il était sûr de revenir bredouille. Les chances de succès étaient désastreusement contre lui.

Quand la lumière du soleil se fut estompée en une vague lueur crépusculaire, il reprit le chemin de son hôtel. C'est alors que son BlackBerry vibra dans sa poche.

— Salut, Julia !

— Désolée de rappeler si tard. Notre ami de la BRP vient de parler avec un attaché de l'ambassade de France à Bombay. Il lui a promis de contacter le CBI demain.

Thomas assimila l'information.

— Les rouages de la justice s'engrènent lentement.

— Comme vous dites. Vous avez trouvé quelque chose, cet après-midi ?

— Absolument rien.

Il lui raconta brièvement sa rencontre avec Ajit et le tuyau crevé du marchand de tapis. Julia eut un soupir de regret.

— C'est vraiment une honte que la police de Bombay ait relâché ce Navin. Je n'arrête pas d'y penser. Si nous avions le nom de son oncle, avec nos bases de données, je pourrais faire des merveilles...

— Je n'en doute pas, lui assura Thomas.

Au bout d'un moment, elle demanda :

— Vous avez des projets pour ce soir ? Je connais un marocain absolument extraordinaire dans l'île Saint-Louis.

Thomas était sur le point d'accepter quand une idée lui passa par la tête. Il se rappela le conseil de Jean-Pierre Léon : « *J'interrogerais les femmes et les enfants, surtout les Indiens, évidemment.* » Et l'invitation d'Ajit : « *Ma femme fait le meilleur poulet* tandoori *de France... Je lui demanderai si elle a vu votre amie.* » C'était un coup de dés, pourtant ça valait mieux que d'attendre en tournant en rond que la BRP suggère une piste qui pouvait ne jamais se présenter.

— Pourquoi pas ? répliqua-t-il. Mais pour le moment, j'ai une furieuse envie de manger indien.

Julia réfléchit un instant.

— Vous avez une intuition ?

— Qui ne tente rien n'a rien. Il se pourrait que ce soit un coup d'épée dans l'eau, néanmoins...

— D'accord, je marche. Où se retrouve-t-on et à quelle heure ?

Thomas eut un sourire.

— Huit heures, porte Saint-Denis. C'est à cinq minutes à pied.

20.

Ne cède pas à l'adversité, mais affronte-la avec audace.

Virgile, *Énéide*, VI, 95

Paris, France

Lorsque Oncle-ji et Tata-ji furent repartis avec leurs documents de voyage, Tatiana retourna dans le salon.

— Viens, ordonna-t-elle à Sita. Nous avoir travail.

À l'étage, Sita passa deux heures à essuyer les livres en tournant et retournant dans sa tête les événements de la matinée. Elle n'y comprenait rien. Quand Navin l'avait vendue à Oncle-ji, elle s'attendait à travailler au restaurant pendant longtemps, des années peut-être. Puis Navin avait reparu, et tout avait changé. Oncle-ji l'avait cachée dans la penderie et remise entre les mains de Vassili et Tatiana, après quoi ils avaient fait des préparatifs de voyage. Elle regrettait de ne pas avoir pu examiner de plus près les billets d'avion.

Vers la mi-journée, Tatiana lui apporta un sandwich. Quand elle l'eut avalé, Tatiana la conduisit dans le bureau de Vassili, au second. Sita y avait déjà fait deux fois le ménage au cours des semaines passées, et chaque fois elle en avait eu la chair de poule.

— Fais vite. Mari rentrer dans une heure, précisa Tatiana avant de la laisser seule.

Sita s'approcha du bureau. Elle resta un long moment devant les écrans plats, redoutant qu'une secousse les allume. Elle s'approcha de l'œil-de-bœuf et du meuble de classement. Elle les épousseta en vitesse. Quand elle eut terminé, elle se rendit compte que la porte du placard, au fond, n'était pas bien fermée. Par l'interstice, le long du chambranle, elle discernait une pile de boîtes en carton. Elle hésita – et la curiosité l'emporta.

C'étaient des cartons d'archives ; au moins une dizaine. Celui du haut contenait des papiers de banques. Le document du dessus était un relevé de compte en Suisse, à Genève. Le nom de Vassili ne figurait nulle part. Le relevé était en français, mais Sita n'avait pas besoin qu'on lui traduise les chiffres. Le solde du compte était de plus de cinq millions d'euros. Elle étouffa un sifflement admiratif et pensa à Natalia, Ivana et aux autres filles. Elle ignorait ce que Vassili et Dimitri pouvaient bien trafiquer, mais ça leur rapportait une fortune.

Elle remit soigneusement le relevé à sa place et referma le placard. À cet instant, du coin de l'œil, elle remarqua un petit crochet vissé au mur, à côté de la porte. Un anneau avec trois clés y était suspendu. Elle parcourut la pièce du regard, à la recherche d'une serrure que les clés pourraient ouvrir, et n'en vit aucune. Il n'y avait rien dans la pièce en dehors du système informatique, du bureau et du meuble de classement.

Elle réfléchit à la disposition des lieux. La porte de devant ne pouvait être ouverte que par un digicode. Elle connaissait le code à six chiffres pour avoir observé Dimitri quand il le composait, deux fois par jour. Le grand portail fonctionnait lui aussi grâce à un digicode. Elle avait également mémorisé la série de chiffres. Au début, elle avait songé à utiliser les codes pour s'enfuir ; à présent, plus elle y réfléchissait, moins cette idée lui paraissait séduisante. Il faudrait une chance folle pour qu'elle réussisse à se faufiler au dehors sans se faire repérer et, si elle échouait, nul doute que les représailles seraient terribles.

Elle pensa ensuite aux portes intérieures. Celle de la pièce du sous-sol où elle avait trouvé Natalia était munie d'un verrou manuel. Celle de la buanderie n'avait pas de serrure. Celle de sa chambre en avait une, mais elle ne s'en était jamais préoccupée. Son déménagement soudain et inexplicable du restaurant à l'appartement de Vassili l'avait désorientée, et le trafic nocturne de Dimitri et des filles avait changé ce déphasage en peur.

Elle ferma les paupières et tenta de se remémorer tout ce qu'elle pouvait de la porte de sa chambre. Tatiana la verrouillait toujours de l'extérieur, et elle se rappelait avoir entendu coulisser quelque chose quand Tatiana lui souhaitait bonne nuit. Ça pouvait être l'insertion d'une clé dans une serrure. Bon, un trou de serrure du côté extérieur ne lui serait d'aucune utilité, à moins qu'il n'y en ait un autre à l'intérieur. Elle réfléchit de plus belle, en vain ; la zone qui entourait la poignée de la porte demeurait floue.

Elle observa les clés et prit une décision. Juste au moment où Tatiana remontait l'escalier, elle décrocha l'anneau, cacha les clés dans son sari et repoussa la porte du placard comme elle l'avait trouvée. Lorsque Tatiana apparut, elle s'était remise à épousseter le bureau. Les clés étaient froides sur sa peau, pourtant c'était un contact réconfortant. Quoi que Vassili et Oncle-ji aient prévu pour elle, ça n'arriverait pas avant le lendemain ; elle passerait encore au moins une nuit dans l'appartement.

Et la nuit offrait certaines possibilités.

Ce soir-là, Sita aida Ivana à servir le dîner à la famille. Quand la table fut débarrassée et la cuisine rangée, Tatiana l'accompagna dans sa chambre. Elle referma la porte à clé, du dehors. Sita retint son souffle et riva son regard sur la poignée.

Il y avait bel et bien une serrure !

Elle attendit que les pas de Tatiana se fussent éloignés dans le couloir avant de retirer le trousseau de clés des plis de son sari. Elle colla son oreille à la porte et écouta une minute entière pour s'assurer qu'il n'y avait personne à portée de voix.

Constatant que tout était silencieux, elle glissa la première clé dans la serrure. La clé ne tourna pas. Elle essaya la deuxième. Sans plus de succès. Les battements de son cœur s'accélérèrent. Elle introduisit la troisième clé dans la serrure, essaya de la tourner en faisant des vœux... Et elle tourna !

La clé passa en douceur de la position verticale à l'horizontale ; le pêne sortir de la gâche. Sita avait du mal à croire que ça puisse être aussi facile. Elle reverrouilla la serrure. Elle savait maintenant qu'elle pouvait quitter sa chambre, et donc sortir de la maison à l'aide des codes qu'elle avait retenus.

Assise sur le lit, elle répéta mentalement chaque mouvement. Lorsqu'elle s'estima satisfaite, elle se prélassa un moment dans la baignoire, puis elle remit son sari. Elle regretta de ne pas avoir de meilleures chaussures. Elle portait encore les sandales que Navin lui avait données à Bombay. Elle fouilla dans quelques tiroirs et découvrit un vieux pull et une paire de chaussettes en laine. Elle enfila les chaussettes et remit ses sandales. Elles serraient un peu, mais il faudrait bien que ça aille.

À dix heures, postée à la fenêtre, elle regarda Dimitri cornaquer les filles vers les véhicules. Ce soir encore, seule Natalia accompagnait Dimitri, dans la Mercedes. Les autres s'engouffrèrent à l'arrière du van. Le véhicule quitta la cour en premier, suivi par la Mercedes. Sita ignorait combien de temps ils resteraient absents ; elle estimait néanmoins qu'ils ne reviendraient pas avant trois heures du matin, au plus tôt. Ça lui laissait assez de temps pour disparaître.

Elle reprit le roman qu'elle lisait. Elle s'enroula dans une couverture pour se tenir chaud et lut jusqu'à minuit. Puis elle alla coller son oreille à la porte. Elle avait entendu des bruits de pas dans le couloir, une demi-heure auparavant. À présent, la maison était plongée dans le silence. C'était bon signe, pourtant le risque de se faire repérer demeurait élevé. Elle décida d'attendre encore une heure ou deux.

Elle reprit son roman et lut quelques pages, mais ses paupières s'alourdirent et elle dut lutter contre l'assoupissement.

Ses pensées commencèrent à vagabonder. Elle vit Ahalya danser sur la plage. Elle secoua la tête et se concentra sur la bibliothèque, à l'autre bout de la chambre.

Ahalya n'est pas là, s'admonesta-t-elle. *Reste éveillée !*

Quelques instants plus tard, elle était reprise de l'envie de dormir. Ahalya était là, elle venait la chercher après les cours, à Sainte-Marie. Naresh questionnait Ambini sur ses notes. Des chiens galeux aboyaient au loin, l'océan venait lécher le sable... et Ahalya nageait, plongeait avec elle dans les profondeurs... la mer bleue s'assombrissait... devenait grise... devenait noire...

Sita rouvrit les yeux et se redressa brusquement. Elle jeta un coup d'œil à la pendule murale, et la peur la cloua sur place. Trois heures et quart ! Elle n'arrivait pas à croire qu'elle s'était endormie. Elle constata avec soulagement que la cour était encore déserte. Elle s'approcha de la porte et tendit l'oreille, à l'affût du moindre son. Tout était paisible. Elle glissa la clé dans la serrure et sortit dans le couloir. Il faisait tout noir, à l'exception de la lueur d'une veilleuse dans le hall d'entrée.

Elle s'avança sur la pointe des pieds, en prenant bien garde à ne pas faire de bruit. Les marches de l'escalier étaient en bois, et elle ne se rappelait pas si certaines craquaient. Elle se cramponna à la rampe et posa le pied aussi légèrement que possible sur la première marche. Celle-ci fléchit imperceptiblement sous son poids, sans émettre le moindre couinement. Sita descendit ainsi, marche après marche, jusqu'au rez-de-chaussée. Le système d'alarme était activé. Elle éprouva un nouveau sursaut de crainte. Le système sonnerait-il quand elle composerait le code ? Elle ne se rappelait pas avoir entendu de *bip* quand Dimitri le désactivait.

Elle enfila le manteau le plus chaud qu'elle put dégotter dans l'entrée, en laine noire, avec un col de fourrure et une capuche. Et elle s'approcha du système de sécurité. Le voyant rouge la lorgnait comme un œil. Elle inspira un bon coup et composa les six chiffres qu'elle avait mémorisés, en implorant Lakshmi qu'aucune alarme ne retentisse.

La lumière rouge devint verte et la gâche électrique claqua discrètement. Sita tourna la poignée. Le courant d'air glacé lui coupa le souffle. La cour était plongée dans le noir, et les bruits de la ville étaient réduits à une lointaine rumeur. Il neigeait doucement, à légers flocons. Elle traversa la cour pavée en direction du porche, composa le deuxième code. Un déclic résonna. Elle poussa l'un des panneaux et se glissa dans la nuit.

Après un instant d'hésitation, elle décida de prendre à gauche. Son objectif était de trouver un hôtel avec un gardien de nuit disposé à contacter la police. Elle ignorait si la police française était digne de confiance, mais elle n'avait pas d'autre solution.

Elle marcha vite, le son de ses pas éveillant des échos dans l'air immobile. Elle arriva à un carrefour avec une grande artère et scruta d'abord un côté, puis l'autre, dans l'espoir de découvrir l'enseigne d'un hôtel. L'avenue était bordée de boutiques, toutes fermées. Deux taxis passèrent devant elle, et le silence revint. Elle enfonça les mains dans ses poches et reprit sa marche le long de l'avenue. Elle passa devant deux hôtels dont les portes étaient fermées ; il n'y avait apparemment personne à l'intérieur. Le froid commençait à lui piquer le visage. Sa respiration formait un nuage de buée devant sa bouche et les flocons de neige lui poudraient le nez.

Elle ressentit les premières atteintes du désespoir. Le soleil ne se lèverait pas avant des heures, et elle gelait. Elle faillit ne pas voir la Mercedes, avant d'arriver à sa hauteur. Soudain, ce fut comme si une alarme retentissait dans son esprit et elle se retourna juste à l'instant où le conducteur pilait net. Une décharge d'adrénaline la propulsa en avant. Elle se mit à courir, mais elle était entravée par son lourd manteau, et les semelles de ses sandales manquaient de prise sur le sol enneigé.

La Mercedes fit demi-tour et fonça vers elle. Sita entendit la voiture la dépasser et freiner à nouveau bruyamment. Dimitri, ouvrant la portière à la volée, se rua vers elle.

Ils virent la camionnette de boulanger au même moment.

Elle venait lentement vers eux. Dimitri se figea à une vingtaine de pas de Sita. Elle s'arrêta et agita furieusement les bras en direction de la camionnette.

— *Help !* s'écria-t-elle. *Help me, please !*

Le véhicule ralentit, le chauffeur l'interrogeant du regard. À la lumière d'un réverbère, elle distingua un homme corpulent, au visage rond et aux cheveux ondulés.

— *Help !* cria-t-elle à nouveau.

Elle courut vers la camionnette, qui s'arrêta. Le chauffeur se pencha par-dessus le siège passager et baissa la vitre.

— Je peux vous aider ? demanda-t-il avec circonspection.

— *I don't speak French,* commença-t-elle, haletante, essayant de reprendre son souffle.

La Mercedes noire était visible à travers les vitres de la camionnette ; quant à Dimitri, elle ne savait pas où il était passé.

— *Please,* fit-elle d'un ton implorant. *Please, let me in !*

— Français, français ! répéta le conducteur en s'impatientant.

— *No* français ! s'exclama-t-elle. *Please ! Call the police !*

Le chauffeur eut l'air effrayé.

— La police ? Non. Je ne veux pas d'histoires.

Il releva très vite sa vitre, appuya sur l'accélérateur et repartit. Sita assista au départ de la camionnette avec un mélange de désespoir et de terreur. Elle se retourna et courut le long de l'avenue, les poumons en feu à cause du froid glacial. Dimitri la rattrapa avec aisance. Elle eut beau se débattre, lui donner des coups de pied, lui griffer les yeux, il la tenait bien et la jeta sur le siège arrière de la Mercedes. Il démarra aussitôt et s'éloigna à toute allure.

Sita se prit le visage à deux mains et se mit à sangloter. Il s'en était fallu de si peu qu'elle réussisse ! Si seulement elle ne s'était pas endormie ! Si seulement elle avait emprunté une autre rue ! Si seulement elle était partie à minuit, comme elle en avait eu l'intention au début ! Elle versa des larmes amères jusqu'à ce que la voiture s'arrête devant la maison. Dimitri descendit d'un bond et tapota sur le digicode. La double porte s'ouvrit et il rentra la Mercedes dans la cour.

Lorsqu'il coupa le moteur, Sita s'aperçut qu'elle n'était pas seule. Natalia était assise à côté d'elle. Sous un trench-coat noir, ouvert, elle portait un débardeur très décolleté et une minijupe moulante au ras des fesses. Son visage était ravagé. Son maquillage avait coulé et elle était échevelée. Ses yeux bleus étaient tout rouges, comme si elle avait pleuré. Elle tendit la main et effleura le visage de Sita, essuyant ses larmes. Leurs regards se croisèrent et elles prolongèrent un instant le contact visuel, comme aimantées par une compréhension mutuelle. Puis ce moment passa. Dimitri ouvrit la portière et tira Sita par les cheveux.

21.

La nature humaine est composée de foi. Elle se modèle sur l'objet de sa croyance.

Bhagavad Gita

Paris, France

Thomas arriva un peu avant huit heures à la grande arche de pierre de la porte Saint-Denis. La nuit, les rues du Xe arrondissement présentaient un tout autre aspect. La lumière des lampadaires projetait une lueur chaude sur le décor urbain, mais les ombres lui rappelaient tout ce qui demeurait caché.

Julia arriva pile à l'heure et l'embrassa sur les deux joues. Ils remontèrent la rue du Faubourg-Saint-Denis et Thomas lui indiqua la porte de fer forgé qui marquait l'entrée du passage. Il remarqua alors une inscription qui lui avait échappé, dans l'après-midi : « Passage Brady ».

— Vous connaissez le quartier ? s'informa-t-il.

Elle secoua la tête.

— Je ne viens pas souvent dans cette partie de Paris.

C'était un lundi, mais les restaurants, le long du passage, étaient gaiement éclairés et pleins de monde. Seul le premier restaurant du passage – celui dans lequel la grosse Indienne faisait le ménage – était fermé. Un rideau avait été baissé devant la devanture et une pancarte accrochée sur la porte : « *Fermé jusqu'à nouvel ordre** ».

Thomas repéra Ajit devant son établissement. Le visage de l'Indien s'illumina quand il l'aperçut. Il le salua avec effusion et déversa une pluie de compliments sur Julia. Il les accompagna vers une table où brûlait une bougie, le long de la baie vitrée afin qu'ils « profitent de la vue », et leur tendit des menus en leur promettant de leur servir le meilleur repas de tout Paris. Sur ces mots, il détala pour accueillir un autre client. Julia dit en riant à Thomas :

— Apparemment, vous lui avez fait une forte impression.

Ils passèrent commande à une jeune serveuse indienne. Elle revint un instant plus tard avec deux verres de vin rouge.

— Parlez-moi de Washington, suggéra Julia en goûtant le vin. J'ai grandi à Reston, en Virginie, mais je n'y suis pas retournée depuis le lycée. Mes parents habitent Boston, maintenant.

Thomas passa les vingt minutes suivantes à la régaler de récits de scandales et autres malversations politiques tirés des pages *Société* du *Washington Post.* Une fois, elle le questionna sur sa famille, mais il esquiva par une habile digression. Il ne parla pas de Priya, et elle eut la délicatesse de ne pas insister. Elle parut se satisfaire de boire son vin à petites gorgées en l'écoutant.

Puis leurs plats arrivèrent. Ils s'absorbèrent dans leur dégustation tout en discutant. Julia évoqua ses années à Washington et relata quelques souvenirs amusants de l'École de droit de Cornell et d'Andrew Porter. C'était une convive agréable, non dépourvue d'humour. Ils s'attardèrent jusqu'à dix heures et demie autour d'un verre. Après le départ de la plupart des clients, Ajit s'approcha de leur table. Thomas ne tarit pas d'éloges ; la cuisine était réellement délicieuse. Puis il sortit la photo de Sita. Ajit hocha la tête et prit la photo.

— Je reviens tout de suite.

Il alla trouver une femme à la carrure imposante qui triait des reçus au fond de la salle. Il lui montra la photo et ils échangèrent quelques mots. Ajit revint auprès de leur table et rendit la photo à Thomas, l'air déçu.

— Je suis désolé. Ma femme n'a pas vu votre amie.

— Et la serveuse ? insista Thomas. Elle sait peut-être quelque chose.

— Bien sûr.

Il fit signe à la fille. Pensant qu'ils voulaient payer, la serveuse leur apporta l'addition. Thomas remit sa carte de crédit à Ajit.

— Ça vous ennuierait que je lui parle seul à seule ?

Surpris, Ajit s'éloigna sans protester. Pour des raisons qu'il ne comprenait pas lui-même entièrement, Thomas décida de laisser tomber l'histoire qu'il avait racontée jusque-là.

— J'ai une amie à Bombay, commença-t-il. Elle cherche sa sœur. Vous ne l'auriez pas vue, par hasard ?

Il lui montra sa photo. La serveuse eut d'abord l'air ennuyé, avant de se ressaisir rapidement. Elle retourna voir Ajit à la caisse, au fond de la salle. Ils discutèrent quelques instants, et Ajit remit à la jeune fille la note de Thomas dans un étui noir. Lorsqu'elle revint à leur table, elle écrivit quelque chose au dos de l'addition en leur disant :

— À votre place, j'appellerais les Renseignements.

Thomas hocha la tête et se leva. Après avoir remercié Ajit pour le dîner, il conduisit Julia hors du restaurant. Arrivé boulevard de Strasbourg, il sortit l'addition de sa poche et lut ce que la serveuse avait inscrit au dos : « R.D.V. ici, demain matin, 9 h. »

Thomas en eut des frissons. Son intuition était donc fondée. La serveuse savait quelque chose. Il tendit le mot à Julia. Elle ouvrit de grands yeux étonnés.

— Je pourrai venir avec vous ?

Il acquiesça avec un sourire.

— Vous la mettrez probablement plus à l'aise que moi. J'ai parfois tendance à produire l'effet opposé.

Julia eut un petit rire.

— Ça doit être un truc d'avocat. Andrew était pareil.

Ils retournèrent vers la station de métro en marchant d'un bon pas, pour se mettre à l'abri du froid. Après avoir franchi les tourniquets, Julia l'embrassa sur la joue – un seul baiser, cette fois.

— Vous voulez que je vous raccompagne ? proposa-t-il.

Elle eut un nouveau rire.

— C'est vraiment gentil, mais je parie que vous n'êtes pas ceinture noire de judo.

— Là, vous marquez un point.

— À demain, conclut-elle.

Elle s'éloigna, le laissant se demander comment il se pouvait qu'elle soit encore seule dans la vie.

Le lendemain, un jeudi matin, ils se retrouvèrent au pied de la porte Saint-Denis, sous un ciel plombé. Il faisait froid et la nuit avait abandonné sur le sol une fine couche de givre. L'attitude professionnelle de Julia tranchait avec son humeur enjouée de la veille au soir.

La serveuse était debout sur le trottoir à côté de l'arcade en fer forgé. En les voyant, elle se retourna sans un mot et remonta la rue du Faubourg-Saint-Denis. Thomas échangea un coup d'œil avec Julia et ils suivirent la fille en conservant une distance respectable entre eux.

La serveuse tourna à droite dans la rue du Château-d'Eau et parcourut quelques centaines de mètres avant de prendre une petite rue. Elle s'arrêta devant une entrée d'immeuble. Elle referma le col de son manteau autour de son cou avant de s'adresser à Julia.

— Je m'appelle Varuni, commença-t-elle tout bas. La fille que vous cherchez s'appelle Sita. Elle travaillait, il y a encore quelques jours, dans un restaurant du passage Brady. Les propriétaires m'ont dit qu'elle était de leur famille, mais je ne les ai pas crus. Pendant la journée, Sita faisait aussi le ménage chez des Russes. L'homme s'appelle Vassili. Je ne connais pas le nom de la femme. C'est là qu'ils habitent.

Elle leur indiqua une porte cochère.

— Vous savez où Sita est allée ? demanda doucement Julia.

— Aucune idée. Elle était là, puis elle est partie.

— Vous savez ce qu'elle faisait chez ces Russes ? s'enquit Thomas.

Varuni eut l'air inquiet.

— Je ne sais rien de plus que ce que je vous ai dit.

Julia effleura le bras de Varuni.

— C'est déjà bien. Vous avez été très courageuse de nous aider.

La fille regarda Julia.

— J'aimais beaucoup Sita. J'espère qu'il ne lui est rien arrivé.

Elle marqua une pause.

— Je vous en prie, personne ne doit savoir que je vous ai amenés ici. Ça m'attirerait des ennuis.

— Ne vous inquiétez pas, promit Julia. Nous garderons votre secret.

Varuni hocha la tête et disparut au coin de la rue.

Thomas s'approcha du portail et examina le digicode. Les vantaux de la porte, dépourvus de poignée, ne bougèrent pas quand il appliqua une poussée dessus. Julia appela son bureau. Elle donna l'adresse de l'immeuble et demanda des informations sur les occupants.

— Vassili et Tatiana Petrovitch, dit-elle. Des Ukrainiens. Des connexions possibles avec la grande criminalité d'Europe de l'Est. Rien de confirmé. On sait que la brigade de répression du proxénétisme les surveille depuis un moment, mais pourquoi au juste, on l'ignore. Ce n'est pas notre affaire, et les gens de la BRP ne sont pas partageux, à moins d'y être absolument forcés.

Ils s'éloignèrent de la porte et traversèrent la rue.

— Et maintenant, qu'est-ce qu'on fait ? la questionna Thomas.

— Je vais raconter l'histoire de Varuni à la BRP et demander un mandat.

— Vous pensez l'obtenir ?

Julia haussa les épaules.

— C'est possible. Mais si ces gens sont des gros poissons, il se peut qu'on nous mette sur liste d'attente.

Thomas s'apprêtait à répondre quand la porte cochère de l'hôtel particulier des Petrovitch tourna sur ses gonds. Un instant plus tard, une Mercedes quittait la cour, un jeune homme blond au volant. Sur le siège passager, une femme entre deux âges, à la peau sombre, gesticulait avec animation. Thomas ne la distinguait pas bien, néanmoins elle lui rappelait vaguement quelque chose. Le chauffeur blond les observa attentivement avant de s'éloigner à vive allure. Les vitres teintées empêchaient de voir ce qui se passait sur le siège arrière.

Tout à coup, alors que la voiture arrivait à l'intersection avec la rue du Château-d'Eau, Thomas se mit à courir. Julia l'appela, mais il n'avait pas le temps de s'expliquer. La femme sur le siège passager n'était pas habillée à l'européenne ; elle portait un sari indien. Celle qui balayait la salle de restaurant du passage Brady – le restaurant fermé – était aussi en sari. Quand la Mercedes était passée devant lui, il avait aperçu un éclair de violet et de bleu. C'était la même femme. Ça ne pouvait être qu'elle.

La voiture disparut au coin de la rue avec quinze mètres d'avance sur Thomas. Il courut comme si sa vie en dépendait, mais il ne pouvait rivaliser avec la Mercedes. Quand il arriva au carrefour avec la rue du Château-d'Eau, la voiture avait disparu. Il leva les yeux au ciel en s'efforçant de reprendre son souffle. Quand Julia le rejoignit, il était encore haletant.

— Qu'est-ce qui vous a pris ?

Il inspira profondément.

— La femme sur le siège avant. Je l'ai déjà vue.

— Où ça ?

— Hier après-midi, quand je montrais la photo de Sita à un peu tout le monde. Elle faisait le ménage dans un restaurant du passage Brady. Et hier soir le restaurant était fermé.

— Vous avez vu la plaque d'immatriculation ?

Il secoua la tête.

— C'est allé trop vite.

— Je vais vous avoir votre mandat, déclara Julia en prenant son portable. Cette fois, la BRP ne pourra pas rester les bras croisés.

22.

Le temps que prend ma course est long ; la route est longue.

Rabindranath Tagore

Paris, France

Sita resta quelques instants plantée dans la cour, à côté de la Mercedes. Elle attendit, grelottante, terrorisée, que Dimitri se remette au volant et démarre, faisant doucement ronfler le moteur. Tata-ji prit place à l'avant, sur le siège passager, tandis que Shyam se glissait au milieu de la banquette arrière, Oncle-ji à côté de lui. Sita fut la dernière à monter en voiture. Elle s'efforça de garder son sang-froid et repensa aux billets d'avion. Elle était maintenant sûre qu'ils n'étaient pas uniquement destinés à Oncle-ji et Tata-ji. Il y en avait un pour elle aussi.

Assise à côté de Shyam, elle s'efforçait d'ignorer la plaie douloureuse sur son cuir chevelu. Elle se rappelait dans les moindres détails les événements de la nuit : Dimitri qui la tirait par les cheveux, Natalia qui marchait devant eux en regardant peureusement par-dessus son épaule ; leur entrée dans le couloir des chambres où les filles étaient enfermées ; la façon dont Dimitri l'avait traînée dans l'escalier et jetée contre le mur, dans la chambre de Natalia. Natalia implorant

Dimitri d'avoir pitié d'elle. Le visage de Dimitri, à quelques centimètres du sien, son haleine chaude, chargée d'alcool. Il lui avait murmuré des paroles qu'elle n'oublierait jamais :

— Je sais que tu as vu le sous-sol. Si tu étais restée, je t'aurais appris à l'apprécier. Mais mon père a conclu un arrangement plus lucratif avec Dietrich.

Natalia était partie avec Dimitri et revenue peu après en short et tee-shirt. Elle avait épongé le sang de la plaie que Sita avait à la tête à l'aide de mouchoirs en papier et lui avait proposé de s'allonger sur son lit. Sita avait acquiescé et s'était poussée pour lui faire de la place. Natalia s'était étendue à côté d'elle et l'avait serrée dans ses bras en murmurant :

— Je suis désolée. Dimitri, homme horrible.

Le lendemain matin, Dimitri était venu chercher Sita. Il avait jeté un manteau de laine marron sur le lit et proféré, sur un ton de dégoût :

— De la part de ma mère. Si ça ne tenait qu'à moi, je te laisserais geler.

Ensuite, il l'avait emmenée vers la voiture.

Quand la Mercedes dépassa le porche, Sita vit un couple qui les épiait sur le trottoir opposé : un grand brun et une femme en manteau rouge. Alors que la voiture prenait de la vitesse, Sita les observa par la vitre arrière. Quelque chose dans l'attitude de l'inconnu l'intriguait : elle avait l'impression qu'il la fixait droit dans les yeux.

Tout à coup, l'homme se mit à courir. Pétrifiée, stupéfaite, Sita se cramponna à l'accoudoir. Elle sentit que la voiture accélérait et elle comprit que Dimitri avait remarqué, lui aussi, la réaction de l'inconnu. Arrivé au bout de la rue, il donna un brusque coup de volant qui la précipita contre la portière, et elle perdit l'homme de vue. Le temps qu'elle se retourne, il avait disparu. Elle croisa le regard de Dimitri dans le rétroviseur. Il composa un numéro abrégé sur son portable et prononça quelques mots qu'elle ne comprit pas. Sita repensa à la visite de Navin au restaurant et fut effleurée par une idée exaltante : et si l'homme était à sa recherche ? Elle fouilla dans sa mémoire, mais son visage ne lui évoquait décidément rien. *Il n'avait pas l'air d'être de la police*, songea-t-elle. *Pourtant, s'il n'était pas policier, pourquoi s'était-il mis à courir ?*

Sur le siège avant, Tata-ji jacassait sans discontinuer, commentant *l'élégance* et le *cosmopolitisme* de la famille de Dimitri. Derrière elle, Oncle-ji contemplait les environs par la vitre, inconscient de la poursuite qui avait pris fin aussi vite qu'elle avait commencé. Shyam, lui, adressa à Sita une discrète mimique qui signifiait : « Moi aussi, je l'ai vu. »

Sita s'appuya à son dossier et ferma les paupières, essayant de chasser l'angoisse qui la tenaillait et qui était désormais sa compagne de tous les instants. Enfin, après les péripéties et les déceptions de la nuit, l'épuisement eut raison d'elle. Elle ne tarda pas à s'endormir.

Elle fut réveillée par la voix d'Oncle-ji tandis que Shyam lui secouait le bras.

— Sita, écoute-moi, appelait Oncle-ji.

Ils passaient à présent devant un panneau indiquant que l'aéroport était à deux kilomètres. Sita concentra son attention sur Oncle-ji.

— Nous allons à New York, lui révéla-t-il, l'air tendu. Tu feras comme si tu étais notre fille jusqu'à notre arrivée en Amérique. Il est très important que tu suives nos instructions. Sinon, attends-toi à en subir les conséquences.

Il lui tendit un passeport. La photo était identique à celle du passeport que Navin avait acheté, mais cette fois elle s'appelait Sundari Raman, et elle avait été naturalisée française.

— Nous sommes en vacances, poursuivit Oncle-ji. Tu ne dois pas parler aux étrangers. Ne parle qu'à nous et en hindi. C'est nous qui ferons la conversation.

Sita reçut la nouvelle de leur destination avec désespoir. Elle avait quitté l'Inde pour l'Europe en espérant réussir un jour à trouver un moyen de retourner à Bombay, auprès de sa sœur. C'était un rêve, certes, pourtant il ne lui paraissait pas irréalisable. Et voilà qu'elle était sur le point de quitter l'Europe pour l'Amérique du Nord ! Les États-Unis et l'Asie étaient diamétralement opposés sur le globe terrestre. Comment pourrait-elle parcourir les dix-huit mille kilomètres qui la ramèneraient chez elle ?

Des larmes brûlantes roulèrent sur ses joues ; elle les essuya. Elle essaya d'imaginer un moyen de s'échapper, sans succès. Vassili et Dimitri avaient prouvé qu'ils étaient à la fois puissants et impitoyables. Ils contrôlaient le destin de six jeunes femmes et s'étaient procuré un jeu complet de passeports en quelques jours à peine. Si elle croisait leur chemin à nouveau, ils ne se contenteraient pas de la laisser avec un cuir chevelu ensanglanté.

Dimitri les quitta au terminal 2A de l'aéroport Charles-de-Gaulle. Il déposa leurs bagages sur le trottoir avant de se pencher vers Sita.

— Tu nous a posé beaucoup de problèmes, souffla-t-il. À partir de maintenant, tu as intérêt à obéir au doigt et à l'œil. Sans cela, nos associés à New York te feront sentir ta douleur. C'est clair ?

Elle hocha la tête.

— Bien, conclut-il en lui caressant la tête pour renforcer la menace.

Sur ces mots, il reprit le volant de la Mercedes et repartit très vite.

Tata-ji donna à Sita la plus lourde des valises et Oncle-ji ouvrit la marche en direction du comptoir d'enregistrement. Les formalités effectuées, ils se dirigèrent vers le contrôle des passeports. Les agents de la police aux frontières les examinèrent d'un œil soupçonneux, mais Sita ne fit aucune tentative pour leur parler.

Ils franchirent le barrage de la sécurité, où l'on vérifia leurs bagages à main et allèrent patienter dans la salle d'embarquement. À midi, on appela leur vol. Quand ils arrivèrent à la porte, c'est Oncle-ji qui tendit leurs passeports et leurs cartes d'embarquement à l'hôtesse, tandis que Tata-ji tapotait la tête de Sita pour faire bonne impression. L'hôtesse sourit à Shyam et à Sita. Elle leur souhaita bon voyage et rendit les talons des cartes d'embarquement à Oncle-ji.

Ils gagnèrent leurs places, au milieu du gros appareil. Tata-ji commença à se plaindre des sièges qu'on leur avait attribués et de leur exiguïté. Oncle-ji leva les yeux au ciel et bavarda tranquillement avec Shyam. Sita se tourna vers le hublot en les ignorant. Elle s'acharnait à se remémorer les détails du visage de sa sœur. Ses grands yeux, ses cils épais. Ses fossettes et ses lèvres pleines. Sa peau couleur d'amande et ses cheveux brillants. Chacun des traits d'Ahalya lui était cher. Ils lui manqueraient à jamais.

Alors que l'avion roulait vers la piste de décollage, Sita se fit une promesse devant Dieu : elle fit le vœu de ne jamais oublier sa sœur. De se rappeler celle qu'elle était et l'Inde qu'elles connaissaient avant toute cette folie. Le monde pouvait leur prendre leur liberté, il pouvait leur voler leur innocence, il pouvait détruire leur famille et les emporter dans des courants qui dépassaient leur entendement ; il ne pourrait jamais les priver de mémoire. Seul le temps avait ce pouvoir, et Sita y résisterait coûte que coûte. Le passé, c'était tout ce qui lui restait.

L'avion se posa à l'aéroport Liberty International de Newark en fin d'après-midi. En dehors de trois heures de répit pendant lesquelles elle avait somnolé, Tata-ji avait passé l'intégralité du vol à rouspéter, ne cessant de remuer, se tournant d'un côté et de l'autre et flanquant des coups de coude à Oncle-ji et à Sita. Les passagers voisins étaient exaspérés, sans pour autant oser lui intimer de se taire. Seul Oncle-ji s'y risqua, en vain ; elle ne prêta pas la moindre attention à ses objurgations. Elle semblait déterminée à faire profiter de son mécontentement tous ceux qui se trouvaient à portée de voix. Quand enfin l'avion toucha le sol, dix rangées de passagers poussèrent un soupir de soulagement.

Ses jérémiades se poursuivirent jusque dans la zone de contrôle des passeports. Sita dévisagea le fonctionnaire de l'immigration américain en repensant aux paroles de Dimitri : il avait des associés à New York. Elle ne pouvait pas prendre le risque de raconter son histoire à la police.

Ils faisaient la queue depuis près de vingt minutes lorsqu'on les dirigea vers un box occupé par un officier d'immigration hispanique. L'employé vérifia leurs passeports et recueillit leurs photos et leurs empreintes digitales à l'aide du système US-VISIT. Ensuite, il interrogea longuement Oncle-ji sur le but de leur voyage. L'histoire d'Oncle-ji était presque complètement vraie, et il la débita avec assurance, bien que dans un anglais approximatif.

L'employé se tourna ensuite vers Tata-ji et lui posa des questions sur son lieu de résidence en France, sur son lieu de naissance, sur Shyam et sur Sita, qu'il appela Sundari. Tata-ji répondit sur un ton tellement mielleux que l'homme la dévisagea d'un air soupçonneux. Percevant sa méfiance, Tata-ji se tourna vers Sita et lui tapota le crâne.

— Dis-lui combien tu avais envie de voir New York, lui ordonna-t-elle.

Sita se figea en se creusant la tête à la recherche de la réponse appropriée. Elle articula le premier mensonge qui lui venait à l'esprit.

— Tout le monde en France parle de New York. J'ai toujours eu envie d'y venir.

— Comment se fait-il que vous parliez si bien l'anglais ? s'étonna l'employé en plissant les paupières.

La réponse lui vint sans effort.

— On l'apprend à l'école.

L'explication parut satisfaire le fonctionnaire, qui reporta son attention sur leurs documents. Oncle-ji resta bien raide, Shyam debout à côté de lui, et Tata-ji eut, pour une fois, le bon sens de se taire. Finalement, l'employé tamponna leurs passeports.

— Bienvenue en Amérique, déclara-t-il.

Ils récupérèrent leurs bagages et allèrent s'installer sur un banc à proximité d'une enfilade de téléphones d'hôtel. Ni Oncle-ji ni Tata-ji n'expliquèrent à Sita ce qu'ils attendaient. Seul Shyam semblait ignorer la tension du moment. Il se leva et esquissa quelques pas de danse d'un film de Bollywood, effectuant un numéro manifestement destiné à impressionner Sita.

— Tu as vu *Kabhi Khushi Kabhie Gham* ? lui demanda-t-il. Amitabh Bachchan et Shahrukh Khan jouent dedans.

— *Cupa rah !* lança sévèrement Oncle-ji. Tiens-toi tranquille ! On n'est pas en Inde, ici. On est en Amérique. Cesse de faire l'intéressant.

— Je suis désolé, Baba, murmura Shyam, l'air blessé. J'essayais juste de redonner le sourire à Sita.

— Sita n'a pas besoin qu'on lui redonne le sourire. Et nous n'avons pas besoin que tu te donnes en spectacle. Assieds-toi.

Shyam obtempéra, tête basse. Quand elle fut sûre qu'Oncle-ji ne s'intéressait pas à eux, Sita caressa, du bout des doigts, le dos de la main de Shyam.

— C'était bien, souffla-t-elle. Ça m'a plu.

Ce signe d'affection parut mettre du baume au cœur de Shyam. Au bout d'un moment, il trouva le courage de bouger doucement la main et d'effleurer en retour celle de Sita.

Dix minutes plus tard, un Slave entre deux âges qui ressemblait de façon étonnante à Vassili entra par les portes en verre coulissantes de l'aérogare. Dès qu'il repéra leur groupe, il s'approcha.

— Venez ! lança-t-il sèchement en repartant vers les portes en verre, les laissant se débrouiller avec leurs bagages.

Ils suivirent le sosie de Vassili hors du terminal et slalomèrent entre les voitures jusqu'à une camionnette blanche. Ils s'engouffrèrent tous dedans. L'homme prit place à côté du conducteur, un type énorme à l'air dur, qui n'avait pas dû se raser depuis trois jours. Dès que les portières furent fermées, le chauffeur s'engagea sur une rampe qui menait à un échangeur.

Au bout d'un moment, ils s'engouffrèrent dans un long tunnel pour ressortir à l'ombre des gratte-ciel. Sita fut sidérée par la jungle de béton de New York. Il y avait plus de monde à Bombay, mais New York était une ville érigée dans le ciel.

Le chauffeur louvoya dans les embouteillages et s'arrêta devant un hôtel à l'air miteux pompeusement appelé le Taj. Oncle-ji et Tata-ji descendirent avec leurs bagages. Sita s'apprêtait à sortir après Shyam, quand le sosie de Vassili lui barra le passage.

— Toi, tu viens avec nous.

Sita se raidit, sentant poindre en elle une nouvelle vague de terreur. Elle jeta un coup d'œil à Oncle-ji. Celui-ci détourna la tête. Tout à coup, elle comprit. Un autre marché avait été conclu. Madras, Bombay, Paris, New York. Où est-ce que ça finirait ? Le Slave l'attrapa par le bras et l'obligea à reculer dans la camionnette.

— Où m'emmenez-vous ? s'exclama-t-elle.

— Pas de questions. Ou je te donne à Igor.

Igor – le chauffeur – lui jeta un sourire pervers.

— Alexeï dit toujours vérité, grogna-t-il d'une voix rocailleuse.

Le sosie de Vassili – Alexeï – adressa quelques mots à Oncle-ji, qui lui tendit un passeport. Shyam, qui observait Sita en ouvrant de grands yeux, protesta :

— Pourquoi elle ne vient pas avec nous ? S'il te plaît, Baba, insista-t-il en prenant son père par la main, ne l'abandonne pas.

Oncle-ji eut l'air honteux, mais ne daigna pas répondre.

Alexeï reprit place à côté d'Igor, qui fit rugir le moteur et quitta le bord du trottoir. Par la vitre arrière Sita adressa à Shyam un geste de la main. Les lèvres du petit garçon remuèrent, mais elle n'entendit pas ses paroles. Il disparut au loin, silhouette enfantine encore miniaturisée par les gigantesques tours de la ville.

La profondeur de son chagrin la surprit. Elle essaya de prier, essaya de croire que le petit singe qu'elle avait dans la main n'était pas un simple bout de céramique, que le vrai Hanuman était quelque part dans les parages, à sa recherche, mais la foi semblait incapable d'apaiser son angoisse.

Elle s'efforça de respirer profondément, régulièrement, se concentrant sur Igor, sur sa façon de naviguer dans la circulation invraisemblable qui engorgeait le tunnel. Le soleil de la fin de l'hiver se couchait derrière les nuages qui barraient l'horizon, et la lumière déclinante conférait au paysage urbain une tonalité livide.

Ils roulèrent jusqu'à Newark et sortirent juste après l'aéroport. Après une succession de virages, Igor entra dans le parking d'un centre commercial. Sa seule caractéristique remarquable était, tout au fond, à côté d'un motel, un bâtiment éclairé par des néons roses criards. L'entrée était surmontée d'une enseigne qui proclamait « Platinum VIP ». Igor gara la camionnette près d'une porte latérale et Alexeï ordonna à Sita de descendre. Resserrant le manteau de Tatiana autour d'elle, elle le suivit dans le bâtiment, le long d'un couloir mal éclairé. Sur les murs lépreux étaient collées des pages de magazines porno.

Alexeï ouvrit la porte d'une petite pièce où se trouvaient un lit, un lavabo, un siège de toilettes et un téléviseur. Il actionna un interrupteur, allumant une lampe dorée, criarde, dans un coin. La pièce, sans fenêtre, sentait le renfermé. Un ventilateur poussiéreux, éteint, était fixé au plafond.

— Tu restes ici, décréta-t-il.

Il la laissa seule et referma à clé derrière lui. Sita demeura sur le lit pendant des heures. Elle examina la pièce et caressa des plans d'évasion imaginaires, dans lesquels elle bénéficiait d'une chance extraordinaire tandis que ses gardes-chiourme s'illustraient par une profonde stupidité. Lorsqu'elle en eut assez, elle essaya de tromper l'ennui en jouant à des jeux mentaux. Des pas, des voix étouffées résonnaient parfois dans le couloir.

Au fil des heures, les bruits de pas devinrent plus réguliers. Des femmes bavardaient dans une langue étrangère, avec un accent similaire à celui de Dimitri ; peut-être du russe, Sita n'aurait pu l'affirmer. Un homme leur lança ce qui pouvait être un salut et aboya un ordre. L'une des filles commença à discuter avec lui sur un ton geignard. L'échange dégénéra, et un coup ébranla la porte. La fille poussa un cri aigu. L'homme hurla. Encore un choc sur la porte. Sita crut reconnaître un raclement d'ongles sur du bois. Elle remonta ses genoux sous son menton, et son cœur accéléra ses battements.

Une jeune femme fit tout à coup irruption dans la pièce, une blonde en minijupe et pull à encolure en V. Igor se rua derrière elle et jeta un regard mauvais à Sita. Celle-ci sauta à bas du lit et se recroquevilla dans un coin, derrière le téléviseur. La blonde se tourna vers Igor, manifestement épouvantée.

Ce dernier aboya un autre ordre. La fille secoua la tête et se mit à pleurer. Igor s'impatienta, la poussa sur le lit et déboucla sa ceinture. Sita ferma les paupières en murmurant un mantra qu'elle avait appris étant enfant. Elle ne pouvait supporter la souffrance de la fille. C'en était trop pour elle.

Quelques minutes plus tard, Igor se releva, le souffle lourd. Il remonta son pantalon et quitta la chambre sans un mot, abandonnant la fille sur le maigre matelas. Elle ne bougeait pas. Sita commençait à redouter qu'Igor l'ait assommée, quand la fille se redressa doucement. Elle remit de l'ordre dans ses vêtements, le visage atone. Igor revint la chercher, et la fille le suivit dans le couloir, sans un regard pour Sita.

Plus tard, la musique démarra. Elle ne devait pas s'arrêter avant des heures. Les rythmes pulsatiles, se réverbérant à travers les murs, mettaient en compote la cervelle de Sita. Elle se roula en boule sur le lit, épuisée par le décalage horaire et par l'angoisse. Mais la musique l'empêchait de dormir. Elle se boucha les oreilles et enfonça sa tête dans les draps immondes.

Peu avant l'aube, la musique se tut et les bruits de pas retentirent à nouveau dans le couloir. Igor réapparut, traînant une autre fille. Celle-ci ne protesta pas quand Igor la plaqua au mur. Elle acquiesça à toutes ses exigences sans émettre un son. Sita se boucha les yeux et les oreilles, horrifiée par la scène. Elle aurait voulu se laver, nettoyer son âme de la crasse de cet endroit. Pourquoi était-elle là ? Qu'allaient-ils lui faire ? Igor essayait-il de lui apprendre la leçon en violant des filles devant elle ?

Ils finirent par repartir. Sita essaya à nouveau de dormir. Elle fut réveillée en sursaut par le bruit de la poignée qui tournait. Tout à coup, Igor se dressa sur le seuil de la porte ; cette fois, il était seul. Il jeta un coup d'œil dans le couloir, d'un côté puis de l'autre, entra dans la pièce et referma derrière lui. Il se tourna vers Sita et sa bouche s'étira en un sourire pervers. Elle se roula en boule dans le coin, les bras autour de ses genoux remontés devant sa poitrine.

Igor s'approcha lentement d'elle, les bras pendants, les main pareilles à des battoirs. Il se planta devant elle en débouclant sa ceinture.

— Alexeï dit pas te toucher. Dietrich venir.

Il ouvrit sa braguette et fouilla dans son pantalon.

— Alexeï pas savoir si toi me toucher.

Sita se détourna, incapable de regarder ce qu'il voulait lui montrer. Elle se mit à claquer des dents. Igor lui prit la tête entre ses mains et l'attira vers son bas-ventre. Il puait la sueur et la gnôle.

— Ouvre la bouche, siffla-t-il.

— Je vous en supplie, gémit-elle, résistant à une soudaine envie de vomir. Ne faites pas ça.

— Ouvre la bouche, répéta-t-il en accentuant la pression sur son crâne.

Tout à coup, la porte s'ouvrit à la volée et Alexeï fonça dans la chambre, en proie à une colère noire. Faisant volte-face, Igor tenta de se rebraguetter précipitamment. Sans lui en laisser le temps, Alexeï lui flanqua un coup de poing dans la mâchoire. Sita entendit un curieux bruit de branche cassée, et Igor poussa un cri de douleur. Elle regarda, stupéfaite, Alexeï soulever Igor par les épaules et le précipiter contre le mur. Étourdi, la lèvre pissant le sang, celui-ci s'écroula au sol en se tenant le visage à deux mains.

Alexeï fit craquer ses jointures et examina son poing en faisant un peu la moue. Il se tourna vers Sita et lui parla comme si de rien n'était malgré toute cette violence.

— Il t'a touchée ?

Elle secoua la tête.

— Il ne m'a pas fait mal.

— Ce n'est pas ce que je te demande.

— Il m'a touché la tête. C'est tout.

Igor se releva difficilement, prit appui sur le montant de la porte, la mâchoire pendante, et partit en traînant la patte.

— Il ne recommencera pas, affirma Alexeï.

Sur ces mots, il ressortit.

Sita appuya sa tête contre le mur. Elle essaya de trouver un réconfort dans cette promesse, mais elle ne pouvait chasser l'odeur d'Igor, ni la menace de Dietrich qui planait sur elle. Le sommeil l'attirait, jouait avec elle, et finit par la fuir. Elle ne pouvait bannir de son esprit les visions et les sons de la dépravation humaine. Elle était à bout.

Est-ce que c'est l'enfer ? se demanda-t-elle fugitivement.

Et sinon, où est Dieu ?

23.

Vous n'avez pas parce que vous ne demandez pas.
Épître de Jacques, 4, 2

Paris, France

Après l'incident avec la Mercedes, Thomas raccompagna Julia place de la Concorde et la laissa devant l'ambassade des États-Unis. Elle lui promit de l'appeler dès qu'elle aurait des nouvelles de la brigade de répression du proxénétisme.

Thomas repartit en proie à une vive agitation. Il avait réussi un exploit que Léon considérait comme miraculeux – il avait eu un tuyau, qu'il avait transformé en piste. Il avait vu la femme, probablement la tante de Navin, dans la voiture. Il n'avait pas idée de l'endroit où elle était allée, cependant l'hôtel particulier des Petrovitch ne pouvait pas être vide. Il devait bien y avoir quelque chose derrière cette grande porte cochère, un indice susceptible de le mener à Sita. Toutefois la piste devait être examinée et validée par les bureaucrates de la police. C'était à se taper la tête contre les murs.

Il traversa la place de la Concorde dans l'espoir d'évacuer sa tension. Il franchit la Seine et déambula le long des quais rive gauche. La Seine étincelait sous le soleil, brillant par une trouée dans les nuages. Il marcha d'un pas vif jusqu'à la tour Eiffel. Évitant la meute de touristes massés entre les pieds de l'énorme échafaudage d'acier, il continua à travers le Champ de Mars jusqu'au vaste complexe de l'École Militaire. Là, il contempla un moment les oiseaux qui jouaient dans le vent turbulent avant d'appeler Priya. C'était la fin de l'après-midi à Bombay. Elle décrocha à la seconde sonnerie.

— C'est comment, à Paris ?

Elle avait la voix lasse, mais elle paraissait contente de l'entendre.

— *Magnifique*, répondit-il en français. Et à Bombay ?

— Il fait un peu plus chaud tous les jours. Ta quête avance ?

Il lui fournit une version condensée des événements des deux derniers jours. Priya fut impressionnée.

— Tu as mieux réussi que je n'aurais cru.

— Deux pas en avant, un pas en arrière. Et ton père, comment ça va ?

Priya eut un soupir.

— Il est toujours à Bénarès.

— Eh bien, tu lui transmettras mes salutations la prochaine fois que tu le verras.

— Je n'y manquerai pas.

Puis, après une pause, Priya ajouta :

— Thomas, je suis fière de toi.

Cet encouragement lui regonfla étonnamment le moral.

— Je pensais ce que je t'ai dit. Ramène Sita chez elle.

Thomas repartit vers l'École Militaire, suivit l'avenue de Tourville, passant devant l'Hôtel des Invalides. Il se promena dans les rues idylliques du VIIe et puis du VIe arrondissement, entra dans un café et commanda un sandwich. Il consultait régulièrement son BlackBerry au cas où Julia lui aurait envoyé un mail ou un texto, mais sa messagerie restait muette.

Après déjeuner, il continua vers l'est et le jardin du Luxembourg pour remonter la rue Soufflot en direction du Panthéon. Devant la bibliothèque Sainte-Geneviève, il lut les noms des grands savants et intellectuels gravés sur la façade de pierre. Léonard de Vinci, Érasme, Newton, Bacon, Kepler, Lavoisier... Quand il était étudiant, ces noms l'inspiraient.

À présent, ils le troublaient. C'étaient des visionnaires, des hommes qui prenaient des risques, qui avaient défié le statu quo et l'avaient souvent payé cher. Un souvenir lui revint alors – les paroles de Priya, quand il était entré chez Clayton : « Ils vont faire de toi un mercenaire, et tu vas y laisser ton âme. » Il n'était pas d'accord avec elle. Toutefois les philosophes et les savants, les saints et les sages dont les noms étaient gravés sous les fenêtres de l'auguste bâtisse recelaient une autorité supérieure. Combien d'entre eux, s'ils avaient vécu à l'époque actuelle, auraient pris son parti ?

Il tourna ses pas vers l'église Saint-Étienne-du-Mont. La question de Jean-Pierre Léon lui revint à l'esprit : « Vous êtes croyant, monsieur Clarke ? » Il aurait été bien en peine de dire pourquoi la question du Français lui trottait dans la tête. Il ne lui serait jamais venu à l'idée de s'adresser au ciel pour lui demander de l'aider à retrouver Sita. Pourtant, il ne parvenait pas à chasser cette idée ; elle revenait sans cesse le hanter, comme une mouche qui aurait bourdonné dans son crâne et n'aurait pas voulu le laisser en paix.

Un couple âgé sortit de l'église ; Thomas en profita pour jeter un coup d'œil à l'intérieur. La nef était vaste, avec son plafond sculpté, ses arches nervurées, ses colonnes ornementées et ses vitraux élaborés. Il se sentit attiré vers cet endroit. Impulsivement, il décida de le visiter.

La porte étouffait les bruits de la rue, laissant inviolé le silence du sanctuaire. Thomas s'avança lentement. Le soleil tombait sur les vitraux multicolores, très haut au-dessus de lui, et la flamme des cierges vacillait dans les ombres, devant les effigies des saints. Une petite pancarte indiquait le prix des cierges : deux euros. Il hésita, débattit avec lui-même, et tout à coup ses doutes lui parurent plus réactionnels que raisonnés. Quel mal pouvait-il bien y avoir à prier ?

Il laissa tomber une pièce de deux euros dans la fente, prit un cierge et alluma la mèche à la flamme d'un autre. Il plaça le cierge au bas d'une rangée et s'approcha des bancs, sur le côté de la nef. Il se signa, comme quand il était gamin, s'agenouilla sur le sol de pierre, inclina la tête et posa son menton sur ses mains jointes.

Au début, il pensait prier pour demander un coup de pouce de la chance, puis l'idée lui sembla sacrilège. Alors il implora la grâce. C'était un concept tout droit sorti du catéchisme, lourd, poussiéreux et qui sentait le moisi, tel un livre ancien trouvé dans une vieille bibliothèque, pourtant il avait une résonance indéfinissable qui le touchait. Il prononça les paroles et, pour la première fois depuis la mort de Mohini, il éprouva un peu de paix.

Il retrouva les pavés de la place Sainte-Geneviève. Julia ne l'avait pas encore contacté. Il fouina un moment dans une librairie d'occasion, puis il entra dans une fromagerie et acheta du fromage avant de regagner son hôtel. Il mourait d'envie de joindre Julia pour avoir des nouvelles, mais il savait qu'il ne fallait pas la harceler.

Son BlackBerry vibra enfin, un peu avant six heures.

— Salut, Thomas ! commença Julia. Désolée de vous avoir fait attendre si longtemps. J'ai été prise par des réunions tout l'après-midi. J'ai votre mandat.

— Comment avez-vous réussi ce tour-là ?

— Un peu de persuasion amicale et pas mal de chance. Nous savions que la BRP tenait les Petrovitch à l'œil, mais nous ne savions pas pourquoi. Eh bien, apparemment, ils dirigent un service d'escortes et un site porno qui exploite des filles d'Europe de l'Est. La BRP voulait les épingler depuis plus d'un an, toutefois le dossier n'était pas assez solide. Jusqu'à aujourd'hui. L'une des filles a parlé. Ils projetaient une opération depuis une semaine. Mon tuyau concernant Sita l'a confirmé. La BRP va intervenir demain matin.

Thomas était confondu. Sita semblait s'être retrouvée en zone de guerre.

— Quelles sont les chances pour qu'ils me laissent les accompagner ?

Julia eut un petit rire.

— Du genre zéro. Ils ne laisseront personne se mêler de leurs affaires, et même s'ils faisaient une exception pour cette fois, ce qu'ils ne feront pas, ils ne vous permettraient jamais d'approcher de leur terrain de jeu. Il va falloir que nous attendions l'issue sur le banc de touche.

— Ils vous appelleront après ?

— Mon contact a promis de me mettre au courant. Mais quand ? Dieu seul le sait. Alors patience.

La soirée s'écoula avec une lenteur infernale. Peu avant l'aube, Thomas renonça à l'idée de dormir. Il se rendit dans un café, au coin de la rue, et commanda un double espresso tout en parcourant un numéro du *Monde*. Julia le contacta à sept heures. Elle avait l'air essoufflée.

— La descente s'est passée comme prévu, annonça-t-elle. La BRP a sauvé six Ukrainiennes de l'hôtel particulier. En revanche, les Petrovitch s'étaient envolés.

— Comment ont-ils pu disparaître ? s'étonna Thomas. Nous avons vu l'un d'eux...

Il laissa sa phrase en suspens. Une idée venait de l'effleurer.

— C'est nous qui les avons alertés, hein ? C'est moi qui leur ai donné l'alarme quand j'ai couru après la voiture.

— C'est impossible à dire.

— Et Sita ?

— Ils n'en ont trouvé aucune trace. Je suis désolée.

— Et les filles ? Sita travaillait chez eux ; l'une des filles l'a certainement vue.

— C'est vrai, convint-elle d'un ton hésitant.

— Qu'y a-t-il ?

— C'est juste que j'ai déjà épuisé mon crédit de renvois d'ascenseur. Les règles sont incroyablement strictes, surtout que les Petrovitch sont toujours dans la nature. Les filles sont hors limites, probablement déjà à l'abri, et la BRP ne me révélera pas où sans une très bonne raison.

Elle s'interrompit.

— La parole d'une serveuse indienne ne pèsera pas lourd.

— Je comprends, lui assura Thomas.

Un silence plana entre eux, au point de devenir pesant.

— Et merde ! s'exclama-t-elle. Je savais que ça finirait comme ça. Écoutez, je voudrais bien pouvoir vous aider davantage, mais là, ça irait trop loin. Enfreindre le règlement pourrait me compromettre auprès de tout le monde – les autorités françaises, le Bureau, l'ambassadeur...

— Je suis désolé.

Elle réfléchit un long moment avant de pousser un soupir audible à l'autre bout de la ligne.

— Accordez-moi un peu de temps. Ne m'appelez pas, ajouta-t-elle après une pause. C'est moi qui vous téléphonerai.

— Merci.

— Un peu de patience, d'accord ?

— Patience est mon deuxième prénom.

Elle eut un rire amer.

— Je ne sais pas pourquoi, mais j'en doute.

Julia avait raison. Thomas avait toujours eu beaucoup de mal à supporter l'attente. Priya prétendait que c'était un défaut de son matériel génétique. Les trois jours suivants lui firent donc l'effet d'une lente torture. Il erra dans Paris tel un fantôme, prit des trains au hasard, explora les environs au-delà du périphérique, contempla les bateaux sur la Seine depuis le Pont Neuf et rôda place Pigalle après minuit, observant la parade des hommes à la recherche d'une femme pour donner corps à leurs fantasmes.

Le soir du troisième jour, il était installé dans un fauteuil trop rembourré près de la fenêtre de son hôtel et sirotait un verre de cognac en admirant les lumières de Paris qui s'éveillaient dans la nuit, lorsqu'elle l'appela. Momentanément pétrifié, le son aigu vibrant dans sa tête, il tarda à coller l'écouteur à son oreille.

— Julia ?

— Retrouvons-nous à la gare Montparnasse à six heures et demie, demain matin.

— Vous avez du nouveau ?

— Six heures et demie, demain matin. Ne soyez pas en retard.

Elle raccrocha sans ajouter un mot.

24.

Tu as éloigné de moi compagnons et intimes ;
je n'ai plus d'amis, que les ténèbres.
Psaumes, 88, 19

Elizabeth, New Jersey

Un moment après l'incident avec Igor – Sita avait perdu la notion du temps –, Alexeï lui apporta un bol de soupe insipide et un paquet de crackers. Sans prononcer une parole, il déposa la nourriture près du lit, puis il lui enjoignit de se lever. Elle obéit non sans réticence. Il sortit un appareil numérique de la poche de son pantalon, prit deux clichés d'elle et repartit. Sita se concentra sur son maigre dîner et essaya de ne pas penser à la raison de cette séance photo.

Le reste de la journée passa dans le silence. En désespoir de cause, elle se tourna vers la télévision. L'écran crépita et s'alluma, mais il n'y avait rien à voir, que de la neige. Dans le petit meuble sur lequel le poste était posé elle trouva un vieux magnétoscope très abîmé et un paquet de cassettes ; des films porno. Elle recula comme s'ils l'avaient mordue. Le téléviseur émettait une lumière spectrale et une espèce de bourdonnement, mais Sita ne parvenait plus à l'éteindre ; le sexe semblait suinter des murs de la boîte de nuit et l'environnait tel un nuage sordide. Le temps que la nuit tombe, elle se rendit compte qu'elle attendait avec impatience d'entendre des voix.

Les filles apparurent comme la veille au soir, parlant leur langue mystérieuse. Sita attendit en retenant son souffle qu'Igor en pousse une dans la pièce, mais la porte resta fermée. La musique commença tout d'un coup et fit trembler les murs pendant une éternité. Elle essaya de se reposer, mais, cette fois encore, le sommeil se refusa à elle.

Quand la musique s'arrêta enfin, Sita alla se réfugier dans un coin. Des pas retentirent dans le couloir. Igor et un autre homme qu'elle n'avait encore jamais vu traînèrent une fille dans la pièce. Elle eut beau résister, se démener dans le vain espoir de leur échapper, ils la plaquèrent sur le lit et soulevèrent sa jupe. Sita se cacha le visage dans les mains et pria jusqu'à ce que les hurlements de la fille se changent en sanglots. Les hommes repartirent et la fille se laissa tomber à genoux, appuyée contre le lit.

Sita la regarda, submergée par la compassion. Elle savait qu'Igor allait revenir, néanmoins elle sentait plus ou moins perversement pouvoir compter sur la protection d'Alexeï. Elle s'approcha de la fille jusqu'à ce que leurs genoux se touchent presque. Celle-ci leva la tête, l'air honteux.

— Qu'est-ce que vous me voulez ? murmura-t-elle.

Sans répondre, Sita lui prit la main. La fille se raidit, mais ne la repoussa pas. Sita resta un long moment silencieuse, espérant la réconforter par ce seul contact. Elle pensa à sa mère. Combien de fois Ambini était-elle restée auprès d'elle à lui tenir la main quand elle était petite ? Cette gentillesse, elle pouvait la transmettre, même au milieu de ces ténèbres. Au bout d'un moment, elle lâcha la main de la fille et essuya une larme sur sa joue.

— Je m'appelle Sita.

L'autre croisa son regard.

— Moi, Olga, souffla-t-elle.

Elle baissa les yeux sur ses mains.

— Tu as vu ce qu'ils m'ont fait ?

Sita secoua la tête.

— Je n'ai pas regardé.

Ce fut comme si une digue se rompait dans le cœur d'Olga. Elle éclata en sanglots.

— J'ai de la famille à Novgorod. Je vais à l'université à Saint-Pétersbourg, mais je pars quand mon papa malade. Il a besoin d'argent pour médicaments. Alors je rencontre un homme. Il dit, il a cet ami à New York. Il dit, je peux être bonne nounou, je peux gagner argent pour papa, pour tout le monde. C'était un menteur.

— Parle-moi de ta famille, suggéra Sita en reprenant la main d'Olga.

Celle-ci obtempéra sans hésitation, et l'évocation de ses souvenirs sembla l'apaiser. Quand Igor revint la chercher, un peu plus tard, sa honte s'était muée en résolution. Elle le suivit docilement. Juste avant qu'Igor referme la porte elle adressa par-dessus son épaule un signe à Sita.

Distraite par l'histoire d'Olga, Sita ne remarqua pas tout de suite que le pêne ne s'était pas engagé dans la gâche. Lorsqu'elle finit par s'en rendre compte, elle fut intriguée. Elle examina la serrure, écouta attentivement jusqu'à ce que tous les bruits dans le bâtiment s'estompent. Elle prit Hanuman dans la poche de son manteau, le glissa dans les plis de son sari et saisit la poignée de la porte. Celle-ci tourna sans résistance.

Les battements de son cœur s'accélérèrent, mais elle n'essaya pas d'ouvrir. Elle effleura la plaie à peine cicatrisée de son cuir chevelu et crut réentendre l'avertissement de Dimitri. Si elle tentait à nouveau de s'enfuir, elle ne pouvait pas se permettre d'échouer. Elle pesa le pour et le contre, puis elle repensa à Igor à genoux devant elle, lui demandant d'ouvrir la bouche.

Elle posa de nouveau la main sur la poignée. Le couloir, vide, était plongé dans l'obscurité. La seule lumière provenait d'un bloc de sécurité marqué EXIT. Du côté opposé, le couloir était fermé par un rideau. Sita n'avait pas idée de l'heure qu'il était, mais elle estima que ce devait être le petit matin. Il n'y avait pas un son dans la boîte de nuit.

Elle tenta d'abord sa chance du côté de la sortie, sans succès. Rebroussant chemin, elle se dirigea vers le rideau, qui était constitué d'une cascade de perles. Il dissimulait une pièce envahie de grands miroirs, de tabourets, de divans et de portants auxquels étaient accrochés des vêtements sexy. Une vague lueur tombait d'un signal EXIT placé en hauteur.

Sita repéra deux portes – l'une également masquée par un rideau de perles et l'autre ordinaire. Derrière le rideau, elle découvrit une scène et une profusion de guéridons, à peine éclairés par des blocs de sécurité et une lumière au-dessus d'un bar. La scène formait une piste bordée de dômes où étaient plantées des barres de cuivre. Le chemin le plus court vers les sorties passait par la scène, et cette idée la terrifia.

Elle revint sur ses pas et s'approcha de la seconde porte. Elle n'était pas verrouillée. Elle traversa un salon meublé de canapés et se retrouva au niveau du plancher de la boîte de nuit. Elle essaya la première sortie, sans succès, puis une autre porte ; fermée à clé, elle aussi. Désespérée, elle rechercha une autre issue, n'en découvrit aucune.

Elle demeura un long moment immobile, ne sachant que faire. Son estomac se mit alors à gronder, et elle se rendit compte qu'elle mourait de faim. En trente heures, elle n'avait avalé qu'un bol de soupe et un demi-paquet de crackers. Elle fouina dans les placards du bar, dégotta des boîtes d'amuse-gueule qui contenaient des noix et des sucreries. Elle mangea une poignée de chaque et remit les boîtes en place en veillant bien à les laisser exactement telles qu'elle les avait trouvées. Tout à côté se trouvait un petit réfrigérateur. Elle ouvrit la porte et cligna des yeux, éblouie par la lumière. Il contenait des bouteilles de bière et un broc en plastique. Elle but la moitié de l'eau que contenait le broc ; ça allait déjà un peu mieux. Une horloge, sur le mur, attira son attention. Neuf heures du matin. Depuis son arrivée au club, le jour et la nuit étaient inversés pour elle.

Elle réfléchissait à la façon de regagner sa cellule lorsqu'elle eut une idée. Elle examina attentivement la scène surélevée. Dessous, un parement métallique descendait jusqu'au sol. Tout au bout, elle trouva ce qu'elle cherchait – une trappe d'accès. Le panneau s'ouvrit facilement, sur un puits de ténèbres.

Elle inspira profondément en analysant les solutions pour le moins limitées qui s'offraient à elle. Alexeï l'avait achetée pour une raison précise, et très vraisemblablement inavouable, à en juger par la faune dont il s'entourait.

Elle fila récupérer son manteau dans sa chambre, puis s'agenouilla devant la trappe d'accès et rampa dans le noir. Elle se cogna la tête contre quelque chose de dur et laissa échapper un cri de douleur. Elle prit le temps de se masser le crâne avant de refermer la trappe sur elle. Par bonheur, elle n'avait ni serrure ni verrou – elle était maintenue en place par un joint de caoutchouc.

Sita avança, pliée en deux, la main tendue devant elle, le long de la garniture de métal, jusqu'à arriver au niveau du premier dôme. Elle se cacha au point le plus élevé de la bosse. Lorsqu'Igor ou Alexeï découvriraient sa chambre vide, ils fouilleraient tout le club. À l'endroit où elle se trouvait, même si quelqu'un promenait le faisceau d'une lampe-torche sous la scène, la lumière ne tomberait pas sur elle. Elle replia son manteau en guise d'oreiller et appuya sa tête dessus. Pour la première fois depuis qu'elle avait mis le pied sur le sol américain, elle dormit à poings fermés.

Elle fut réveillée par les éclats d'une violente dispute. Elle reconnut la voix d'Alexeï et la réponse incohérente, presque inarticulée, d'Igor. Un claquement retentit, comme une gifle, en plus sec ; une table chuta, un corps s'écrasa non loin de sa cachette. La bagarre dura quelques minutes, puis Alexeï reçut un appel sur son portable.

Ils s'éloignèrent. Sita ne perçut plus un son pendant un long moment, mais ils revinrent. Elle distingua des bruits de pas, assez loin, suivis d'une succession de chocs, de coups et de raclements confus.

Ils la cherchaient.

Son cœur cognait contre ses côtes comme un tambour de guerre. Les recherches se poursuivirent pendant ce qui lui parut être des heures. Elle entendit un cliquetis de verres entrechoqués, le bruit d'un réfrigérateur qu'on ouvrait. Igor poussa une exclamation. Le cœur de Sita manqua un battement. Le broc d'eau à moitié vide... Son front se couvrit d'une sueur froide. Que révélerait le broc ?

Des pas se rapprochèrent. Igor grommela. Sa voix était si proche qu'il aurait pu être debout à côté d'elle. Sita joignit les mains, les paumes à plat, dans l'attitude de la prière, et éleva une litanie de supplications à Lakshmi.

Tout à coup, la trappe d'accès grinça. Elle bloqua sa respiration. Un instant plus tard, un rayon lumineux troua les ténèbres. Elle compta les secondes. Le faisceau lumineux décrivit des allers et retours sous la scène, mais ne parvint pas jusqu'à elle. Elle attendit pour voir s'ils allaient se faufiler dans le vide ménagé sous la scène. Puis le faisceau disparut et la trappe se referma. Elle souffla.

Plus tard, la musique commença. La scène craqua et des pas tambourinèrent juste au-dessus de sa tête. Sita dénombra quatre danseuses. L'une d'elles s'installa juste sur la plate-forme de Sita. Elle bougeait lentement, en rythme, effectuant un numéro dont Sita n'avait pas la moindre idée. Bientôt, la boîte de nuit devint une ruche bourdonnante. La musique pulsait, la scène vibrait et rebondissait comme un trampoline, les hommes lançaient des cris et des commentaires égrillards. Sita se déplaça lentement. Arrivée à la trappe d'accès, elle essaya de se représenter la disposition intérieure de la boîte. La sortie la plus proche se trouvait à une vingtaine de pas de là. Sur le côté de la scène, un accès menait à la porte marquée EXIT. Celle-ci serait-elle gardée ou non ? Si elle l'était, ses plans étaient voués à l'échec. Une pensée lui donna de l'espoir : il s'agissait d'une issue de secours.

Elle attendit que le premier groupe de danseuses retourne au vestiaire et qu'une nouvelle vague la remplace. Elle embrassa Hanuman sur le front, le remit dans sa poche, prit la plus profonde inspiration de son existence et entrouvrit la trappe d'accès.

Elle vit des hommes, de profil, qu'éclairait la lumière de la scène. Ils paraissaient tous fascinés par les ébats des danseuses. Elle essaya de discerner la sortie à travers leurs jambes, sans succès : elle n'y voyait pas suffisamment pour distinguer si la porte était gardée. Elle devait courir le risque.

Elle poussa la trappe un peu plus haut. Personne ne s'en aperçut. Elle rampa au-dehors, les yeux rivés sur la porte, le cœur battant. La voie était dégagée. Un homme, à la plus proche table, lui jeta un coup d'œil, surpris. L'ignorant, elle se précipita, pliée en deux, vers la sortie de secours. Personne ne lui barra le passage. Arrivée à la porte, elle appuya sur la barre antipanique. Le mécanisme fonctionna. Elle poussa. Une alarme retentit ; il en aurait fallu davantage pour l'arrêter maintenant.

Elle courut dans le parking et se dirigea vers le motel le plus proche. Elle guetta un bruit de pas dans son dos, mais n'entendit rien en dehors de la sonnerie d'alarme. Elle ouvrit la porte du motel à la volée, entra dans le hall et regarda follement autour d'elle. Il n'y avait personne à la réception ; seul un poste de télévision hurlait dans une pièce, au fond. Un panonceau, au-dessus du comptoir, indiquait : « Prière de sonner. » Sita appuya sur la sonnette jusqu'à ce qu'une femme arrive. Elle avait une peau livide, malsaine, les cheveux coupés presque à ras et un air renfrogné.

— Qu'est-ce que vous voulez ?

— Aidez-moi, s'il vous plaît, commença Sita, encore haletante. Les hommes de la boîte de nuit me retenaient contre ma volonté. Appelez la police, s'il vous plaît.

La femme la regarda bizarrement.

— Vous dites que vous êtes prisonnière, ou quelque chose comme ça ?

— Aidez-moi, je vous en prie. Ils vont essayer de me retrouver.

Elle l'examina plus attentivement.

— Venez par ici. Je vais appeler les flics.

Elle fit entrer Sita dans la pièce du fond et la laissa pour aller téléphoner. Sita constata que la femme regardait un film de science-fiction. La pièce était jonchée d'emballages de barres chocolatées, de cartons de pizza et de sachets de chips vides. Elle se planta au milieu et attendit. Elle ne savait pas quel sort lui réserverait la police, cependant elle était prête à se remettre entre les mains de n'importe qui pourvu qu'on la sauve d'Alexeï, d'Igor et de la menace de Dietrich. Finalement, la femme réapparut, Alexeï sur les talons. Sita se figea, paralysée par le choc. La femme l'avait trahie.

Alexeï fit signe à cette dernière de les laisser. Elle obtempéra sans discuter. Alexeï secoua la tête d'un côté et de l'autre d'un air faussement navré.

— Tu me déçois, Sita. Je pensais que tu avais appris la leçon avec Dimitri.

Il vint se placer derrière elle et posa la main sur son épaule.

— Ça, tu vas nous le payer.

Tout à coup, elle éprouva une douleur aiguë à la base du cou. Elle eut une sorte de hoquet et se sentit instantanément la tête vide. Sa vision se brouilla, elle perdit connaissance et tomba à terre.

Elle se réveilla dans un endroit tout noir, avec une vilaine migraine et des vertiges. Elle cligna les paupières et vit des étoiles. Elle cligna à nouveau les paupières et ne vit plus rien. Elle tâtonna autour d'elle et toucha du métal. Une surface de métal froid. Il y avait du bruit – du vent ou de l'eau. Elle tendit l'oreille. Plutôt un grondement sourd. Un certain temps passa ; le ronflement s'estompa et cessa.

Tout à coup, elle entendit une sorte de « pop » et le plafond du réduit dans lequel elle était enfermée se souleva très légèrement. Elle comprit, tout à coup : elle était dans le coffre d'une voiture. Elle attendit que quelqu'un vienne la dégager, mais personne ne vint. Les secondes se changèrent en une minute, puis deux. Finalement, elle trouva le courage de pousser elle-même sur le couvercle.

Ce qu'elle fit, très lentement. Par-delà une vaste étendue d'eau noire, une grande ville brillait dans la nuit. Les lumières se reflétaient à la surface de l'eau et montaient jusqu'au ciel, effaçant les étoiles. *New York*, pensa-t-elle.

Elle releva davantage le couvercle du coffre. Elle était entourée de lumières – les lumières d'un chantier naval, de docks, de quais. Enfin, elle ouvrit complètement le coffre et observa les environs. La voiture se trouvait au bout d'un quai désert. Elle entendait le clapotis des vagues. L'air était humide et frais. Pourquoi était-elle là ? Et Alexeï ? Où était-il passé ?

Soudain, quelqu'un s'éclaircit la gorge derrière elle. Elle sursauta, apeurée, tourna vivement la tête. Il était debout dans l'obscurité, à deux pas de là. Elle ne comprenait pas comment il avait fait pour apparaître ainsi, sans un bruit. Il baissa les yeux sur elle, son expression aussi lointaine que les étoiles.

— Tu sais, commença-t-il doucement, en Russie, on ferait ça autrement. En Russie, on te donnerait à manger aux poissons. Mais ici, on est en Amérique, et tu as trop de valeur pour qu'on te tue.

Il leva la main et lui montra une corde attachée à un filet rempli de grosses pierres.

— Si tu essaies à nouveau de t'enfuir, je te donne à Igor. Et puis je te jette à l'eau.

Il plaça le filet à côté d'elle, et referma le coffre. Les pierres sentaient l'eau de mer, le varech. Sita les repoussa, horrifiée. Alexeï mit le contact et la voiture s'ébranla.

La douleur de son échec s'appesantit sur Sita telle une avalanche. Elle avait joué gros, et elle avait perdu. *Encore !* Quelque chose céda en elle. Comme si tout ce qu'elle avait vécu, tout le bonheur qu'elle avait connu, avaient disparu en un instant, ne lui laissant qu'une vague impression de jours meilleurs. Elle essaya de se remémorer le visage d'Ahalya et ne retrouva que des bribes de son ombre. Sa sœur s'était effacée. Le passé n'existait plus. C'était son karma.

Sita posa sa tête sur ses mains et écouta le murmure régulier des roues sur la surface de la route. Il lui vint à l'esprit qu'il y avait un moyen de sortir de cette folie. Pour la première fois depuis que les vagues avaient tout balayé, elle envisagea le suicide. Elle chassa cette pensée par un sursaut de volonté. Pourtant, l'idée s'attarda dans les méandres de son esprit.

25.

Le monde est un miroir d'une infinie beauté, et personne ne le voit.

Thomas Traherne

Paris, France

À six heures un quart, le matin du 1er mars, Thomas prit un taxi devant son hôtel, dans le Ve arrondissement, afin de retrouver Julia à Montparnasse, selon ses instructions. Il entra dans le grand bâtiment de verre de la gare et repéra Julia devant un distributeur de billets, un attaché-case à la main. Son manteau rouge prenait une teinte violacée sous la lumière artificielle. Elle le salua, visiblement tendue, et lui tendit un billet. Il vérifia la destination : Quimper.

— Un foyer d'hébergement en Bretagne ? nota-t-il. Je ne l'aurais jamais deviné.

— Ce n'est que la première des surprises. Je suis dingue de faire ça.

— Pourquoi le faites-vous, alors ?

— Je ne sais pas.

Soudain, elle eut un sourire et son angoisse sembla disparaître.

— Je pense que vous m'inspirez. Vous avez faim ?

— Je meurs de faim !

— J'ai acheté des croissants.

Ils se dirigèrent vers les quais. Six TGV au fuselage bleu et argent attendaient les voyageurs sur des voies parallèles. Ils s'assirent sur des bancs en métal et mangèrent leurs croissants alors que la gare se remplissait de passagers sur le départ.

Ils gagnèrent leurs places à bord du train quelques minutes avant sept heures. Peu après, le train roulait au ralenti le temps de sortir de la ville, puis il accéléra en arrivant dans la campagne. Julia prenait son ordinateur portable dans sa sacoche quand elle annonça à Thomas :

— Notre contact à la BRP a enfin eu des nouvelles de l'ambassade de Bombay. D'après lui, le CBI aurait essayé de prendre contact avec la police française, mais elle serait engluée dans les procédures. D'après les gens de l'ambassade, c'est tout le temps comme ça. Le CBI a communiqué aux autorités françaises le tuyau qu'il avait arraché à Navin, et la police d'ici essaie de retrouver la trace de son oncle. Elle a aussi ouvert une enquête sur les activités de Navin. Apparemment, il vivrait en France sous un faux nom.

— C'est stupéfiant comme les criminels peuvent être complètement transparents pour les autorités, remarqua Thomas. Le monde de l'ombre est aussi tentaculaire que le monde réel.

— Ce sont exactement les mêmes, confirma Julia. Seules les règles du jeu diffèrent.

Elle ouvrit son portable et entra le mot de passe.

— Ça vous ennuie si je m'avance un peu dans mon travail ? J'ai promis à mon patron de mettre un rapport sur les Petrovitch sur son bureau demain matin.

— Il sait ce que nous sommes en train de faire ?

Julia eut un sourire de conspiratrice.

— Je lui ai raconté que la BRP tenait à ce que nous soyons sur l'enquête, ce qui est vrai. Les Petrovitch ont probablement déjà quitté le pays, et notre réseau est meilleur que le leur. En échange, j'ai réussi à convaincre notre homme à la BRP de nous laisser rencontrer les filles.

— Et les gens en Bretagne ?

— Je leur ai parlé de Sita, et ils marchent avec nous. Ils ont promis d'être discrets.

Thomas laissa échapper un sifflement.

— C'est impressionnant. J'ai une dette envers vous.

— Ça oui. Mais pour le moment, j'ai du travail à faire.

— Je vous en prie, dit-il en récupérant son propre ordinateur dans son sac à dos.

La veille au soir, il avait téléchargé sur le site du Projet Justice quelques articles sur la traite des êtres humains en Europe de l'Est. Il voulait arriver au foyer d'hébergement avec un minimum d'informations sur l'expérience que les filles de Petrovitch avaient vécue. Les articles parus dans la presse et les publications spécialisées lui donnèrent la chair de poule. L'ex-bloc soviétique semblait être le théâtre d'une hémorragie de jeunes femmes, dont beaucoup étaient victimes d'exploitation sexuelle. Le phénomène était documenté à fond, au point que ces jeunes femmes avaient été rebaptisées « les Natasha ». Elles venaient de Moldavie, d'Ukraine, de Biélorussie, de Roumanie, de Bulgarie, de Lituanie et de Russie ; mais pour les clients, elles étaient toutes russes.

Après une heure de lecture déprimante, il alla faire un tour au wagon-bar où il but un espresso et avala un sandwich. Il regagna sa place et finit par ouvrir un nouveau document sur son portable, dans l'intention de rédiger quelques notes de voyage pour Priya. C'était une tradition qu'ils avaient initiée au début de leur relation, et qu'ils avaient poursuivie pendant leur mariage. Comme tout ce qui les avait rapprochés, ce rite avait disparu au cours des deux années de maelström de l'affaire Wharton.

Il réfléchit un moment, les doigts sur le clavier, et se mit à écrire. Il s'étonna lui-même de constater que les mots qui lui venaient ressemblaient davantage à un poème qu'à un récit de voyage, puis il songea que Priya, qui adorait la poésie, préférerait ça.

Dans le TGV. L'excitation du quasi-vol. Des champs derrière la vitre, sous l'œil demi-clos d'une lune en son premier quartier.

Un fleuve de verre. Des fermes trapues, aux volets entrouverts. Des bâtiments de pierre veillant sur un trésor de paille. Des jardinets, fraîchement retournés, attendant les semailles. Un ciel infini, sans un nuage, tempête de bleu. Le printemps au bout des doigts. Des bourgeons sur un arbre, puis deux, puis la moitié d'un bosquet. Un chantier naval, une rivière, large, la mer est proche. Un étalon au galop dans un champ. Un vol de mouettes. Les collines montent ; bientôt Quimper. Nous y sommes.

À bord d'une voiture de location, ils se dirigèrent vers l'ouest et la Bretagne profonde. De son portable, Julia confirma leur rendez-vous en français. Elle avait paru tendue au moment de composer le numéro, mais son interlocuteur eut apparemment un effet apaisant sur elle. Elle raccrocha, l'air visiblement soulagée.

— Tout va bien ? s'informa Thomas.

— Oui. Le père Gérard est vraiment très gentil. Il est impatient de nous rencontrer.

— Un père ? Le foyer d'hébergement est affilié à l'Église ?

— Vous allez voir.

Vingt minutes plus tard, Julia s'engageait sur un chemin pavé bordé de murs de pierre au-dessus desquels se dressaient de vieux arbres. Ils traversèrent une prairie bordée d'une forêt et tombèrent sur un portail en fer forgé flanqué d'un poste de garde. La sentinelle vérifia leur identité avant de les autoriser à poursuivre. Au bout d'une allée qui décrivait une vaste courbe ils s'arrêtèrent devant un grand château français du XIIe siècle entouré de jardins taillés au cordeau.

— C'est le foyer d'hébergement ? s'étonna Thomas. C'est un manoir.

— Oui. Le père Gérard se fera un plaisir de vous en raconter l'histoire.

Sur le perron, ils furent salués par un homme en soutane, légèrement dégarni et aux yeux de chouette, effet accentué par ses lunettes. Il accueillit chaleureusement Julia et serra la main de Thomas. Il parlait étonnamment bien l'anglais.

— *Bonjour**, soyez les bienvenus, déclara-t-il. Ravi de vous rencontrer.

— Merci d'avoir accepté de nous recevoir, répondit Julia.

Le prêtre regarda Thomas.

— Cet endroit est secret, d'accord ? La demoiselle a montré patte blanche, elle a toutes les accréditations nécessaires. Ce n'est pas votre cas. Je dois avoir votre promesse de n'en parler à personne.

— Vous avez ma parole, lui assura Thomas.

Le prêtre hocha la tête.

— Bien. Alors, venez.

En compagnie du père Gérard ils laissèrent le hall décoré de meubles rustiques en bois sombre pour ressortir de l'autre côté sur un jardin. Il faisait plus chaud qu'à Paris ; l'air embaumait l'herbe coupée. Ils suivirent une allée menant à une pelouse au centre de laquelle trônait une fontaine de pierre. Trois jeunes femmes bavardaient calmement, assises sur des bancs, à côté de la fontaine. L'une d'elles était en tenue de religieuse.

— Ce château est le legs d'un homme tourmenté qui avait trouvé la paix à la fin de sa vie, expliqua le prêtre. Il en avait fait don au diocèse de Quimper, qui n'en avait pas l'usage. Avant de le mettre en vente, l'évêque eut la bonne idée de demander aux autres diocèses s'ils avaient un projet chrétien auquel le consacrer. C'était en 1999. À l'époque, je faisais du bénévolat à Marseille. Les autorités étaient acquises à notre cause, mais la loi ne jouait pas en notre faveur. Beaucoup des femmes que nous sauvions étaient expulsées et à nouveau exploitées. J'avais envisagé de créer un refuge pour elles, sans avoir les moyens d'acheter une propriété. C'est alors que nous avons entendu parler du château. L'évêque nous a accueillis à bras ouverts. Le résultat est le *Sanctuaire d'Espoir.*

Ils poursuivirent leur route vers une prairie entourée d'une barrière. Deux chevaux paissaient non loin de là. Une faible brise soufflait de la mer.

— Comment celles qui viennent ici sont-elles choisies ? demanda Thomas.

— La police nous envoie celles qui sont en danger immédiat. Généralement des femmes qui étaient détenues par le crime organisé, ou dont les proxénètes n'ont pas été interpellés. Nous les gardons jusqu'à ce que l'affaire soit passée en jugement, ou qu'elles rentrent chez elles. La loi nous est plus favorable, désormais. L'asile et la résidence permanente sont des solutions envisagées si les femmes coopèrent avec les autorités.

— Comment les nouvelles arrivantes s'en sortent-elles ? s'enquit Julia.

Le père Gérard s'accorda un temps de réflexion avant de répondre.

— Elles sont toutes profondément marquées, mais certaines sont plus fortes que d'autres. L'une des filles est particulièrement résiliente. Je crois que c'est elle qui a vendu la mèche à la police.

Thomas dévisagea le prêtre.

— Quand pourrai-je leur parler ?

Le prêtre tenta de déchiffrer son expression.

— C'est une question compliquée. La plupart des gens diraient que je suis fou de vous laisser vous entretenir avec elles aussi tôt. On ne peut pas imaginer ce qu'elles ont enduré. Pourtant, vous êtes motivé par le désir de sauver une vie, et ça passe avant tout. Je vais faire le nécessaire.

Le prêtre les ramena vers le château et les convia à s'installer dans un salon gigantesque, où se côtoyaient meubles anciens et portraits augustes et solennels. Quelques minutes plus tard, il revint accompagné de l'une des plus belles jeunes femmes que Thomas eût jamais vues. Elle avait un physique de mannequin et un port de reine, et pourtant ses yeux bleu myosotis étaient des puits de douleur. Lorsqu'elle les posa sur Thomas, il détourna les siens, troublé par sa vulnérabilité et son expression poignante. Une écorchée vive.

Elle s'assit en face d'eux sur un divan recouvert d'un tissu broché et regarda le prêtre comme si elle attendait son signal. Celui-ci la traitait avec une grande gentillesse, sans jamais la toucher et en prenant bien garde de ne pas envahir son espace personnel. Il lui parlait lentement, en anglais, en articulant avec une précision méticuleuse.

— Natalia, je vous présente Thomas Clarke et Julia Moore.

La jeune femme hocha la tête.

— Julia travaille à l'ambassade américaine à Paris et Thomas vient des États-Unis.

Natalia parut intriguée par la connexion américaine. Elle observa le prêtre comme si elle attendait une explication.

— Thomas a quelques questions à vous poser, si ça ne vous ennuie pas ?

Natalia secoua la tête.

— Mon anglais, pas très bon, commença-t-elle avec un fort accent. Je essayer comprendre, mais pas bien savoir. Vous parler doucement ?

Thomas acquiesça. Il lui tendit la photo qu'Ahalya lui avait donnée en lui indiquant Sita.

— Avez-vous vu cette fille ?

Natalia examina longuement le cliché. Des larmes roulèrent sur ses joues. Elle les essuya, et une expression attendrie se répandit sur ses traits.

— Oui, déclara-t-elle.

Thomas prit une brusque inspiration.

— Vous pouvez me dire où ?

Natalia baissa les yeux sur le parquet.

— Là-bas... chambre. Lui emmener là pour violer. Un jour, lui me laisser seule et cette fille venir. Elle dire...

Natalia s'arrêta au milieu de sa phrase et se remit à pleurer.

— Elle dire elle prier pour moi. Je pense elle être ange, mais elle être Sita. Elle faire ménage.

Natalia s'interrompit quelques instants avant de reprendre :

— Je revoir elle encore, après. Elle essayer courir. Mais elle... pas s'échapper. Le jour après, elle partir.

— Vous savez où elle est allée ? insista Thomas en s'efforçant de contenir son émotion.

Natalia secoua la tête.

— Vous croyez que quelqu'un d'autre lui a parlé ?

— Peut-être. Je demander pour vous.

Elle quitta la pièce. Elle revint quelques minutes plus tard avec une autre jeune femme blonde aux yeux bleus. Le prêtre se leva ; Thomas et Julia l'imitèrent.

— C'est Ivanna, annonça Natalia. Elle pas parler anglais, mais elle savoir quelque chose.

Natalia prononça quelques mots en russe. Ivanna hocha la tête et répondit tout bas.

— Elle dire, elle faire cuisine, traduisit Natalia. Sita. Aider la cuisine.

Natalia et Ivanna échangèrent quelques paroles.

— Elle dire couple indien venir la maison, semaine dernière. Eux parler voyage en Amérique.

La révélation d'Ivanna emplit Thomas d'exaltation tout en le décourageant. L'oncle de Navin lui avait fait quitter la France, et les Petrovitch étaient mouillés dans l'affaire. Mais... les États-Unis ? Une cinquantaine de vols quittaient quotidiennement Paris pour des villes situées aux quatre coins d'Amérique. La seule vraie barrière d'entrée était la police des frontières, aux aéroports. Une fois franchi le barrage de l'immigration, n'importe qui pouvait disparaître sans laisser de traces.

— Ils ont parlé de l'endroit où ils allaient, aux États-Unis ?

Natalia traduisit la question pour Ivanna ; celle-ci secoua la tête.

— *Niet.*

De tous les mots qu'elle avait prononcés, c'était le premier et le seul que Thomas comprenait.

— Je parler toutes les filles, reprit Natalia. Seulement Ivanna avoir informations.

— Merci. C'est déjà quelque chose, affirma Thomas en essayant de dissimuler sa déception.

Natalia riva sur lui son regard intense, scrutateur.

— Vous trouver cette fille ?

— Je vais faire de mon mieux, assura-t-il.

Elle tendit le bras et lui serra la main.

— Alors, nous amis. *Da svidaniya.*

Sur ces mots, elle se retourna et disparut dans le hall.

La peau encore brûlante du souvenir de sa poignée de main, Thomas compta le nombre de femmes qui avaient exigé de lui l'impossible. Ahalya. Priya. Julia. Et maintenant Natalia. Le croyaient-elles vraiment capable de réussir ?

N'était-ce pas plutôt qu'il était seul à avoir l'inconscience d'essayer ? Quelles que soient leurs raisons, il savait maintenant que la tâche était au-dessus de ses forces. Paris, déjà, ce n'était pas gagné, mais l'Amérique, c'était perdu d'avance. Pour retrouver Sita, il aurait besoin d'autre chose que d'intuitions et de l'aide d'amis.

C'était un coup de pouce du bon Dieu en personne qu'il lui faudrait.

26.

Par la grandeur de ton commerce tu as été rempli de violence, et tu as péché.

Le Livre d'Ézéchiel, 28, 16

Elizabeth, New Jersey

Après la tentative d'évasion ratée de Sita, Alexeï veilla tout spécialement à ce qu'elle reste enfermée dans la chambre de viol d'Igor. La nuit, après la fermeture de la boîte, il s'assurait personnellement de sa présence et refermait soigneusement à clé en repartant. En fin de matinée, il revenait lui apporter quelques miettes à manger. Il ne lui parlait jamais.

Au fur et à mesure que les jours passaient, l'obscurité se refermait sur elle. Elle renonça à jouer avec la poésie et les mots, elle renonça à faire comme si Ahalya était là, auprès d'elle, renonça à contempler ses fantasmes de bonheur par le portail de la mémoire. Elle passait le plus clair de son temps à fixer le mur et à s'interroger sur les voies impénétrables de son karma.

Un dimanche soir, avant l'ouverture de la boîte, Alexeï vint la chercher. Il se planta sur le seuil et lui lança un ordre bref :

— Viens !

Il lui fit traverser le vestiaire – maintenant vivement éclairé, mais désert –, et la conduisit dans la salle située derrière.

Dans l'un des fauteuils, un homme blond, élégamment vêtu d'un pantalon et d'un blazer noirs, regardait une course de chevaux à la télévision. Il eut un mouvement de tête en direction d'Alexeï et, d'un geste, invita Sita à s'approcher. Il parlait anglais en articulant soigneusement, avec un léger accent.

— Elle est magnifique, commenta-t-il en détaillant Sita de la tête aux pieds de ses yeux bleus perçants. Et très jeune. Je félicite votre frère pour son acquisition.

— Vassili savait que vous apprécieriez, répondit Alexeï.

L'homme passa derrière Sita. Il lui effleura le creux de la nuque du bout des doigts, puis il revint devant elle et eut un mince sourire.

— Elle a la peau assez mate pour être exotique, et en même temps assez claire pour être attirante. Elle vaudra un bon prix.

L'estomac de Sita se retourna ; elle crut qu'elle allait défaillir. Ces hommes parlaient d'elle comme d'un animal à la foire aux bestiaux.

— Je la prends pour vingt mille, décréta l'homme.

Alexeï se hérissa.

— Elle en vaut quarante. Je ne la laisserai pas à moins.

Ils débattirent du prix. Une autre transaction allait avoir lieu. L'étranger était le maillon suivant de la chaîne du destin de Sita.

Le marché fut conclu à trente mille dollars. Le type blond effectua le paiement avec une enveloppe pleine d'argent liquide et s'en alla.

Les deux soirées suivantes se passèrent dans un calme relatif. Sita entendit Igor s'en prendre violemment aux filles dans le couloir, mais il ne mit pas les pieds dans la chambre. Son isolement ne fut rompu que par les brèves visites d'Alexeï. Elle commença à se demander si elle n'avait pas mal compris ce qui s'était passé dans la salle du night-club. Peut-être le type blond avait-il remboursé Alexeï pour son achat. Cependant, cela n'expliquait pas sa présence, ni la réaction violente d'Alexeï aux avances d'Igor. D'après ce dernier, Alexeï la gardait pour Dietrich. Qui pouvait bien être Dietrich ?

Un début de réponse à cette énigme arriva le mardi sous la forme d'un Noir qui portait des lunettes noires et une grande chaîne en or autour du cou.

— La p'tite pute va jusqu'à Harrisburg ? s'informa-t-il quand Alexeï l'introduisit dans la chambre de Sita.

— C'est ça. Les autres s'arrêtent à Philadelphie.

— Ouais. Pour la convention techno. Manuel m'en a parlé.

Il lança un regard torve à Sita.

— L'est prête, la p'tite pute ?

Sita jeta un coup d'œil à Alexeï, attendant un signe de lui.

— Tu pars avec Darnell. Allez ! ordonna-t-il.

— Exact, confirma le dénommé Darnell. Et magne-toi. Les salopes qui se la jouent, ça me tape vite sur les nerfs.

Il ouvrit son veston et lui montra la crosse d'un pistolet.

— Tu m'embrouilles, t'es morte. Pigé ?

Sita hocha la tête en tremblant. Elle enfila son manteau, et Darnell l'entraîna jusqu'à un van garé sur le parking. Trois filles étaient déjà assises à l'arrière. Un Latino sec et nerveux occupait le siège passager. Il était plongé dans un magazine et ne lui accorda aucune attention.

C'était la mi-journée, et il y avait beaucoup de voitures sur le parking du centre commercial. Personne ne s'intéressait au van anonyme, ni à sa cargaison humaine. Une voiture de police passa et s'éloigna, comme tous les autres véhicules.

Darnell, au volant, quitta le parking. Les rues étaient embouteillées, mais dès qu'il eut rejoint l'autoroute, le van accéléra. Ils roulèrent pendant quatre-vingt-dix minutes sans s'arrêter. Sita commençait à avoir soif et elle aurait voulu aller aux toilettes, mais elle avait peur de demander. Les filles à l'arrière se taisaient.

Darnell entra à Philadelphie par un grand pont et déboucha sur Broad Street. Il arrêta le van le long du trottoir devant l'hôtel Marriott et appela quelqu'un de son portable. Bientôt, un Blanc en costume à fines rayures sortit du hall de l'hôtel. Il salua Darnell en promenant un regard appréciateur sur les filles qui descendaient du van. Il donna une enveloppe à Darnell.

— C'est l'avance. Le reste quand tu viendras les récupérer.

— Mets-les au boulot, ces putes, grommela Darnell.

Le Blanc eut un fantôme de sourire.

— Pour bosser, elles vont bosser. On a trente-deux clients qui font la queue, et la convention n'a pas encore commencé.

— Ça fait plaisir à entendre.

Le Blanc accompagna les filles dans l'hôtel et le Latino récupéra le siège passager. Darnell exécuta un parfait demi-tour et repartit dans la circulation. Ils firent un rapide arrêt dans une station service pour permettre à Sita d'aller aux toilettes, puis ils roulèrent tout l'après-midi, ne s'arrêtant que pour prendre de l'essence et passer commande dans un drive-in McDonald's. Sita mourait de faim, pourtant elle eut du mal à avaler le hamburger de Darnell. La viande graisseuse et les condiments aigres-doux l'écœuraient.

Ils arrivèrent à Harrisburg une demi-heure avant le coucher du soleil. Darnell s'engagea sur une aire de stationnement pour camionneurs à moitié pleine de semi-remorques et entra dans le parking d'un motel. Il se tourna vers Manuel et marmonna :

— La p'tite pute sait pas le bol qu'elle a. Si ça tenait qu'à moi, j'en ferais une pute à camionneurs. Comment que j'te la *dresserais*, moi.

Manuel éclata de rire.

— C'est pour ça que tu fais que conduire le van.

— Ta gueule !

Ils se garèrent à l'arrière du motel. Manuel ouvrit la porte d'une chambre pendant que Darnell faisait sortir Sita du van. Il la jeta sur le lit. Elle se rassit précipitamment et serra un oreiller sur son ventre, persuadée qu'ils allaient la violer. Darnell la scruta un long moment avec un sourire lubrique, puis il éclata de rire.

— Regarde ça, Manuel ! Elle crève de trouille.

Manuel l'ignora et alluma la télévision. Riant toujours, Darnell ramassa un magazine et alla s'enfermer aux toilettes.

Le soir tomba, puis la nuit. Darnell alla chercher au Burger King un dernier casse-croûte, que Sita avala à contrecœur. À dix heures, Manuel reçut un coup de fil sur son portable. Il grommela quelques mots et s'approcha de la fenêtre.

— Les voilà, annonça-t-il.

Il écarta l'un des rideaux, révélant une fourgonnette garée dans l'ombre, à côté d'une rangée de bennes à ordures. Sita vit sept jeunes filles s'éparpiller dans le parking maintenant bien rempli. Elles avaient toutes l'air très jeunes.

— Des tas de boudins en maraude, nota Darnell. Combien tu crois qu'elles vont faire, ce soir ?

Manuel réfléchit un instant.

— Deux mille, peut-être plus. Le parking est plein.

Darnell ricana.

— Les camionneurs vont avoir de la compagnie, ce soir.

Le sort de ces « boudins » acheva de briser le cœur de Sita. Quel genre d'êtres humains fallait-il être pour prendre plaisir à souiller des enfants ? Et quel sort lui réservait-on, à elle ? Qu'est-ce qui pouvait bien justifier qu'on l'achète trente mille dollars ?

À minuit, Manuel reçut un nouvel appel. Il écouta brièvement.

— Allez, c'est parti !

Darnell éteignit la télévision et attrapa Sita par le bras, brutalement.

— On y va.

Dehors, Sita vit une fourgonnette dont le moteur tournait au ralenti. Une femme obèse se tenait près du véhicule, les bras croisés. Darnell remit Sita à la femme. Celle-ci la poussa vers un homme penché par l'arrière de la fourgonnette. Il l'agrippa par son manteau et la souleva à l'intérieur. Comme sa vision s'adaptait à l'obscurité, elle constata qu'elle n'était pas seule : elle était entourée par les « boudins de parking ».

L'homme verrouilla la portière arrière. Sita ne fit que l'entrevoir dans les ombres. Il n'était pas rasé, et une cigarette pendouillait à ses lèvres.

Il faisait tout noir à l'arrière du véhicule. Aucune des filles ne parlait ; l'une d'elles pleurait. La fourgonnette commença par tanguer, puis s'ébranla. Le ronflement du moteur noya les pleurs de l'enfant invisible. Sita serra ses bras autour d'elle Ses pensées étaient une mosaïque d'images floues, et sa respiration rapide et superficielle.

La fourgonnette roula pendant une vingtaine de minutes avant de s'arrêter. Une fois le moteur coupé, Sita écouta le silence. Quelque part, un chien aboyait. Une voiture passa non loin de là. Les filles attendirent dans le noir que l'homme à la cigarette rouvre le hayon arrière. Le véhicule était garé devant une espèce de garage. Les filles se levèrent et quittèrent le véhicule. L'homme fit signe à Sita de leur emboîter le pas.

Elle suivit une jeune fille noire aux hanches étroites moulées dans une minijupe à imprimé léopard à travers le garage et en bas de quelques marches. Une unique ampoule éclairait le sous-sol. Les filles patientèrent, serrées les unes contre les autres, tête baissée. La grosse femme déplaça un râtelier à fusils, révélant une porte dérobée. Elle tourna un verrou. Sita vit des couvertures étalées par terre. Les filles entrèrent sans protester, et la femme referma le verrou derrière elles.

Immédiatement, ce fut la bagarre. Sita, se protégeant la tête avec les bras, recula dans un coin et se laissa glisser au pied du mur jusqu'à ce que ses genoux touchent son menton.

— Lâche-moi, sale pute ! piaula une des filles.

— C'est ma place, espèce de poufiasse ! rétorqua une autre.

Une voix forte s'éleva :

— Cassie, Latisha, vos gueules ! Laissez tomber, bon Dieu !

Les filles se calmèrent enfin.

— Qu'est-ce qui ne va pas chez vous, hein ? lança la voix forte. Cet endroit est déjà assez terrible comme ça, alors arrêtez de geindre.

— Elle prend toujours mon coin, se lamenta une fille.

— Elle fait rien que raconter des histoires sur moi, pleurnicha l'autre.

— Je ne supporte plus cet endroit, fit une quatrième voix étranglée.

La voix forte reprit :

— Essaie de t'enfuir si tu veux ; c'est ta peau, pas la mienne. La dernière fois que j'ai essayé, ils m'ont brûlée avec des cigarettes.

Sita retint une envie de vomir. Une odeur de sueur et d'urine planait dans l'air. Elle ne put retenir ses larmes. Elle serra Hanuman dans la poche de son manteau et essaya de se rappeler les sons et les images de la côte de Coromandel, mais elle avait de plus en plus de mal à retenir ces souvenirs. À la place, elle voyait Suchir, Navin, Dimitri et Igor, et elle imaginait les trognes des camionneurs qui payaient pour coucher avec les filles.

Elle s'adossa à la paroi et se frotta les bras dans l'espoir de se réchauffer. Elle était toute tassée contre le mur, dans une position très inconfortable, et elle n'imaginait pas pouvoir dormir. Au bout d'un moment, sa voisine se déplaça un peu et un coin de couverture lui tomba sous la main. Elle la remonta subrepticement sur ses genoux. Elle avait déjà un peu moins froid. La fille bougea à nouveau et colla son bras gauche contre la jambe de Sita. Sita poussa un profond soupir et ferma les yeux. Allons, elle arriverait bien au bout de la nuit.

27.

La vérité est rarement pure et jamais simple.
Oscar Wilde

Paris, France

Thomas et Julia reprirent le TGV pour Paris en fin d'après-midi. Avant le départ, Thomas trouva un café internet à Quimper et réserva une place sur le vol du matin pour Bombay. Il envoya deux mails de la gare, le premier à Andrew Porter, pour l'informer que Sita avait été expédiée aux États-Unis, le second à Jeff Greer, à la CASex, pour lui annoncer qu'il serait au bureau dès lundi. Après quoi il appela Priya et lui communiqua son numéro de vol. Ensuite, il essaya de ne pas penser à son échec.

Julia lui proposa de passer la nuit dans son petit appartement du XVe arrondissement. Il squatta son canapé sans réussir à fermer l'œil, prisonnier du temps et de ses cogitations. À chaque minute qui passait, Sita s'éloignait davantage. Il envisagea de prendre l'avion pour Washington, pour voir Porter, mais il savait que ce serait un coup d'épée dans l'eau. Il n'avait aucune piste crédible, et il n'aurait qu'un accès extrêmement limité aux informations du ministère de la Justice.

Un peu après minuit, il se releva et se mit à tourner comme un ours en cage. Il se sentait piégé, en proie à une anxiété indicible. Il s'aventura dans la cuisine, ouvrit le réfrigérateur, uniquement pour se rendre compte qu'il n'avait pas faim. Il retourna dans le salon, regarda par la fenêtre les lumières de Paris. Dans des circonstances ordinaires, la scène l'aurait impressionné. Cette nuit-là, il n'y prit même pas garde ; il était trop préoccupé.

Où es-tu, Sita Ghaï ? pensa-t-il. *Où t'ont-ils emmenée, maintenant ?*

Tout à coup, une main se posa sur son épaule. Il se retourna ; Julia se tenait debout devant lui, en petite tenue, culotte et caraco. Il plongea le regard dans l'ombre de ses grands yeux et y lut une profonde compréhension. Elle lui serra la main très fort. Thomas s'y attendait si peu qu'il en resta sans voix, incapable d'articuler une parole, une pensée.

— Ça va ? lui demanda-t-elle d'une voix réduite à un soupir.

Il pensa à s'en sortir par un mensonge, et ne put s'y résoudre.

— J'ai connu de meilleurs moments.

Elle se pencha vers lui, appuya sa tête sur sa poitrine et l'entoura de ses bras.

— Je sais ce que vous ressentez, chuchota-t-elle. J'ai été comme ça quand ma sœur a disparu.

Il resta debout, tout raide, paralysé par l'indécision. Il pensa à Priya – à 6 500 kilomètres de là. Il pensa à Cambridge, à Charlottesville, à Georgetown, et aux années qu'ils avaient vécues ensemble. Il avait beau essayer de toutes ses forces, il n'était pas de taille à lutter contre la chaleur de Julia, son pouvoir désarmant. Toute résistance abolie, son cœur et son corps fusionnèrent dans un unique désir – lui rendre son étreinte. Il enfouit son visage dans sa chevelure parfumée.

Ils restèrent ainsi pendant de longues secondes, serrés l'un contre l'autre, puis Julia leva le visage vers lui, formulant une question muette. Il reconnut cet instant pour ce qu'il était – le point de non-retour. Des signaux d'alarme retentirent dans son esprit, pourtant il ne fit pas un geste pour se dégager. Quand elle posa ses lèvres sur les siennes, il ne recula pas. Lorsqu'elle le conduisit dans le couloir, vers sa chambre, il ne résista pas. La pensée l'effleura que les choses s'étaient passées de la même façon avec Tera. Mais il n'en était plus au point de s'en préoccuper. C'était ce qu'il voulait. Il en avait besoin.

Quand ils entrèrent dans sa chambre, Julia l'attira contre elle et l'embrassa à nouveau. C'est alors qu'il vit la bougie sur la commode, devant le lourd miroir. Un souvenir lui revint en un éclair. La flamme de la bougie qui se reflétait dans la glace, bannissant les ténèbres. Priya qui l'attendait sur le lit, attendait qu'il lui fasse l'amour. La volupté de l'abandon, la joie de se donner entièrement. La nuit où Mohini avait été conçue.

Il effleura l'endroit, sur son doigt, où son alliance se trouvait naguère. Il l'avait enlevée quand Priya était partie, et il l'avait oubliée dans sa hâte de s'envoler pour Bombay. L'anneau qui lui rappelait ses vœux. *Moi, Thomas, je te prends, toi, Priya...* Il était bien naïf ; tout le monde l'était devant l'autel. *Par cet anneau, je t'épouse...* Il réalisa que coucher avec Julia constituerait une trahison de son mariage au moment même où il entrevoyait l'espoir de le voir renaître et, plus encore, une trahison de la mémoire de Mohini et de toutes les bonnes choses qu'il avait abandonnées dans sa vie.

— Je ne peux pas faire ça, murmura-t-il.

Julia recula.

— Pourquoi pas ?

Il inspira profondément.

— Je suis marié. Ma femme est à Bombay.

Elle s'assit sur le lit et referma les bras sur ses genoux. Il resta planté là, à la regarder. Il n'avait pas été honnête avec elle, il s'en rendait compte à présent. Il avait permis à un lien émotionnel de se tisser entre eux, un lien que le premier imbécile venu aurait senti venir. Et alors qu'elle obéissait à ses sentiments, s'abandonnait à ses instincts, il relevait sa garde et la repoussait.

Le silence s'étira jusqu'à ce que Julia parle enfin.

— Comment s'appelle-t-elle ?

— Priya.

— Elle est indienne ?

— Oui. Mais elle a vécu en Occident pendant la majeure partie de sa vie.

Julia encaissa l'information.

— Vous l'aimez ?

Il hocha lentement la tête. C'était la vérité, il en avait la profonde conviction. Elle détourna la tête. Elle avait rosi.

— Je suis désolé, souffla-t-il, retrouvant la voix. J'aurais dû vous le dire.

— Oui. Vous auriez dû me le dire. Quoi que je ne sois pas sûre que ça aurait changé grand-chose.

Elle l'embrassa légèrement sur la joue.

— Ç'aurait été bien, chuchota-t-elle.

Thomas fit appel à tout son courage pour résister à la soudaine impulsion d'oublier tout le reste et de l'enlacer à nouveau.

— Bonne nuit, Julia.

Il retourna dans le salon, se rallongea sur le canapé et se fourra la tête sous l'oreiller. Le tic-tac de la pendule était étouffé, mais il n'y échappait pas. Il essaya vainement de dormir ; ses pensées étaient hantées par le souvenir de leur étreinte. Les minutes devinrent des heures, la nuit devint le matin. Quand l'aube se leva, il l'accueillit comme une libération.

Il se doucha rapidement et remballa ses affaires pendant que Julia préparait du café et des croissants tout chauds. En prenant le petit déjeuner, ils parlèrent de la pluie et du beau temps. Lorsqu'ils eurent fini, elle le raccompagna au métro, à trois rues de là. Ils s'arrêtèrent devant les tourniquets et se regardèrent. Au bout d'un moment, Julia rompit le charme et le serra dans ses bras.

— Je suis désolée, pour Sita.

— Nous avons fait de notre mieux. Personne n'aurait pu faire davantage.

Elle le dévisagea bravement.

— Peut-être qu'Andrew aura une piste.

— On ne sait jamais. Allez, Julia, prenez soin de vous.

Elle lui sourit. Elle avait le sourire facile.

— Rentrez chez vous, Thomas.

Il eut un hochement de tête et s'éloigna, frappé par les mots qu'elle avait choisis.

Il prit le RER jusqu'à Roissy et attrapa le vol du milieu de la matinée pour Bombay. Épuisé par sa nuit sans sommeil, il baissa le volet et essaya de se reposer. Ça ne marcha pas une seconde. Quand il en eut assez de faire semblant, il sortit la photo d'Ahalya. Sita lui sourit pour la centième fois ; une gamine flirtant avec la féminité, tout ce qu'il avait rêvé de voir Mohini devenir un jour. Cette pensée lui fit l'effet d'une révélation. Était-ce ce qui l'avait poussé à venir en France ? Était-ce l'ombre de sa fille disparue qui lui soufflait qu'une vie pouvait être sauvée ?

L'avion se posa à Bombay une demi-heure avant minuit. Le ciel au-dessus de la ville était un mélange noirâtre de fumées et de chaleur lourde. Il devait faire à peine quelques degrés de moins que dans la journée. Priya l'attendait au carrousel à bagages, et elle le surprit en lui sautant au cou.

— Bon retour à Bombay ! s'exclama-t-elle, radieuse. Tu m'as manqué.

— Vraiment ? répliqua-t-il, étonné du soulagement que lui procurait sa présence.

Elle hocha la tête et le prit par la main.

— J'ai quelque chose pour toi.

Elle fouilla dans son sac et lui tendit deux billets d'avion.

— Goa, lut-il d'une voix plus légère.

— Demain, on part en vacances. J'ai besoin de sortir de cette ville.

Elle prononça ces mots avec une espérance si vive qu'il ne put retenir un sourire.

— C'est une bonne idée.

Il éprouva une soudaine vague d'amour pour elle.

— Tu es magnifique, tu sais.

Priya cilla devant cette déclaration inattendue. Puis son sourire s'élargit.

— Filons d'ici !

Ils passèrent la nuit dans l'appartement de Dinesh, à Bandra. Le jeune banquier était en voyage d'affaires, et Thomas prit sa chambre. Après l'élan qui l'avait poussée vers lui à l'aéroport, il espérait que Priya le rejoindrait. Il n'eut pas cette chance. Elle le quitta sur un sourire mutin après l'avoir embrassé chaleureusement, et elle s'installa dans la chambre d'amis.

Pour la deuxième nuit d'affilée, il dormit mal. Vers trois heures du matin, il fut réveillé par l'angoisse irrationnelle que Mohini s'étouffait dans la chambre voisine. Il regarda autour de lui, hagard, avant de se rappeler où il était. Après, il resta allongé à écouter la rumeur lointaine de la ville tout en dressant l'inventaire des paradoxes de sa vie. Comment se faisait-il qu'en cherchant l'honneur il l'ait perdu, et qu'en perdant l'amour il ait commencé à le retrouver ? Comment se faisait-il que la même douleur qui lui paraissait naguère tellement destructrice en soit arrivée à lui faire des cadeaux ? L'affaire de Jogeshwari. Le sauvetage d'Ahalya. La quête de Sita. Priya dormant paisiblement dans la chambre voisine. La promesse de Goa. Il pourrait passer trente ans sur cette planète avec ses deux diplômes d'études supérieures et avoir toujours davantage de questions que de réponses. Comment était-ce possible ?

Le lendemain matin, il retrouva Priya en chemise de nuit sur la terrasse, en train de boire à petites gorgées une tasse de *chai* brûlant. Le soleil était déjà chaud malgré l'heure matinale, seule la brise qui soufflait de la mer apportait un peu de fraîcheur.

— Tu as l'air fatigué, lui dit-elle en s'allongeant sur une chaise longue.

— Je n'ai pas beaucoup dormi, confia-t-il en se frottant les yeux.

— À cause de Sita ?

Il acquiesça, préférant une explication simple.

— Il est bien, ici, Dinesh, remarqua Priya.

— Il a toujours su mener sa barque.

— Il a l'air de se sentir chez lui à Bombay.

Sa voix charriait une nuance de nostalgie.

— Pas toi ?

— Ça dépend des jours, et de mon humeur.

— Tu voudrais vivre ici de façon permanente ? s'enquit-il précautionneusement.

— Je n'en suis pas sûre. Et toi ?

Il haussa les épaules.

— Je ne sais pas, avoua-t-il, se refusant à mentir.

Elle se releva en bâillant et lui effleura la main du bout des doigts.

— Allez, viens. Il faut qu'on se prépare.

— J'ai une chose à faire avant de partir.

Elle le dévisagea avec curiosité.

— L'avion décolle à midi.

— C'est sur le chemin. J'ai juste besoin de passer un coup de fil.

Ce matin-là, à huit heures et demie, Ahalya était assise à un pupitre, dans une salle de classe de l'ashram où sœur Elizabeth faisait cours – trigonométrie, à la consternation des autres filles. Ahalya, quant à elle, rêvassait, les sinus et les cosinus n'ayant plus de secrets pour elle : elle avait tout appris de ces fonctions l'année précédente, à Sainte-Marie. Les lundis et les mercredis, la tutrice procurée par la CASex lui donnait des leçons d'un niveau supérieur, les autres jours, les sœurs attendaient d'Ahalya qu'elle partage les cours de terminale avec les autres pensionnaires.

Selon son habitude, Ahalya se replongeait dans ses souvenirs. Elle se remémorait le passé avec des détails incroyablement précis, se concentrant sur les visages et les attitudes jusqu'à ce que les habitants lui apparaissent comme s'ils étaient encore vivants. Elle se les représentait dans l'avenir, imaginant les rides de sa mère à un âge avancé, se figurant son père le jour de son mariage à elle, et Sita à l'âge adulte. Elle se projetait toujours plus loin dans l'avenir, jusqu'à ce qu'elle perde tout sens du moment présent. En réalité, Ahalya rêvait si souvent en classe que les sœurs de l'ashram avaient commencé à lui en faire le reproche.

Sœur Elizabeth étrécit les paupières.

— Ahalya, quel est le sinus de 90 degrés ?

— Un, répondit-elle.

Elle voyait les fonctions se dessiner dans sa tête.

— Et le cosinus de 180 degrés ?

— Moins un.

Sœur Elizabeth soupira et se tourna à nouveau vers le tableau noir.

À neuf heures moins le quart, sœur Ruth apparut à la porte. Les élèves accueillirent sa visite avec méfiance, s'interrogeant sur les raisons pour lesquelles la principale de l'école se montrait ainsi sans être annoncée.

— Ahalya, appela sœur Ruth, viens avec moi, s'il te plaît.

Ahalya se tourna vers la religieuse, surprise par son ton. Elle se leva et la suivit hors de l'école. La religieuse se dirigea en silence vers l'entrée de l'ashram. Ahalya était plus intriguée à chaque pas. Ce n'était pas le genre de sœur Ruth d'être aussi laconique. Elle donnait l'impression d'avoir toujours quelque chose à dire. Lorsqu'elles arrivèrent à l'étang où Ahalya avait planté son lotus, sœur Ruth lui indiqua le banc.

— Attends ici. Tu as de la visite.

— Qui est-ce ? s'enquit Ahalya, à la fois excitée et emplie d'appréhension.

Anita, de la CASex, venait le mardi. On était jeudi. C'était une visite spéciale. Sans répondre, Sœur Ruth repartit vers l'entrée du domaine. Ahalya s'assit sur le banc, ignorant la nausée persistante dont elle souffrait maintenant depuis des semaines. Elle regarda son lotus. Le pot d'argile était visible sous la surface de la mare. Au-dessus, deux feuilles s'étaient formées, mais il était encore bien trop tôt dans la saison pour que la fleur paraisse. Elle effleura la surface de l'eau. Il y avait de la vie dans le pot. Le lotus fleurirait. Il devait fleurir, car il contenait l'esprit de Sita.

Pousse ! ordonna-t-elle. *Tu es la raison pour laquelle je me lève le matin.*

Sœur Ruth accueillit Thomas au seuil de l'ashram avec un air inhabituellement grave.

— Monsieur Jeff nous a prévenues que vous alliez passer, commença-t-elle en jetant un coup d'œil à Priya qui attendait dans le taxi. Vous avez des nouvelles pour Ahalya ?

Thomas hocha la tête.

— Au sujet de Sita ? insista sœur Ruth.

— Oui.

— Si ce sont de mauvaises nouvelles, il vaudrait mieux s'abstenir de lui en faire part. Elle est très fragilisée.

— Il y a du bon et du mauvais, tempéra Thomas en tripotant son bracelet *rahki.* Je lui dois la vérité. Je pense qu'elle voudrait savoir.

La religieuse réfléchit et acquiesça pensivement.

— C'est une fille dotée d'une forte volonté. Sa sœur est son unique sujet de conversation. Enfin, quand elle parle.

— Je n'en ai que pour cinq minutes.

— Elle est auprès de l'étang.

Ils trouvèrent Ahalya en train de scruter les profondeurs de l'eau. Elle se redressa à leur approche. Ses yeux s'écarquillèrent à l'approche de Thomas.

— Vous êtes revenu. Vous devez avoir des nouvelles de Sita.

La dévisageant, Thomas sentit le poids de sa souffrance.

— Nous devrions peut-être nous asseoir, suggéra-t-il en indiquant le banc.

Ahalya croisa les bras.

— Elle n'est pas avec vous.

— Non.

Il prit place sur le banc. Quelque part dans les branches au-dessus d'eux, des oiseaux pépiaient.

— L'homme qui l'a achetée à Suchir l'a emmenée en France, lui confia-t-il. Elle a travaillé dans un restaurant pendant les deux derniers mois. La police de Bombay a arrêté l'homme, mais ils n'ont pas agi assez vite. Il y a quelques jours, Sita a été emmenée aux États-Unis. Personne ne sait pourquoi, ni où elle est.

Ahalya éclata en sanglots, le corps secoué comme un jeune sapin dans la tempête. Thomas étouffa un soupir ; sœur Ruth avait peut-être raison : il avait sans doute été mal inspiré de venir. Il aurait mieux fait de s'abstenir. Il regarda la petite pousse de lotus, en cherchant un moyen de remonter le moral d'Ahalya.

— J'ai envoyé votre photo à mon ami, au ministère de la Justice, poursuivit-il enfin. Je l'ai informé de la présence de Sita sur le sol américain. Je suis sûr qu'il va prévenir le FBI. Ils vont lancer des recherches.

Ahalya reprit peu à peu le contrôle de ses émotions. Elle se tourna vers lui, les yeux bordés de rouge et les joues trempées de larmes.

— J'ai un message pour votre ami, murmura-t-elle.

Il hocha la tête.

— Je le lui transmettrai.

Elle posa la main sur son ventre.

— Dites-lui que maintenant nous sommes deux à attendre Sita.

Sur ces mots, elle reprit le chemin qui menait à l'école. Thomas, déconcerté, interrogea silencieusement sœur Ruth. La religieuse anticipa sa question.

— Elle a du cran. La plupart des filles l'auraient tu.

— Quoi donc ?

— Ahalya est enceinte.

Il manqua s'étrangler.

— ... C'est au bordel que... ? bredouilla-t-il.

La religieuse hocha la tête.

— C'est fréquent. Cependant nous étions optimistes, parce qu'elle n'y était pas restée longtemps.

Il fut pris d'une sorte de vertige.

— Elle va le garder ?

— C'est une vie, répliqua Sœur Ruth, trop sèchement, avant de poursuivre d'un ton radouci : pour le moment, l'enfant est sa seule famille.

Thomas regarda Ahalya disparaître dans le bosquet d'arbres. Elle ressemblait à toutes les autres jeunes indiennes adolescentes avec son *churidaar* vert pâle et ses sandales. Elle était jolie, intelligente, elle avait fait de bonnes études et elle parlait un excellent anglais. Avant le tsunami, elle était promise à un bel avenir – l'université, des études de médecine ou de droit peut-être, et au moins un beau mariage. Maintenant, elle portait le rejeton d'un homme qui lui avait volé son innocence. Si jusque-là son avenir avait été incertain, à présent il gisait en lambeaux.

— Vous croyez qu'on va retrouver Sita ? reprit la religieuse.

— C'est possible. Mais peu probable.

Sœur Ruth se signa.

— Par moments, je ne comprends pas les voies de Dieu.

— Eh bien, nous sommes deux.

Priya leur avait retenu une chambre à Agonda, un havre de paix, loin des meutes touristiques du nord de Goa. Thomas ne lui relata pas grand-chose de sa rencontre avec Ahalya et, pour une fois, elle ne manifesta guère de curiosité. Il y avait longtemps qu'il ne l'avait vue aussi enjouée, et il n'avait pas envie de lui saper le moral.

Le trajet en taxi vers Agonda Beach leur prit la majeure partie de l'après-midi. Thomas baissa sa vitre, et le spectacle du paysage qui défilait lui changea les idées, allégea le fardeau qui lui pesait sur le cœur. Dans le fondu enchaîné des bungalows et des touffes d'eucalyptus, il réussit à cesser de penser au bébé d'Ahalya, à Sita, au bracelet qu'il avait au poignet. Et à Tera, à Clayton, aux mensonges qu'il avait racontés à sa femme. Sa seule consolation était la retenue dont il avait fait preuve à Paris. Dans la chambre à coucher d'une femme séduisante, pleine de désir pour lui, il avait tenu bon.

Peu après quatre heures de l'après-midi, le taxi prit une route de terre battue bordée de boutiques et de cabanes de plage. Le chauffeur les déposa devant le Getaway Resort and Hotel, au bout de la plage. L'endroit était exactement tel que la publicité le décrivait – propre, sans prétention, et tout près de la mer. Le propriétaire, un homme affable aux cheveux blancs, en chemise hawaïenne criarde, les salua en bon anglais.

— Lune de miel ? risqua-t-il.

— Oui, confirma Priya, à la surprise de Thomas. La seconde.

— Voilà pour le second départ, déclara-t-il en leur remettant leurs clés.

Ils se dirigèrent main dans la main vers le bungalow et rangèrent leurs affaires dans un placard au bout du lit. Priya alla se changer dans la salle de bains et ressortit en chemise de lin blanc et sarong à imprimé floral. Elle toisa Thomas de haut en bas, détailla son short de surf, ses Birkenstock et son tee-shirt Russell Athletic. Elle franchit la distance qui les séparait, passa ses bras autour de lui et nicha son visage sur sa poitrine. Il la serra avec une passion qui lui fit comprendre à quel point elle lui avait manqué. Au bout d'un moment, elle recula.

— Viens, on va faire un tour sur la plage.

Ils suivirent un sentier de terre battue, à l'ombre des palmiers, puis traversèrent les dunes jusqu'à la mer. Ils ôtèrent leurs sandales et marchèrent pieds nus vers l'eau. Le sable était épais, un vrai bonheur sous les pieds. Le soleil tropical qui frôlait l'horizon niellait d'or la surface de l'océan. Priya entraîna Thomas vers un amas de rochers. Elle escalada le plus gros. Thomas la suivit. Côte à côte, tout en haut, ils admirèrent le coucher de soleil. Il passa son bras autour de ses épaules et elle s'abandonna contre lui.

— Pourquoi faut-il que la vie soit aussi compliquée ? remarqua-t-elle.

— La vie est comme elle est. Mais ce que nous avons essayé de faire n'était pas facile.

— J'ai tellement de regrets, murmura-t-elle.

— Chut, fit-il en mettant un doigt sur ses lèvres.

— Non, il faut que je laisse sortir ça, poursuivit-elle en ravalant un sanglot. Je t'ai fait du mal. J'ai été impossible à vivre. Je ne savais pas comment affronter la souffrance. Je pensais que de rentrer en Inde, ça faciliterait les choses, mais non. Tous les matins, j'entends sa voix. Je vois son petit visage, je sens la douceur de ses cheveux. Je me souviens de ce que ça a été de la mettre au monde.

Thomas eut l'impression que son cœur se fendait. Il était toujours amoureux de Priya, il n'avait jamais cessé de l'aimer. Même quand leur fille était morte, même quand son regard était devenu cruel et qu'elle avait eu pour lui des paroles aussi acérées que des coups de lance. Il l'aurait à nouveau épousée tout entière. Elle était la meilleure chose qui lui soit arrivée dans sa vie.

— Je ne pense pas que ce sentiment nous abandonnera un jour, avoua-t-il. Elle fait partie de nous.

Priya ne répondit pas tout de suite.

— Tu fais des cauchemars ?

Il hocha la tête.

— Je me réveille baigné de sueur glacée et je l'entends pleurer. C'était pire à la maison. J'avais l'impression de vivre entouré de fantômes.

Ils regardèrent le soleil s'engloutir dans la mer et teinter le ciel d'un rose délicat. Priya caressa la paume de Thomas du bout des doigts.

— On prétend qu'il est possible de recommencer. Je ne suis pas sûre d'y croire.

— Nous ne le saurons pas à moins d'essayer.

Ils restèrent assis sur le rocher jusqu'à ce que le soleil ne soit plus qu'un souvenir, et que les premières étoiles apparaissent.

— Tu as faim ? demanda-t-elle.

— Si tu as faim, toi, murmura-t-il.

Il se tourna vers elle et inhala les accents de jasmin et de lilas de son parfum. Ces arômes lui rappelaient des souvenirs, tous bons.

Elle le regarda et ses lèvres s'écartèrent. Il l'embrassa, d'abord hésitant, puis avide, l'attirant dans son étreinte.

— Et si on oubliait le dîner ? chuchota-t-elle.

Il prit son visage entre ses mains.

— Rien au monde ne saurait me rendre plus heureux.

La terre de Goa déploya toutes ses splendeurs pour eux : la mer n'avait jamais été plus bleue, le sable plus doux, le soleil plus radieux que ces trois jours-là. Ils passèrent presque autant de temps dans leur bungalow que dehors. Priya semblait ne pouvoir se lasser des caresses de Thomas, et il ne se faisait pas prier pour la satisfaire. Chaque fois qu'il attirait sa femme contre lui, il avait l'impression de démêler un fil dans le nœud du temps perdu.

Le matin du deuxième jour, ils louèrent une mobylette dans une boutique, à Agonda. Priya, en amazone, lui tenait légèrement la taille. Elle avait grandi à Bombay avec un frère qui aimait les motos, et elle était parfaitement à l'aise sur le porte-bagage d'un deux-roues. Ils remontèrent vers le fort de Cabo de Rama, au nord, sur une route côtière caillouteuse. L'air humide sentait le sel, et le ciel tendait son dais majestueux entre des horizons vert et bleu.

Ils suivirent la direction de Margao à travers un patchwork de rizières et de palmeraies. Ils montèrent enfin vers un plateau aride, au-dessus des frondaisons. À l'ouest s'étendait le bleu indistinct de la mer. Le moteur deux-temps avala rapidement les quatorze kilomètres qui les séparaient du fort. Au bout de la route, ils trouvèrent les antiques remparts, plusieurs fois centenaires, qui avaient été occupés, à différentes époques, par des monarques hindous, mongols et portugais.

Ils arrêtèrent leur mobylette sur un rond-point de terre battue et longèrent les murailles décrépites vers un poste d'artillerie abandonné d'où l'on dominait la baie. Le sol piquait presque à la verticale sur des dizaines de mètres, vers un rivage de basalte noir. Les vagues s'écrasaient sur les roches, projetant des moutons d'écume très haut dans les airs. Ils restèrent un long moment sur le parapet, à admirer la vue.

— On a du mal, dans des endroits pareils, à imaginer que le monde puisse être si laid, remarqua Thomas.

— Il avait été créé pour être beau comme ça. S'il est laid, c'est entièrement notre faute.

Vers cinq heures de l'après-midi, ils reprirent la route côtière vers le sud et la plage de Palolem, quatre kilomètres après Agonda. L'arrivée vers le front de mer était bordée de boutiques et de marchands qui haranguaient le chaland. Ils se garèrent au bout de la rue et descendirent sur la plage, vers un alignement de barques de pêche remontées sur le sable.

La plage de Palolem était plus large que celle d'Agonda, et plus fréquentée. Les Goanais, en saris et vêtements à manches longues, se promenaient avec leurs enfants, alors que les vacanciers européens, australiens et américains étaient en maillot de bain et dansaient sur de la musique tonitruante dans des bars installés dans des baraques en planches. Le contraste n'aurait pas pu être plus marqué, pourtant nul ne paraissait s'en soucier.

Ils s'installèrent sur le porche d'un bar à cocktails et commandèrent des *piña coladas*. Le soleil fondant descendait lentement vers la péninsule qui embrassait la baie. Loin sur la plage, un jeune Indien faisait tournoyer une batte de cricket à côté d'un guichet planté dans le sable. Il se détourna et agita vivement le bras vers le rivage, en hurlant des paroles que le vent emporta. Bientôt, une volée de gamins s'assembla autour du guichet. Après un petit conciliabule, ils se séparèrent, un gamin pour aller lancer, un autre pour tenir la batte, un troisième pour rattraper et le dernier pour tenir le champ. Thomas était fasciné par le match de cricket improvisé. Il prit un calepin dans son sac à dos et commença à griffonner une description de la scène. Lorsqu'il la lut à Priya, elle déclara :

— Tu devrais écrire. Oublie le droit. Le monde a suffisamment d'avocats comme ça.

Il lui embrassa la main, rieur.

— Je pourrais te prendre au mot, tu sais.

Ils regardèrent les lumières s'allumer sur la plage.

— Ça me fait vraiment plaisir d'être ici avec toi, Thomas.

Il se tourna vers elle.

— Est-ce que je serais en train de marquer des points ?

— Qu'en penses-tu ? répliqua-t-elle, les yeux pétillants.

Le dimanche matin, Thomas fut réveillé par les gazouillis des oiseaux et le murmure de la brise marine dans les frondes des palmiers. Il se retourna dans le lit et constata que Priya n'était plus là. Il ne s'inquiéta pas de son absence : chez eux, elle se levait souvent avant lui pour saluer le jour nouveau. Il se frotta les tempes. Ils s'étaient couchés tard, pour savourer l'animation de la plage de Palolem. Il avait bu un verre de trop – et il avait la tête comme un tambour.

Il guetta le bruit de la douche, mais n'entendit rien. Elle avait dû sortir faire un tour. Il alla dans la salle de bains et s'examina dans la glace. Il ne s'était pas rasé depuis quatre jours, et il avait un vrai début de barbe. Il remédia à la situation. Ils regagnaient Bombay par le vol du milieu de l'après-midi. Il n'était pas impatient de rentrer, néanmoins les vacances perpétuelles étaient un pur fantasme. Le travail, c'était ce qui faisait marcher le monde.

Il prit un boxer short et un tee-shirt dans son sac de sport. Ils avaient encore toute la matinée à eux. Rien ne les obligeait à se précipiter à l'aéroport. Il s'apprêtait à sortir, pensant retrouver Priya sur la plage, lorsqu'il vit son BlackBerry posé sur la table où ils prenaient leur petit déjeuner, une feuille de papier à côté. Il regarda fixement la note, abasourdi.

De son écriture en pattes de mouches, Priya avait griffonné : *Comment as-tu pu me faire ça ?*

Il récupéra son portable. Il était en veille. Il appuya sur une touche et l'écran s'alluma. En voyant l'e-mail, il comprit.

Tera avait écrit :

> Thomas, je sais pourquoi tu es parti. Je m'en doutais, mais je n'en étais pas sûre. Maintenant, je le sais. Ils t'ont donné un ultimatum, c'est ça ? Il leur fallait un bouc émissaire. Bon sang, je n'arrive pas à croire qu'ils aient fait ça. Pourtant, ça explique tout. Tu te demandes comment je l'ai appris ? Il y a quelques jours, l'équipe de nettoyage a surpris Mark Blake avec une assistante juridique dans son bureau. La boîte lui a demandé sa démission. J'ai posé des questions et trouvé quelqu'un qui a bien voulu me raconter ce qui s'était passé. Tu n'as plus besoin de fuir, Thomas. La situation va se décanter, les souvenirs s'estomperont. Je me suis rendu compte depuis ton départ à quel point j'avais envie d'être à nouveau avec toi. Je t'en prie, ne me laisse

plus sans nouvelles. Nous sommes faits pour nous comprendre, tous les deux.

Thomas balança son téléphone sur le lit. Comment Priya avait-elle osé lire ses mails ? Comment Tera avait-elle osé mettre son nez dans ses affaires privées ? Comment le monde osait-il l'arnaquer aussi royalement ? Son amour pour Priya était sincère. Il était venu en Inde avec des motivations complexes, d'accord, mais son désir de réconciliation était pur. Ces derniers jours n'étaient pas un leurre. Ils avaient parlé d'*avenir*, bon sang ! Tera avait été une grave erreur de jugement, certes, mais elle était compréhensible, compte tenu des circonstances ; et il avait essayé de couper tout lien avec elle.

Il récupéra son téléphone, se rua au dehors et marcha vers la plage comme un vent de tempête. Il n'y avait à peu près personne sur la grève. Un vent humide, régulier, soufflait de la mer, arrachant des moutons blancs aux vagues. Priya était près de l'eau. Il s'approcha d'elle en s'efforçant de répéter mentalement son discours. Rien que des maladresses, qui le feraient immanquablement passer pour un imbécile ou un malotru.

Elle l'aperçut de loin et se releva. Elle commença par essayer de lui échapper. Elle était rapide, mais il la rattrapa à quelques pas des rochers, l'endroit de leur premier baiser de réconciliation.

— Ne t'approche pas de moi ! hurla-t-elle en dégageant son bras. Comment as-tu pu me faire ça, Thomas ? J'avais confiance en toi !

Elle repartit en courant.

— Attends, je t'en supplie ! s'écria-t-il en lui barrant la route. Laisse-moi t'expliquer...

— Il n'y a rien à expliquer ! Tu m'as menti à propos de Tera, tu m'as menti à propos de Clayton !

— Ce week-end n'était pas un mensonge !

— Ce week-end était le plus grand de tous les mensonges. J'ai fait l'amour avec toi. Je recommençais à croire en l'avenir. Et maintenant ? lança-t-elle en secouant la tête. Mon père avait raison depuis le début.

Thomas était pétrifié.

— Comment peux-tu dire ça ? Fellows Garden, ce n'était pas un mensonge. Notre mariage n'était pas un mensonge. Mohini...

— Ne prononce pas son nom ! protesta Priya, des larmes plein les yeux. Je t'interdis de prononcer son nom, espèce de salaud ! C'est moi qui lui ai donné la vie ! C'est moi qui me suis occupée d'elle pendant que tu jouais les mercenaires à cinq cents dollars de l'heure dans cette arène que tu appelles un cabinet d'avocats ! C'est moi qui la regardais grandir pendant que tu t'envoyais en l'air dans la chambre à coucher de Tera !

Il serra les poings.

— Je ne couchais pas avec elle, Priya. C'est la vérité. Je n'avais personne à qui parler. Tu étais catatonique. Tera s'est trouvée là quand j'avais besoin de quelqu'un pour m'écouter.

Elle fit un pas vers lui et pointa un doigt accusateur sur sa poitrine.

— Regarde-moi dans les yeux et jure-moi que tu n'as jamais couché avec Tera Atwood.

Son air coupable le trahit.

— Je le savais ! fulmina Priya. Je l'ai toujours su. C'est pour ça que j'ai lu tes mails. Je savais que tu me mentais.

— Tu as lu mes mails parce que tu es paranoïaque ! répliqua-t-il, laissant éclater sa propre colère. Je n'ai couché avec elle qu'après ton départ, quand tu m'as quitté pour retourner chez toi, chez ton papa.

Elle lui bourra la poitrine de coups de poing.

— Laisse-moi tranquille ! Fiche-moi la paix !

Ils reculèrent et s'observèrent en chiens de faïence.

— Tu sais, Priya, gronda-t-il, se contenant, c'est un vrai gâchis, parce que je t'aime vraiment. J'ai fait des erreurs, mais je suis venu ici de bonne foi. Je voulais que nous repartions d'un bon pied. Si Tera m'a envoyé ce mail, c'est parce qu'elle n'a pas accepté que je tire un trait sur notre relation. Je ne peux pas dissiper ses illusions, je ne peux pas la faire disparaître, mais elle est de l'autre côté du monde. Je suis là, à Goa, avec toi. Ce week-end, j'ai été plus heureux que je ne l'avais été depuis des années. Je veux l'avenir dont nous avons parlé. Pourtant, il faut croire que ça ne te suffit pas.

Priya se tourna vers l'océan, ses cheveux noirs flottant au vent. Il devinait combien sa déclaration d'amour avait ébranlé ses défenses, néanmoins elle n'avait pas l'intention de rendre les armes.

— Tu es tellement plein de certitudes, Thomas ! Pour toi, faire des excuses se résume à admettre une imperfection. Tu me dégoûtes.

— Alors tu veux que je reparte ? risqua-t-il en tendant les mains.

Elle secoua tristement la tête.

— Je m'en fiche. Je ne veux plus te voir, c'est tout.

Il resta immobile quelques instants. Puis il acquit la certitude qu'elle ne changerait pas d'avis.

— Tu as gagné, conclut-il en se détournant.

Il repartit vers le bungalow, dévasté par l'horreur du moment.

— C'est toujours toi qui gagnes, murmura-t-il pour lui-même.

28.

La miséricorde et la justice divine les dédaignent.
Ne parlons plus d'eux. Regardons-les et passons.
Dante, *L'Enfer*, chant III

Harrisburg, Pennsylvanie

Sita se réveillait chaque fois que sa voisine remuait les pieds. Elle n'aurait su dire combien d'heures avaient passé lorsque la grosse femme rouvrit la porte de la crypte. Elle leur tendit des sacs de pommes, un broc d'eau, et referma la porte. Comme pour les coins où dormir, les filles se disputèrent cette maigre pitance. Sita avait l'estomac dans les talons, pourtant elle ne voulait pas se mêler aux bagarres. Elle patienta dans son coin, à l'écart de la mêlée, dans l'espoir que l'une des filles aurait assez de cœur pour partager avec elle. Aucune ne le fit.

Le temps passa. Ses compagnes n'ouvraient la bouche que pour émettre des plaintes. Sita aurait voulu leur demander si elles savaient où elles étaient, mais elle avait peur de parler. Finalement, la femme revint et leur laissa utiliser des toilettes sordides sous l'escalier du sous-sol. La chasse d'eau ne fonctionnait pas et la cuvette était sur le point de déborder. Sita se boucha le nez en espérant ne pas être celle qui répandrait l'immonde contenu par-dessus bord.

La lumière du sous-sol lui permit de mieux détailler ses voisines. Il y avait quatre Noires et trois Blanches, certaines jolies. Toutes avaient l'air en piètre condition physique. Sita estima que la plus jeune – une enfant à l'air chétif, à la mine de papier mâché et aux cheveux roux, graisseux – avait tout au plus treize ans. La plus âgée – la voix la plus forte dans la nuit – devait avoir dix-huit ans.

Quand la rouquine fut passée aux toilettes, le gros type l'intercepta. La gamine baissa la tête et lui emboîta le pas d'un air soumis. La geôlière leur lança un regard furieux. L'une des filles remua les pieds. La femme la gifla en pleine face.

— Mais j'ai rien dit ! protesta la fille en portant la main à sa joue.

— Ne réponds pas, salope ! hurla la femme.

Elle roua la fille de coups, jusqu'à s'épuiser. Respirant lourdement, elle s'assit sur les marches en attendant que la jeune rousse réapparaisse. À petits pas, les yeux rivés au sol, l'adolescente alla se réfugier au fond de la crypte et se prit la tête dans les mains.

— Rentrez là-dedans, bon Dieu ! gueula la femme en poussant les filles vers leur cellule.

Sita esquiva une taloche de justesse et fila s'asseoir à côté de la petite rousse. Leur geôlière referma à clé, les laissant dans le noir. Sita prit la fille par les épaules et l'embrassa. La gamine pleura longtemps, puis ses larmes se tarirent. Elle posa sa main sur celle de Sita et l'y laissa.

La femme finit par les conduire au rez-de-chaussée. Le gros type était debout en haut des marches, et le fumeur de cigarettes les attendait à l'arrière de la fourgonnette. Les filles y montèrent et s'entassèrent par terre. Il faisait noir. Le gros type murmura au fumeur qu'il allait être obligé de conduire toute la nuit. Sita observa les filles en silence, se demandant si elles savaient où on les emmenait.

La plus âgée déclara :

— Et voilà, c'est reparti.

La fourgonnette démarra et le fumeur referma la porte. La petite rouquine vint se placer à côté de Sita et lui prit la main.

Encouragée par cette marque d'amitié, Sita commença à lui poser des questions en parlant juste assez fort pour se faire entendre malgré le bruit du moteur.

Elle apprit que la fille s'appelait Elsie, qu'elle avait quinze ans – et non treize, comme l'avait supposé Sita – et qu'elle venait d'une petite ville dans les montagnes à l'ouest de Pittsburgh. Son histoire était de l'étoffe dont sont faits les cauchemars. Son beau-père l'avait violentée pendant des années au vu et au su de sa mère. Lorsqu'il s'en était pris à sa jeune sœur, Elsie l'avait menacé de le dénoncer à la police. Son beau-père, lui brandissant un couteau sous le nez, avait promis de la défigurer si elle confiait un mot à qui que ce soit. Elle s'était enfuie le lendemain.

— Où es-tu allée ? chuchota Sita.

— J'ai pris le bus pour New York. Tu connais la série *Top Model* ?

Sita secoua la tête.

— Enfin, ils cherchaient des acteurs. Je me suis dit que j'allais tenter le coup. Peut-être pas tout de suite, tu vois. J'ai pensé que je me ferais d'abord des amis et qu'ils me donneraient un coup de main.

Elsie ravala un sanglot et serra plus fort la main de Sita.

— Je me suis retrouvée dans les pattes de Rudy...

Le dénommé Rudy avait entamé la conversation avec elle devant une épicerie ouverte la nuit. Il lui avait promis un job de mannequin. Elle l'avait suivi dans un entrepôt, où il l'avait violée et avait tourné une vidéo du viol. Il l'avait menacé d'envoyer la cassette à ses parents si elle ne lui obéissait pas. Ensuite, il l'avait emmenée chez lui, l'avait violée tant et plus, et quand il en avait eu assez d'elle, il l'avait revendue à un type qui l'avait emmenée dans une maison, assez loin, et enfermée au sous-sol. Là, elle avait rencontré trois autres filles. Des hommes venaient dans la maison, tard le soir, pour coucher avec elles.

Quelques semaines plus tard, les filles avaient été déménagées vers un autre bordel. Toutes les deux semaines, on les déplaçait. Parfois d'autres filles venaient les rejoindre, tandis que d'autres disparaissaient. Elles étaient quelquefois obligées de poser nues et de se livrer à des actes sexuels devant la caméra.

Sita repensa au bureau de Vassili et eut un frisson.

— Et qu'est-ce qu'ils faisaient des films ?

— Ils les mettent probablement en ligne. Sur Internet. Mon beau-père regardait tout le temps des films comme ça, quand j'étais petite. Et il m'en faisait voir, aussi.

Pendant l'année passée, le réseau de traite humaine l'avait trimballée dans tout l'est du pays. On ne lui accordait jamais un moment de répit, même quand elle était malade. Les clients payaient entre quarante et cent vingt dollars pour ses services ; elle ne voyait jamais un *cent* de cet argent. Il semblait y avoir un réservoir inépuisable de clients. Ils l'appréciaient pour sa jeunesse et ses beaux yeux, ou du moins c'est ce qu'ils lui racontaient. Elle s'était déjà retrouvée « boudin de parking » au relais routier de Harrisburg, mais elle ne se souvenait pas de la date exacte.

Sita l'interrogea sur leur destination. Elsie haussa les épaules.

— N'importe où.

Ils roulèrent pendant des heures, ne s'arrêtant que pour prendre de l'essence, et une fois, dans un champ, pour permettre aux filles de se soulager. Elsie demanda à Sita de lui raconter sa propre histoire. Sita lui parla du tsunami et de ses pérégrinations depuis l'Inde.

— Tu parles drôlement bien anglais pour une Indienne, nota Elsie.

— On nous l'apprend à l'école. Et on parlait anglais à la maison.

— Vous ne parliez pas votre propre langue ? Pourquoi ?

— Parce que le monde entier parle anglais.

Elsie hocha la tête.

— C'est parce que l'Amérique est le plus beau pays du monde.

Au bout d'un moment, le camion ralentit et se gara. Le fumeur souleva le hayon arrière. Dehors, le ciel était gris et sombre. Ils étaient dans un quartier miteux, avec ses maisons délabrées, ses trottoirs fendillés et ses bâtiments abandonnés.

De l'autre côté de la rue, elle repéra un panneau marqué « Marché de Vine City – le meilleur d'Atlanta ».

Le fumeur fit signe aux filles de sortir. Alors que Sita s'apprêtait à les suivre, il tendit le bras et secoua la tête. Elsie lui jeta un coup d'œil.

— À plus tard, murmura-t-elle.

Ils roulèrent encore une heure avant de s'arrêter. Sita surprit un échange de paroles étouffées, puis le fumeur rouvrit la porte arrière de la fourgonnette. Ils se trouvaient sur une allée bordée de grands sapins. Le fumeur était accompagné d'un drôle de type tout en noir. Il avait un faciès asiatique. Il eut un vague hochement de tête à l'intention de Sita.

— Dehors, ordonna le fumeur. Maintenant, tu es à Li.

Le dénommé Li la conduisit vers une élégante maison coloniale entourée de grandes pelouses et de massifs de fleurs. Sita entendait un bruit de voitures au loin, mais la propriété était entourée de pins, et elle ne voyait rien au-delà.

Dans le hall d'entrée, elle fut accueillie par une femme blonde, sans âge, qui la toisa des pieds à la tête.

— Eh bien, eh bien, fit-elle d'une voix traînante. Dietrich m'avait annoncé qu'il m'envoyait une petite fille à la peau sombre. On est toujours prêts à défendre la cause de la diversité. Dis-moi, mon chou, comment t'appelles-tu ?

— Sita Ghaï, répondit Sita en s'efforçant de dissimuler le tremblement de ses mains.

La mention de Dietrich l'effrayait. Elle fit aussitôt un rapprochement qui lui glaça les sangs. Le blond du sex-club avait fait un commentaire sur la couleur de sa peau. « *Elle est magnifique*, avait-il dit. *Elle vaudra un bon prix.* » Le type blond était-il Dietrich ?

La femme épousseta une peluche sur l'épaule du manteau de Sita.

— Sita Ghaï, répéta-t-elle. Très joli.

Puis son expression se durcit.

— Avant tout, on va se mettre bien d'accord sur un point. Tu m'écoutes ?

Sita hocha la tête.

— Bon. Tu n'es plus Sita Ghaï. Il n'y a pas de place dans cette maison pour les gamines avec un passé.

Elle se tourna vers Li.

— Emmène-la.

Sita resta plantée là, paralysée. Li lui ordonna de le suivre, sans qu'elle réagisse. Il jura dans une langue inconnue d'elle et l'attrapa rudement par le bras. Il la traîna à travers un salon plein d'antiquités, dans un couloir orné de tableaux, et lui fit descendre un escalier vers une cave à vin pleine de bouteilles rangées dans des armoires climatisées.

Au fond de la cave, il ouvrit la porte de l'une des armoires et retourna une bouteille de bourgogne, étiquette en bas. Un moteur bourdonna, l'armoire pivota sur des charnières invisibles, révélant un couloir bordé de portes munies de digicodes. Au bout du couloir Li composa un code à cinq chiffres. Il fit entrer Sita dans ce qui ressemblait à un studio de photographe.

Li lui ordonna de rester au milieu de la pièce. Il lui enleva son manteau et le jeta sur un canapé placé contre le mur. Il recula et la détailla en marmonnant tout bas, comme s'il était en proie à un débat intérieur. Au bout d'une minute ou deux, il parut avoir pris une décision. Il s'approcha d'un placard encastré et fouilla dans des amas de vêtements. Il émergea avec un maillot blanc brodé de paillettes qu'il lança aux pieds de Sita.

— Mets ça, décréta-t-il.

Sur ces mots, il quitta la pièce en refermant la porte derrière lui. Sita regarda le maillot comme s'il était contaminé. Elle ne pouvait se décider à le ramasser. Quand Li revint, elle le contemplait toujours. Il lâcha un chapelet d'injures. Puis il brandit un couteau et la menaça dans un anglais lourdement accentué.

— Tu mets ça ou je coupe vêtements. Je reviens cinq minutes.

Sita baissa la tête. Elle défit le sari que Tata-ji lui avait donné et l'abandonna au sol. Elle le portait depuis deux semaines, deux semaines sans se laver, et le tissu sentait fort, son odeur à elle, et la fumée de cigarette. Elle enfila le maillot mécaniquement, malgré l'inconfort du tissu élastique trop serré.

Li revint avec le blond de la boîte de strip-tease. Comme là-bas, il portait un pantalon et un blazer. Comme là-bas, il esquissa un faible sourire en l'examinant de ses yeux glacés. Mais à présent, elle connaissait son nom. Instantanément, des voix lui revinrent. Dimitri : « *Mon père a conclu un arrangement plus lucratif avec Dietrich.* » Igor : « *Alexeï dit pas te toucher. Dietrich venir.* »

Elle regarda Dietrich s'approcher du canapé et s'asseoir. En sa présence, l'angoisse assourdie de ce qui l'attendait laissa place à un désespoir mortel, ravageur. Elle réentendit encore une autre voix – celle de Sumeera : « *Acceptez la loi de Dieu, et peut-être que vous renaîtrez dans un meilleur endroit.* »

Li claqua des doigts, l'extirpant de sa transe.

— Bon. Viens, ordonna-t-il.

Il la conduisit vers un lit couvert de satin violet et lui fit signe de s'y installer. Il actionna un interrupteur, allumant une lumière aveuglante. Il reparut derrière la lumière avec un appareil photo numérique.

— Pas sourire. Regarder ici.

Li s'agita autour de la pièce en prenant des photos d'elle. Il lui dit de poser d'une façon, d'une autre, de s'appuyer contre les oreillers, les genoux relevés, puis de s'étendre à plat ventre. Il lui donna un ours en peluche à serrer contre elle, puis il le remplaça par une sucette. La séance dura ainsi une demi-heure.

Quand Li s'estima satisfait, il éteignit et posa sur le lit un tee-shirt en coton et un pantalon de survêtement.

— Mets ça.

Il ramassa un magazine sur la table basse, devant le canapé et affecta de l'ignorer. Alors Dietrich s'approcha d'elle.

— Enfile ça, Sita. Il n'y a pas de pudeur à avoir.

Elle resta encore un long moment immobile avant d'obéir. Li feuilletait son magazine, mais Dietrich observait le moindre de ses mouvements. Elle se déshabilla devant lui, morte de honte. Elle aurait voulu disparaître, laisser ce monde misérable derrière elle.

Lorsqu'elle eut fini, Dietrich lui prit le menton entre ses doigts.

— Tu t'en sortiras très bien, commenta-t-il.

Il échangea un coup d'œil avec Li et quitta la pièce, laissant Sita figée. Elle avait l'impression qu'il l'avait violée par son seul regard.

Li posa le magazine sur la table basse et lui adressa un bref signe de main. Elle le suivit dans une pièce sans fenêtre, utilitaire. L'ameublement se bornait à un lit, une pile de magazines et un combi TV/magnétoscope monté sur pied.

— Toilettes dans couloir. Tu vas quand je porte manger. Regarde films, et *Seinfeld.*

Pour une raison ou une autre, il trouva ce commentaire amusant, et rit tout seul de sa blague.

Lorsque Li fut reparti, Sita se rejoua la séance de photo dans sa tête. Elle se rappelait chacune des postures que son corps avait adoptées, chacune des ombres projetées sur le mur, le contact du dessus-de-lit en satin, les coussins de velours, les éclairs du flash, la fourrure de l'ours en peluche, le goût de la sucette. Ni Li ni Dietrich ne lui avaient ordonné de faire quoi que ce soit d'indécent, cependant elle savait que les photos avaient une raison d'être. Dietrich ne l'avait pas payée trente mille dollars pour ça. Tout, dans cet endroit oublié de Dieu, avait un but.

Elle s'allongea et ferma les yeux, pensant à Hanuman dans la poche de son manteau, abandonné dans le studio au bout du couloir. Comme tout le reste dans sa vie, il avait disparu, lui aussi. Sa respiration se fit plus profonde et elle commença à s'assoupir. La nuit sans sommeil dans la crypte de la grosse femme et la longue route dans la fourgonnette l'avaient épuisée.

Ni la douleur des souvenirs, ni la peur de l'avenir n'auraient pu la maintenir éveillée.

Quatrième partie

29.

Le glaive de la justice n'a pas de fourreau.
Antoine de Rivarol

Goa, Inde

Thomas fourra ses affaires dans son sac et quitta précipitamment Agonda Beach. Il ne s'attendait pas à revoir Priya – pas après ce qu'elle lui avait dit. Le propriétaire de l'endroit lui appela un taxi d'aéroport, et il donna au chauffeur un gros pourboire pour qu'il fasse le trajet en un temps record. L'homme considéra le pourboire comme un permis de violer tous les articles du code de la route de l'État de Goa. Thomas s'en fichait. Il se fichait de tout, désormais.

Il arriva à l'aéroport quarante minutes à peine avant l'heure de départ pour Bombay. Dans la salle d'embarquement, il relut le mail de Tera en fulminant. Il aurait payé cher pour lui balancer quelques répliques choisies. Pourtant, à quoi bon ? Les dégâts étaient faits.

Il parcourut sa boîte de réception et trouva un message de son père. En utilisateur avisé des nouvelles technologies, le Juge n'envoyait jamais de messages personnels sans une excellente raison.

Comme ceci :

> Fils, j'ai parlé à Max Junger, hier. Le problème avec Mark Blake s'est donc réglé seul. Je n'entrerai pas dans les détails ici, mais Max est monté au créneau pour toi. Les associés sont d'accord, tu peux réintégrer Clayton quand tu veux. Max t'admire, fils. D'après lui, tu es l'un des jeunes avocats les plus doués qu'il ait jamais vus. C'est un éloge rare de la part de celui qu'on appelait la Tronçonneuse. Je ne veux pas te prendre trop de temps, je voulais juste t'apprendre que tu es revenu dans les bonnes grâces de Clayton. Si tu continues à te faire des amis comme Max Junger, tu découvriras que la magistrature fédérale est plus accessible que tu ne le pensais.

Thomas se cala au dossier de son fauteuil. Il savait qu'il aurait dû se sentir exalté, pourtant la nouvelle de son père ne faisait qu'accentuer son trouble. Ainsi, les associés avaient fini par se rendre compte que le responsable de la menace de procès pour faute professionnelle de Wharton était l'un des leurs. Toutefois le Juge ne parlait pas de dédommagement ou d'excuses. Clayton avait bel et bien fait porter le chapeau à Thomas et ne lui proposait pas d'indemnisation. Seulement une invitation à regagner le troupeau.

Avait-il vraiment envie de devenir associé chez Clayton/ Swift ? Il visait un poste de juge, bien sûr, mais il ne l'obtiendrait pas avant des années. Des années à trimer douze heures par jour, même les week-ends, des années de magouilles et de cocktails à n'en plus finir, sans parler des injures constantes de clients comme Wharton Coal qui jetaient les millions de dollars par la fenêtre comme si c'étaient des piécettes, et qui s'attendaient à ce que leurs avocats marchent sur les eaux. Il le savait, parce que son père l'avait subi pendant presque toute son enfance. Son père jurerait que le jeu en valait la chandelle. En revanche, il n'était pas sûr que sa mère serait d'accord, et il savait que son jeune frère ne l'était pas. Combien de choses importantes leur père avait-il loupées en cours de route ?

Il entendit qu'on appelait son vol, et il alla faire la queue devant la porte d'embarquement. Il s'apprêtait à éteindre son BlackBerry quand celui-ci vibra dans sa main. Il avait un nouveau message d'Andrew Porter :

Thomas, quand est-ce que tu vas enfin consulter tes mails ? On a retrouvé Sita. Elle est en enfer. On va essayer de la tirer de là. Si tu veux en être, prends tout de suite l'avion pour Atlanta. Appelle-moi, de nuit comme de jour.

Thomas eut l'impression de recevoir une décharge d'adrénaline. Après le miracle de Paris et le crève-cœur de Bretagne, se pouvait-il qu'il réussisse enfin à retrouver Sita ? Et pourquoi Atlanta ? Et que signifiait « elle est en enfer » ?

Les doigts volant sur les minuscules touches, il expédia deux mails. À Porter, il écrivit :

Serai là demain matin. T'envoie infos de vol ce soir.

Et à Jeff Greer :

Je fais un break. Ai besoin d'une semaine de plus. Je reste en contact.

Le soir même, il prenait un vol Emirates pour Dubai, puis un vol en correspondance pour Atlanta sur Delta. L'avion géant se posa à l'aéroport international Hartsfield-Jackson d'Atlanta dans la lumière grise qui précède l'aube. Il passa la douane comme une fleur et récupéra son unique bagage enregistré sur le carrousel. Andrew l'attendait le long du trottoir, au volant d'une voiture officielle.

— Tout ce que je vais te révéler est confidentiel, commença Andrew dès qu'il se fut engagé dans la circulation. J'ai tiré toutes les ficelles possibles et imaginables pour te faire participer à l'opération. La requête a dû remonter toute la chaîne de commandement, jusqu'au substitut du procureur général auprès du ministère de la Justice. Il se trouve que le directeur adjoint du FBI et lui se connaissent de longue date. Et il a le plus grand respect pour ton père.

— Je t'ai déjà dit que tu étais l'un de mes êtres humains préférés à la surface de cette planète ? demanda Thomas avec un grand sourire.

Porter leva les yeux au ciel.

— Tu as entendu parler de mIRC, je suppose ?

— Vaguement.

— C'est un logiciel qui permet de participer à des *chats* en ligne.

— Ça paraît plus inquiétant qu'un acronyme.

— Tu vas continuer à faire des remarques finaudes, ou tu vas me laisser parler ?

— Désolé.

— mIRC n'est pas le genre de service « chat » pour le tout venant. Il est organisé en canaux, des espèces de *chatrooms* – des salons de *chat*, en plus difficiles d'accès. Certains canaux sont exclusifs. Ce sont les opérateurs de canaux qui ont le contrôle des invités à la fête. Depuis l'invention de mIRC, les gars de la cyberdivision du FBI le surveillent, à la recherche de pornographie infantile. C'est la jungle : pas de règles, la discrétion absolue, et le web tout entier au bout des doigts. Ça a réseauté le crime organisé. Les utilisateurs de pornographie infantile sont des solitaires. Avant le Web, ils naviguaient en solo. Maintenant, ils s'associent.

— Charmant, intervint Thomas. Une convocation mondiale adressée aux salauds de tout poil.

— Précisément. Il y a dans les bureaux du FBI à Washington un type appelé DeFoe. C'est un sacré bonhomme – il a servi avec les Bérets verts –, et un brillant informaticien. Il y a des années qu'il traque la pornographie infantile sur le Web. Personne ne sait comment il peut supporter ça, mais les psychologues lui donnent régulièrement leur bénédiction. C'est un gourou de mIRC. Ce type ne dort jamais. Pendant longtemps il s'est efforcé de pirater un canal secret appelé XanaduFuk.

— Fréquenté, sans doute, par des citoyens bien sous tous rapports.

— Une belle bande de boy-scouts, en effet. Donc, les types avec qui DeFoe chattait y avaient fait allusion, mais personne ne lui avait indiqué comment y accéder. C'est une espèce de société secrète. On ne demande pas à y être invité. Ce sont les ops – les opérateurs – qui t'invitent. Merveille des merveilles, il a reçu un message de l'op, il y a un petit mois. Le type se fait appeler Spartacus.

— Original.

— Tu t'apercevras que la créativité du type s'illustre dans d'autres domaines. DeFoe a commencé à chatter 24 heures sur 24 sur XanaduFuk. Il s'est rendu compte assez vite que les utilisateurs étaient des adeptes du tourisme sexuel, parce qu'ils parlaient d'endroits comme la Thaïlande, le Cambodge et la Moldavie. Pourtant, ils ne faisaient jamais allusion aux enfants. Ils parlaient de dégustation de crus rares. Or il se trouve que DeFoe ne boit pas une goutte d'alcool. Il est donc allé acheter un livre sur le vin, a commencé à en parler dans ses chats, et ça lui a ouvert tout un nouveau monde. C'est fou ce que les gens sont prêts à avouer quand ils se croient sous le couvert de l'anonymat.

— Parce qu'ils ne le sont pas ?

— Oui et non, répondit Porter, changeant de file pour doubler un camion qui se traînait. Un peu de patience. J'arrive à la partie la plus juteuse. Après une petite semaine, DeFoe a entendu quelqu'un raconter qu'il avait savouré un certain vin italien aux États-Unis. Il a fini par demander à Spartacus où il pourrait en trouver une bouteille. C'est là que ça commence à devenir gratiné. Le type a invité DeFoe dans une conversation *peer-to-peer*. Pas de témoins. Complètement privée. Le type a profité de l'occasion pour poser à DeFoe une question destinée à séparer les moutons des chèvres. Il a demandé à DeFoe l'impression que ça faisait de goûter des jeunes chattes.

— Dieu du Ciel !

— Exactement. Notre DeFoe, qui est un pro, a fourni juste la réponse qui convenait. Ça a tellement plu à Spartacus qu'il lui a fait un cadeau : il a envoyé à DeFoe un lien vers un site web. Un site porno spécialisé dans les filles d'Europe de l'Est. Le site avait une option payante et un *chat* protégé par un mot de passe. DeFoe a essayé le mot de passe que Spartacus lui avait fourni, et il a mis dans le mille. Il s'est retrouvé sur un site appelé Kandyland.

— C'est quoi, ça ?

— Un endroit où de beaux enfants sont vendus à des pervers.

Thomas ferma les yeux et écouta le sifflement du vent hors des vitres de la voiture.

— Comment ça ? De façon *permanente* ?

— Non. J'aurais dû être plus précis. Ils sont loués.

Thomas rouvrit les yeux.

— Et que vient faire Sita dans tout ça ?

— Je vais t'expliquer dans une minute. D'abord il faut que je te mette au courant d'un autre pan de l'histoire : le ministère de la Justice cherchait Kandyland depuis près de deux ans. Nous avons cracké les réseaux, l'un après l'autre. Tous les proxénètes du monde en ont entendu parler, mais personne ne sait où il se trouve. Depuis les douze derniers mois, nous avons monté un dossier à charge contre le plus gros réseau de traite humaine de la Côte Est. Les endroits que ces types approvisionnent sont stupéfiants – les relais routiers, les boîtes de strip-tease, les services d'escort-girls et les bordels clandestins, du Maine à Miami Beach.

Andrew s'interrompit, le temps de naviguer dans un bouchon provoqué par des camions de livraison.

— Il y a six mois, reprit-il, une de nos sources nous a donné un tuyau qui nous a mis sur la piste d'un certain Dietrich Klein. Un de nos techniciens, qui doit être un peu sorcier, l'a débusqué. Originaire d'Allemagne de l'Est, probablement un ancien officier de la Stasi, il a émigré aux USA après la chute du mur de Berlin et épousé une « reine de sa promotion » devenue danseuse exotique. Tout un programme. Ils vivent dans une banlieue chic au nord d'ici. Il était dans les investissements et l'immobilier, et maintenant il vend ses services comme « coach en réussite ». Il voyage beaucoup. Ses clients ne tarissent pas d'éloges sur lui. Il paye ses impôts. Il déclare des revenus inférieurs aux estimations, mais pas trop non plus.

— C'est cool, la nouvelle économie.

Porter éclata de rire.

— Tout le monde est consultant, à notre époque. Bref, Klein paraissait plus ou moins blanc-bleu. Nous avons pensé que notre informateur se faisait du cinéma, mais il a insisté. Le Bureau a décidé de mettre le portable de Klein sur écoute.

Ça a pris un moment, parce que l'équipement de notre bonhomme est très sophisitiqué. Finalement, nous avons assemblé les morceaux du puzzle. Et ça a été payant. Il passe des appels réguliers à des postes fixes anonymes dans cinq grandes villes de la côte Est – Newark, Harrisburg, Baltimore, Memphis et Atlanta. Nous avons remonté les pistes et mis le paquet sur les abonnés. Tous étaient mouillés, à un degré ou un autre, dans le commerce du sexe.

— Et comment Kandyland se rattache-t-il à tout ça ?

— J'y arrive. L'agent DeFoe a accédé au site pour la première fois il y a un mois à peu près. Le radin qui se contente de payer cent dollars par mois n'a droit qu'à des images. Des filles prépubères faisant des choses auxquelles tu n'as même pas envie de penser. Les pervers prêts à investir plus de cash ont accès à une autre partie du site. Ils sont invités à se joindre à la fête en personne. Pour mille dollars de l'heure, ils ont droit à une séance photo avec une gosse. Pour une somme comprise entre vingt et quarante mille dollars, ils peuvent avoir un gamin ou une gamine à eux tout seuls pour une nuit entière. Un certain nombre des filles sont vendues comme vierges. C'était évidemment elles qui valent le plus cher.

— C'est dingue !

— Comme tu dis.

— Au fait, où on va ?

Ils avaient pris la Route 19 qui remontait vers Roswell et Alpharetta, au nord.

— Tu vas voir. Laisse-moi finir mon histoire.

— Je t'en prie. J'imagine que tu vas enfin entrer dans le vif du sujet...

— Donc, poursuivit Peter, DeFoe a envoyé certaines des photos au NCMEC, le Centre national pour les enfants disparus et exploités, et il a demandé à un de leurs gars de les croiser avec la base de données d'Interpol. Un certain nombre de ces pauvres gosses collaient manifestement. En attendant, DeFoe a fait ce qu'il était seul à pouvoir faire : en moins de vingt-quatre heures, il a réussi à remonter la filière du site Kandyland jusqu'à un serveur proxy en République tchèque.

— La connexion avec l'Allemagne de l'Est.

— Peut-être. Le proxy est hébergé dans une université de Prague, et il est contaminé par un virus, un cheval de Troie. Il s'agit d'un programme nuisible qui permet à un hacker de changer l'ordinateur infecté en un « esclave » capable de transférer des données, et même de faire tourner des programmes à distance. Le serveur esclave protège le hacker contre les tentatives de détection. Pour résumer, c'est un bouclier d'identité numérique.

— D'accord.

— DeFoe a fait remonter une requête d'assistance jusqu'au sommet de la hiérarchie, et le FBI a contacté la police nationale tchèque. Les Tchèques ont obtenu la permission de l'université d'accéder à l'ordinateur, et le FBI a envoyé une équipe de sa Cyber Division à Prague. Les cyber limiers ont transmis leurs données à DeFoe, lequel DeFoe a remonté la filière jusqu'à un fournisseur d'accès Internet en Caroline du Nord. Du coup, DeFoe est devenu le héros du jour, et tout le monde lui obéit au doigt et à l'œil. DeFoe est venu ici, pensant trouver un lien vers l'hébergeur de Kandyland. Mais il s'avère que ce fournisseur d'accès particulier offre à ses clients le secret suprême – un accès anonyme à Internet. Pas d'empreinte digitale, au sens propre du terme.

— C'est légal, ça ?

— C'est la jungle, je te le répète. Les innovateurs ont des années-lumière d'avance sur les régulateurs. Donc, le procureur fédéral a tapé du poing sur la table, et le fournisseur d'accès a donné à DeFoe les clés de leur serveur central. Après deux semaines de boulot, il a réussi à isoler une batterie d'ordinateurs qui envoient des données à Prague. Et ils ont réussi à identifier des centaines d'ordinateurs qui *reçoivent* des données de Prague.

— Ceux des pervers, c'est ça ?

Andrew hocha la tête.

— Tu as tout compris. Le procureur fédéral a obtenu un mandat de perquisition, et il a fini par trouver le filon-mère.

Les ordinateurs émetteurs sont enregistrés sur un compte détenu par l'une des sociétés écran de Dietrich Klein. DeFoe ne l'a pas su tout de suite : les informations ont dû suivre la filière hiérarchique. Quand nous avons vu ça, nous avons compris qu'une partie du mystère de Kandyland avait été résolue.

Thomas réfléchit un instant et repéra une faille dans l'histoire de Porter.

— Le fait que Klein soit impliqué n'apprend pas où les filles sont détenues.

— Eh non, acquiesça Porter. On sait seulement qu'il dirige l'un des réseaux de traite d'êtres humains les plus importants de l'histoire des États-Unis.

Il s'interrompit.

— Maintenant, la fin de l'histoire : Sita est la clé. DeFoe est rentré à Washington mercredi soir. Le jeudi matin, il s'est connecté sur Kandyland. Il a remarqué qu'une nouvelle galerie d'images avait été ajoutée sur le site. La fille avait l'air indienne. Il a envoyé deux ou trois photos au NCMEC. Ils lui ont aussitôt signalé une alerte que mon bureau avait envoyée suite à ton message. J'ai obtenu l'autorisation de l'utiliser, et comme nous avons un fichier de diffusion de masse – une sorte de version électronique de l'avis de recherche à l'ancienne –, à peu près tous ceux qui travaillent sur le problème de l'exploitation enfantine aux États-Unis ont reçu pour ordre de la rechercher.

Thomas secoua la tête. Il n'en revenait pas.

— Je n'avais pas idée que tu pourrais faire ça.

Porter éluda le compliment d'un geste.

— Bref, le NCMEC a prévenu mon bureau de la trouvaille de DeFoe. J'ai joint DeFoe directement, et je lui ai parlé de ton histoire. Il a été touché. Il se trouve qu'il est orphelin, tu comprends. Il a concocté un plan pour faire libérer Sita. Nous l'avons présenté à l'assistant du directeur du bureau de Washington, qui a contacté le directeur adjoint. Le DA a d'abord hésité : il ne voulait pas intervenir au niveau des Klein avant que nous puissions faire tomber tout le réseau. Il nous a fallu trois jours de préparation pour coordonner les coups de filet, et nous y sommes enfin arrivés. Tout doit se déclencher ce soir. Le Bureau travaille avec les flics locaux dans huit villes différentes. Nous avons une équipe du SWAT à disposition pour l'opération d'Atlanta.

— Quel est le plan ?

— On ne peut plus simple. DeFoe s'est fait passer pour un client et il a loué Sita pour la soirée. Il a viré un acompte sur une banque offshore et il a reçu un mail du webmaster de Kandyland qui l'a dirigé vers un relais routier au nord d'Atlanta. Il est censé se présenter seul à vingt-trois heures, ce soir. À partir de là, il sera escorté.

Thomas s'émerveilla de l'enchaînement d'événements qu'Andrew lui décrivait.

— Après tout ce que nous avons fait pour la retrouver, ça se réduit à une photo et un coup de fil.

Porter prit la sortie pour le North Point Mall et entra dans un gigantesque parking presque désert. Il s'arrêta à côté d'un monstrueux véhicule gris : le Centre de commandement mobile du FBI. La porte du véhicule s'ouvrit à l'instant où ils descendaient de voiture. Ils furent accueillis par un grand Noir au sourire sérieux qui leur serra la main et les fit entrer dans le véhicule climatisé.

— Agent Pritchett. Je suis l'agent spécial responsable du bureau local d'Atlanta.

Le centre de commandement était constitué d'une demi-douzaine d'agents installés dans un déploiement vertigineux d'électronique, d'ordinateurs portables et d'écrans plats. Tous paraissaient extrêmement occupés, mais la plupart s'efforcèrent de saluer les nouveaux arrivants.

— C'est notre deuxième maison, commenta Pritchett.

Il leur indiqua un homme assis près de la porte.

— Je vous présente l'agent spécial DeFoe, le cerveau de l'opération.

DeFoe, un homme soigné et d'une beauté virile, évoquait plutôt un ex-commando qu'un accro aux ordinateurs. Il serra la main de Thomas.

— Andrew m'a expliqué ce que vous avez fait en Inde et en France. Très impressionnant.

— Moi aussi, je suis très impressionné, répliqua Thomas.

Pritchett leur proposa du café et leur indiqua des fauteuils libres.

— Asseyez-vous, je vous en prie. Dans ce boulot, c'est sans arrêt « on se dépêche et on attend ».

Thomas se tourna vers DeFoe :

— Vous allez participer au raid en personne ?

— Il n'est pas question que ça se passe autrement, déclara-t-il avec un sourire communicatif. Je n'ai plus guère l'occasion d'aller sur le terrain, ces temps-ci.

— Quelles sont vos chances de succès ?

— Rien n'est jamais certain, mais je pense que nous devrions arriver à en sortir tout le monde sans dégâts, y compris les suspects. Les gars du SWAT sont le top du top.

— Vous pensez savoir où se trouvent les filles ?

— À quatre-vingt-dix pour cent, intervint Pritchett. Klein habite dans le coin, avec sa femme. La maison se constitue d'un bâtiment principal et d'un gîte séparé pour les invités. Nous avons particulièrement observé les allées et venues vers la propriété depuis que nous avons commencé à la surveiller. Nous avons remarqué que la fréquence du va-et-vient vers le gîte s'accroît vers la fin de la nuit et le tout début de la matinée. Quand nous avons établi le lien entre Klein et Kandyland, nous avons compris pourquoi.

— Ce type serait gonflé à ce point ? s'étonna Thomas. Si j'étais à la tête d'un site de pédopornographie, je préférerais m'en tenir le plus à l'écart possible.

— En réalité, ses agissements sont parfaitement logiques. Quand on traite une marchandise de ce genre-là, on ne la confie pas à des porte-flingues.

— D'accord. Alors, parlez-moi de ce bonhomme. Comment se lance-t-on dans la traite d'esclaves ?

— Ce n'est pas comme ça qu'il voit les choses. Pour lui, ce n'est qu'une question de business.

— Certes. Mais je pensais à un autre aspect de la question : si je voulais acheter et vendre des êtres humains, je ne saurais pas par où commencer.

— En réalité, c'est très simple : l'affaire lui est tombée toute cuite dans le bec. Il faut comprendre la géopolitique d'après la guerre froide. Quand l'Union soviétique s'est effondrée, ce n'est pas seulement le gouvernement qui est tombé en quenouille, c'est tout le système communiste qui s'est écroulé. Les gens n'avaient plus de travail, et ils étaient désespérés. Tout le monde s'est lancé dans le *bizness.* Ceux qui avaient la haute main sur les ressources naturelles de la Russie ont fait jouer leurs relations et sont devenus les oligarques du nouvel ordre. Les anciens chefs du KGB et des services de renseignement du bloc de l'Est ont investi leur savoir-faire et leurs connexions dans une nouvelle mafia, plus gigantesque, plus mortelle et plus efficace que tout ce que la Sicile a jamais produit. Nous croyons savoir que Klein était un ponte du renseignement en Allemagne de l'Est. Il est passé à l'Ouest vers la fin, et il est arrivé aux États-Unis avec tout son entregent dans les bagages.

— D'après Andrew, il dirige une organisation américaine, pas un gang d'Europe de l'Est. On n'est pas à Hambourg ou à Milan.

— Cette réflexion intuitive est fondée sur des bases erronées. Il se trouve que la moitié des filles à la merci de ces maquereaux viennent d'Europe de l'Est. Ses contacts jouent un rôle actif dans leurs pays d'origine et de transit. Et le propre d'un espion est de disposer d'un éventail de talents polyvalents – aussi polyvalents que le pouvoir de l'argent. Il peut travailler dans à peu près n'importe quel pays du globe. Ses complices se fichent pas mal de son accent ou de la couleur de sa peau tant qu'il les paye.

— Comment fait-il venir les filles ici ? Si j'ai bien compris, la sécurité des frontières est devenue particulièrement stricte depuis le 11 Septembre.

— En effet. Mais les criminels trouvent toujours de nouveaux moyens de contourner le système. Tant que nous distribuerons des visas de tourisme, les truands exploiteront la filière d'immigration. Et tant que nos frontières seront ouvertes, les coyotes, les passeurs, continueront à faire franchir illégalement celles du Mexique et du Canada. La demande de sexe à bas prix est extrêmement forte aux États-Unis. Les contraintes du marché finissent toujours par l'emporter à long terme, et les trafiquants font face à la demande en innovant constamment.

— À vous entendre, on ne peut pas gagner la guerre.

— Je ne voudrais pas être pessimiste. La guerre n'est pas perdue, pourtant ce n'est pas en mettant les trafiquants en prison qu'on la remportera. La traite d'êtres humains cessera quand les hommes cesseront d'acheter des femmes. En attendant, tout ce qu'on peut faire se borne à gagner une bataille après l'autre.

Pritchett était un hôte formidable ; il tenait ses visiteurs au courant de tout ce qui se passait. Il leur montra des images satellite de la résidence Klein et fit tourner des simulations informatiques du gîte des invités que les techniciens avaient reconstituées à partir de plans d'architecte et d'un peu de créativité. Il fournit en outre à Thomas des informations sur le matériel que l'équipe du SWAT utiliserait pendant l'assaut.

Le FBI ne connaissant pas les capacités défensives des Klein, l'opération était traitée comme une mission de récupération d'otages. Tous les moyens étaient mis en œuvre pour affronter le pire – une contre-attaque organisée, avec des armes automatiques et des enfants en guise de boucliers. Ils avaient réquisitionné un hélicoptère MD-530 Little Bird d'une unité d'hélicoptères tactiques afin de déployer la première vague de commandos du SWAT. La deuxième vague devait enfoncer le portail dans des transports de troupe blindés de type Bison. Pritchett convint qu'ils y allaient peut-être un peu fort mais, comme des enfants étaient impliqués, il ne voulait pas prendre de risques.

À six heures, DeFoe quitta le centre de commandement pour un briefing avec le chef d'équipe du SWAT. Thomas lui souhaita bonne chance.

— Je regrette de ne pas pouvoir vous accompagner, ajouta-t-il.

DeFoe eut un sourire

— Il n'y a vraiment pas de quoi. Ces gens sont des salauds de la pire espèce, et je ne serai pas armé.

Pritchett se racla la gorge et regarda d'abord Andrew, puis Thomas.

— À la lumière des circonstances particulières de cette mission, je vais vous autoriser, monsieur Clarke et vous, à visiter la scène lorsque les lieux auront été sécurisés. Vous méritez de saluer cette petite fille en personne.

— Sérieux ?

Pritchett hocha la tête.

— J'ai travaillé au bureau de Washington, et je connais votre père. C'est un bon juge et un vrai patriote. Je crois pouvoir compter sur vous pour rester discret.

Thomas hocha la tête, surpris et déconcerté.

30.

Le prince des ténèbres est un gentilhomme.
William Shakespeare,
Le Roi Lear, III, 4

Atlanta, Géorgie

Le soir tomba sur la propriété des Klein. Des lumières s'allumèrent dans la maison principale et le gîte des invités ; les jardins, eux, restèrent dans l'ombre. Sita était assise sur son lit, les yeux dans le vague, pendant qu'une rediffusion de *Seinfeld* passait en fond sonore. Elle était dans cette maison depuis déjà près de quatre jours, et elle en avait passé presque chaque minute, depuis la séance photo, seule dans sa chambre. Elle n'en était sortie que pour aller aux toilettes. Elle n'avait pas revu Dietrich. Li s'occupait d'elle.

La deuxième nuit, elle s'était réveillée en suffoquant, trempée de sueur glacée. Le lendemain matin, en entendant des pas devant sa porte, elle s'était mise à hyperventiler. Au fur et à mesure que les heures et les jours passaient, elle commençait à avoir des hallucinations. Ses pensées vagabondaient, et au moindre bruit imaginaire son cœur battait la chamade. Elle pensa à nouveau au suicide ; l'idée de la mort ne réussit qu'à l'épouvanter davantage.

Quand Li vint la chercher, le lundi soir, elle était prête à accepter le sort que Dietrich et la blonde lui réservaient, quel qu'il puisse être, simplement pour échapper à l'oppression de l'isolement.

Ils retraversèrent la cave à vin pour remonter au rez-de-chaussée puis à l'étage, par un escalier qui menait à un couloir sur lequel donnait une série de portes.

Li ouvrit la première et fit entrer Sita dans une pièce lambrissée de bois sombre et éclairée par une lumière tamisée. Un lit à baldaquin occupait le centre. Un canapé et un fauteuil étaient placés sur le côté, près d'un bar plein de bouteilles d'alcool, et un miroir en pied se dressait devant une fenêtre masquée par des rideaux. La blonde attendait Sita debout à côté du lit. Elle commença à lui parler d'une voix feutrée.

— Ce soir, tu vas rencontrer un homme. Tu ne lui poseras pas de questions, tu ne résisteras pas et tu lui obéiras en tout. Tu oublieras ton passé. Tu deviendras une courtisane. Viens. Je vais te montrer quelque chose.

Elle mena Sita à une double porte. Derrière se trouvait un dressing-room.

— C'est ta garde-robe. L'homme te demandera peut-être de porter ce qui lui plaît. Tu lui obéiras. Tu ne résisteras pas.

Elle lui montra ensuite une salle de bains avec de grands miroirs et des appliques lumineuses en étain.

— L'homme te demandera de te baigner avec lui. Tu feras ce qu'il te dira. Tu ne résisteras pas.

Elles regagnèrent la chambre et la femme déclara, en guise d'adieu :

— C'est ta nouvelle vie. Dietrich t'a payée très cher. Tu feras plaisir aux hommes que nous t'amènerons, ou alors attends-toi à souffrir. La dernière enfant qui a résisté est enterrée dans le jardin. Tu comprends ?

Sita hocha la tête.

— Bien. Maintenant, Li va veiller à ce que tu sois lavée et habillée comme il convient.

La femme quitta la pièce, et l'Asiatique revint avec l'un des *saris* les plus élégants que Sita ait jamais vus. Il posa le *sari* et des sandales dorées, étincelantes, sur une table basse, devant le canapé, après quoi il la conduisit dans la salle de bains. Il se pencha sur la baignoire et indiqua un flacon de shampoing.

— Savon pour cheveux, ici. Savon pour peau, ici. Lave tout. Je revenir dix minutes.

Li tint parole. Sita s'était baignée et venait de s'enrouler dans une serviette lorsqu'il reparut avec une trousse de maquillage complète. Il la coiffa et la maquilla avec la dextérité d'un professionnel. Ensuite, il lui ordonna d'enfiler le sari et les sandales, et il quitta la chambre. Sita avait déjà connu cela lors de la séance photo. Elle se drapa dans le tissu vert et blanc et pensa au sari que Sumeera avait donné à Ahalya la nuit où elle avait rencontré Shankar. Bombay était à l'autre bout du monde, mais certaines choses étaient partout pareilles.

L'Asiatique revint peu après avec un sac de bijoux. Il lui glissa des bracelets aux poignets et aux chevilles et lui passa au cou un collier de chien orné d'un pendentif en émeraude. Pour finir, il lui mit un hibiscus rouge dans les cheveux, après quoi il recula et l'examina avec satisfaction.

— Toi prête. Moi revenir bientôt.

Il tourna les talons et disparut dans le couloir.

C'était le bout de la route. Sita avait survécu à bien des choses, mais on n'échappait pas à son karma. Ce jour-là, elle perdrait son innocence. Dans un pays qui se trouvait à seize mille kilomètres de son pays natal, elle connaîtrait le *sar dhakna*, le voilage symbolique de la tête de la *beshya*.

Est-ce l'impression que ça t'a fait, Ahalya ? pensa-t-elle. *Est-ce du désespoir que j'ai lu dans tes yeux ?*

Elle se mit à pleurer, des larmes amères qui lui brûlèrent les joues.

Comme je voudrais pouvoir entendre à nouveau ta voix.

À dix heures et demie, l'agent DeFoe quitta l'entrepôt du gouvernement où s'était déroulé le briefing avec l'équipe du SWAT. Il conduisait une banale Ford de location. Il portait une chemise en oxford, un pantalon de flanelle et des mocassins à gland, tous achetés la veille chez Brooks Brothers. Le contact familier de son Glock 9 mm passé dans sa ceinture lui manquait, mais il savait qu'il serait fouillé à l'entrée. Il n'était muni que de son instinct, ainsi que d'un magnétophone miniature et d'une puce émettrice GPS dissimulée dans sa montre bracelet.

Il arriva à la station LeRoy à dix heures quarante-cinq. Le relais routier se trouvait juste à côté de la bretelle de sortie de l'I-85, et le restaurant accolé à la station-service accueillait les dîneurs tardifs. DeFoe appuya sur un bouton de sa montre pour activer le dispositif d'enregistrement et la puce émettrice, puis il entra dans le restaurant et demanda les toilettes. Une serveuse l'envoya vers le fond de la salle.

Il parcourut du regard la salle enfumée et remarqua un homme mince, à moustache, dans un box. Il surveillait la porte en buvant une bière. Leurs regards se croisèrent brièvement, et l'homme baissa les yeux sur le journal posé devant lui. Pour DeFoe, c'était clair, l'homme était un observateur. Il était là pour vérifier qu'il était seul.

DeFoe alla aux toilettes et se lava les mains. L'observateur apparut et utilisa l'urinoir voisin du lavabo. DeFoe ressortit du restaurant une minute avant onze heures. Son portable sonna à l'instant où il regagnait le parking. C'était une femme qui l'appelait. DeFoe s'approcha d'une benne à ordures débordante située derrière le restaurant et écouta attentivement.

— Monsieur Simeon, commença la femme, lui donnant son nom d'emprunt, une limousine va venir vous chercher dans deux minutes. Le trajet sera bref. Notre amie commune a hâte de vous rencontrer.

— Et moi donc, répliqua DeFoe. Comment le dernier règlement sera-t-il effectué ?

— Lorsque vous aurez inspecté la marchandise, vous pourrez utiliser notre ordinateur pour transférer les fonds sur le compte en banque où vous avez versé l'acompte.

— Parfait.

La limousine apparut comme prévu. DeFoe prit place sur le siège arrière et s'enfonça dans le cuir moelleux. Le trajet nécessita moins de dix minutes.

DeFoe fut accueilli par un Asiatique vêtu avec recherche, qui l'attendait sur le perron d'une élégante demeure campagnarde. DeFoe savait, grâce aux photos de surveillance, qu'il s'agissait du gîte des invités des Klein.

— Je m'appelle Li, dit l'Asiatique.

Il palpa DeFoe pour vérifier qu'il n'était pas armé et l'invita à gagner la porte.

— Par ici.

Dans le hall d'entrée, il pria DeFoe d'attendre. Bientôt, une femme apparut. Elle portait un ensemble pantalon en soie, un collier de perles, et ses cheveux blonds étaient soigneusement coiffés en queue-de-cheval. L'image même de l'assurance et de la compétence.

— Monsieur Siméon, c'est un plaisir de faire votre connaissance.

Elle lui serra la main.

— De même, répondit DeFoe, surpris par sa voix mélodieuse.

— J'espère que vous avez fait un agréable voyage. Nous ne rechignons pas à la dépense pour nos hôtes.

— Oui. Merci.

— Je vous en prie, susurra-t-elle en le faisant passer au salon. Mettez-vous à votre aise.

DeFoe resta debout à côté d'un antique rocking-chair pendant que la femme montait à l'étage. Elle revint presque aussitôt, très souriante, s'installa à côté de DeFoe.

Un instant plus tard, une jeune femme apparut en haut de l'escalier et descendit gracieusement dans le salon. Elle était vêtue comme une princesse indienne d'un sari imprimé de lotus, dont le tissu chatoyait au moindre de ses mouvements. Ses sandales incrustées de pierreries, son collier et ses bracelets étincelaient dans la lumière. Son léger maquillage soulignait ses yeux, ses lèvres et ses cils.

DeFoe fut pris de court. Elle ne ressemblait guère à l'enfant décrite sur le site web de Kandyland. Sans la fine ossature de son visage, il ne l'aurait peut-être pas reconnue.

Il croisa le regard de Sita et vit le sang affluer à son visage. Elle baissa les yeux. Jouant son rôle, DeFoe s'approcha, lui caressa la joue et la clavicule. Puis il se pencha et huma sa chevelure.

— Elle est délicieuse, remarqua-t-il à l'intention de la femme. Un joyau précieux.

— Je suis ravie que vous soyez satisfait. Maintenant, si nous passions au règlement du solde ?

Li apporta un ordinateur portable qu'il posa sur une table basse. DeFoe accéda, en ligne, à un compte en banque qu'il avait ouvert la veille avec des fonds fédéraux. Il entra la somme, les informations de transfert, et finalisa l'opération.

— Parfait. Li va vous accompagner vers votre suite, annonça la femme. Il reviendra à la fin de votre séjour. Vous devrez repartir à cinq heures du matin.

— Je comprends, acquiesça DeFoe, en dévorant Sita des yeux, pour la galerie.

Tandis que l'inconnu entrait les données dans l'ordinateur, Sita avait l'impression de devenir une autre. La petite fille qu'elle avait été, la petite Indienne amie de la mer étincelante, du chaud soleil, s'était retirée dans les ombres, et une nouvelle fille avait pris sa place, une fille qui n'avait ni passé, ni avenir. Cette fille avait peur, mais elle était aussi capable d'accepter la loi du karma. Ignorant les battements de son cœur, elle essaya d'imaginer le genre d'individu que pouvait être cet homme. *Est-il marié ?* se demanda-t-elle. *A-t-il des enfants ? Est-il venu de loin, ce soir ? Pourquoi m'a-t-il choisie, moi ?*

Lorsque l'homme eut achevé les formalités sur l'ordinateur, Li les accompagna dans la première suite avant de s'éclipser en refermant derrière lui. Sita se dirigea vers le centre de la pièce et, se souvenant des instructions de la femme blonde, elle se tourna face à l'homme. Sa lèvre inférieure commença à trembler ; elle s'efforça de dissimuler sa peur. Quoi que l'homme veuille lui faire, il le ferait. Il n'y avait pas moyen d'y échapper, désormais. Accepter son sort ou mourir, tel était le seul choix qui s'offrait à elle.

L'homme lui prit le poignet et la guida vers le lit. Il lui dit de s'asseoir et commença à déboutonner sa chemise. Elle s'adossa aux coussins et l'observa, comme engourdie. Elle le vit appuyer fermement sur le bouton du milieu de sa chemise avant de descendre le long de la patte de boutonnage, vers sa ceinture. Elle se demanda pourquoi il avait fait ça. Elle se mit à trembler, malgré elle.

Après avoir enlevé sa chemise, l'homme s'assit sur le lit en face d'elle. Il lui caressa les cheveux et les lèvres du bout des doigts.

— D'où viens-tu ? lui demanda-t-il.

La question ébranla les fondations de sa nouvelle personnalité. Elle baissa les yeux sur le dessus de lit. *Ça n'a pas d'importance,* pensa-t-elle. *Tout ça a disparu.*

Comme elle ne répondait pas, l'homme se pencha vers elle, fit semblant de l'embrasser dans le cou et lui murmura à l'oreille :

— Je m'appelle DeFoe, et je suis venu pour te sauver. Il va y avoir une descente de police. Continue à jouer ton rôle. Ce n'est pas sans danger, mais ce sera bientôt terminé.

Sita n'enregistra pas ses paroles au début et, quand elle les comprit, elle ne sut que penser. Tout à coup, elle entendit un bruit d'hélicoptère, au loin. Pendant un long moment, elle hésita, encore envahie par un sentiment familier de désespoir. Depuis le tsunami, le monde ne lui avait apporté que du chagrin. Elle s'était résignée à vivre la vie d'une *beshya.* Comment son destin pourrait-il changer subitement ?

Le bruit de l'hélicoptère se rapprocha.

Elle regarda l'étranger – DeFoe –, et tout à coup elle se dépouilla, comme un serpent abandonne sa mue, de l'image de la courtisane imposée par la femme blonde. Elle lut la vérité sur les traits de l'homme. Il n'était pas là pour la violer. Il était là pour la sauver. En un instant, elle décida de le croire.

Peu après, un cri s'éleva dans le couloir. La porte de la chambre s'ouvrit à la volée et Li entra précipitamment en brandissant un pistolet.

— Bon sang, que se passe-t-il ? protesta rageusement DeFoe, en se déplaçant pour offrir à Sita le rempart de son corps.

— Venir, tout de suite ! ordonna l'Asiatique.

— Et la fille ? J'ai payé une fortune pour elle !

— Pas le temps bavarder ! s'exclama l'Asiatique en agitant son arme dans tous les sens.

DeFoe se leva et gronda :

— Vous avez intérêt à me rembourser !

— Pas rembourser ! s'écria Li en braquant son pistolet sur lui. Police !

DeFoe lâcha un juron et bondit vers la porte, feignant de réagir sous le coup de la peur. Dès qu'il fut à distance de frappe, il projeta l'arme de Li sur le sol et lui envoya un bon coup de pied dans l'entrejambe. Li se laissa tomber à genoux. DeFoe ramassa son pistolet et l'assomma d'un coup de crosse sur la tête. L'Asiatique s'affala par terre, inconscient. DeFoe s'empara de l'arme et se dirigea vers la porte.

Une main apparut devant lui, sortant de nulle part. La main tenait une arme. Il entendit un coup de feu et sentit l'impact de la balle. Il s'arrêta net, la douleur lui envahissant la poitrine ; l'arme tira une seconde fois. Il tituba et s'écroula.

Dietrich Klein entra dans la pièce. Son front était luisant de sueur, mais il était l'image même du contrôle de soi. La vision de DeFoe commença à se brouiller. Il regarda Sita et essaya de se rappeler où son pistolet était tombé. Il vit Klein tourner le verrou et braquer l'arme vers Sita. Il aurait voulu dire quelque chose, mais sa bouche s'y refusait.

Klein lança :

— Reste où tu es. Et pas un bruit.

La dernière chose qu'il vit avant de fermer les yeux fut Klein qui mettait la main dans sa poche et y prenait un téléphone portable.

31.

Vole au loin sitôt lancée, ô flèche aiguisée par la prière.

Rigveda Samhita, 6, 75

Atlanta, Géorgie

Dans le poste de commandement mobile, Thomas, Porter et Pritchett écoutaient les communications radio. L'équipe du SWAT venait de faire irruption dans le gîte. Les échanges étaient rares, les ordres secs. Les hommes étaient des professionnels et exécutaient la manœuvre avec maestria. Trois minutes après le déclenchement de l'opération, le chef de l'équipe d'exfiltration, l'agent spécial John Trudeau, vint en ligne.

— Vous avez repéré les filles ? demanda Pritchett.

— Pas encore, chef, répondit Trudeau.

Sa voix était légèrement déformée par les parasites, pourtant il était évident qu'il était intrigué.

— Nous cherchons encore.

Pritchett lâcha un juron.

— Et les Klein ?

— Aucune idée, chef. La maison est très silencieuse ; c'en est presque inquiétant.

— Et DeFoe ?

— Ne coupez pas.

Trudeau revint quelques secondes plus tard.

— D'après Striker, la porte était verrouillée quand Evans et lui ont frappé. DeFoe n'a pas réagi.

Pritchett repoussa son micro sur le côté et se tourna vers l'avant du véhicule.

— Allez ! hurla-t-il au conducteur. Allez ! Vite, vite, vite !

L'énorme véhicule rugit. Thomas se cramponna. Le chauffeur fit hurler le moteur et accéléra vers la sortie du parking. Pritchett se remit à donner des ordres dans son micro.

— Que Striker et Evans enfoncent la porte s'il le faut. DeFoe est à l'intérieur avec la fille. Le GPS le confirme.

— Et si les Klein sont avec eux ? s'informa Trudeau.

Pritchett s'assombrit.

— Une seconde.

Tout à coup, le téléphone portable de Pritchett sonna. Il prit la communication avec agacement. Son expression s'assombrit instantanément.

— Oui, monsieur, dit-il sèchement d'une voix tendue.

Il écouta un moment.

— Bon Dieu de bon Dieu ! D'accord. Passez-le-moi.

Pritchett appuya sur la touche haut-parleur du combiné. Quand la connexion fut établie, un homme parla. Il s'exprimait avec une discrète trace d'accent européen.

— Ici, Dietrich Klein. Vous êtes l'agent responsable ?

Pritchett prit une brève inspiration.

— En effet. Je suis l'agent Pritchett.

— Très bien, Pritchett. Alors, vous allez m'écouter très attentivement. Votre agent infiltré gît par terre avec deux balles dans la poitrine. J'ai un otage – une fille –, et ma femme a les autres. Elles mourront si vous ne faites pas exactement ce que j'exige. Vous êtes prêt ?

Les yeux de Pritchett lancèrent des éclairs et il crispa sa main sur son téléphone, si fort que ses jointures blanchirent.

— Je vous écoute.

— Il y a un petit aéroport, à Cartersville. Je veux un Gulfstream avec le réservoir plein sur le tarmac dans quarante-cinq minutes. Le pilote sera un civil. S'il est armé, les filles mourront. Nous prendrons le véhicule qui se trouve dans le garage pour aller à l'aéroport. Votre équipe dégagera la zone. Si je vois quelqu'un, les filles mourront. Je n'aurai aucun échange, ni avec vous, ni avec qui que ce soit, jusqu'à ce que l'avion se soit posé. Le marché est simple. Je donnerai les instructions au pilote après le décollage. Après l'atterrissage, je laisserai les filles dans l'avion. C'est clair ?

— C'est clair, aboya Pritchett. Autre chose ?

Mais Dietrich Klein avait déjà raccroché.

Sita le regarda couper la communication. Elle ne pouvait contrôler son tremblement. Elle observa l'homme étendu par terre – celui qui avait promis de la sauver. Il n'avait pas bougé depuis qu'il était tombé. Elle était sûre qu'il était mort.

Klein rempocha son téléphone et alla s'asseoir dans un fauteuil, de l'autre côté de la chambre, le pistolet braqué sur elle.

— Tu es mon invitée, déclara-t-il. Et j'ai la réputation de bien traiter mes invités. Si tu m'obéis, tu n'as rien à craindre.

Sita s'efforça de contenir son tremblement. Klein eut un sourire.

— Oui, oui, je sais que tu as peur. Mais tu dois comprendre. Je ne suis qu'un homme d'affaires. Je n'aime pas les armes.

Il releva le canon de son pistolet et le posa sur la table à côté de lui.

— Tu crois que je suis un monstre, n'est-ce pas ? Que je n'ai pas d'âme ?

Sita resta muette ; Klein ne parut pas s'en formaliser. Il lui posa une autre question.

— Tu sais pourquoi tu es là ?

Elle aurait voulu laisser échapper le cri qui montait en elle depuis que Kanan avait pris avec son camion cette route poussiéreuse qui menait vers l'appartement de Chako et l'avait vendue, faisant d'elle une esclave. Pourtant, elle ne hurla pas. Elle était sans voix. Klein répondit à sa propre question :

— Tu n'es pas là parce que j'aime vendre du sexe. Tu es là parce que les hommes aiment payer pour ça. Je ne suis qu'un pourvoyeur. Certains négociants vendent des objets. D'autres vendent des connaissances. Je vends des fantasmes. C'est pareil, tout ça.

Il regarda sa montre.

— Ils n'ont plus que trente minutes.

Il tendit l'oreille, guettant un son révélateur d'une présence humaine. Il n'y avait pas un bruit dans le gîte.

— Tu es déjà allée au Venezuela ? reprit-il. C'est un endroit misérable, mais pas dépourvu de potentiel. Tu t'en apercevras bientôt.

Le poste de commandement mobile arriva à la propriété dix minutes après que Klein eut coupé la communication. Pritchett grondait dans son micro. Thomas observa la transformation avec un très mauvais pressentiment. La tension de Pritchett ne pouvait signifier qu'une chose : Dietrich Klein avait le dessus.

Pritchett se tourna et hurla :

— Michaels ? Quel est le statut de l'avion ?

— Il y a un Gulfstream IV à Hartsfield-Jackson. Un jet privé, appartenant à une boîte de biotechnologie. On essaie de contacter le propriétaire. Il y a un pilote en standby.

— Qui est le pilote ? On peut lui faire confiance ?

— Une femme, en réalité, rectifia Michaels. Elle était dans l'armée de l'air. Elle s'est recyclée dans l'aviation d'affaires. Elle était dans le hangar quand j'ai appelé.

Pritchett hocha la tête.

— Envoyez-y la police. Si vous n'arrivez pas à joindre le propriétaire dans deux minutes, passez-moi le chef. Je prendrai sous mon bonnet la réquisition de l'appareil.

Pritchett parla à nouveau dans son micro.

— Trudeau, où est Kowalski ?

— Il prend position.

— Qu'il se dépêche ! Nous allons manquer de temps.

De l'autre côté de la propriété des Klein, l'agent spécial Kowalski écouta Trudeau donner l'ordre.

— Plus qu'un mètre ou deux, murmura-t-il dans son micro. Je vois la fenêtre, mais je n'ai pas de visée.

Il s'avança sur la branche d'un chêne, mesurant sa progression en dizaines de centimètres. Le sol était à près de huit mètres en dessous de lui – une longue chute, surtout avec un fusil d'assaut sur le dos. L'arbre, le plus haut de la propriété, disposait d'une ligne de mire dégagée vers les fenêtres du haut du gîte des invités, à soixante mètres de là.

Il lui fallut quatre minutes pour arriver au perchoir qu'il avait repéré d'en bas. À mi-chemin du tronc et du bout de la branche se trouvait un endroit où les rameaux extérieurs s'écartaient, ménageant une trouée vers le ciel. C'était la condition sine qua non s'il voulait avoir une chance de réussir ce tir.

Il fléchit les genoux et se campa fermement sur une fourche formée par deux branches. Ensuite, il passa son fusil par-dessus sa tête et le posa sur la branche devant lui. Il fixa un trépied au garde-main de l'arme et le cala soigneusement. Il introduisit une cartouche dans la chambre, regarda dans la visée thermique et déplaça la crosse du fusil jusqu'à ce que l'étage supérieur du gîte des invités apparaisse.

Il les vit aussitôt : quatre sources de chaleur.

La première était compacte et semblait planer au-dessus du sol. *La fille, sur le lit,* supposa-t-il. La deuxième et la troisième étaient étalées à terre, avec des signatures de chaleur différentes. L'une des deux était normale ; l'autre allait en s'atténuant. Kowalski étouffa un juron. DeFoe était tombé, comme l'avait signalé Klein. *Qui est l'autre individu à terre ?* Le quatrième corps donnait l'impression d'être dans un fauteuil.

— Je te tiens, salaud, articula-t-il tout haut.

Avant d'achever sa pensée mentalement : *Il n'y a plus qu'à trouver le moyen de te faire venir à la fenêtre.*

La radio couina.

— Kowalski est en position, annonça Trudeau. Il les voit. Mais Klein n'est pas devant la fenêtre.

Pritchett consulta sa montre.

— Plus que vingt-cinq minutes avant l'heure limite. Ils sont en train de remplir les réservoirs de l'avion. Nous avons l'accord du propriétaire. Nous nous occupons de faire dégager l'espace aérien, mais le temps de vol est de dix minutes avant le contact.

— Combien de temps avant que l'avion soit sur la piste de décollage ? s'informa Trudeau dans un crépitement d'électricité statique.

— D'après la pilote, il faut dix minutes pour faire le plein. Cinq minutes avant de commencer à rouler.

— Ça ne nous laisse pas beaucoup de marge.

— Ça, c'est un scoop. Qui est le plus près de la fenêtre ?

Trudeau revint en ligne quelques secondes plus tard.

— Striker.

— Dites-lui de trouver une pierre et de traîner son cul sous l'avant-toit.

Dans le gîte, les minutes passaient avec une lenteur atroce. Sita essayait de ne pas pleurer. La poussée d'adrénaline qu'elle avait encaissée un moment plus tôt était retombée. Elle pensait à tous les morts qu'elle avait déjà vus. Ses parents noyés par les vagues. Sa grand-mère dans le salon. Jaya, piégée dans la cuisine, qui n'avait pas eu le temps de fuir. Le héros tombé devant elle, des balles dans la poitrine. Le monde n'avait aucun sens.

Klein passa le bout des doigts sur le pistolet.

— Quinze minutes... Tu crois qu'ils vont y arriver ?

Sita haussa les épaules et resserra ses bras autour d'elle. L'hibiscus qu'elle avait dans les cheveux glissa sur le lit. La soudaine apparition de la fleur fit couler ses larmes malgré elle, et elle ne les essuya pas. Elle se souvenait du jour où Ambini avait cueilli un hibiscus dans le jardin et l'avait piqué dans les cheveux d'Ahalya. C'était le seizième anniversaire de sa sœur, et la fleur symbolisait l'épanouissement de sa féminité.

— Beaucoup de garçons s'intéresseront à toi, avait dit Ambini. Mais tu n'auras qu'un mari. Attends-le. Et le jour viendra où tu porteras du rouge pour danser le *saptapadi*.

Ahalya avait écouté Ambini. Elles l'avaient toutes les deux écoutée. Maintenant Ahalya était *beshya* à Bombay, et elle, elle était à l'autre bout du monde, face à un homme armé.

Pritchett lâcha un chapelet de jurons.

— Plus que dix minutes avant l'expiration du délai, ragea-t-il, et l'avion n'a pas décollé. Qu'est-ce qui peut bien prendre si longtemps ?

Michael répondit :

— Il est sur le tarmac. La piste principale n'était pas libre ; la pilote a dû en changer.

— Et merde ! lâcha Pritchett, avant de s'adresser à Trudeau. Striker est en place ?

— Bien reçu. Il a trouvé des pierres dans une allée de gravier derrière le gîte.

— Kowalski est opérationnel ?

— Kowalski est go.

— Le moment du plan B est arrivé. Dites à Striker de faire juste assez de bruit pour intriguer Klein. Et dites à Kowalski que l'ordre est : tir libre. Feu à volonté. Et faites mouche.

Sita tressaillit la première fois qu'elle entendit le bruit. Elle tendit l'oreille. Il se répéta – un drôle de crépitement. Dietrich Klein se tourna vers la fenêtre en récupérant son arme. Il attendit que le son se produise une troisième fois avant de se lever lentement.

Klein la regarda ; elle soutint son regard. Il eut l'air intrigué, mais toujours aussi plein d'assurance. Il traversa la pièce en se concentrant sur la fenêtre. Le bruit retentit une quatrième fois – un coup isolé, cette fois, au lieu d'un crépitement. Klein se figea, réfléchissant. Puis il se rapprocha de la fenêtre, son arme à la main.

Kowalski vit dans le viseur thermique Klein quitter son fauteuil et traverser la pièce. Le chemin qui menait du fauteuil à la fenêtre était de biais ; il n'aurait pas de ligne de mire tant que Klein ne serait pas juste en face de la vitre. Kowalski jaugea le vent et recalcula la compensation balistique sur une soixantaine de mètres. Elle était minuscule, mais la marge d'erreur l'était tout autant.

Soudain, Klein se figea.

— Allez ! fit Kowalski, frustré. *Allez !*

Klein se remit en marche.

Kowalski crispa son doigt sur la détente.

— Encore deux pas...

Il laissa sa phrase en suspens et ses yeux se concentrèrent sur Klein. Tout à coup, il fut là, devant la vitre, son corps à la limite de la ligne de visée, les bras tendus devant lui comme s'il tenait une arme. Lui tirer dans la poitrine ne suffirait pas. La seule solution consistait à lui loger une balle dans le crâne.

Kowalski plaça l'intersection des lignes du réticule sur la partie la plus chaude de la tête de Klein. Puis il pressa la détente.

Sita se redressa, terrorisée, quand un coup de feu strident troua l'air. Elle fut encore plus épouvantée quand Dietrich Klein s'écroula, du sang formant une mare sous sa tête. Elle resta pétrifiée pendant de longues secondes, puis ce fut le chaos à l'étage inférieur. Des bottes heurtaient le sol, on criait. Lorsque des pas lourds résonnèrent dans l'escalier, elle commença à se balancer d'avant en arrière, presque insensible à tout.

Quelques secondes plus tard, on enfonça la porte, et deux hommes firent irruption dans la chambre. Ils étaient en noir et en kaki, et brandissaient des mitraillettes. L'un des hommes courut vers le corps de Dietrich Klein et lui prit le pouls. L'autre menotta Li, toujours évanoui, puis se préoccupa de DeFoe. Il s'agenouilla devant lui et lui ferma les paupières.

— RAS ! cria le premier homme.

— RAS ! cria le second, en écho.

Le premier homme s'approcha du lit et enleva son masque.

— Tu dois être Sita.

Elle le dévisagea, hébétée. Avec son casque et sa tenue de combat, on aurait cru le plus effrayant des monstres. Pourtant il parlait comme un être humain normal. Elle hésita et recommença à respirer.

— Oui, acquiesça-t-elle.

— Tu vas bien ?

Elle hocha la tête.

— Je m'appelle Evans, poursuivit l'agent. Et lui, c'est Garcia. Tu peux marcher toute seule ?

Sita balança ses pieds par-dessus le bord du lit.

— Je vais bien.

Elle les suivit dans le couloir. Le gîte des invités grouillait d'hommes en noir armés de fusils. Evans l'accompagna dans le salon, Garcia sur les talons. Evans proposa à Sita de patienter sur le canapé, après quoi Garcia et lui allèrent s'entretenir avec un autre homme. Sita surprit leurs paroles.

— Où sont les autres filles ? s'enquit le troisième homme.

Evans haussa les épaules.

— Elle était seule.

Sita se leva et lui tapota le bras.

— Excusez-moi.

Les hommes se tournèrent vers elle.

— Vous n'avez pas trouvé les autres filles parce qu'elles sont cachées.

— Où ça ? demanda doucement Evans.

— Dans la cave.

Le troisième homme reprit la parole :

— Je suis l'agent Trudeau. Le responsable. Dis-nous tout ce que tu sais, et nous prendrons le relais.

Sita secoua la tête, se sentant comme en apesanteur dans sa liberté retrouvée.

— C'est difficile à expliquer. Il faut que je vous montre.

— Tu es sûre ? insista Trudeau.

Elle hocha la tête.

— Comme tu voudras. Je prends la tête.

Sita entra dans la cave à vin d'un noir de poix, telle une célébrité escortée par ses gardes du corps. L'agent Trudeau la précédait, l'arme à l'épaule ; Evans et Garcia fermaient la marche. Trudeau trouva l'interrupteur. Des bouteilles de vin brillèrent dans la lumière ; en dehors de cela, la cave était vide. Ils s'immobilisèrent, tous les sens en éveil, mais on ne percevait pas un son.

Sita alla jusqu'au bout de la cave et ouvrit la porte de l'armoire climatisée que Li avait choisie. Elle examina attentivement les bouteilles en se félicitant de son sens de l'observation. Elle repéra la bouteille à étiquette noir et or que Li avait manipulée et la retourna. Un moteur ronronna, et la chambre secrète apparut.

L'agent Trudeau enjoignit à Sita de rester en arrière tandis qu'il entrait dans le couloir avec Evans, armes pointées. Ils s'arrêtèrent, écoutèrent, mais n'entendirent pas un bruit. Trudeau et Evans eurent beau frapper sur chaque porte en répétant « FBI – Ouvrez ! », toutes restèrent closes. Evans était à côté de Sita, lui faisant un bouclier de son corps. Elle lui tapota le bras.

— Je l'ai vu composer le code de la pièce du bout.

— Quel est le code ?

Elle ferma les yeux et essaya de se rappeler.

— Je connais juste la disposition des touches.

Evans relaya l'information à Trudeau.

— Tu pourrais composer le code pour nous ?

— Oui, murmura-t-elle.

Elle se planta devant le clavier, rejouant dans sa mémoire la séquence de cinq chiffres que Li avait composée, et la répéta sans erreur. Elle perçut un déclic, puis Evans la souleva de terre et la ramena au fond de la cave à vin. Un instant plus tard, elle entendit une salve de coups de feu. Ensuite, ce fut le silence.

Garcia passa la tête par la porte.

— Les gars, vous avez bien mérité de voir ça.

Sita prit la main qu'Evans lui tendait. Ils entrèrent dans le studio. La femme blonde gisait au sol, un pistolet à la main. Une fille aux cheveux auburn était assise devant elle. Elle tremblait de terreur.

— Elle tenait la petite en otage, expliqua Garcia en secouant la tête.

Cinq autres gamines, entre douze et seize ans, étaient attachées sur le lit, les poignets et les chevilles liées, la bouche bâillonnée à l'aide de ruban adhésif. Elle se redressèrent l'une après l'autre, et regardèrent Sita avec de grands yeux apeurés. Pendant un long moment, celle-ci resta sans bouger. Elle entendait encore les déclics de l'appareil photo de Li. Elle ressentait à nouveau la honte de s'être déshabillée devant Dietrich Klein. Elle secoua la tête. C'était fini. Klein était mort.

Elle s'approcha de la plus jeune des filles, lui caressa le visage et arracha le ruban adhésif qui lui fermait la bouche. Comme la petite esquissait une grimace de douleur, Sita l'apaisa avec un sourire.

— Tout va bien, affirma-t-elle. Tu es en sécurité, maintenant.

Quand les filles furent libérées et purent marcher, Trudeau et Garcia les escortèrent au rez-de-chaussée. Sita pria Evans de l'attendre pendant qu'elle allait récupérer son manteau dans un coin du studio, au sous-sol. Elle enfila le manteau sur son sari, plongea la main dans la poche intérieure et la referma sur la petite forme dure d'Hanuman. Elle poussa un gros soupir, fit le vœu dans son cœur de ne jamais oublier Shyam, et suivit Evans vers l'escalier.

Celui-ci alla s'asseoir dans la salle à manger, qui donnait sur le hall d'entrée, pour faire son compte rendu à un autre homme muni d'un porte-bloc. Sita prit place à côté d'eux, mais elle avait du mal à se concentrer sur leur conversation. Les images se bousculaient dans sa tête. Elle revoyait son père debout sur la plage, devant leur bungalow, qui l'invitait d'un geste à le rejoindre pour admirer le coucher de soleil. La plage sur laquelle ses parents l'attendaient. Ahalya, plus loin, au bord de l'eau, en train de chercher des coquillages. C'était une belle journée ; une journée comme les autres.

Deux hommes en civil entrèrent dans le gîte : un grand, aux cheveux noirs et à l'air doux, et un plus petit et plus musclé. Le plus grand ne lui était pas inconnu. Elle se creusa les méninges pour retrouver où elle l'avait vu. Puis ça lui revint : devant l'hôtel particulier de Dimitri, à Paris. C'était lui qui avait couru après leur voiture.

Soudain, toutes les pièces du puzzle se mirent en place. Il la cherchait ! Mais comment avait-il pu savoir ? Et pourquoi la cherchait-il ? Elle était sûre qu'ils ne se connaissaient pas. Elle le surveilla du coin de l'œil, se demandant si elle aurait l'occasion de lui parler.

Thomas, debout dans l'entrée, regardait les agents aller et venir en espérant qu'ils allaient le mener à Sita. Il interrogea Andrew :

— Où crois-tu qu'elle est ?

— Ils ont probablement rassemblé les filles, rétorqua Porter en prenant le couloir qui menait au salon. Je vais voir si j'arrive à trouver l'agent Trudeau.

Thomas s'apprêtait à le suivre quand il repéra, dans la salle à manger, un grand gaillard, un membre du SWAT, assis à une table d'acajou avec un agent de terrain en blouson, et une petite Indienne à l'ossature fine habillée comme une princesse. Elle le dévisageait, ses beaux yeux écarquillés. Elle avait l'air plus âgée que sur la photo qu'il avait dans sa poche, pourtant c'était bien elle. Il le comprit tout de suite.

Il resta un moment figé, puis il commença à tripoter le bracelet à son poignet. Il s'avança lentement vers elle.

— Tu es Sita Ghaï ?

— Oui, acquiesça la jeune fille.

Il dénoua le bracelet *rakhi*, se pencha et le posa sur la table, devant elle.

— Je suis Thomas Clarke. Ta sœur m'a prié de te donner ça.

Les yeux de la jeune Indienne s'emplirent de larmes.

— Vous connaissez Ahalya ?

Il hocha la tête. Il avait du mal à respirer.

— Nous l'avons sauvée du bordel de Suchir. Elle t'attend dans un ashram, à Bombay.

Thomas s'émerveilla de l'aube radieuse qui éclata sur le visage de Sita. Elle prit le bracelet et éclata en sanglots, comme si toute la terreur, les doutes, le désespoir, les espoirs déçus des deux derniers mois et demi convergeaient en une grande marée de larmes.

Il sentit une main se poser sur son épaule. C'était celle de Porter.

— Eh bien, tu l'as retrouvée, apparemment.

Thomas laissa échapper le souffle qu'il retenait et sourit.

— Bien joué ! s'exclama Andrew.

Lorsque l'ouragan des émotions de Sita se fut apaisé, elle noua le bracelet à son poignet.

— C'est moi qui l'avais fait pour son anniversaire, l'an dernier, murmura-t-elle d'une voix à peine audible. Elle m'avait promis de le porter toujours.

— Alors, il va falloir que tu le lui rendes.

Sita réfléchit un moment, mit la main dans la poche de son manteau et en retira la figurine d'Hanuman. Elle la tint avec une sorte de révérence.

— Vous connaissez l'histoire du *Ramayana* ?

Thomas hocha la tête, les yeux rivés sur la petite statue.

— Hanuman était un ami de Rama. Il a retrouvé Sita. Vous devriez le garder.

Thomas prit la statuette. Il se rappela ce que Surekha lui avait confié, au *mendhi*, à propos du père de Priya : « *Quand Priya était jeune, il me disait que l'homme qui l'épouserait devrait posséder le caractère du Seigneur Rama. Rama est un homme sans taches.* » Thomas savait qu'il n'arriverait jamais à atteindre cet idéal. Cependant, le vrai héros de l'histoire n'était pas Rama. C'était Hanuman, qui avait traversé l'océan et sauvé la princesse de Mithila.

— Merci, murmura-t-il.

Elle ne connaîtrait jamais l'importance du cadeau qu'elle lui faisait. Sita désigna les agent du FBI.

— Ils vont me laisser partir ? s'inquiéta-t-elle.

Evans tenta de répondre.

— C'est compliqué. Mais nous ferons tout notre possible pour te ramener chez toi le plus vite possible.

Thomas jeta un coup d'œil à Andrew.

— Holi, la fête des couleurs, tombe le vingt-six. C'est la deuxième plus grande fête, en Inde. Tu crois que tu pourrais encore tirer quelques ficelles et nous faire prendre l'avion à temps ?

Porter eut un rire.

— J'ai tiré tellement de ficelles ces derniers temps que j'envisage de me lancer dans une carrière de marionnettiste. Je vais faire une demande ; on verra bien comment elle sera accueillie en haut lieu. Beaucoup de choses dépendent du gouvernement indien. Quand elle sera là-bas, ils vont être obligés de placer Sita en résidence surveillée.

— Qu'est-ce qui va se passer, maintenant ? s'enquit celle-ci, son regard allant de Thomas à Evans.

— On va te prendre sous notre protection et te poser tout un tas de questions, rétorqua Evans. On aura besoin de ton aide pour mettre quelques criminels derrière les barreaux.

— Vous resterez avec moi ? insista Sita à l'adresse de Thomas.

Thomas hocha la tête, le petit Hanuman serré dans la main, savourant la douce exaltation de la victoire.

— Je resterai avec toi tout le temps qu'il faudra pour te ramener chez toi.

32.

Voir la réalité derrière les apparences
Tel est le signe de la sagesse.
Tiruvalluvar

Atlanta, Géorgie

Dans l'austère salle de conférence de l'antenne locale du FBI, Thomas faisait face à deux agents en civil et à Andrew Porter, bombardé agent de liaison avec le ministère de la Justice pour la phase de l'enquête qui se déroulait à Atlanta. Leur entretien, qui durait depuis plus de trois jours, était enregistré par un dispositif numérique encastré au centre de la table.

— Je sais que nous nous entretenons depuis longtemps, reconnut l'agent spécial Alfonso Romero, un italo-américain de Brooklyn. Je pense que nous arrivons au bout.

Pendant que Romero consultait ses notes, Thomas réprima un bâillement. Par moments, l'interview ressemblait à un interrogatoire, et il était à bout de patience. D'un autre côté, il devait à Porter de se montrer coopératif. C'était le prix à payer pour avoir été associé à l'opération.

— Racontez-moi encore une fois pourquoi vous êtes allé à Paris, poursuivit Romero. Votre femme était à Bombay. Vous étiez basé à Bombay pour votre travail. Qu'est-ce qui vous a poussé à partir à la recherche d'une fille qui aurait pu être n'importe où à ce moment-là ?

— Nous avons déjà parlé de ça, non ?

— Peut-être, néanmoins ce point comporte encore une zone d'ombre pour moi.

— Je ne peux que me répéter : j'ai fait ce que je pensais être mon devoir. J'avais fait une promesse à Ahalya, j'ai tenté un coup de poker. Et finalement, ça a marché.

Romero secoua la tête et parcourut à nouveau ses notes. Il échangea un coup d'œil avec l'agent spécial Cynthia Douglas, une brunette coriace qui avait posé à Thomas toutes les questions personnelles auxquelles il aurait préféré ne pas répondre. Douglas secoua la tête.

— D'accord, nous avons fait le tour pour le moment, reprit Romero. Toutefois, je suis sûr que nous aurons d'autres questions à vous poser au fur et à mesure que l'enquête progressera. Tenez-nous informé de vos déplacements, et si vos coordonnées devaient changer.

— Comptez sur moi pour vous tenir au courant, lui assura Thomas avec une pointe de sarcasme.

Romero se tourna vers Porter.

— Autre chose ?

Porter hocha la tête.

— Oui, mais c'est personnel. Des sujets que je préférerais aborder en privé.

— Pas de problème.

Il escorta Douglas hors de la pièce. Thomas se massa les tempes.

— Je commençais à me dire qu'il n'allait jamais la fermer.

Andrew ricana.

— Son insistance était impressionnante, quoique un peu trop zélée. Bon, ajouta-t-il en se penchant en avant, j'ai deux bonnes nouvelles et une mauvaise. Dans quel ordre tu les veux ?

— La mauvaise nouvelle d'abord, décida Thomas, se préparant au pire.

Andrew s'adossa à sa chaise.

— Je viens d'avoir des nouvelles de l'inspecteur Morgan, à Fayetteville. Hier, avec son escouade, ils ont fait une descente dans un parc de mobile homes près de Fort Bragg. Ils s'attendaient à trouver huit gamines. Il en manquait trois. Dont Abby. Ils l'ont découverte ce matin, ajouta-t-il après une hésitation.

Thomas avait déjà compris ce qui allait suivre.

— Elle était enterrée dans un bosquet, pas loin du parc, poursuivit Porter. Depuis moins d'une semaine.

Thomas s'efforça de maîtriser sa respiration. Il éprouvait une drôle de sensation de vide au creux de la poitrine.

— Pourquoi ont-ils fait ça ?

— Je ne sais pas. Cette histoire fait la une des journaux. Peut-être qu'ils se sont rendu compte que nous nous rapprochions et qu'ils ont eu la trouille. À moins qu'elle ait essayé de s'échapper et qu'ils aient préféré s'en débarrasser. Ces individus sont capables de tout.

Thomas pensa à la mère de la fillette. Ses pires craintes s'étaient réalisées. Elle était seule au monde.

— Et les autres fillettes disparues ?

Andrew secoua la tête.

— Des Mexicaines. Nous pensons qu'elles ont été revendues.

— Donc, l'histoire continue. Ça ne finira jamais, hein ?

Porter haussa les épaules.

— Pas de notre vivant, j'en ai bien peur.

— Et les bonnes nouvelles, c'est quoi ?

Porter s'illumina.

— La mort de DeFoe exceptée, l'opération contre le réseau Klein a été un énorme succès. Soixante et une victimes, dont trente-cinq mineures, sauvées dans huit villes. Quarante criminels derrière les barreaux. Kandyland fermé et tous ses serveurs saisis. Des pervers dans le collimateur, aux quatre coins du monde. Vingt millions de dollars sur des comptes offshore qui vont renflouer le Trésor. Un coup de relations publiques magnifique. Tout le monde, à Washington, est ivre de joie.

— Tant mieux pour eux, marmonna Thomas.

Il ne voulait pas avoir l'air amer, simplement il était hanté par la mort d'Abby. Pour la centième fois, il regretta de ne pas avoir réagi plus vite et suivi le 4 × 4 noir avant qu'il disparaisse avec la fillette, l'emmenant vers la tombe.

— Et la deuxième chose ?

Porter remarqua l'état d'esprit de son ami et esquissa un geste de regret.

— Je pense que nous allons réussir à ramener Sita chez elle avant la fête de Holi. Le directeur adjoint s'est intéressé à son cas, ainsi que l'ambassadeur d'Inde à Washington. Nous faisons des pieds et des mains auprès des bureaucrates, et je suis prudemment optimiste ; les choses semblent avancer dans le bon sens.

— Comment va-t-elle ? Elle tient le coup ?

Andrew eut un grand sourire.

— Depuis trois jours, cette fille est une véritable boule de billard humaine. Elle ne cesse de faire l'aller et retour entre le foyer sécurisé du tribunal pour enfants du comté de Fulton et une salle de conférences, située à l'étage, et personne ne l'a entendue se plaindre. Le Bureau lui a assigné une spécialiste des victimes, l'agent Dodd. C'est une psychologue pour enfants et elle a un bon contact avec eux. D'après les échos que j'en ai, un vrai lien s'est établi entre elles deux. Sita est une mine d'informations. Nous avons obtenu grâce à elle des tuyaux qui vont nous permettre de mettre hors d'état de nuire un bon paquet des complices de Kandyland.

— Quand est-ce que je pourrai la revoir ?

Le soir du coup de filet, Sita avait été emmenée loin de la propriété des Klein dans une voiture de patrouille, et pour des raisons de sécurité l'agent Pritchett avait opposé une fin de non-recevoir à ses demandes répétées. Porter esquissa un geste de regret.

— Probablement pas avant le vol de retour. Désolé.

— Dans ce cas, j'ai des tas de choses à faire. Romero m'arrachera la tête si je quitte la ville pour quelques jours ?

Porter eut un petit rire.

— Je vais le tenir en laisse. Débrouille-toi quand même pour revenir avant le vingt-trois. Avec un peu de chance, vous devriez prendre l'avion pour Bombay le lendemain, Sita et toi.

Thomas haussa les sourcils.

— Aux frais du gouvernement fédéral ?

— Tous frais payés par les bons dollars de nos impôts, acquiesça Andrew.

— Alors, maintenant que vous en avez fini avec moi, j'ai droit à mon coup de fil ?

Porter se leva, mettant fin à l'entretien.

— La liberté de parole est un droit constitutionnel. À toi de décider comment tu voudras en user quand tu quitteras ce bureau. Maintenant, si tu me permets de te donner un bon conseil, ce serait de filer d'ici avant que Romero se rappelle toutes les questions qu'il a oublié de te poser.

À neuf heures ce soir-là, Thomas appela l'international sur son BlackBerry. Il était sept heures et demie du matin à Bombay. Jeff Greer décrocha à la seconde sonnerie. Thomas lui raconta dans les grandes lignes les événements de la semaine passée, qui culminaient avec le sauvetage de Sita, avant de lui demander une faveur et un renseignement. Lorsque Greer fut remis de sa surprise, il fouilla sur son bureau tout en écoutant l'idée de Thomas.

— Le voilà, annonça-t-il en remuant des papiers.

Il lui épela un numéro de téléphone, et lui promit de prendre les dispositions nécessaires.

— Tu as réussi ! ajouta-t-il. Je n'arrive pas à le croire. J'avoue que je n'aurais jamais pensé que tu aies la moindre chance.

Ensuite, Thomas appela le central téléphonique d'Andheri, dans la banlieue de Bombay. Il écouta sonner et sonner encore, et il était sur le point de couper la communication quand un « Allô ? » un peu brouillé résonna. La ligne était mauvaise, pourtant il était à peu près sûr que c'était la voix de sœur Ruth. En articulant lentement, il l'informa des derniers événements. Quand il eut terminé, la nonne resta silencieuse si longtemps qu'il pensa que la communication avait été interrompue. Enfin il entendit un murmure – un vague écho par-delà les continents – qui ressemblait à une prière.

— Sœur Ruth ? Vous voulez bien lui passer le message ?

La réponse lui parvint malgré les sifflements et les crachotements de la ligne.

— Oui. Je ne... sais pas... comment vous remercier.

— Dites-lui de patienter. La procédure peut prendre un petit moment.

De l'autre côté de la nuit, Ahalya se réveilla dans un état fébrile, encore engluée dans les lambeaux de son rêve. Son front ruisselait de sueur, sa chemise de nuit était trempée. Elle parcourut du regard la petite chambre qu'elle occupait avec trois autres pensionnaires. Rien ne bougeait. Tout était silencieux dans la maison. Encadré par la fenêtre, un rectangle de ciel bleu-gris annonçait l'aube. Elle s'appliqua à respirer profondément afin de calmer les battements de son cœur. Elle avait eu une vision d'une réalité tellement déchirante qu'elle ne pouvait croire qu'il s'agissait d'un mirage.

Elle quitta la chambre sur la pointe des pieds. C'était un samedi, et personne n'était encore debout. Ahalya était sûre que sœur Ruth était réveillée, mais les religieuses dormaient ailleurs et n'apparaissaient généralement dans la maison que vers sept heures et demie. Ahalya marcha sans bruit, en évitant les lattes de parquet qui grinçaient. Théoriquement, elle n'avait pas le droit de sortir sans la permission des sœurs ; en pratique, la règle ne concernait que les filles qui voulaient s'enfuir.

Elle descendit les marches du perron et entra dans la forêt de grands arbres. Quelques cigales chantaient dans les branches et, de temps en temps, un oiseau pépiait. Le sentier était désert et enveloppé dans les ombres. Elle observa autour d'elle avec inquiétude ; si l'une des sœurs la repérait, elle la gronderait et lui enjoindrait de rentrer, mais il n'y avait personne.

En s'approchant de l'étang, elle ralentit, repassant dans son esprit les images du rêve. Sita était là, sur ce banc, et contemplait quelque chose dans l'eau. Elle levait le visage à l'approche d'Ahalya, l'image même du ravissement. Elle lui faisait signe de se dépêcher. Alors, Ahalya la prenait par la main, cherchait ce qui la fascinait tant dans l'étang et découvrait un bourgeon de lotus entre les feuilles de nénuphar. Une fleur prête à éclore.

Ahalya s'approcha de la mare à petits pas prudents. La surface de l'eau était pareille à une lame de verre dans l'air matinal immobile. Elle s'agenouilla au bord de l'étang, sentant croître à chaque seconde la douleur qui était en elle. Elle ne vit rien. Elle regarda plus attentivement. Peut-être était-il plus petit que dans son rêve.

Peut-être...

Tout à coup, elle eut comme un vertige. Elle se raccrocha à une pierre. La grossesse était une chose à laquelle elle ne voulait pas penser tout de suite. Elle n'avait qu'un désir, pur et simple : trouver un bourgeon, et rien d'autre.

Elle scruta les feuilles de nénuphar à la recherche d'un signe d'inflorescence, en vain. Le rêve n'était que cela : un rêve, une illusion, un mensonge qu'elle avait trop envie de croire. Sita n'était pas à l'ashram, et le lotus n'avait pas encore fleuri. Le soleil se levait au-dessus d'un avenir qu'elle ne souhaitait pas vraiment. Lakshmi l'avait oubliée. Rama l'avait abandonnée. Elle avait été changée en pierre, tout comme l'Ahalya du Ramayana.

Elle se mit à pleurer, à peine consciente des chants d'oiseaux qui l'entouraient, des bruits de l'ashram qui s'éveillait, ou des sons distants de la rue. Enfin elle parvint à se dominer, à cuirasser son cœur contre la pensée d'un autre week-end sans Sita.

Elle reprit le chemin et s'arrêta net. Devant elle apparaissait une vision particulière. Elle oscilla, inquiète à l'idée que le rêve l'avait privée de raison. Mais la vision persista.

Sœur Ruth courait vers elle. Le sari de la religieuse volait telle une cape et ses yeux brillaient comme ceux d'une enfant. La religieuse ralentit en arrivant à son niveau. Elle haletait, à bout de souffle.

— Je suis désolée, commença Ahalya, se sentant coupable d'avoir enfreint le couvre-feu. J'avais besoin de faire un tour.

Sœur Ruth secoua la tête, sa silhouette rondouillarde frémissant à chacune de ses inspirations hachées.

— Non, non, articula-t-elle péniblement. Sita...

Ahalya la regarda, pétrifiée, ne sachant que penser, l'espoir le disputant à la terreur. Finalement, la religieuse reprit suffisamment son calme pour lui transmettre le message de Thomas.

Pour la deuxième fois ce matin-là, Ahalya se laissa tomber à genoux, mais cette fois elle ne pleura pas. À la place, elle leva le visage vers le soleil levant, sentit sa lumière entrer en elle et s'enraciner comme une graine dans le sol. Elle avait des fourmillements dans tout le corps. Elle se mit à rire et se rappela soudain combien c'était bon. Son rire éveilla des échos dans la cour, emplissant la forêt et faisant taire les oiseaux.

Le rêve avait dit vrai. Sita était vivante.

Et elle rentrait à la maison.

Deux jours plus tard, Thomas, debout sous une pluie glaciale devant un immeuble résidentiel de Washington, s'efforçait de rassembler son courage. Il n'était venu qu'en deux occasions dans le quartier huppé de Capitol Hill, et les deux fois de nuit. Il gardait de ces visites un souvenir d'une netteté dérangeante. Il serra plus fort la poignée de son parapluie. Derrière le rideau de pluie, l'entrée était déserte. Il était huit heures du matin, un dimanche – le seul moment de la semaine où il était sûr de la trouver chez elle.

Il prit l'ascenseur pour le sixième étage. Son appartement était sur la droite, dans le couloir. Le 603. Il hésita pendant une longue minute, les nerfs à fleur de peau, avant de se décider à frapper.

Il tendit l'oreille, guettant un bruit de pas. D'abord, il n'entendit rien ; il songea qu'elle était peut-être partie pour une escapade d'un week-end aux îles Caïmans, encore mieux, qu'elle avait trouvé un nouveau petit ami et dormait chez lui. Puis il entendit ses pas. Il prit son courage à deux mains, regarda fixement le judas. La colère qu'il avait éprouvée à

Goa n'était plus qu'un lointain souvenir. Il ne lui en restait que de la douleur et des remords.

Un long moment passa avant que la porte s'ouvre. Et Tera fut devant lui, en peignoir éponge, les cheveux mouillés attachés en queue-de-cheval. Elle le dévisagea, les lèvres entrouvertes, muette de surprise. Son cœur se mit à battre la chamade, mais il ne fit pas un geste vers elle.

— Thomas ? murmura-t-elle enfin.

Les secondes passèrent. Puis quelque chose changea en elle et elle s'écarta.

— Je croyais que je ne te reverrais plus jamais.

Il accepta son invitation à entrer dans l'appartement. Le décor était ultramoderne – tout en noir et blanc, angles vifs et œuvres d'art abstrait sur les murs –, jalonné d'un bric-à-brac issu des quatre coins du monde, l'ensemble éclairé par des spots. Tera avait étudié l'histoire de l'art à l'université de Columbia avant d'opter pour le droit à Chicago. C'était un point commun – parmi bien d'autres – avec Priya.

Thomas entra dans le salon et observa la vue par les grandes baies vitrées. La pluie semblait s'être calmée, car il distinguait vaguement les contours du Capitole, dans le lointain.

— Où étais-tu passé ? reprit Tera, à quelques pas de lui, les mains dans les poches de son peignoir. Ça fait près de trois mois.

Il se retourna vers elle.

— J'étais en Inde.

Elle se raidit.

— En Inde, répéta-t-elle.

— Tu avais raison à propos de ce qui s'est passé au cabinet. Ils m'ont donné un ultimatum et j'ai pris un congé sabbatique. Une année dans les tranchées, à Bombay.

— Alors, tu n'es pas parti pour Priya ? reprit-elle, une trace d'optimisme dans la voix.

— Je suis parti travailler pour la CASex. Et aussi retrouver ma femme.

Elle réfléchit à la façon dont il avait formulé sa réponse.

— Et ça a marché ? s'informa-t-elle enfin.

— Je n'en suis pas sûr. Je voudrais bien.

Tera inclina la tête.

— Alors, qu'es-tu venu faire ici ?

— J'ai mal agi envers toi. Je te dois des excuses.

Elle s'assit au bord du canapé.

— Je ne regrette rien.

— Écoute-moi, s'il te plaît. Et tu me jugeras à la fin.

Elle attendit, sur la réserve. Il poursuivit :

— Tu as été là au moment le plus sombre de mon existence. J'avais besoin d'aide, et tu me l'as offerte. Je ne l'oublierai jamais. Mais j'ai été stupide. Je n'aurais pas dû laisser les choses aller si loin. Peut-être que Priya serait partie quand même, seulement j'aurais dû respecter mes vœux. Venir ici cette première nuit était une erreur. J'étais complètement déstabilisé. Je ne t'accuse de rien. C'était ma faute, et je nous ai fait du mal à tous. À toi, à moi, à Priya. Tu méritais mieux que ça. Pardonne-moi, je t'en prie.

Elle se releva et s'approcha de la fenêtre, regardant la ville trempée. Elle renvoya une mèche de cheveux derrière son oreille. Il pensa à partir, n'en fit rien. Il ne pouvait pas la laisser à nouveau tomber. Elle finit par lui rétorquer :

— Je n'ai que faire de tes excuses. Je suis une grande fille. Je savais dans quoi je mettais les pieds. C'est Priya qui a été idiote de te plaquer comme ça. J'espère qu'elle s'en rend compte à présent.

Thomas tenta de trouver une réponse appropriée. Tera était belle dans la lumière diaphane de la pluie. Il fut fugitivement tenté d'essayer de la consoler, comme elle l'avait fait pour lui. Puis il se rendit compte du danger que représentait cette tentation et y résista.

— Au revoir, Tera.

Elle ne répondit pas. Il haussa les épaules et quitta le salon. Il tendait la main vers la poignée quand elle apparut dans l'entrée.

— Thomas... Fais-moi une faveur, tu veux bien ?

— De quoi s'agit-il ?

— Quoi que tu décides, tâche de t'y tenir cette fois.

Il réussit à esquisser un petit sourire. La rebuffade était plus douce qu'il n'était en droit de l'espérer. Il ouvrit sans bruit et sortit, la laissant là, encadrée par la fenêtre, et la pluie.

Il reprit son Audi et retourna vers le sud de Washington. Vingt minutes plus tard il était dans le quartier de ses parents. En dehors de ceux qui allaient à l'église, les rues étaient désertes. La pluie s'était changée en brouillard ; il laissa son parapluie dans le véhicule.

Il se demanda pour la énième fois, le cœur battant, comment il allait s'expliquer devant son père. Le Juge ouvrit. Il portait un costume à rayures et une cravate en cachemire. La messe était dans une demi-heure. Tout à coup, ses traits s'illuminèrent.

— Thomas ! Entre, fils !

Elena apparut, élégamment vêtue d'une robe mauve et d'un cardigan noir. Elle le serra très fort sur son cœur.

— Tu es trempé. Je vais te faire du thé.

Elle l'entraîna vers la cuisine. Pendant qu'elle s'activait, Thomas prit un tabouret près de l'îlot central et son père s'installa à la table du petit déjeuner. Cette configuration – sa mère aux fourneaux, son père prêt à dispenser ses conseils – lui était aussi familière qu'une vieille paire de pantoufles. Combien de fois s'étaient-ils retrouvés ainsi quand il était petit ?

— Comment va Priya ? demanda Elena par-dessus son épaule.

Il lui avait envoyé de Paris un mail résumant la situation – plus ou moins à jour, quoique vague. Enfin, c'était avant Goa.

— La situation n'a pas trop bien tourné.

Sa mère eut l'air catastrophé, néanmoins, elle n'insista pas.

— Je suis désolée.

Thomas se tourna vers son père.

— Je ne suis pas sûr de retourner chez Clayton.

Le Juge étrécit les yeux.

— Tu n'as pas eu mon mail ? Max est prêt à te dérouler le tapis rouge. Il parle d'association d'ici un an.

— Je ne suis pas certain d'en avoir encore envie, avoua Thomas.

Son père en resta sans voix, ce qui était un événement rare. Du coup, Elena prit la parole.

— Qu'est-ce que tu veux, mon chéri ?

Thomas se cramponna au bord de l'îlot central.

— J'essaie encore de le déterminer.

Le Juge se redressa.

— Je n'arrive pas à croire ce que j'entends. Quand tu avais quinze ans, tu voulais devenir juge fédéral. J'ai fait tout ce qui était en mon pouvoir pour te permettre d'y arriver. Je t'ai inscrit à Yale et à Virginia Law. Je t'ai obtenu un stage. J'ai arrondi les angles chez Clayton. Après tout ça, tu vas laisser tomber ? Comme ça ?

— Rand..., intervint sa mère.

Le Juge la fit taire d'un coup d'œil glacé.

— Je veux une réponse franche. J'estime y avoir droit.

Thomas inspira profondément et regarda son père dans les yeux.

— Je sais ce que je voulais, papa. Et je connais les sacrifices que tu as consentis. Mais les choses changent. Tu veux une réponse franche, je vais te la donner : je veux finir mon année à la CASex, et je veux réussir à convaincre ma femme qu'elle sera mieux lotie avec moi que sans moi.

Le Juge leva les bras au ciel, exaspéré.

— Tu parles d'une année de ta vie, deux tout au plus. Et ton avenir, Thomas ? Et dans dix ans, dans vingt ans ? Où seras-tu, à ce moment-là ?

Thomas sentit la colère monter en lui.

— Je n'en ai pas idée. Simplement, je suis sûr d'une chose : je ne veux pas retourner dans le panier de crabes.

— Magnifique ! Donc, pour toi, tout ce à quoi j'ai consacré ma vie n'est qu'un panier de crabes.

— Ce n'est pas contre toi, papa, rétorqua Thomas en s'enflammant. C'est de moi qu'il s'agit. Tu veux savoir pourquoi je suis revenu aux États-Unis ? À cause d'une gamine envoyée ici par des trafiquants qui l'avaient enlevée en Inde. Nous avons sauvé sa sœur d'un bordel de Bombay. Sita va rentrer chez elle d'ici quelques jours, et je vais repartir avec elle. Je ne remets pas tes choix en question. Je me contente de dire qu'il se pourrait que je ne veuille pas vivre la même chose.

Il avala une gorgée du thé préparé par sa mère. Le Juge réfléchissait. Thomas connaissait le tour que la conversation allait prendre : son père mettrait fin à la discussion, abruptement et délibérément, jusqu'à ce qu'il ait arrêté une décision, moment auquel il l'annoncerait dans un monologue ampoulé, comme s'il était au tribunal.

— La messe est dans un quart d'heure, annonça le Juge d'un ton neutre. Nous reprendrons ça plus tard.

Elena se tourna vers Thomas, avec un air d'excuse.

— Tu restes longtemps ?

— Assez longtemps. Je me suis habillé pour l'église.

Sa mère ouvrit de grands yeux. Il n'était pas allé à la messe avec eux depuis le lycée.

— Je vous en fais des surprises, aujourd'hui, hein ? remarqua-t-il en lui prenant le bras.

Plus tard, cet après-midi-là, Thomas retourna à Washington. Il avait encore quelque chose à faire avant la fin de la journée. Après un bref arrêt pour acheter des fleurs – des marguerites, en l'honneur du printemps qui s'annonçait –, il entra dans le cimetière de Glenwood. Il gara sa voiture non loin de la tombe.

Il avala un grand bol d'air frais et savoura la solitude de l'endroit. La pluie du matin avait cessé et le soleil brillait sur le cimetière à peu près désert. La tombe se trouvait en haut d'une élévation de terrain d'où l'on dominait l'ange gardien. Devant la pierre tombale, le chagrin le submergea à nouveau comme s'il ne l'avait jamais quittée. Chère, douce petite Mohini. Ce n'était pas un âge pour mourir.

Les funérailles de l'enfant avaient été un motif de dispute amère. En bons catholiques, les parents de Thomas étaient opposés à la crémation, mais Priya, elle, était tout aussi opposée à l'inhumation.

— Choisis le fleuve que tu voudras, ça m'est égal, avait-elle décrété, mais laisse-moi donner à mon enfant une sépulture correcte.

Il avait utilisé tout son capital diplomatique, qui allait en s'amenuisant rapidement, et obtenu un compromis : ils avaient incinéré Mohini, ses cendres avaient été dispersées à l'embouchure de l'Hudson et l'urne avait été enterrée dans la concession familiale des Clarke, à Glenwood.

Il déposa les marguerites devant la pierre tombale. Il s'attendait à ce que l'épitaphe donne également lieu à controverse, toutefois Priya avait accepté sans discuter l'inscription voulue par sa mère : « Dans l'espérance et la certitude de la résurrection. » Il s'agenouilla devant la tombe en se demandant à quoi pourrait bien ressembler la résurrection d'un nourrisson, si Mohini renaîtrait avec un corps et une personnalité complètement développés, ou si elle devrait grandir et s'épanouir jusqu'à la maturité, comme si sa mort n'avait jamais eu lieu. Décidément, la foi était pleine de mystères.

— Ça fait longtemps, ma toute petite adorée, murmura-t-il, les yeux brûlants de larmes.

Il eut un sanglot et attendit que la douleur perde de son acuité.

— Il y a une fille que j'aurais bien voulu te faire rencontrer. Je crois qu'elle t'aurait plu. Elle s'appelle Sita, et elle vient d'Inde, comme maman.

Il parla encore un peu, exprimant tout ce qui lui passait par la tête. Il parla de Bombay, de la famille de Priya, d'Ahalya et de Sita. Quand il ne trouva plus rien à raconter, il embrassa tendrement la pierre tombale.

— Il faut que j'y aille, mon bout de chou.

Il ferma les yeux, envahi par une vague de souffrance renouvelée.

— Je t'aime, Mohini.

Dans sa voiture, il demeura un long moment au volant. Enfin, il fouilla dans son sac à dos, il prit une feuille de papier, un stylo, et transféra sa douleur sur la page, écrivant à une femme qui lui était étrangère à tous les points de vue, sauf un.

Chère Allison,

Je m'appelle Thomas Clarke, et j'étais là, le jour où Abby a disparu. Un ami m'a raconté ce qui s'était passé, et il fallait que je vous écrive. Je n'ai pas grand-chose à vous offrir en matière de consolation. Il n'y a pas d'antidote à la souffrance qui est la vôtre, et vous n'arriverez jamais à lui donner un sens. Le monde vous a failli, comme il a failli à Abby. Quand le mal s'est dressé devant elle, le bien a été sans pouvoir contre lui. De cela, je suis vraiment désolé.

Pourtant, je puis vous offrir une promesse fondée sur mon expérience personnelle. Il se peut que cela vous paraisse impossible maintenant, mais il y aura un lendemain. De l'autre côté de ces ténèbres, un jour nouveau se lèvera peu à peu. Je le sais parce que j'ai perdu une fille, il n'y a pas longtemps. Je me suis rendu sur sa tombe, aujourd'hui. Chaque fois que je vois son nom sur la pierre tombale, mon cœur se brise à nouveau. Je n'ai pas pu la protéger, pas plus que vous n'avez pu protéger Abby. Cependant, Mohini et Abby ont quelque chose que nous n'avons pas.

La mort n'a plus de pouvoir sur elles.

Où qu'elles soient, elles ont trouvé la paix.

Il signa de son nom, replia la page et la glissa dans une enveloppe adressée à Andrew Porter, au ministère de la Justice. Bousculant les règles une fois de plus, Porter avait négocié avec l'inspecteur Morgan pour que la lettre de Thomas soit remise en mains propres, par la police de Fayetteville, à la maman d'Abby.

Thomas jeta un dernier coup d'œil à la tombe avant de démarrer. Il fit le tour du cimetière en regardant les anges, leurs trompettes silencieuses posées sur leurs lèvres, annonçant le jour où toutes les larmes seraient séchées. Il serra l'enveloppe qu'il avait sur les genoux et pria pour que ce jour arrive.

Une semaine plus tard, à l'aéroport de Dulles, Thomas attendait, dans la salle d'embarquement, l'annonce du vol Delta du début de la soirée pour Atlanta. Il avait passé les six derniers jours à mettre ses affaires en ordre et à s'occuper des dégâts provoqués par une fuite d'eau qui s'était produite dans son appartement au cours de l'hiver. Une grande mare s'était formée sur le sol de la salle à manger et infiltrée dans la cave. Le cauchemar ne s'était terminé que lorsque le dernier ouvrier avait quitté l'immeuble de brique brune, son chèque à la main.

Thomas vérifia sa messagerie sur son BlackBerry. Il trouva un assortiment de spam et de messages d'amis ; rien de Priya. En quatorze jours, elle n'avait à aucun moment tenté de le contacter. Elle était en droit d'être écœurée par lui. Mais leur week-end ensemble avait prouvé, sans doute possible, la réalité de leur amour. Est-ce que ça n'aurait pas dû être suffisant ?

Il repensa au poème qu'elle lui avait lu à Goa, dans le petit livre offert par Elena. Elle avait initié le rite de la lecture à haute voix après l'amour. Au début, il avait levé les yeux au ciel, mais elle avait insisté, et il avait été subjugué par la musique des mots. À moins que ce ne fût le fait qu'elle lui avait lu le poème toute nue sur le lit. À ce souvenir, il sourit malgré lui.

C'est alors qu'il fut frappé par une idée. Et s'il lui écrivait un poème ? Pas un sonnet d'amour à la Byron, simplement quelques vers sortis du cœur, comme la poésie de Naidu, ou de ces mystiques soufis qu'elle citait tout le temps. Il écarta cette pensée. Qu'aurait-elle à faire de la tentative puérile de l'amateur qu'il était ? Elle en rigolerait, et encore s'il avait de la chance.

Il leva la tête vers le téléviseur mural et regarda les nouvelles jusqu'à ce qu'il en ait assez. Alors il s'intéressa aux avions qui décollaient, derrière la vitre. Un avion monta dans le ciel et traça son sillage sur la face du soleil couchant. Tout à coup, une chaîne de mots se présenta à son esprit : *De l'autre côté du soleil.* Cette image le frappa. Qu'est-ce que ça signifiait ?

Il ouvrit l'application notes de son BlackBerry et laissa parler son imagination. Il assembla quelques idées et imagina un thème plus large. Peu après, les mots devinrent des vers, et les vers formèrent une strophe. Il la relut :

De l'autre côté du soleil
S'allongent nos ombres
Sur le cadran du temps.
Nous nommons la lumière
Qui nous donne le jour.

Il sauvegarda le fichier et se leva pour se dérouiller les jambes. L'embarquement ne commencerait pas avant vingt bonnes minutes. Il alla faire un tour aux toilettes et regagna son siège, mais il ne tenait pas en place. Il sortit la photo de Priya de son portefeuille et relut son poème. Ce n'était pas Rabindranath Tagore, pourtant ce n'était pas mal. Il rangea la photo dans son portefeuille et, abandonnant toute réserve, il pianota à en avoir mal aux pouces. Lorsqu'il eut écrit le dernier mot, il relut son mail :

Chère Priya,

J'aurais voulu pouvoir te le dire de vive voix, mais il faudra me contenter de ce mail. J'ai quitté Goa complètement dévasté. Je ne voulais pas te faire de mal. Je suis un idiot de première classe. Je ne vois pas ce que je pourrais dire d'autre. Je suis consterné de t'avoir déçue. Et consterné pour cette histoire avec Tera. Tu méritais de savoir la vérité, mais j'avais honte.

Je suis aux États-Unis. Nous avons retrouvé Sita. Je te raconterai toute l'histoire un jour, si tu veux. Mais je ne m'imposerai pas à toi. Je ne sais pas ce que je vais faire maintenant, si ce n'est que je vais ramener Sita en Inde et finir mon année à la CASex. Je ne vois pas plus loin dans l'avenir. Sauf que je souhaite – j'espère que tu me croiras –, je souhaite que tu en fasses partie.

J'ai écrit un poème, il y a quelques minutes. Je ne sais pas très bien quel sens il a, pourtant il me semble donner une direction à ma vie mieux que toute autre chose. Je le joins à ce mail. Que tu me répondes ou non, sache que je t'aime.

Il envoya son message. Les nuages, tout là-haut dans le ciel, réfléchissaient les derniers rayons du soleil. Il récupéra le sac de son ordinateur portable et se dirigea vers la queue qui attendait pour embarquer, se réjouissant à l'avance de repartir chasser les nuages.

33.

Ne laisse pas ce qui est passé et révolu alourdir ton cœur.

Le Ramayana, *Histoire d'Ahaly*

Atlanta, Géorgie

Le matin du 24 mars, le tribunal pour enfants du comté de Fulton émit une ordonnance autorisant Sita à retourner en Inde. Les gouvernements américain et indien s'étaient organisés pour que l'agent Dodd, la spécialiste des victimes, lui serve de chaperon pendant le voyage de retour, et Thomas avait été bombardé escorte officielle.

Le chef de mission adjoint à l'ambassade d'Inde avait obtenu qu'une équipe du CBI les attende à l'aéroport de Bombay. Il avait promis que, lorsque l'Organisation internationale pour les migrations aurait achevé sa mission sur place, Sita serait confiée aux Sœurs de la Compassion, avec Ahalya. Thomas avait insisté pour que l'agent Pritchett effectue une demande spéciale concernant la fête de Holi, demande à laquelle le diplomate avait accédé avec empressement.

Toutes les pièces du puzzle étant enfin réunies, Pritchett les conduisit à l'aéroport. L'agent Dodd, une forte femme d'une quarantaine d'années, s'installa à côté du chauffeur, tandis que Sita et Thomas prenaient place à l'arrière. Sita, qui avait passé les seize derniers jours dans l'enfermement bureaucratique, le pressa de questions sur sa sœur. Thomas y répondit aussi complètement que possible, sans embellir les faits. La seule chose qu'il omit de lui révéler fut la grossesse d'Ahalya. Il sentait que c'était à elle de la lui annoncer.

À l'aéroport, Pritchett serra la main de Thomas et lui rappela, sur un ton d'excuse, l'accord de confidentialité qu'il avait signé. Puis il s'accroupit devant Sita et lui donna un pin's du drapeau américain.

— Tu sais, j'ai une fille de ton âge. C'est la lumière de ma vie. Pas toujours commode, mais c'est la loi du genre. Au nom de tous les agents de mon bureau, je tiens à te dire que c'est un honneur de t'avoir connue.

Sita accorda à Pritchett une timide accolade et suivit Thomas et l'agent Dodd vers la porte d'embarquement.

Ils arrivèrent le lendemain, en fin de soirée, dans la ville tentaculaire, éclaboussée de lumières, qu'était Bombay. Deux hommes du CBI les réceptionnèrent à leur descente d'avion, leur firent franchir rapidement les douanes et les conduisirent vers une Land Rover arrêtée le long du trottoir.

Son retour au pays natal suscitait en Sita une mosaïque d'émotions conflictuelles : un mélange de rage et de compassion au souvenir du viol d'Ahalya, la souffrance renouvelée de la disparition de leur famille, le brouillard complet à l'idée de son propre avenir, et la peur de savoir que Suchir n'était pas loin. Pourtant, malgré toute l'angoisse que suscitait en elle le fait de regagner son Inde natale, rien n'aurait pu altérer le soulagement qui la soulevait de terre. La chaleur lourde de Bombay lui rappelait toutes les raisons qu'elle avait d'aimer son pays. C'était son peuple. C'était sa terre.

L'Inde l'avait blessée, mais elle lui devait la vie.

Les agents du CBI – Bhuta et Singh –, les menèrent à l'hôtel Taj Land's End, juste au sud du Bandstand, à Bandra. Dinesh les attendait dans le hall, avec un bouquet de fleurs.

— Chouette hôtel ! lança-t-il en serrant la main de Thomas. J'imagine que c'était ton idée.

Thomas acquiesça, ravi de revoir son ami.

— Le gouvernement voulait coller Sita dans un rade de troisième zone à côté de l'aéroport. Je ne pouvais pas permettre ça. Pas pour la première nuit de son retour. Bon, et toi, qu'est-ce que tu fabriques ici ? Je t'avais dit qu'on se retrouvait chez toi.

— Ce n'est pas pour toi que je suis venu, rétorqua Dinesh avec un sourire. Je suis venu voir Sita.

— Sita, commença Thomas en se tournant vers elle, je te présente Dinesh. Dinesh, Sita.

— *Ghara mem svagata hai, chotti bahana*, fit Dinesh, lui souhaitant un bon retour en lui donnant le surnom familier de « petite sœur ». Tu vas vraiment adorer cet endroit. Ça, c'est pour ta chambre, ajouta-t-il en lui tendant les fleurs.

Sita rougit, se prenant aussitôt de sympathie pour lui. Ils bavardèrent en hindi pendant que Bhuta remplissait les fiches d'hôtel.

Au bout de quelques minutes, le directeur de l'hôtel apparut et les escorta jusqu'à une suite, au dernier étage. Après une brève négociation, les hommes du CBI autorisèrent Dinesh à se joindre à eux. Le directeur leur montra la vaste pièce et laissa les clés aux agents du CBI. Ayant repéré un canapé dans la chambre, l'agent Dodd, qui n'avait pas beaucoup dormi pendant le long vol, s'éclipsa pour la nuit, tandis que Sita s'approchait de la baie vitrée qui donnait sur la mer d'Arabie. Elle contempla un instant le spectacle de la ville endormie.

— Où est Ahalya ? demanda-t-elle à Thomas. Quand pourrai-je la voir ?

— Elle est à l'ashram, à Andheri. Tu vas la voir demain.

Sita hocha la tête.

— C'est beau, ici.

Au bout d'un moment, elle bâilla.

— La chambre est à toi, déclara Thomas. Nos amis du gouvernement trouveront bien un coin où dormir.

— Et vous ?

— Je vais retourner chez Dinesh. Il n'habite pas loin. Je reviendrai demain matin.

— Eh bien, bonne nuit.

Elle les quitta sur un petit geste de la main.

Le lendemain matin, Dinesh prépara un petit déjeuner de gourmet à base de pain indien frit, de pois chiches et de *mahim halva* – un gâteau lourd, plein de beurre –, qu'ils emportèrent à l'hôtel, pour le partager avec Sita. L'agent Dodd, qui avait l'air reposée et comblée par une bonne nuit de sommeil, savoura son *halwa* et son verre de *chai*. Elle surprit Sita en train de l'observer, et essaya de lui expliquer sa satisfaction :

— Aux États-Unis, je me nourris presque exclusivement de plats chinois à emporter. Ça, c'est beaucoup mieux.

Dinesh éclata de rire.

— Il faut que vous reveniez en Inde, un jour.

— Il se pourrait bien que je vous prenne au mot.

Après le petit déjeuner, les agents du CBI les récupérèrent en Land Rover devant l'hôtel. Thomas rappela à Singh qu'on les attendait à l'ashram à neuf heures. L'homme du CBI le regarda bizarrement et échangea un coup d'œil avec Dinesh. Thomas remarqua que Singh ne suivait pas ses instructions lorsqu'ils passèrent devant la bretelle du Western Express Highway et continuèrent vers le sud, le long de Mahim Bay. Il tapota l'épaule de Singh.

— Hé, l'ashram est de l'autre côté !

L'agent ne répondit pas. Thomas observa d'abord Dinesh, puis Sita. Dinesh avait un air de conspirateur.

— Il se passe quelque chose, lança-t-il enfin. Qu'est-ce que tu mijotes ?

— Ah, je n'y suis pour rien, moi ! répliqua Dinesh. Tu verras bien.

La circulation du samedi matin n'était qu'un gigantesque embouteillage. Malgré l'arsenal de manœuvres risque-tout déployé par Singh, le trajet jusqu'à Malabar Hill nécessita près d'une heure et demie. Lorsqu'ils arrivèrent à Breach Candy, sur Wardon Road, Thomas se tourna vers Dinesh.

— On va à Vrindivan, hein ?

— Vrindivan ? releva Sita. Vous voulez parler des forêts où Krishna jouait ?

Dinesh eut un haussement d'épaules évasif tandis que Thomas se calait au dossier de son fauteuil, mille pensées tournoyant dans sa tête.

— Pas tout à fait, mais l'endroit où on va leur ressemble, convint-il.

Quand la Land Rover entra dans le domaine, Thomas ne put en croire ses yeux. L'allée était bordée d'amis et de sympathisants. Au milieu des nombreux visages qu'il reconnut comme étant ceux de la famille étendue de Priya, il repéra Jeff Greer, Nigel, Samantha et toute l'équipe de la CASex regroupée à l'ombre d'un banyan. Sœur Ruth se tenait à côté d'Ahalya, son habit brun voletant dans la brise.

Surya et Surekha Patel les accueillirent au bout de l'allée. Le père de Priya avait très fière allure dans un costume de lin blanc, et sa mère était très impressionnante avec son *sari* vert jade. L'agent Singh arrêta la Land Rover, et Butha s'empressa d'ouvrir les portières arrière. Dinesh descendit de voiture tandis que Thomas se tournait vers Sita.

Elle ouvrait de grands yeux, l'air de n'y rien comprendre.

— Qui sont tous ces gens ?

— Certains sont des membres de la famille de ma femme. D'autres sont ceux qui ont sauvé ta sœur.

— Pourquoi sont-ils là ?

Il secoua la tête, essayant d'imaginer comment ses projets de célébration de Holi avaient été détournés, et pourquoi Vrindivan avait été choisi comme nouvelle destination.

— Ils sont venus pour te voir, conclut-il.

De cela, au moins, il était sûr ; quant à elle, elle avait l'air pensif. Il tendit la main vers elle.

— Il ne faut pas que tu te sentes obligée à quoi que ce soit. Si tu préfères retrouver Ahalya dans un endroit tranquille, le chauffeur peut faire demi-tour et nous y emmener.

— Non. C'est Holi. C'est bien comme ça.

Thomas eut un sourire.

— Bienvenue chez toi.

Et il la conduisit vers le soleil.

En voyant apparaître Sita, la foule éclata en applaudissements. Sita le prit par la main et il la serra doucement en réponse, parcourant les visages du regard, cherchant Priya. *Elle est forcément là,* songeait-il. *Ça ne lui ressemblerait pas de rater la fête de Holi.*

Tout à coup, il aperçut un autre visage dans la foule. C'était Ahalya, entourée par un groupe de volontaires de la CASex. Elle courut vers Sita, les joues ruisselantes de larmes. Elle portait un *churidaar* jaune tournesol et un *bindi* en forme de rose sur le front. Sita lâcha la main de Thomas et se précipita à la rencontre de sa sœur aînée. Leur étreinte fut presque trop intime, pourtant Thomas ne pouvait se résoudre à détourner les yeux.

Les sœurs restèrent blotties dans les bras l'une de l'autre pendant ce qui sembla une éternité, oubliant tout le reste. Puis le moment passa, et Ahalya s'approcha de Thomas. Elle s'agenouilla et lui toucha le pied avec le plus grand respect. Après quoi elle se releva devant lui, rayonnante de gratitude.

— Merci, murmura-t-elle. Je vous dois ma vie.

— Beaucoup de gens sont intervenus pour permettre cela, répliqua-t-il, les larmes aux yeux.

— Peut-être. Mais c'est vous qui portiez mon bracelet. Je ne l'oublierai jamais.

Sur la terrasse, un orchestre hindoustani traditionnel se mit à jouer, et Surya Patel reparut devant eux, tenant un bol doré. Thomas scruta l'expression du professeur, à la recherche d'un signe de jugement ou de ressentiment, et n'y lut rien de tel. Surya se contenta de lever la main, réclamant l'attention de la foule bavarde. Tous, amis et famille, firent silence.

Il prit la parole en anglais, d'une voix de stentor.

— Comme vous le savez tous, Holi revêt bien des significations. C'est une journée de divertissement qui nous rappelle Krishna et les jeux candides auxquels il se livra avec les jeunes filles de la forêt. C'est aussi une journée de célébration du changement de saison, de la fin de l'hiver et de l'arrivée du printemps.

Il leva le bol étincelant.

— Pour Holi, nous avons une tradition familiale. Nous choisissons un enfant pour placer le *tilak* sur le front d'un aîné. Après quoi la fête des couleurs peut commencer, et tout le monde peut s'en donner à cœur joie – même sur ceux qui préféreraient rester propres et nets. Il est plus que légitime que l'enfant de cette année soit Sita Ghaï.

Il abaissa le bol afin de permettre à Sita de voir la poudre vermillon.

— Joyeuse Holi, Sita. Vous serez toujours les bienvenues, ta sœur et toi, dans notre maison.

Avec un sourire lumineux, Sita enfonça son pouce dans la poudre rouge, leva la main et déposa un *tilak* sur le front de Thomas.

— Pour moi, vous serez toujours mon *Dada*, mon frère aîné. Joyeuse Holi.

La foule éclata en acclamations. Alors, avec une soudaineté comique, des sachets de poudre apparurent, et l'air s'emplit d'un arc-en-ciel de couleurs, de rouge et de jaune, de bleu et de violet, de vert et d'or. La palette de Holi était la palette de l'Inde, royale, fière, franche et resplendissante.

Pourtant, Surya n'avait pas tout à fait terminé. Il plongea la main dans le bol, préleva une poignée de poudre et l'étala sur le visage de Thomas. Thomas se mit à rire et à tousser en même temps, et porta les mains à ses yeux pour chasser la poudre impalpable qui l'aveuglait.

— Joyeuse Holi ! s'exclama Surya. Je crois que quelqu'un vous attend.

Sur ces mots, il commença à maculer sa famille de poudre rouge. Surekha présenta une corbeille pleine de sachets à Sita et Ahalya, qui s'armèrent de munitions multicolores. Ahalya gloussa quand Sita lui saupoudra les cheveux de poudre lavande. Ahalya, à son tour, lui laissa sur les joues des empreintes orange.

Pendant ce temps, Thomas cherchait Priya. Il finit par la repérer sur la véranda. Son cœur se serra dans sa poitrine. Il se fraya un chemin entre les invités, gravit les marches et s'arrêta à quelques pas d'elle, ne sachant que dire.

— Apparemment mon père t'a accepté, commença-t-elle, brisant la glace.

Il effleura le pigment rouge qui lui barbouillait le visage.

— En effet. Pourquoi ?

— Tu l'as impressionné. Et tu lui as rappelé le *Ramayana.*

Elle attendit l'espace d'un battement de cœur avant de poursuivre :

— Après avoir reçu ton mail, je lui ai annoncé la nouvelle, pour Sita. Je ne l'ai jamais vu aussi ému. Je l'ai surpris en train d'avouer à ma mère qu'il t'avait mal jugé. Il a ajouté que tu avais fait une chose de valeur, une chose on ne peut plus honorable.

Thomas gonfla sa poitrine, pensant à la petit figurine de Hanuman que Sita lui avait donnée. Un mot lui vint alors à l'esprit, si fort qu'il aurait aussi bien pu le prononcer tout haut. C'était un mot anglais que Priya adorait. *Serendipity.* Une variante de « providence ». *Oui,* songea-t-il, *il y a de la lumière derrière le voile.*

— Alors, tout ça, c'est ton père qui en a eu l'idée ?

Priya hocha la tête.

— C'est logique, non ? Tu as sauvé Sita des flammes ; il se devait de lui offrir un retour au bercail digne d'une reine.

Elle se dirigea vers l'autre bout de la véranda. Ils descendirent ensemble les marches et traversèrent la pelouse vers un bouquet d'arbres en fleurs. Elle s'arrêta à côté d'une fontaine.

— Il était très beau, ton poème.

— Ce n'était pas grand-chose.

— Il m'a parlé. Il m'a dit que tu pensais tout ce que tu m'avais dit.

Elle se détourna et regarda couler l'eau.

— Tu dois comprendre que je ne quitterai plus jamais ma famille, maintenant.

Il hocha la tête.

— Je m'en rends compte, à présent.

— Et je ne tolérerai pas que tu m'abandonnes pour ton travail. Quoi que tu décides, il faut que je sache ce qui passe en premier.

Thomas sourit.

— Est-ce que ça signifie que tu me pardonnes ?

Elle ferma brièvement les paupières.

— J'ai commencé à te pardonner sur la plage, quand tu m'as dit que tu m'aimais. Mais j'avais besoin d'être sûre que c'était la vérité.

Il lui effleura le visage. Elle leva vers lui ses yeux pleins de larmes, fit un pas en avant, puis un deuxième, jusqu'à ce qu'ils soient tout près l'un de l'autre. Il referma ses bras sur elle.

— Je suis tellement heureuse que tu sois venu à Bombay. Je croyais t'avoir perdu à jamais.

Il noya son regard dans celui de Priya et écarta un cheveu de ses yeux.

— Tu embrasserais un homme couvert de poudre vermillon ?

Un sourire irradia son visage.

— Je pense que nos couleurs vont bien ensemble, murmura-t-elle.

Et elle lui prouva qu'elle avait raison.

Épilogue

Bombay, Inde

Le 7 octobre, à six heures et demie du matin, Thomas fut réveillé par un appel téléphonique. Il tendit le bras à la deuxième sonnerie, écouta quelques instants et annonça :

— Nous serons là dans trois quarts d'heure.

— Ça y est, c'est pour maintenant ? demanda Priya en roulant sur elle-même.

Elle le regarda, dans la lueur bleue de l'aube. Le soleil n'était pas encore levé. Il hocha la tête.

— Dans une heure, tout au plus.

Ils s'habillèrent très vite, pantalon de toile beige et chemise de lin pour lui, *salwar kameez* rouge et noir pour elle. Dans le parking, leur 4 × 4 Toyata les attendait. Thomas démarra et, arrivé au bout de l'allée, fit signe au veilleur de nuit qui fumait son *charas* près de la grille.

Il prit le Bandstand vers le nord. C'était un vendredi matin, mais la circulation était assez fluide. La chaussée était essentiellement occupée par des rickshaws, et Thomas traversa le flot avec aisance. Priya lui prit la main, posée sur le sélecteur de vitesse, et l'appuya sur son ventre.

— Comment on va l'appeler ? demanda-t-elle.

La semaine précédente, ils étaient allés à l'échographie de la vingtième semaine, et le docteur de Breach Candy leur avait annoncé que le bébé serait une petite fille.

— Je ne sais pas, répondit-il en lui jetant un coup d'œil en coulisse.

Elle eut un sourire.

— J'aime assez Pooja.

— Pas question. Toutes les filles de Bombay s'appellent Pooja. Il lui faut un prénom original.

Priya rit.

— Tu es tellement prévisible. J'ai une bien meilleure idée.

— Laquelle ? Dis-moi !

— Le moment venu.

Ils restèrent un instant silencieux. L'esprit de Thomas revint aux événements de la veille. Au bout de huit mois de contretemps et d'ajournements, résultats de la corruption, Ahalya avait enfin été appelée à témoigner au procès contre Suchir, Sumeera et Prasad. Le propriétaire du bordel et son fils étaient présents dans la salle, ce qui était inhabituel. Mais leur stratégie devint bientôt apparente. Quand Ahalya se présenta à la barre, son gros ventre tendant le tissu de son *churidaar*, Suchir et Prasad se levèrent et la foudroyèrent du regard. À quatre mètres cinquante de distance, leur menace était palpable. L'accusateur public eut beau protester, l'avocat de la défense inventa une idiotie sur leur incapacité à rester assis pendant des périodes de temps prolongées. Le juge, manifestement irrité par la controverse, fit signe à l'accusation de poursuivre, laissant le *malik* et son fils conserver leur attitude menaçante.

Du fond de la salle, Thomas vit la lueur de crainte dans les yeux d'Ahalya, néanmoins elle tint bon. Son témoignage résonna comme un coup de tonnerre dans un ciel dégagé. Elle raconta toute l'histoire de sa captivité, depuis le tsunami jusqu'à Bombay, en passant par ce qui était arrivé à Madras, d'abord dans un anglais parfait, puis dans un hindi tout aussi fluide. Elle relata son premier viol, par Shankar, et le second, par le garçon dont c'était l'anniversaire. Jusque-là, Suchir et Prasad étaient restés debout, épaule contre épaule. Ensuite,

Ahalya continua par le récit de la nuit où Prasad s'était approché d'elle et des relations sexuelles qu'il lui avait imposées. Sans changer d'expression, Suchir marmonna quelque chose à son fils. Prasad blêmit.

Ensuite vint le contre-interrogatoire. L'avocat de la défense lança une attaque scandaleuse sur la crédibilité d'Ahalya. Il insinua sans la moindre preuve qu'Ahalya était une étudiante aux mœurs légères, qui avait eu de nombreuses aventures avec des garçons. Devant son démenti, l'avocat se contenta d'élever d'un cran la tonalité de ses propos diffamatoires, affirmant que l'enfant qu'elle portait était le fruit de relations sexuelles consenties en dehors du bordel. Ahalya expliqua patiemment qu'elle était vierge quand Suchir l'avait achetée, et que les seuls hommes responsables de sa grossesse étaient soit Shankar, qui avait payé une somme princière pour ne pas utiliser de préservatif, soit Prasad, qui n'avait jamais envisagé la question tant il était pressé de la violer. L'avocat de la défense eut beau faire des bonds, gesticuler, et même se mettre à hurler, la cause était gagnée. Ahalya se dressait victorieusement à la barre, et le juge, qui arborait un air blasé au début de l'audience, finit par braquer sur Prasad et Suchir un regard sans aménité.

Il était normal que l'appel arrive aujourd'hui, pensa Thomas en accélérant pour dépasser un rickshaw qui avançait à une allure de tortue. Ils contournèrent l'aéroport international et empruntèrent Sahar Road vers Andheri. Quand ils arrivèrent à l'ashram, sœur Ruth les invita à se garer à l'intérieur du domaine.

— Venez ! s'exclama la religieuse en courant devant eux. Ça ne va plus tarder.

Le soleil levant irisait le sol de tons d'or et promettait une nouvelle journée de canicule à Bombay. La mousson avait été moins abondante, cette année-là, elle n'avait duré que de fin mai à fin août ; la chaleur et l'humidité étaient revenues en septembre avec une violence accrue. Il n'était pas encore sept heures et demie du matin, et déjà Thomas sentait la sueur perler sur son front alors qu'il suivait sœur Ruth.

— Comment va-t-elle ? demanda Priya.

— Ça a été pénible. Enfin, c'est presque fini.

Ils étaient tellement pressés qu'ils faillirent passer devant l'étang d'Ahalya sans rien remarquer. Mais Thomas le vit du coin de l'œil.

— Attendez ! s'écria-t-il.

Sœur Ruth s'arrêta si brusquement que Priya manqua lui rentrer dedans. La religieuse suivit le regard de Thomas et sourit. Là, sur la surface étincelante de l'eau, se dressait une fleur de lotus en forme d'étoile. Ses pétales étaient d'un bleu céruléen, un bleu céleste, dans les rayons obliques du soleil levant.

— Cette fleur n'était pas là la semaine dernière, constata-t-il.

— Elle s'est ouverte hier, confirma sœur Ruth.

— Ahalya l'a vue avant le procès ?

— Oui. J'étais avec elle.

Thomas secoua la tête. Le lotus était la raison de l'invulnérabilité d'Ahalya à la barre des témoins. Elle avait interprété la fleur comme un signe de faveur divine, et décidé que sa victoire était inévitable. Et en le croyant, elle avait permis que cela se produise.

Ils arrivèrent dans le hall de l'hôpital juste à temps pour entendre les premiers vagissements de l'enfant. Priya serra la main de Thomas. Sœur Ruth les conduisit vers une petite antichambre, devant la salle d'accouchement.

— Attendez-moi ici. Je reviens vous chercher dès que l'enfant sera présentable.

Une minute plus tard, un autre visage apparaissait à la porte de la salle d'accouchement.

— Thomas ! s'exclama Sita en se précipitant vers lui.

Elle avait grandi, depuis six mois qu'il ne l'avait pas vue. La gamine dégingandée, jolie, mais fragile, avait commencé à s'étoffer à tous les endroits qui faisaient d'une enfant une jeune fille. Elle parlait d'une voix plus assurée, paraissait plus confiante, et ses grands yeux étaient plus lumineux. Les religieuses avaient intérêt à tenir les garçons à l'écart. *Cela dit,* pensa Thomas, *est-ce qu'elle aura envie de se marier un jour, après tout ce qu'elle a vu ?*

Il l'embrassa, fit un pas en arrière et reprit la main de Priya.

— Comment va Ahalya ?

Sita s'illumina encore.

— Elle était forte, et sa petite fille est en bonne santé. Venez la voir.

Sœur Ruth réapparut et leur fit signe d'entrer dans la salle d'accouchement. L'endroit était équipé de plusieurs lits, d'un grand lavabo et d'un chariot roulant sur lequel étaient rangés des instruments chirurgicaux. Deux infirmières s'occupaient d'Ahalya, qui était adossée à ses oreillers. Le bébé dormait dans ses bras. Sita s'approcha de sa sœur.

— Merci d'être venus, commença Ahalya en voyant Thomas et Priya.

— Nous n'aurions voulu rater ça pour rien au monde Vous lui avez déjà donné un nom ?

Ahalya sembla soudain moins lasse.

— C'est Kamalini, mon petit lotus.

Il sourit.

— Nous avons vu votre fleur, sur le chemin.

— C'est une renaissance, affirma-t-elle avec une force soudaine. Un nouveau commencement.

Thomas fut surpris de ses accents passionnés. Pendant des mois, elle avait traité le bébé comme un mal inévitable, un fardeau qu'elle devrait supporter. Il comprenait l'ambivalence de ses sentiments : l'enfant était un vivant souvenir des abus sexuels dont elle avait été victime. Il avait décelé des changements subtils dans la vision qu'elle avait de la petite fille qui prenait forme dans son ventre, cependant il ne s'était jamais vraiment attendu à ce qu'elle la serre sur son cœur et la considère comme son enfant. Maintenant, il commençait à comprendre. Partagée entre l'amertume et l'amour, Ahalya avait choisi l'amour. Et par ce choix, elle faisait de la petite Kamalini un nouveau membre de la famille Ghaï et non plus la graine démoniaque d'un violeur.

Ahalya leva les yeux vers Priya.

— Vous voulez la prendre ?

— Je peux ?

Seul Thomas perçut le frémissement de la voix de sa femme. La dernière fois qu'elle avait tenu un bébé dans ses bras, c'était la nuit de la mort de Mohini.

L'une des infirmières emmaillota la petite fille et la tendit à Priya. Elle berça le bébé dans ses bras, et de grosses larmes roulèrent sur son visage. Elle commença à chanter la berceuse que sa mère lui avait apprise quand elle était petite. La chanson qu'elle avait chantée à Mohini, le jour de sa naissance :

Pourrais-tu, ma chérie,
Être le croissant de lune ?
La belle fleur du lotus ?
Le nectar dans les fleurs ?
L'éclat de la pleine lune ?

Elle rendit le bébé à Ahalya.

— Elle est belle. Elle vous ressemble.

Ahalya sourit.

— Vous savez comment vous allez appeler la vôtre ?

— Nous en parlions justement dans la voiture, intervint Thomas.

Priya posa sa main sur son épaule et regarda les deux sœurs.

— Je crois que oui. Avec votre permission, nous voudrions l'appeler Sita.

Thomas en eut le souffle coupé. Puis il acquiesça lentement. Il n'y avait pas pensé, pourtant aucun nom ne pourrait davantage lui convenir.

— C'est un bon nom, commenta Ahalya, les yeux brillants. Qu'en penses-tu, Sita ?

Celle-ci partit d'un rire musical qui tinta comme des carillons dans le vent. Bientôt, Thomas joignit son rire au sien, puis Priya et Ahalya les imitèrent. Peu après, tout le monde, même les infirmières, était hilare, sans trop savoir pourquoi.

— J'avais toujours rêvé d'avoir une petite sœur, leur confia Sita. Maintenant, je vais en avoir deux.

Note de l'auteur

Si *De l'autre côté du soleil* est une œuvre de fiction, le trafic d'êtres humains est un fléau bien réel. Cette branche de la criminalité n'épargne pratiquement aucun pays au monde ; on estime qu'elle rapporte annuellement plus de 30 milliards de dollars et condamne des millions d'hommes, de femmes et d'enfants à l'esclavage et à la prostitution forcée. Pourtant, sa nature clandestine l'entoure d'une aura de mystère et d'incompréhension. Pour l'écriture de ce livre, je me suis beaucoup appuyé sur des faits réels extraits d'études sur la traite d'êtres humains et de sources glanées lors de mes voyages. Je me suis parfois écarté de la réalité, au nom de la licence artistique, dans l'intérêt de l'histoire, mais je me suis efforcé de le faire avec sensibilité, sans perdre de vue l'authenticité. L'esclavage moderne se passe de surenchère et de sensationnalisme. L'horreur du crime se suffit à elle-même.

La CASex est un produit de mon imagination, mais elle ressemble beaucoup à l'IJM, International Justice Mission (www.ijm.org), une association à but non lucratif bien réelle, qui m'a beaucoup aidé pour mes recherches en Inde et qui se consacre à la défense des droits de l'homme à l'échelle mondiale. J'ai récemment appris qu'il y avait maintenant au moins deux organismes dont l'intitulé comportait les termes « lutte contre l'exploitation sexuelle ». L'association fictive que j'ai créée n'a aucun rapport avec une organisation réelle.

Il en va de même du Projet Justice, le groupe de recherche à but non lucratif que j'ai situé à Paris.

Lorsque j'ai achevé l'écriture de ce livre, plusieurs de mes premiers lecteurs m'ont demandé comment ils pourraient se documenter sur la traite humaine et s'impliquer dans le combat contre ce crime entre tous. Il existe quantité de sources d'information utiles sur la question, mais l'une des plus importantes est le rapport annuel du Département d'État américain sur la traite des êtres humains (*Trafficking in Persons Report*), qui chiffre les efforts de centaines de pays pour combattre le trafic, poursuivre les trafiquants, les proxénètes et les esclavagistes, et s'occuper des victimes. Le rapport offre une vision d'ensemble inestimable sur l'esclavage moderne ainsi que des histoires vraies, absolument poignantes, recueillies dans le monde entier. Ces rapports sont disponibles sur le site du Département d'État (www.state.gov/g/tip).

L'une des meilleures sources non gouvernementales de données sur le trafic d'êtres humains est le Projet Polaris, basé à Washington (www.polarisproject.org). Vous trouverez d'autres portails Internet intéressants sur Shared Hope International (www.sharedhope.org), et la Fondation Scelles (www.fondationscelles.org). Ces sites donnent une idée de l'ampleur et de la portée du trafic, ainsi que du volume de l'offre et de la demande qui le sous-tendent. Pour les histoires et la profondeur des commentaires qu'il propose, je recommande aussi le blog Freedom Project de CNN (thecnnfreedomproject.blogs.cnn.com)[1].

À ceux qui souhaiteraient approfondir leurs recherches, je suggère les ouvrages suivants : *A Crime So Monstrous,* de Benjamin Skinner ; *The Natashas,* par Victor Malarek ; *Sex Trafficking,* par Siddhart Kara ; *Smuggling and Trafficking in Human Beings,* de Sheldon Zhang et *Disposable People,* par

1. On peut signaler les études suivantes en français : « La traite et le trafic des êtres humains », le rapport annuel (2008) du centre pour l'égalité des chances et la lutte contre le racisme ; « Esclavage en Europe, la traite des êtres humains », de l'Université Paris II ; « La traite des êtres humains », sur le site www.antislavery.org.

Kevin Bales. Je peux également conseiller les travaux universitaires suivants, qui sont pour la plupart consultables en ligne : « Sex Trafficking of Women in the United States », de Janice Redmond et Donna Hughes ; « Demand : A comparative Examination of Sex Tourism and Trafficking in Jamaica, Japan, the Netherlands and the United States », par Shared Hope International ; « Desire, Demand and the Commerce of Sex », par Elizabeth Bernstein ; et enfin « Sex Trafficking and the Mainstream of Market Culture », par Ian Taylor et Ruth Jamieson.

Plusieurs documentaires proposent des images fortes et des entretiens filmés de victimes, d'enquêteurs et de trafiquants. Je recommande *At the End of Slavery,* produit par l'IJM ; *Sex Slaves,* un document de Frontline Television Exclusive sur la traite humaine en Europe de l'Est, disponible auprès de la Fondation Scelles (www.fondationscelles.org) ; *Demand,* un film sur le trafic en Europe et en Amérique, que l'on peut se procurer auprès de Shared Hope (www.sharedhope.org), et *Born into Brothels,* une plongée révélatrice dans le quartier chaud de Calcutta.

Quant à ceux qui souhaiteraient rejoindre la cause abolitionniste moderne, je peux leur faire trois suggestions : d'abord, de faire entendre leur voix. Plus nous ferons monter l'information et le niveau sonore des échanges mondiaux sur le sujet, plus nous aurons de chances d'atteindre le cœur et les oreilles des personnes concernées et des décideurs – les législateurs, les politiciens, les juges, les policiers, et les hommes de la rue qui achètent les filles.

Deuxièmement, de faire des dons à l'une des nombreuses organisations qui luttent à l'échelle internationale contre le trafic d'êtres humains. Ma femme et moi, nous soutenons activement l'IJM. Tous les jours, dans les quartiers de la prostitution du monde entier, les enquêteurs de l'IJM prennent de gros risques pour trouver des pistes et des preuves, et collaborer avec la police locale pour arracher des filles aux griffes de proxénètes et de trafiquants. Investir dans l'IJM, c'est investir dans l'espoir.

Troisièmement, de mettre vos compétences à profit. Si vous avez des connaissances juridiques et une passion pour la justice, des organisations comme l'IJM pourraient les utiliser à bon escient. Si vous travaillez dans les médias, ou si vous avez accès à une plate-forme publique, même une tribune aussi basique qu'un blog, vous pouvez vous en servir pour éveiller les consciences au problème. Si vous en avez les moyens, vous pouvez envisager une adoption internationale, car les orphelins, surtout les petites filles d'Europe de l'Est, risquent malheureusement de tomber dans les griffes des trafiquants lorsqu'elles ne seront plus aux bons soins de l'État.

Les besoins sont immenses, et la tâche paraît souvent insurmontable. Mais il n'y a pas de problèmes sans solution. Nous pouvons changer les choses – un mot, un don, une vie à la fois.

Corban Addison, novembre 2011

Remerciements

Depuis sa conception, *De l'autre côté du soleil* est un projet collectif, auquel ont participé de nombreuses voix et de nombreuses mains. Jamais ces trop brefs remerciements ne pourront leur exprimer toute ma gratitude.

En Inde, je tiens à remercier l'équipe d'enquêteurs, d'avocats, d'assistants sociaux et de volontaires héroïques de l'IJM (International Justice Mission) qui m'ont ouvert une fenêtre sur leur travail. Je tiens aussi à remercier Shanmugam et Grace Pillai, ainsi que Sadhanna Shine, à Madras, pour leur hospitalité et leurs récits du tsunami.

En Europe, que soient ici remerciés Elias Mallon et Michael Mutzner, de Franciscans International, pour m'avoir mis en contact avec les gens qu'il fallait en France. À Paris, je remercie Gérard Besser, de l'Amicale du Nid, et Jean-Sébastien Mallet, de la Fondation Scelles, pour les passionnants entretiens que nous avons eus sur la traite d'êtres humains dans l'Union européenne.

À Washington, je tiens à remercier Pamela Gifford et l'équipe du quartier général de l'IJM pour m'avoir donné accès à leur bureau indien. C'était un privilège de collaborer avec vous sur ce projet. Merci aussi à Amy Lucia, Holly Burkhalter et Amy Roth de l'IJM pour avoir remis le livre entre de bonnes mains, et pour l'appui enthousiaste qu'elles m'ont apporté afin de le faire publier. Je suis particulièrement redevable à March Bell, du ministère de la Justice, qui m'a permis d'avoir une vision privilégiée sur la traite des êtres humains aux États-Unis, et à Charles Colson et Mariam Bell, de PFM, qui m'ont fait rencontrer March.

En Virginie, j'adresse tous mes remerciements à Nate et Sara Hagerty qui ont été mes gourous du cybermonde, et les meilleurs des amis ; Jonathan et Julie Baker qui ont communiqué mon nom aux responsables de l'IJM ; David Roberts, qui m'a mis en contact avec Nathan Wilson de la Project Meridian Foundation ; Mark Johansen, pour m'avoir mis en relation avec ses amis à Madras ; Bill Finley, Matt Brumbelow, Eric Nelson et Charles Dumaresq pour leurs encouragements et leur soutien ; Ash Singh qui m'a tout appris sur l'Inde et m'a fourni une formidable liste de lecture ; Stephen Scott, Bob Kroner, Lamar Garren, Neal Walters et Chip Royer qui m'ont offert le créneau professionnel nécessaire pour aller en Inde ; Scott et Palm Feist et Rick et Sue Shiflet pour avoir semé les graines et fait confiance à la qualité du terreau ; Michael O'Brien pour sa gentillesse et son inspiration. Toute ma reconnaissance aussi à ma famille et à tous les amis qui ont, par leur contribution financière, permis à ce projet d'exister.

Merci à Wade Bradshaw, Keith et Claire Hume, Christy Tennant et Alex Mejias pour avoir initié les connexions cruciales qui ont mené à la publication du livre. Un énorme merci à John Grisham pour avoir fait un pari risqué sur un auteur débutant, et d'abord pour avoir accepté de lire mon manuscrit, puis m'avoir offert une recommandation en or massif qui m'a ouvert de nombreuses portes. Merci aussi à Eric Stanford d'Edit Ressources, LLC, qui a été un exceptionnel docteur *ès* manuscrits.

Merci à mon agent littéraire et manager, Dan Raines, de Creative Trust, à Danny Baror, de Baror International, mon agent pour les droits étrangers, et à leur merveilleuse équipe, qui ont cru en mon livre, l'ont façonné et remis entre les mains appropriées pour qu'elles l'apportent au monde. Je suis honoré de pouvoir vous compter parmi mes amis.

Merci à mes extraordinaires éditeurs des deux côtés de l'Atlantique ; Jane Wood et Jenny Ellis de Quercus Books, à Londres ; Lorissa Sengara chez Harper Collins au Canada et Nathaniel Marunas de Sterling Publishing, à New York. Je vous ai apporté le meilleur livre que je pouvais écrire, et vous l'avez bien amélioré. Merci aussi à mes éditeurs qui en ont aimé l'histoire, ont pris son message à cœur, et ont investi leurs ressources dans mon travail.

Enfin, ou plutôt surtout, je tiens à offrir mes plus sincères remerciements à ma femme, Marcy, qui m'a toujours soutenu et a fait des sacrifices innombrables pour que ce projet voit le jour.

Je n'oublierai jamais le jour où tu m'as dit qu'il fallait que j'écrive ce livre, et que pour cela je devais aller en Inde. Merci infiniment d'avoir cru en moi, de m'avoir poussé à poursuivre ce rêve, laissé partir de l'autre côté du soleil pour vivre l'histoire, et donné le temps d'écrire et de revoir le livre. Sans ta sagesse et ta gentillesse, ce roman n'existerait pas. Sans ton amour, je ne serais que l'ombre de moi-même.

Table

Ce volume a été composé et mis en pages
par ÉTIANNE COMPOSITION
à Montrouge.

Cet ouvrage a été imprimé
en février 2014 par

CPI
FIRMIN-DIDOT

27650 Mesnil-sur-l'Estrée
N° d'édition : 52080/01
N° d'impression : 120801
Dépôt légal : mars 2014

Imprimé en France